KITEN BOOKS

奇想天外の本棚

山口雅也＝製作総指揮

恐ろしく奇妙な夜

ロジャーズ中短編傑作集

ジョエル・タウンズリー・ロジャーズ

夏来健次 訳

国書刊行会

JOEL TOWNSLEY ROGERS

NIGHT OF HORROR and other stories Japanese edition

Night of Horror and Other Stories
Japanese Edition
Joel Townsley Rogers

The Little Doll Says Die!, 1945
The Hanging Rope, 1946
The Murderer, 1946
Killing Time, 1947
Two Deaths Have I, 1949
Night of Horror (Takes Hold with Her Hands), 1958

目次

【炉辺談話】『恐ろしく奇妙な夜』

山口雅也（Masaya Yamaguchi）

ようこそ、わたしの奇想天外の書斎へ。ここは――三方の書棚に万巻の稀覯本が揃い、暖炉が赤々と燃え、読書用の安楽椅子が据えられているという――まさに、あなたのような読書通人《ウェル・リード・コノサー》にとって《理想郷《シャングリラ》》のような部屋なのです。

――そうです、以前、三冊で途絶した《奇想天外の本棚》を、生死不明のまま待っていてくれた読者《ワトスン》の皆さん、どうか卒倒しないでください。私の執念と新たな版元として名乗りを上げた国書刊行会の誠意ある助力によって、かの名探偵ホームズのように三年ぶりに読書界に《奇想天外の本棚》が生還を果たしたのです。

甦った《奇想天外の本棚》（KITEN BOOKS）は、従来通り読書通人《ウェル・リード・コノサー》のための叢書というコンセプトを継承します。これからわたしは、読書通人のための「都市伝説的」作品――噂には聞くが、様々な理由で、通人でも読んでいる人が少ない作品、あるいは本邦未紹介作品の数々をご紹介します。ジャンルについても、ミステリ、SF、ホラーから普通文学、児童文学《ジュヴナイル》、戯曲まで――をご紹介してゆくつもりです。つまり、ジャンル・形式の垣根などどうでもいい、奇想天外な話ならなんでも出す――ということです。

新装《奇想天外の本棚》の今回の配本はジョエル・タウンズリー・ロジャーズの中短編の傑作を精選した『恐ろしく奇妙な夜（*Night of Horror and Other Stories*）』です。

まず、本書編纂の経緯から――。

わたしが良作だと考えるロジャーズの中短編一冊分の作品候補があって、それを、訳者の夏来健次氏に提示したところ、彼の方から内容や尺が短い等の理由で表題作を含む三編を外し、代わって中編の Killing Time を収録したらどうかという提案があった。これに対し、わたしはロジャーズのSF代表作であり表題作としても予定していた Night of Horror を残すよう主張、一方、夏来氏が推す Killing Time もロジャーズらしいミステリ良作なのでこの提案を受け容れ、収録することにした。よって、本書は山口・夏来共編の Japanese Edition ということに相成った。

また、本書は賛否両論だった『赤い右手』以来、日本での二冊目のロジャーズの単行本ということになるので、この異能作家へのわたしなりの分析・評価を斯界に示しておきたい気持ちもあった。ゆえに――。

【アラート】以下、努めて婉曲、抽象的にロジャーズ論を書きますが、ネタバレを回避したい読者の方は、本書の読後にお読みくださるようお願いします。

ジョエル・タウンズリー・ロジャーズを評するとき、「悪夢」のような熱気を孕んだ文体、扇情的な描写、常道を外れた展開、パルプ雑誌的ガジェットの多用（蜘蛛等や動物に擬せられる奇矯な人物の頻出）——等が取り沙汰されるが、少なくとも、本作品集を読めば、ロジャーズが、決してパルプ雑誌の書き飛ばし作家などではなく、自作の小説作法に自覚的（つまりパルプ・マガジン・ガジェットは読者サーヴィスであると同時に巧みなミスリードの為に意図的に投入したものと思われる）で、しかも極めて高度な小説技法の使い手であり、また、海外の評論家が画家エドワード・ホッパーに比肩するほどの文学《シリアス・ノベル》的な情景描写に長けていたことが、おわかりいただけると思う。

　さて、ロジャーズの高度な小説技法は、古くは古代ギリシャ戯曲にも見出すことはできるし、以降、現代の小説や映画などでも幾多の作例を挙げることができるが、個々の作名を書いただけでもまたネタバレになってしまうので、ここでは回避せざるを得ない。

　近年になって、この技法は、日本でも文芸分野の専門用語《テクニカル・ターム》として認知されてきているのだが、それを記してもネタバレになる恐れがあるので、ここでは——

《虚構と現実のあわいに君臨する》技法——と曖昧な表現で説明しておく。

　この技法について、シニフィアン（意味するもの）、シニフィエ（意味されるもの）、両者の間に横たわるテキストなど、ソシュールを援用して形而上学的に説明することも可能だが、わたしは新本格以降、日本において試みられてきた、現代思想を文芸評論に用いる風潮に与したくないので、ここでは、そうした風潮に警鐘を鳴らすために、そういう捉え方をする可能性も排除できないと記すにとどめる。

　——その代わりと言ってはなんだが、わたしが自作で、この技法を多用した短編集を上梓《じょうし》した時、

「逸脱」という言葉で、作品構造を説明したことを例示として挙げておこう。当時はこの技法を説明する専門用語が定着していなくて、仕方なく使った言葉だったが、斯界からは「逸脱」という言葉が「実験的」と誤解されてしまった。これでは読者に「独りよがりの試作品」を書いたと受け取られかねない。わたしはプロの作家として「完成した製品」を供したつもりだったのだが、今でもウィキペディアなどで「実験的」作風という言葉を目にすると、内心忸怩《じくじ》たる想いに駆られる……。

自分のそうした苦い体験から、ロジャーズの《虚構と現実のあわいに君臨する》技法が、当時、どう受け取られていたのか調べてみたが、目につく限りの数編の書評の中で、比較的好意的に評価しているのは、本叢書第一回配本の『九人の偽聖者の密室』の作者H・H・ホームズこと評論家としてのアンソニー・バウチャーただ一人だった。

それでも《虚構と現実のあわいに君臨する》技法で多くの作を書き続けた孤高の異能作家ジョエル・タウンズリー・ロジャーズ……自分も同じ技法を好んで用い長中短編にわたって作品を（正しく評価されないまま）書き続けた経験から、敬意の念と同朋意識を覚えてしまう。「もっとロジャーズを読みたい！」という気持ちから数百はあるというロジャーズの短編に、今わたしの関心が向いている。そして更なるロジャーズ作品の出版ということも視野に入れている。

本書収録作の中で、二作だけ書誌的なことに触れておく。

「殺人者」と「恐ろしく奇妙な夜」は『サタデー・イヴニング・ポスト』に掲載された。つまり、パルプ誌から上質誌への出世作ということになる。「殺人者」はその後、クイーンによって「発掘」され『EQMM』誌に載り、その他のアンソロジーにも採録された経緯があるロジャーズの最も知られる短編となった。《ヒッチコック劇場》的なエピソードだが、案の定、『AHMM』にも再録されている。意外なところでは、日本の学年誌『高二時代』の付録アンソロジーに収録されていたこと。この冊子の刊行が一九六九年の八月だから、ロジャーズの日本初上陸は学年誌のヤング・アダルト版ということになる。

「恐ろしく奇妙な夜」は、SF怪獣小説と言ってもいい内容だが、短い尺の中に「遺伝子」「量子力学」から「放射能」「人類学」「核酸（ウィルス進化論を暗示！）」まで、科学知識が詰め込まれているのは、当時のSFとしても先端を行くものではないだろうか。また、怪獣小説としても、本作発表の五〇年代から連綿と製作されることになる怪獣映画（日本の『ゴジラ』や巨大蟻の『放射能X』等）の先鞭をつけたと見ることもできる。尚、本作の原タイトルは Night of Horror だが、ロジャーズの他のSF作 Through the Blackboard の雑誌掲載時のリードに Strange Adventure の文字が躍っていたので、やはり海外でもロジャーズは「奇妙」な作家と見られていると判断し、作品集の性格を端的に表す表題として邦題を「恐ろしく奇妙な夜」とした。

ともあれ、毀誉褒貶あった異能の作家ジョエル・タウンズリー・ロジャーズの真価を世に問う作品集を《奇想天外の本棚》叢書の一冊として出版できたことを嬉しく思う。そして、叢書が途絶している間、夏来健次氏が持ち込んだロジャーズ傑作集企画を没にしてくれた某出版社にも「サンキュー！」と言っておきたい。

さて、前口上はこれくらい……おや、扉の外に忍び足の音が……そろそろロジャーズの放った殺人者が現れたようです。さあ、第一話の扉を開けてください。そこには「恐ろしく奇妙な犯罪現

場」が現れていることでしょう。そこで再び、

【アラート!】

読書の際は決して後ろを振り向かないように……。

＊本稿執筆と本書製作にあたって、酔眼俊一郎氏より適切な示唆をいただいたことを、感謝とともに明記しておきたい。

恐ろしく奇妙な夜

ロジャーズ中短編傑作集

人形は死を告げる

The Little Doll Says Die!

第一章　妻は魔女

ハーバート・クリーディーがパーク・アヴェニューのアパートメントに帰ってみると、自宅は留守で、夏の炎熱のなかで窓が閉めきられ、あらゆるものの上に埃が薄く散り敷いていた。妻マデリーンの写真は居間のピアノの上に置かれたままだ。青い瞳と微笑み《ほほえ》とブロンドの髪と物思わしげな唇が、夢見るような優しい表情でハーバートをからかっているようだ。だがいつものように名前を一度二度と呼んでみても、マデリーンはどこにもいなかった。ハーバートはツラギ島〔南太平洋ソロモン諸島中の一島〕を発つアメリカ陸軍爆撃機にたまたま乗ることができ、カリフォルニア州サンペドロの基地からラガーディア空港までは旅客機の席がとれ、今朝ニューヨークに着いたばかりだ。戦地での戦闘記録映像をすでに撮り終えて、あとは帰国できるときをゆっくりと待つことになるはずだったが、その帰国が予想より二ヶ月も早く実現したのだった。

雑嚢を寝室に運びこんでベッドに投げ置いた。マデリーンのクローゼットを覗くと、衣服のかかっていないハンガーだけがいくつも横棒に吊るされていた。クローゼットのなかのいちばん上の棚には、この前のクリスマスにプレゼントしてやった山羊革《やぎがわ》製の旅行鞄があったはずだが、それもなくなっていた。帽子箱やそのほかの鞄類も失せている。いつもは銀行の貸金庫に保管しておく宝石箱が鏡台の上に置かれ、蓋が開けられて中身が空っぽになっていた。

マデリーンが必ず家にいるはずだと思う特別な理由があるわけではない、夫が帰ってくるのを知ってはいなかったのだから。とはいえ幾許《いくばく》かの寂しさは否めない。太平洋を越えるあいだにも再会の場面をずっと思い描いていた――ハーバートが玄関口に現われたときのマデリーンの驚く顔や、彼の腕のなかに跳びこんでくるときの華やかな歓喜の震え声を。

「まあ！　ハーバート、あなたなのね！　信じられないわ、なんて嬉しいことかしら！」

ハーバート・クリーディーは角張った顔に落ちついた小さい口と無表情な小さい目を持つある種鈍重な中年男で、感傷的なふうには見えないが、内面は異なり、たしかに落胆を覚えていた。

マデリーンはときどき訪れることのできる実家というものを持たず、遊びにいける夏別荘などを持つ友人もいないはずだ。近しい友だち自体が少ない女性なのだ。それにここニューヨークが好きで、田舎や海端《うみばた》は退屈だと言い、夫婦で旅行してもすぐ落ちつかなくなるのがつねだった。

だが妻がどこへ行ったのか、いつまで帰らないつもりなのか、などと考えてみても詮ないことだ。

とにかく今は家にいない、ただそれだけだ。

ハーバートは帽子とベストを脱いだあと、旅行鞄を開け、中身のあらかたをとりだして部屋の床へ投げた――粗布《あらぬの》製のジャングルブーツや、沼地の水で洗って色褪せたチノパンや、蛭《ひる》に吸われたせいで血の染みが付いたシャツなどなど、黴《かび》の生えはじめた衣類が山をなした。鞄のいちばん底にあった木彫りの魔神人形は、マデリーンの書き物机の上に置いた。電話のわきに置いたその人形がゆらゆらと揺らぐさまは、さながら酔っぱらったトーテムポールみたいだ。

「やっと帰れたぞ、オスカー」怖い顔をした魔神人形に微笑みかけながらそう言った。「今やわたしもおまえもアメリカ市民だ。わたしには結婚してる相手がいて悪いがな。家内が戻ったら紹介するよ」

魔神人形の名前はもちろんオスカーではない。エソボロとかいう名前を持つ鰐《わに》の神だと、そういうことについて知ったかぶりをする若い兵士の一人がツラギ島で教えてくれた。高さ十インチほどのひどく色の黒い硬木製で、ときどき奇妙なほど重く感じることがあるが、水に入れたら普通に浮かぶとわかった。

人形は胴体の下で脚を胡坐《あぐら》の姿勢にして座した姿に彫られている。全身の高さの半分を占める頭部は縦長で頭頂部が尖《とが》り、ふたつの目は眼窩《がんか》が深く、額《ひたい》には皺が刻まれ、鼻はぺちゃんこで、鋭い歯並びがかいま見える口は薄笑いを浮かべるように歪《ゆが》み、小さい両腕を痩せた胸の前で組んでいる。尻と脚は不格好なほど大きくて重々しく、太腿と足首が交差しているさまは丸い台座をなすかのようで、ギッタンバッコンと呼ばれるセルロイド製の玩具《おもちゃ》のシーソーに付いている重石《おもし》代わりの丸い台座を思わせる。但しバランスはその種の玩具ほど完璧ではなく、わずかに凸凹《でこぼこ》したところに置いたときとか、感じとれないほどかすかな風が吹いたときなど、あたかも瞑想するかのようにゆっくりと揺れはじめる。

この人形はヴェラ・ラヴェラ島〔南太平洋ソロモン諸島中の一島〕で見つけたものだ。ツラギ島に向かうべくカメラマンと一緒に乗った高速魚雷艇が些少な修繕のためヴェラ・ラヴェラ島北西部の港に停泊しているとき、海岸沿いのジャングルのなかに細径《ほそみち》を見つけ、冒険心から分け入っていったことがあった。ぬかるむ黒い泥土の細径は蒸気を立ち昇らせながら巨木の根のあいだをうねり進み、まわりでは目に見えぬ野生インコが啼《な》きわめいたり、トカゲの群れがゾッとする唸り声をあげたりしていた。四半マイルないし半マイルほども進んだところで細径が行き止まりになると、そこには原住民の小屋だったとおぼしい焼け跡があった。ジャングルのなかの直径二十フィートあまりの地面を灰が覆っていた。

火災があったのはかなり前らしく、焼け焦げた炭の臭いはすでに失せ、黒ずんだ地面ではジャングルらしい蔓《つる》植物や雑草がふたたび繁茂しかけていた。焼け跡の端のほうに白骨化した人間の死骸が一体あり、片方の腕を小屋の跡地の中心へ向けてのばし、頭蓋骨の後頭部を割られた姿で横たわっていた。だが原住民の犠牲者かそれとも戦死した日本兵かは判然とせず、それどころか男女の区別すらも、人類学者ならぬハーバートには見きわめられなかった。

人里離れた地勢や広さからして、祭祀場《タンブーハウス》の跡だったのではないかと想像された。骸骨ののばした腕がさし示していた方角に沿って、焼け跡の端から十フィートほど内側に入ったあたりを見てみたところ、この小さな魔神人形が地面に鎮座していた。

人形はうなずくように揺らぎながら、邪悪げな笑みを浮かべてハーバートを見すえていたので、思わず近寄っていった。

祭祀場を焼き尽くした炎もこの人形にはなぜか害をなさなかったようで、一部がわずかに黒ずんでいるだけだった。手にとってみると、大きさに比して驚くほど重く感じられた。

数週かそれとも数ヶ月前かはわからないが、その場に捨てられたかあるいは置き忘れられたものにちがいない。持ち主はもうこの世にいないかもしれない。それでもハーバートは所有権というものを尊重する感覚を持っていた。少し考えてから、財布と手帳をとりだして、十ドル札を一枚抜きとると、手帳のページにこのようにメモ書きした。

人形の持ち主へ
魔神を土産《みやげ》に持ち帰りますので、代金を置いていきます。せめてもの気持ちとして。
ハーバート・クリーディー　アメリカ陸軍少佐
戦闘映像記録特別部局〔臨時所属〕

簡潔にして明快だ。一読してだれにでも理解できるだろう。メモと代金を置く場所を探したところ、骸骨ののばした手の下がいちばんいいと思えた。すぐ見つけられるし、風に飛ぶ心配もない。その場にしゃがみこむと、破りとった手帳のページを縦にきちんと折りたたみ、死骸の白骨化した指の下に挟みこんだ。魔神人形を手にして立ちあがったときには、取引義務を果たした気分になれていた。

「今からおまえはわたしのものだ」と人形に告げた。

背後から足音が聞こえたわけではないのに、なにかがハーバートを肩越しに振り返らせた。ラヴァラヴァ〔南太平洋諸島の巻きスカート風衣装〕を着た原住民の男が一人、すぐ後ろにじっと立っていた。石灰を塗りたくった髪は氷砂糖をまぶしたように白く、顔にも石灰で白い筋を描いていた。両手を後ろにまわしている。

ハーバートは長いこと肩越しに振り返った姿勢のままでいた。手に持つ魔神人形がゾッとさせるほど重くなっている気がした。

「きみの名前はなんというんだ？」踵《かかと》を軸にして全身をゆっくりと振り向かせながら、できるかぎりはっきりとした発音でそう問いかけた。「その手になにか持ってるのか？」

浅黒い肌をした原住民の男は返事もせず、ただニタリと笑みを浮かべた。

ところが、ハーバートが完全に振り向いて相対した瞬間、男の表情が突然歪んだ。ハーバートが手にしているものを見て、口をあんぐり開け、目を大きく見開いた。耳障りな金切り声をあげたと思うと、六フィートばかりも後方へ跳びのいた。くるりと背を向けるや否や脱兎のごとく駆けだし、たちまち木々のあわいの影となって失せ果てた。後ろに隠していた右手を大きく振ったとき、鋭い刃《やいば》の蛮刀《ボロ》を持っているのが見えた。

インコやトカゲの声が一瞬やんだが、すぐまた啼いたり唸ったりを再開した。ハーバートは魔神人形を握りしめたまま立ちつくした。体がかすかに震えつづけていた。ようやく膝に力が戻ってくると、滑りやすい泥地の細径を海岸へと大急ぎで引き返していった。

高速魚雷艇に戻ったハーバートが、蛮刀を隠し持った恐ろしげな原住民と遭遇したことを語り聞かせると、乗組員たちは笑った。原住民が蛮刀を持っているのは珍しくはなく、農夫が折りたたみナイフを持っていたり修理工がスクリュードライバーを持っていたりするのと同じで普通のことだという。髪を白く塗りたくったり顔に筋を描いたりするのもみんながやっていることだという。その男はおそらく土着信仰の神官で、むしろハーバートの姿を見て自分が襲われるのではないかと恐れたのだろうという。

「じつのところ、クリーディー少佐、わたしだって少佐に睨まれたら怖くなりますよ」気取り屋の若い艇長がそう言ってニヤリとした。「そう思わせるお顔をされていますから」

そんなことを言いながらも若い艇長は件《くだん》の魔神人形を褒めそやし、五ドルで譲ってくれませんかとまで言った。その倍の額を置いてきたのだとハーバートが打ち明けると、それはまた大枚を弾んだものですねと艇長は驚いてみせた。原住民なら十ドルもあれば残りの人生を暮らせるうえに、子供を全員大学まで行かせられるでしょう、そしてまたつぎの人形を彫るにちがいありませんよと言った。

そんな魔神人形を、ハーバートは妻マデリーンへの土産にするために持ち帰ったのだった。この人形が灰のなかで怪しい笑みを湛《たた》えながらうなずくように揺らいでいるのを見たとき、すぐに妻のことが心に浮かんだ。彼女には子供っぽい遊び心があって、おかしなもの変わったものを愛し、現実主義的すぎるハーバートにとってそれは好ましいことでもあった。

憶えているのは、夕食に遅れたために急いで帰ってきたマデリーンが、セントラル・パークの向こうにある自然史博物館をまた訪れていたのだとわけを話したときのことだ。世界じゅうから集められた魔物の仮面や魔神の人形などがたくさん入った大きな展示ケースに魅了されていたのだという。彼女はかすかな身震いさえしつつそれらについて息せき切って語りながら、缶詰から夕食の材料をとりだした。

「人形たちがじっとこちらを見つめてくるのよ！　人形の目が動くのがたしかに見えたわ！　ほんとにわたしをまっすぐ見ていたんだから！」

「またスープの缶詰かい、魔女さん？」妻がレンジにかけるために開けた缶詰のラベルを眺め、体のなかで胃がでんぐり返りそうになるのをこらえながらハーバートはそう言った。「今夜の夕食は外でするってのはどうだい？」

「まあ！　わたしの料理が気に入らないって言うの？」

「そうじゃないよ」と言い返した。「きみの料理の腕はたしかなものだ。けどたまにはどこかいい店に行って、パーティーをするのもいいんじゃないかってことさ。そうすればきみも博物館で見たおかしな顔の人形についてたくさん話せるじゃないか。人形たちがどんなふうにきみを見ていたかって話を、夕食のあとの皿洗いの心配をする必要もなく語り尽くせるだろ。彼らがたしかにきみを見つめていたとしても、だれに彼らを責められる？　悪いのはそれほどに美しいきみのほうなんだぜ、魔女さん」

〈魔女さん〉はハーバートがマデリーンを呼ぶときによく使う綽名《あだな》だ。〈小悪魔的な魅力〉というのは彼女のためにある言葉のようなものだ。

しかし残念ながらマデリーンが料理でいい腕を見せた例《ため》しは一度もない。彼女の夢見がちな心にとって、家事は関心外なのだ。それでもよく気の利く可愛い主婦になりたいとまったく思わないわけではないらしく、夫のため家庭のために家事にいそしもうとしてみせることもある。ところがそれが却ってハーバートには頭痛の種になってしまう――この前バースウェイト医師に診てもらったときには、食生活の特別改善策を言いわたされ、今後は一流レストラン以外での食事はしないように努めないと長生きできませんよと警告されたのだった……

この先端医学かぶれの若先生の診断をハーバートは真《ま》に受け、自分の将来を悲観した。だがそれは医者というものが知っている真実がどの程度にすぎないかを示す好材料になっただけだった。ニューギニアからパラオにまでいたるここ数ヶ月のあいだにハーバートがどんなものを食ってきたかを見てみるがいい！　それらは亀の胃さえでんぐり返らせるに足るしろものだが、そういうものを食っているうちに消化不良癖《ぐせ》は自然治癒してしまった。今ではこれまでの人生でもかつてなかったほど調子がいい。

そんな自分をハーバートはマデリーンに見せてやりたかった。健康で強壮になった体を。夫の体調改善を知ったら妻は驚き喜ぶにちがいない。なのに彼女がどこに行ってしまったのか、今は手がかりすらない。

魔神人形は謎めくうなずきをつづけている。その秘密めかした不気味さは、あまり長く見ていたくないほどだ。いっとき人形の頭に手をあて、揺らぎを止めた。だが手を離すとすぐまたうなずきはじめてしまう。

「いいか、オスカー」ハーバートはネクタイをほどきながら呼びかけた。「おまえがなにか知っているのなら、白状してしまえ。うちのやつがどこにいるかを知ってるんだろ？　居間に置いてある、ポンポン弾《ひ》くと泣きわめきだすあのでかい楽器の上に載ってる写真の、ブロンドの髪をした女がうちのやつだ。知っているなら白状するんだ、オスカー」

莫迦《ばか》げたことだとはわかっている。ただの木彫り人形にすぎない。にもかかわらずそれを見ているうちに、人形のうなずきが机のわきの窓のほうへたしかに向けられているような気がしてくるのだった。アパートメントの中庭に面するその窓は、廊下で通じている向かい側の棟の窓と同じ型のものだ。その窓から外へ目をやると、向かいの棟の窓辺に女性が一人いるのが見えた。肉のたるんだ肌の白い腕でブラインドを引きあげているところだ。花柄の家着《いえぎ》姿の、灰色の髪をした太った女性で、人のよさそうな顔も肉付きがいい。女性はブラインドを上まであげきると、背を向けてよたよたと窓辺から離れていった。

あの女性がだれだったか、ハーバートは思いだした――ブレナー－ハセット陸軍大佐の夫人だ。大佐夫妻はハーバートが戦地へ赴く一、二ヶ月前に、プードル犬二匹をつれて向かいの棟に越してきた。あの夫人とは一、二回、アパートメントのエレベーターだったか廊下だったかで会ったことがある。人のよさそうな年配の婦人だが、縮れ毛の髪をして化粧を濃く塗りたくり、十六歳の小娘みたいな派手なドレスを着て、太い手をダイヤモンド入りの指輪や腕輪で飾り、陽気そうで悪戯《いたずら》っぽい目をしている。どう見ても五十歳にはなっているが、年齢はあまり気にしていそうにない。若い者たちの仲間になるのが好きらしく、カクテル・パーティーなどではいつも年下の人々と交流していた記憶がある。おそらく自分の姪や甥やその友人たちだろう。

一方マデリーンは女性の友人を作るのを避ける傾向があり、博物館や画廊や映画などの趣味には独りで出かけることがほとんどだ。多くの女性がやっている午後のブリッジ会などは好まない。ただ例のブレナー－ハセット夫人とだけは友だち付き合いに近い仲になっているようで、午後のひとときをともにすごしたと何度か言っていた。

おそらくブレナー－ハセット夫人ならばマデリーンがどこへ行ったか知っているだろう。ひょっとしたら――とハーバートは不意に思った――今も向かいの棟のあの夫人の住まいを訪ねているのかもしれない。そうだ、その可能性は充分に……

シャツのボタンを留めなおすと、ハーバートは共通の廊下を通って向かいの棟へ赴き、ブレナー－ハセット夫妻宅の玄関ベルを鳴らした――マデリーンその人がいきなり出迎えるのではないかとさえ予期して。

だが玄関ドアを開けてくれたのはブレナーハセット夫人だった。コルセットで締めつけていない太った体を包む花柄の家着の裾をなびかせて、肉付きのいい陽気な顔は早朝ゆえに化粧を塗りたくっておらず肌艶《はだつや》がよく、灰色の髪には金属製のカーラーが付けられたままだ。愛想がいいながらもまだぼんやりとした顔でハーバートを迎えると、プードルたちが鼻をクンクンさせながら玄関の敷居を越えて彼の膝に近寄ってきた。

「あら、おはようございます」と夫人は言った。

「どうも、向かいのクリーディー少佐です」と挨拶してから、ハーバートはわけを話した。「じつは家内を探していまして。わたしはさっき帰ってきたところなんですが、マデリーンがいませんもので。どこかに行ってくると、奥さまにお伝えしているのではないかと思いまして」

「ああ、お向かいのご婦人ですわね」と夫人は落ちついた調子で応じた。「わたくし、あの方のこと未亡人だとばかり思っていましたわ。いいえ、どこに行かれたかはお聞きしていませんのよ、ごめんなさいね。ひょっとしたら、この宅のブレナーハセット大佐夫人とお話しされたいんじゃございません？　今彼女は夏休暇に出かけて、この宅を空けていますの。わたくしは彼女の妹で、パース・アンボイから来たホーキンスですの。しばらくこの宅に泊まって犬の世話をするよう、姉に頼まれましたもので」

「では、彼女がどこに行ったかは、ご存じないわけですね？」とハーバートは質問をくりかえした。

「エミリーのことですかしら？　ああ、あなたの奥さまのことですわね。いいえ、わたくしは奥さまにはお会いしたことがございませんの。ですからなにも存じませんわ。よろしかったらちょっとお入りになって、コーヒーでもいかがかしら？」

「ありがとうございます。でも今日のところは。すみませんですが」とハーバートは答えた。

ホーキンス夫人は肉付きがよくて大きく陽気そうな顔をほころばせると、訪問者が詫びを告げて玄関を離れるのを見送った。

「おまえもあまりあてにはならなかったな、オスカー」自宅の寝室に戻ったハーバートは、魔神人形にそう愚痴った。

この人形がうなずくように頭を揺らすことになにか意味があるように思ってしまうとは、莫迦な考えをしたものだ。マデリーンがどこに行ったかをこいつが知るはずもない。もちろん、知っている可能性もあるのではなどと本気で思っていたわけではないにせよ……

第二章　殺人の追跡

この人形に対して公平に考えるなら――とハーバートは思いなおした――こいつは窓に向かってうなずいていたわけではなかったのかもしれない。あらためて見なおしてみれば明らかなことだが、机の上に置かれているなにかに向かってうなずいていたのだ。おそらくは電話機に向かって。

だがそこから先は依然わからない。そのとき思いだしたのは、自分の演劇制作補佐事務所に電話してみるつもりでいたことだった。ハーバートの秘書をしているグレース・メドウズに、彼が戦地から帰ったと知らせねばならないから。彼女ならマデリーンの行き先を知っているかもしれない。

受話器をとりあげ、事務所に電話した。

「わたしだ、クリーディーだよ、グレース。さっき帰ってきたところだ」

「まあ、クリーディーさん！」と呼び返したグレースの冷静で無個性な声が束の間ハーバートを安堵させた。「驚きましたけれど、嬉しいですわ！　クリーディーさんの身になにかよくないことがあったんじゃないかと、いつも不安に駆られていましたのよ。でも莫迦なことでしたわね。まったくお元気なままでお帰りになったのでしょう？　それはもうお祝いしたい気分ですわ。これから街へ出かけて、ダブルのチョコレートソーダかなにかを自分にご馳走しようかしら」

「仕事のほうはどうだった、グレース？」

「順調でしたわ、クリーディーさん。いいえ、これからは少佐とお呼びするほうがいいのかしら。『毒を喰らわば』は今でも満席ですし、来週には『俺を殺《や》るのか』が幕開けになりますし。あの作品ではクリーディーさんがじつにいいお仕事をされたと、ライバーさんもおっしゃっていました。あれもきっと大ヒットするだろうと」

「それはなによりだ」とハーバートは応えた。

「ほんとにちょうどいいタイミングのお帰りでしたわ」とグレースが告げた。「サム・ルイスさんがミステリー物の脚本を三つ書きあげて送ってきましたの。それから今朝の郵便で、アソシエイテッド・プロデューサーズ社からも山ほどの脚本が届きましたわ。どちらもクリーディーさんが戦地に行かれているのをお忘れだったんじゃないかしら。もしご興味がおありなら、どちらもできるだけ早めにお返事が欲しいとのことでした。わたし、戦地に電報を打てるかどうかたしかめようとしていたところでしたのよ」

「昼食を済ませてから事務所に行くよ。そして脚本を拝見しようじゃないか」とハーバートは告げた。「ところで、うちの可愛い魔女がどこに行ったか、きみ知らないか？　どうやら出かけたきり戻っていないようなんだが」

「クリーディーさんの奥さまのことですの？」グレースは無感動で冷静な声で訊き返した。「いいえ、なにも存じあげていませんわ。奥さまは先週お電話をくださって、来月の家計分の小切手を前金でお宅にお送りするようご依頼なさいましたけれども、どこかに行かれるといったお話はなにもされていらっしゃいませんでした。そういえば、明日はおふた方のご結婚記念日ですわね。わたし、自分のカレンダーに書いていますのよ。お花を注文しておくようにと、クリーディーさんから以前仰《おお》せつかっていますので」

「ああ、憶えてる」とハーバートは少し重い気分で返した。「だからわざとこっそり帰ってきたんだ。それなのにマデリーンがいないときた。まあしょうがない。花の注文はもういいよ。家内が戻ったら自分で買うから。ありがとう。午後二時にはそっちに行く」

結局、マデリーンの居場所はグレースも知らなかった。オスカーのやつめ、ストライク・ツーだ。そう思いながらハーバートは電話を切った。

失敗つづきの魔神人形は、揺らめきながら机の端のほうへと向かっていく。自分が意味したかったのは電話ではなく、ほかのなにかだとでも言いたげに。そしてハーバートの関心をそちらへ向けようとしている——もちろん莫迦げた空想だとわかってはいるが——

机の上にいくつか封筒があるのを目にとめ、手にとってみた。一部は月初めに送られてくる電気料金と電話料金の請求書で、まだ封を開けられていない。中身がない薄紫色《ライラック》の封筒には、濃い紫色のインクでマデリーンの名前が丸みのある小さな文字で書かれ、ライラックの香りまで付いている。児童慈善協会からの寄付金募集の封書もある。ハーバートがニューブリテン島〔南太平洋ビスマルク諸島中の最大の島〕からマデリーンに宛てて出した最後のV郵便〔第二次大戦中のマイクロフィルムによる軍事郵便〕も届いていた——多雨《たう》の島での雨漏りしやすいテントの生活が思いだされる。ムッとする弾薬と死の臭いが立ちこめ、寝ている背中の下では毛ダニが這いまわっていたものだった。

　請求書と慈善寄付金募集の封書を開け、それらの中身を抜きだしてわきへ置いたあと、空にした封筒類は自分が出したV郵便と一緒にして、机の横の屑籠に捨てた。そうしているとき、机の端の魔神人形がより激しく揺らぎだした。

　机上でほかにあるものといえば吸取紙だけだ。持ちあげてみたが、吸取紙の下にはなにもなかった。だがなおも奇妙な予感が背筋を走る。子供のころ遊びに耽《ふけ》りすぎて興奮に駆られたときのような、ゾクゾクする感覚だ。

　机上の奥のほうに据え付けられているふたつの小さな物容《ものい》れの扉を、少し力を入れて引き開けてみた。片方の物容れのなかにあったのはインク壺ひとつで、もう片方には雑多な小物がひとまとめにして放りこまれているだけだった——縫い針やペン先や輪ゴムや縫い糸の切れ端などのほかに、去年のクリスマス・シールや、中身が半分残っている殺鼠剤の紙箱や、コミカルな二枚貝の顔に細長い手足を付けたトチノミ製の人形などもある。

　その人形には思い出があり、ハーバートはつい感傷的になって笑みを浮かべた。新婚旅行でザ・ブレーカーズ〔ロードアイランド州ニューポートにある歴史的大邸宅〕を訪れたとき、クアホッグ・ドラッグストア＆ギフトショップに立ち寄り、マデリーンがドラッグストアで買い物をしているあいだに、ハーバートがギフトショップで買った土産物がこのおかしな顔のトチノミ人形だった。これを見た彼女が目を輝かせて大笑いし、ひどく子供っぽい喜び方をしたのを憶えている。

「まあ！　ほんとにおもしろい人形ね！　なんて変な顔してるのかしら！　わたし、これにハーバートって名付けるわ！」

妻がいまだにこの人形を保管しているとは思わなかった。手にとって眺めているうちに、思わず苦笑した。たしかに自分の顔に見えなくもない。引き結んだ小さい口と小さい目、二枚貝めいた重々しい顎など、似たところを探せばいくらでもある。

トチノミ製の小さな胴体の真ん中を、一本の縫い針が刺しつらぬいていた。どうしてそうなっているのか理由はわからない。針を指先で摘《つま》んで抜きとった。トチノミのなかには緑色の黴臭《かびくさ》い屑が詰まっているだけだ。糸の切れ端や殺鼠剤や古いクリスマス・シールなどと一緒に、トチノミ人形も屑籠に捨てた。

「さてと、オスカー――」

コトコトと揺れ動く魔神人形が机の端からはずれ、真っ逆さまに屑籠のなかへ落ちていった。

ハーバートは屈みこんで、魔神人形を拾いあげた。屑籠のいちばん底のほうで、さっき捨てた封筒やほかのガラクタ類の下になっているところに、一冊の大きくて派手な表紙のパンフレットがあった。屑籠の側面いっぱいに挟まって固定されたような形になっている。これだけサイズの大きなパンフレットを水平の状態で捨てたら、こういうふうになるだろう。底に固定されてしまったため、前回屑籠の中身を処分したときもこれだけは残ったのにちがいない。

タイトルは『ザ・ブレーカーズ』と読めた。

魔神人形を机の上に戻してから、パンフレットをとりあげた。

マデリーンは今どこにいるのかという問いへの、これが答えではないか。考えてみれば明らかなことだ。明日の結婚記念日のため彼女は独りでかの地へ旅し、ケープ・コッド〔マサチューセッツ州の海岸観光地〕にまで足をのばすつもりなのだ。新婚旅行での夫との思い出にいちばん近づける場所だから。たとえ肉体はどれだけ大きな距離を隔てあっていようとも。

一見したところ純真無垢で軽やかな気質のように思えるマデリーンを、本当はよくわかっていなかったと思い知らされる。男と女は愛しあって一緒に暮らすことはできても、真に理解しあうのはむずかしい。この時期とあの場所は、ハーバート自身に劣らず彼女にとっても大切なものだったのにちがいない。

パンフレットをめくってみると、派手な色彩のページのあいだに、ザ・ブレーカーズ付属ホテルが差出人となっている一通の手紙が挟みこまれていた。

拝啓
近日中のご予約についてのお問い合わせにお答え申しあげます。浴室付きのお一人さま用のお部屋の最新ご宿泊料金は、アメリカン・プランとしてひと晩九ドルから十四・五ドルまでございまして、それぞれのお部屋からのロケーション等に応じて分かれております。ご連泊の場合は一週間ごとに十パーセントの割引をさせていただきます。
是非ともご予約をご検討くださいますよう、お待ち申しあげております……

魔神人形は微動もせぬままに座し、木彫りの鰐神《わにがみ》の笑みを浮かべてハーバートを見ていた。

「おまえの勝ちだ、オスカー」と呼びかけた。「いつも賢いやつだな」

ハーバートは無理に笑い声をあげた。これまでこの人形が揺らいでいたわけは、もちろん置いた場所が完璧に平らではなかったからというだけのことだ。そしてその揺らぎが今止まっているわけは、もちろん置きなおした場所が完璧に水平だからだ。当然のことだ。決してこの人形の頭がなにかを考えているわけではない。

だからマデリーンはザ・ブレーカーズに行っているのだとハーバートが知ることができたのは、まったくの偶然にすぎない。

もしマデリーンに電話などして、帰ってくるように促したりしたなら、せっかくのチャンスが台なしになってしまう。やるべきはただひとつ、かの地にハーバート自身も赴いて合流し、彼女を驚かせてやることだ。そうと決めるとさっそくグランド・セントラル駅に電話し、マサチューセッツ州チコピー行きの特急列車が午前十一時九分発であることを訊きだした。あと一時間もない。指定席の予約はもう無理だとしても、自由席なら乗れないことはなかろう。

魔神人形はあとでマデリーンに見せてやるために、リゾート用スラックスや海水パンツやそのほかの海岸での休暇用品類と一緒に小型旅行鞄に詰めこんだ。それからタクシーを捕まえて、自分の事務所へ向かった。グランド・セントラル駅まで一ブロックのところにある事務所に着くと、アソシエイテッド・プロデューサーズ社とサム・ルイスの双方の脚本原稿を全部とりあげた。秘書のグレースはハーバートの帰還を祝ってダブル・チョコレートソーダを自分にご馳走するために街へ出かけたあととおぼしく、事務所は閉まっていた。彼女を待ってはいられないので、脚本を自分のブリーフケースに仕舞ったあと、メモを書き残した。事務所に立ち寄って脚本を受けとったので、それらについての検討結果を出したうえで、来週の月曜より前にもう一度立ち寄る予定だと記した。

午後六時か七時ごろにはザ・ブレーカーズに着いて、マデリーンと夕食をともにするのに間に合うだろうと予想した。帰還祝いのシャンパンを開けながら、妻へのプレゼントにこの魔神人形をとりだせば、おもしろいセレモニーになりそうだ。

しかし貨物列車の脱線事故によって鉄道に遅延が生じ、そのためにチコピーからクアホッグ・ビーチまでのバスは最終便に乗るしかなくなり、夜霧のただなかで長時間をかけて長く侘《わび》しい塩性沼沢地沿いの道を通り抜けていくあいだ、ハーバートは唯一の乗客として耐えつづけるはめになった。そのうちにバスの後部が破損したため、いかつい顔の運転手は適当に集めた流木で応急修繕をしようとしたが、ついには諦め、電話のあるところまでの何マイルかを徒歩で引き返していった。

最後にすがれる藁とも言える代替バスがようやくやってきて、ハーバートがそれに乗ってクアホッグに着いたときには午前零時ごろになっていた。暗く静まり返ったクアホッグの村からは、タクシーに乗って五マイルほど行けば目的地のホテルにたどりつける。ケープ・コッドはハーバートがマデリーンと一緒にザ・ブレーカーズでハネムーンをすごした六年前と変わらず、依然として早い夜に眠りに就き、戦争も水害も無縁のごとく、穏やかなまどろみに浸《ひた》っているように見える。

ガタつくバスからおりたハーバートは、停留所になっている郵便局の前にのびる通りに立ち、揺れながら去っていくバスを見送った。バスをおりずに引き返したほうがよかったかもしれないなどと思いかけていた。チコピーでも一夜をすごせる場所はあるはずだ。そこでブリーフケースに詰めてきた脚本に目を通す作業をやり、朝になってからまたこちらへ出かけてきてもよかったのではないか。今ザ・ブレーカーズ付属のホテルに行ったとしても、マデリーンは寝入っているだろう。だがバスのテールライトはすでに遠く、今となっては間に合わない。通りの向かい側には灰色の屋根板をかぶる古びた映画館が建ち、その隣がクアホッグ・ドラッグストア&ギフトショップだ。二、三軒先のタクシー会社の事務所の玄関先から洩れる淡い明かりを頼りに、旅の荷物を持って通りを横切っていった。

古びた映画館の屋根の上の看板は〈フィッシュマーケット劇場〉と書き替えられていた。正面のガラスケースのなかには、上演予定とおぼしいアマチュア演劇のポスターが『怪奇!』という派手な題字を躍らせている――なかなかおもしろそうなタイトルではある。それで思いだしたのは、ここ二、三年のあいだにクアホッグがアマチュア演劇界のちょっとしたメッカのような土地になり、成功を夢見る脚本家の卵など新しい才能が集まっていることだった。だがプロの演劇プロデューサーであるハーバートは、アマチュアにかかわるのを好まない。ザ・ブレーカーズにそういう人々がいたなら、避けるほうがよさそうだ。ドラッグストア&ギフトショップのショーウインドーには昔ながらの赤色と青色の水が入った縦長のガラス容器に挟まれて、貝殻のネックレスなど観光客向けの土産物が並んでいる。

そこに並ぶ貝殻のネックレスや小さな人形などは、ソロモン諸島〔南太平洋の島嶼。現在は独立国〕からの輸入品だと言っても通りそうなほど土俗的だが、よく見るとそれ以上の素朴さがある品々だ。それらは世界のさまざまな民族にもなにがしか共通する要素があることを窺わせる。文明社会に住む人々にも土俗性や野蛮さなどの要素が隠されている。自分自身も些少にせよそうしたものを秘めているはずだ、とハーバートは思う。

呪術や魔術――このウインドーに並ぶ品々は、どこかでそうしたものに通じていると見ていいだろう。色付きの水を入れたこれらの大きなガラス容器は、現在でも呪医と呼ばれる人々を彩りつづけている奇怪異様な雰囲気を象徴するものだ。文明社会の医師となると、ハーバート自身は一年前にあの若医者バースウェイトから不吉な診断をされて以降遠ざかっている。なにしろ、よほど慎重に自己管理しないと遠からず命を失くしますよと警告されたのだから。にもかかわらず、南太平洋の島々でこのうえないほど過酷な生活を経てきた今、体調は出征前を遥かにうわまわる好転を見せている。

ドラッグストアからタクシー会社のほうへ移っていくと、そこの事務所の玄関には南京錠がかけられ、なかに人がいないのが見てとれた。奥にある金庫の上方の終夜灯が点《とも》されているのみだ。

その明かりが唯一あるほかは、村じゅうが完全に真っ暗だ。宿屋の薄明かりも見えず、タクシー業者もほかにはないようすで、ましてタクシー運転手がどこに住んでいるかもわからない以上、眠りから起こして乗せてもらうわけにもいかない。

仕方がないから、ザ・ブレーカーズ付属のホテルまでは砂埃に覆われた暗い夜道を歩いていかねばならない。道の外側では夜の海の波音が響き、霧に包まれた松林やビーチプラムの茂みがつづき、ところどころに避暑用のコテージが朧《おぼろ》にかいま見え、そんな景色に沿って歩くハーバートの旅行鞄が一歩ごとに重くなっていく。

訪ねるには無茶な時間ではある。マデリーンがこれは夢かと驚くときの顔が見たい。夫が戸口に姿を現わしたと知ったときの突然の震え声も聞きたい。魔神人形をプレゼントするユーモラスな儀式も楽しみだ。でも、以前ならこういうときに開けただろうシャンパンも今は飲むまい。いつもと同じようなわけにはいかない。マデリーンは熟睡を貪《むさぼ》っているころにちがいないのだから。やはりチコピーで一夜を明かしたあと、朝になってから出かけてきたほうがよかったかもしれない。

砂丘の辺縁に忽然と現われたホテルの低く広がる棟の数々が、波打つ海を見晴るかしている。泥《どろ》底沼《ぬま》を縁どるビーチプラムの茂みの前を通り、ホテルの敷地のなかに入った。階下のロビーから洩れる薄明かりのなかを、車路《くるまみち》へと進んでいく。

〈ザ・ブレーカーズ〉の文字が入ったステーション・ワゴンが、ベランダへあがる短い階段の前に駐《と》められていた。後尾の荷物積載用扉が開けられたままになっている。宿泊客を村のバス停まで迎えに行ったり送り届けたりするための車にちがいない。こういうものがあるとわかっていたら、クアホッグから電話で頼んでいたのに。

旅行鞄が二百ポンドもするのではないかと思えるほど重く感じられてきた。ベランダへの短い階段をあがるのさえ、この鞄を持っていてはむずかしそうな気がする。ここまでずっと運んできたあとではなおさらに。そこで、長い徒歩のあいだに何度かやってきたように、持つ手を替えるため鞄をいったん地面に置いた。

鞄の留め金のひとつがいつの間にか開いていた。それを留めなおすと、別のひとつがはじけるように開いた。両方をいちどにしっかりと留めなおしてから、ふたたび鞄とブリーフケースを持ちあげて、ベランダへの階段を昇っていった。

ベランダからロビーに入ると、そこは花柄の壁紙と広幅織《ひろはばお》りの絨毯に囲まれた居心地のいい空間で、更紗《さらさ》張りの長椅子が置かれていた。照明はハーバートが入った戸口のすぐ右側の壁に、錫《すず》合金製の架台でとり付けられた電灯がふたつと、ロビーの奥の白いカウンターの上に具わる軸の長い卓上灯がひとつあるだけだ。

暖炉では薪が燃えたあとの深い灰から、細くかすかな煙が揺れ動かずに立ち昇る。陶磁器製の鉢に植えられた椰子やゴムの木は枯れたままのように見える。緑色の絨毯が敷かれた白木手摺りの階段のすぐ下のあたりでは、黄と緑の羽根を持つ一羽の鸚鵡《おうむ》が止まり木で鎖につながれ、頭を翼の下に埋《うず》めている。階段が折れ曲がっているところの踊り場の上には仄暗《ほのぐら》い電球が点いていた。

玄関ドアの左側にいくつかの鞄が寄せ集められている。山羊革製のがひとつと、縞模様の入った亜麻布《あまぬの》製のがふたつで、それぞれの持ち手のところに厚紙の札がとり付けられている――おそらくは明日の朝出発する予定の客が前以《まえもっ》て玄関の近くに持ちだしておいたということもありうる。あるいは昨夜着いた宿泊客たちの荷物で、まだそれぞれの部屋に運びこんでいないのかもしれない。ハーバートは自分の鞄をロビーに入れ、ほかの客たちの荷物とは一緒にせず、玄関ドアの右側に置いた。

カウンターの内側では年配の受付係が椅子にかけ、軸の長い卓上灯の明かりの下で、皺の寄った禿げ頭を宿帳のほうへ傾けてうたた寝をしていた。血管の浮きでた両の手を頭の左右に置き、その手がピクピクとかすかに動くさまは、さながら二匹の眠るトカゲといったふう。寝息がゴロゴロと響く。

「こんばんは」ハーバートはカウンターの前に立ち、そう声をかけた。

カウンターにはニッケル製の小さな呼び鈴が置いてある。ハーバートはいっとき待ってからそれを押した。年配の受付係は弾かれたようにパッと顔をあげ、淀んだ目を揺り動かしたりまたたいたりした。

「なにか？」と受付係は問い返した。

「こんばんは」とハーバートはくりかえし、「ちょっと訊きたいんだが――」

彼が言おうとしたのは、「ニューヨークから来た、ハーバート・クリーディーの夫人という宿泊客はいないだろうか？」という問いだったが、そう尋ねるには及ばなかった。頭のなかである記憶が遅れて湧きあがってきたからだ。玄関わきに寄せられて搬入あるいは搬出を待っている荷物のなかに、山羊革の鞄があった。それに貼られている金箔のイニシャルは《M・X・C》となっているが、Xはマデリーンのミドルネームであるxanda《ザンダ》を意味しているにちがいない。おかしなものを好む彼女の子供っぽい癖により、数秘学的な意味合いから自分で選んだ名前だ。厚紙製の札に記されている《二一五》という数字は部屋番号だろう。

だがこんな時間に妻を起こしたくはない。あの愛すべき魔女はもっと寝ていたいはずだ。今目覚めさせたら明日の昼間に眠気を催させることになる。

「――部屋は空いているかね？」と尋ねた。

「今満室でしてね」と年配の受付係は機嫌悪そうに答えた。「隙間もないほどですよ。まったく、来る人来る人に何度同じことを言えばいいのか」

「それじゃ仕方ないな」とハーバートは返した。

「わたしが悪いわけじゃありませんからね」と受付係は言う。「文句を言われるのは願いさげですよ。まったく、海端で夏休みをすごしたい人がこんなに多い年もないってもんです。きっとみんな戦争に行って帰ってきた人たちでしょうな。わたしが寝る場所さえろくにないありさまです。屋根裏部屋の古ぼけた軍用ベッドを、日中の受付当番をしているジョージと共同で使っていますよ。ジョージのせいで、部屋にあるものになんでもかんでもライラック水の匂いが付いちまってます。わたしの齢《とし》になると、あれには参りますな」

「空いてないのは残念だな」とハーバートは言った。「といっても、ひどく困るというわけでもないがね。ただ今夜のうちに読まなきゃならないものがあるから、部屋があれば都合がいいと——」

「朝になればきっと空きますがね」年配の受付係はいくぶん和《やわ》らいだ調子でそう言いだした。「客のだれかが死んだりするかもしれないしね。それはそうと、今何時です？　ああ、なんてことだ、もう午前二時か。まだ午後十一時ぐらいかと思ってましたよ。それがもう朝も近いころとは。この三、四時間のうちに、客のだれかがこっそりチェックアウトしたかもしれません。朝の五時半にクアホッグを発《た》つバスに乗るために、今ごろの時間に宿を出る客がときどきいるんですよ。チコピーからニューヨーク行きの特急列車に乗るんでしょうね。まあ一概には言えませんが」

「二一五号室はどうかね？」とハーバートは訊いてみた。「まだ客が入ったばかりか、それとも朝にはチェックアウトしそうだろうか？」

「二一五号室ですって？」と年配の受付係は訊き返した。「海に面した、浴室付きの一人部屋ですな。一週間分で九十一ドル四十五セントになります。たしかご婦人が入ってたはずですが」

受付係は宿帳をめくった。

「やはりそうです。ニューヨークのハーバート・クリーディー夫人となってますな。二日前に宿をとったお客さんです。ちょっとだけ憶えてますよ。若くて物静かな、夢見るような顔をした金髪のご婦人でしたな。いえ、わたしの知るかぎり、朝に発つってことはないと思いますね。一週間分の支払いを済ませていますから。たしか、夏のあいだずっと泊まっていたいような口ぶりでした」

「玄関ドアのわきに彼女の鞄があるのを見て、それで訊いてみたんだがね」とハーバートは打ち明けた。「ここに着いたばかりか、あるいは朝に発つ予定か、どちらかだろうと思って」

「その鞄もほかのと一緒に、ジョージが階下《した》におろしたんです」と受付係は言う。「わたしはもう老齢《とし》だから、荷物運びは難儀なので。たぶんあそこに置くよりは、倉庫室に置いたほうがいいとは思いますがね。特急列車で送り届けてほしいってことでしょうから。とにかく、二一五号室はまだ空きませんね。でもほかの部屋が空くってことがないとはかぎりません、いつもそうですがね。とにかく、今のところ空いてる部屋がないのが、わたしのせいじゃないってことはたしかなんです」

「残念だが仕方ないね」とハーバートはまた言った。「ほんとは夜中に仕事をしたかったんだが、朝になればどこかで仮寝《かりね》できるところぐらいは見つかるだろう。ちゃんとした部屋じゃないとしてもね。ちょっとこのロビーで坐って休ませてもらってもいいかな？」

「どうぞご自由に」

ハーバートはブリーフケースを携え、カウンターに背を向けた。玄関わきの壁にとり付けられている照明に近い大きなソファを選び、それをふたつ並ぶ電球の下まで引っぱってきた。

坐った膝の上にブリーフケースを置き、脚付きの灰皿を引き寄せた。葉巻容《い》れをとりだし、インヴィンシブル〔キング・エドワード葉巻の銘柄〕を一本抜きとって、その一端を切りとり、マッチで慎重に火を点けた。ブリーフケースを開け、脚本原稿のひとつを選びとった。

ロビー奥のカウンターの内側にいる年配の受付係は淀んだ目でハーバートを束の間見ていたが、やがて頭をふたたび下方へと徐々に沈めていった。

第三章　死のシナリオ

当初は列車のなかで多少とも脚本読みを進めるつもりだったが、しかし客車は混んでいるうえにうるさく、通路には薄汚れた荷物が山積みされていたり、恋人たちがいちゃついていたり、弁当の包み紙が散らかっていたり、穢《きたな》い顔をした子供たちがあちらこちらによじ登っていたりするありさまだった――しかもそんな子供を二人つれた派手な身なりの母親がハーバートの隣の席に陣どっていた。

それらにも増して気が散って仕方なかったのは、マデリーンに再会できるかもしれないというゾクゾクするような期待感のせいだった。あるいは逆に彼女は結局ザ・ブレーカーズを訪れたわけではないかもしれないという、小さいながらも落胆させる可能性のためでもあった――仮にこのホテルに来ていたとしても、泊まれる部屋がなかったとか、夫と一緒でないと感傷的になりすぎるとわかったとか、そういった理由でどこか余所《よそ》へ行ってしまったかもしれない。あるいはまた、ここに来る途中でどこかに立ち寄ってそれきりになっているかも。さらにはまた、なにかしら病気に罹《かか》ったりとか、記憶障害が起こったりとかして、目的地にたどりつけなくて行き倒れになっているような場合もなきにしもあらずだ。

ハーバートは決して空想癖がすぎる男というわけではない。演劇プロデューサーという職業柄、むしろ放埒な空想とは対極にある思考法を要求されている。現実的で思慮深い人間であるつもりだ。それでもなお、ことマデリーンについて考えるときには、たいへんなことになっているのではないかと想像が先に立ってしまう。危険な目に遭っていはしないか、命まであやうくなっているのでは……彼女の物思わしげな優しい笑顔が、ハーバートの目の前で昏《くら》い霧に曇り……彼女の華やかな詠嘆の声が高まったと思うと、たちまちのうちに列車の轟々《ごうごう》たる走行音に掻き消され、叫びつづける言葉もまったく理解できないまま失せてしまい……

それはちょうどハーバート自身が病に倒れたときの感覚に近い。倒れたあと若医師バースウェイトによって病院に担ぎこまれたとき、付き添うマデリーンの顔がすぐそばにあり、彼女のまさにそんな感じの声が分厚い灰色の帳《とばり》を透かすようにくぐもって聞こえていた。彼女のぼんやりと薄れがちな笑顔、若医師に向けられているのか自分に向けられているのかわからない彼女の声。必死に彼女の言葉を聞きとろうとしても、理解が叶わなかった。あれはひどくつらい体験だった。

ともあれ、今こうしてマデリーンの居場所がつきとめられた。今彼女はすぐ近くにいる。同じ屋根の下で、上階にある浴室付きの海に面した二一五号室に。開いた窓から届く寄せては返す波の音を聞きながら、暗夜の眠りを貪っていることだろう。そして平素ならば前夜の就寝時間が早かろうが晩《おそ》かろうが、朝の九時から十時ごろにようやく目を覚まし、腕を広げてのびをしたり欠伸《あくび》をしたりする。睡眠に関しては彼女はまるで仔猫のようだ。

そんなときハーバートが上階にあがっていったら、マデリーンはさぞ驚くだろう。部屋の戸口に立つ夫の姿を見て、信じられないという表情で目を瞠《みは》り、欠伸を止めるために口にあてた手をどかすことも忘れてしまうにちがいない。そしてつぎの瞬間には、歓喜の顫《ふる》えとともに夫の腕のなかに跳びこんでくるのだ。

「ああ、ハーバート！　こんなに素敵なことが本当に起こるなんて！　しかも今日はわたしたちの結婚記念日よ！　ああ、愛《いと》しいハーバート！」

　するとそこでハーバートがこう言う。「きみへのプレゼントを持ってきたよ、魔女さん」

「まあ！　なにかしら？」

「当ててごらん」

「ああ、ハーバート、じらさないで。早く見せてちょうだい！」

「これだ。わたしはオスカーと呼んでる」

「ああ、ハーバート、とても素敵な贈り物よ！　わたし彼を気に入ったわ。彼をくれるなんて、あなたはなんて優しい人なのかしら！」

　だがそれらは今から七、八時間後に起こることだ。今はただ静けさがつづいているだけだ。そのときまでには全部の脚本原稿にざっと目を通せるだろう。見どころがあると思えるのはおそらくせいぜい三つか四つで、それらは仔細に読みなおすことになる。アソシエイテッド・プロデューサーズ社は殺人事件を題材にした劇を強く希望していると、事務所で読んだ手紙には書いてあった。サム・ルイスの脚本も同様のテーマだった。

　ハーバートは開いた原稿のひとつを手にしたまま、葉巻の灰を落とし、ふと顔をあげた。

　炎のない暖炉のなかでは、依然として灰の山から細い煙の筋が揺らぎもせずまっすぐに立ち昇っている。壁ぎわに並ぶ鉢植えの椰子やゴムの木は枯れているように見える。奥のカウンターでは、軸の長い卓上灯の下で年配の受付係が相変わらずうたた寝している。カウンターのわきには緑色の絨毯が敷かれた白木手摺りの階段があり、その下では黄と緑の羽根を持つ鸚鵡が翼に頭を埋めて眠りつづける。だがそれらのただなかで、なにかが動きながら迫ってくるような……

それがなにかわかった。ハーバートの目の前で上方へのびている階段の途中の踊り場で、電球の仄明かりの下に、一人の若い男が立っていた。灰色の上着を着た痩せた男で、黒髪の下の顔は色白で、目のあたりが翳《かげ》っている。

男は縞模様の入った亜麻布製の旅行鞄をひとつさげていた。それを持って階段をおりてくる途中で立ち止まったというふうだ。玄関わきでソファに座したハーバートに目を据えたまま立ちつくしている。

ハーバートは葉巻を口に咥《くわ》えなおし、煙を吸いこんだ。

「こんばんは」と彼は声をかけた。

「どうもこんばんは」と若い男は階段から挨拶し返した。そして慎重に階段をおりはじめた。

「大丈夫だよ」とハーバートは気安い調子で言った。「寝ているから」

若い男はハーバートに視線を据えたまま、階段をおりきった。やや恐るおそるという風情で、絨毯敷きの床を爪先立ち気味に歩いてくる。鞄を片手にさげ、依然ハーバートを見据えている。玄関ドアの片側に寄せられている三つの鞄と同じところに自分の鞄を置くときも、目は彼のほうへ向けたままだった。

玄関のわきでなにやら躊躇するように立ちつくしている。

「すみません」とようやく口を開いた。「先ほどおっしゃったことがよくわからないもので。寝ているから大丈夫、と言われたようでしたが？」

「受付係のことさ」ハーバートは煙を吐きながら愛想よく説明した。「宿泊代を節約しようとしているんじゃないかと思ったからね。わたしも若いころにはやったものだよ。宿屋をいくつもわたり歩かねばならないときには、荷物を持ってこっそりとね」

「いえいえ、そういうわけじゃありません」と若い男は笑いながらも真摯な口調で言い返した。「ぼくは日中の受付係を担当しているジョージ・サッツと言いまして、ここの従業員です。今はお客さまのお荷物を運んできたところでして」

色白の顔が少し汗ばんでいる。波打つ髪を撫でつけようとして右手をあげたとき、人差し指と中指に紫色のインクが付いているのが見えた。

「ずっとこちらにいらっしゃいますので？」とジョージ・サッツが尋ねた。

「さあ、どのくらいかな」ハーバートは苦笑しながら、アメリカ人の男がよくする答え方をした。「家内に訊いてもらったほうがよさそうだがね」

「いえ、つまりその、このロビーにずっといらっしゃるのかをお尋ねしたかったんですが」

「いい脚本が見つかるまでは、いつまででもここにこうして坐っているつもりだ、と答えるのがいいかもしれないな」とハーバートは言った。「この椅子から転げ落ちそうなほどいい作品が見つかるまではね」

「では、脚本家でいらっしゃいますので？」

「脚本家じゃなくて、脚本医といったところかな」

「脚本医、とはまた、どのようなお仕事なのでしょう？」

「脚本家と呼ばれる連中は、自分の仕事を完全には理解していないのさ」とハーバートは説明をはじめたが、早くも退屈しかけていた。これまでに同じ説明を何度もしてきた経験があるためだ。

「脚本家は創造性に富んだ空想力を持っている者たちで、空高く跳びあがりすぎて雲のなかにでも見境なく跳びこんでいくような性質がある。あるいは馬に騎《の》って舞台に駆けあがったまま、舞台からおりるのを忘れてしまうようなところがある。あるいはまた、騎る馬もないのに背の高い馬に騎ったつもりになる〔背の高い馬に騎る＝威張り散らす意の諺〕ような連中なのだ。彼らが書く台詞《せりふ》は脚本に載っているときはいいものに見えるのに、実際に俳優が喋ると安っぽくなったりする。彼らが考える芝居は、アイデアを聞くかぎりではとてもよさそうに思えるのに、実際に演じようとするとだれも巧くやれない。要するに彼らは空想家なんだな。現実に即するってことが彼らにはむずかしいんだ。

　わたし自身はといえば、創造性に富んだ空想力を持っているとは言いがたい」とハーバートは説明をつづける。「登場人物のキャラクターを考えてみろと言われれば、わたしにはできないし、芝居のプロットを出してみろと言われてもできないし、台詞を書いてみろと言われれば、しっかりはしていても退屈でしかないものしか書けない。だが現実性に関するかぎりはたしかな感覚を持っている。つまりは地に足がついているということだ。なにをやれば巧く行くかを知っており、なにをやれば巧く行かないかもわかっている。それでわたしは脚本の医者になれるわけだ。空想力のある脚本家たちが創ったアイデアを修正して、だれにでも演じられるものに変えることができる。大した役割じゃないように聞こえるかもしれないが、じつは重要な仕事だと思ってる。多くのよい脚本を失敗から救い、逆に悪い脚本が演じられるのを防ぎもする」

　ハーバートは葉巻の灰を振り落とすと、それきり若い男サッツから顔を逸らして、ふたたび脚本原稿をとりあげた。初めは宿賃詐欺が階段をおりてきた程度に見なしていたが、この手の若者を相手にすることはおもしろくもある。そう考えながらまた葉巻を咥えた。この男となら巧くやれるかもしれない。

「そういうお仕事をなさって、どのくらい実入りがあるものでしょうか？」と若者サッツが尋ねた。

ハーバートは無表情な目の上の両眉を吊りあげた。サッツは寄せ集められている鞄を椅子代わりにして腰をおろし、両手を膝の上で組みあわせた。陰になった額には白い肌に汗が玉をなしている。

「二十五パーセントのロイヤルティーを受けとるのが契約のつねだね」とハーバートは答えた。

「もちろん、わたしが関心を持った企画にかぎられるがね」

「じつは、ぼくも演劇の脚本を書くことにずっと興味を持っていまして」息を呑む音をさせながらサッツが言いだした。「今もひとつストーリーのアイデアを持っていまして、できたらそれを評価していただきたいんですが。モノになるかどうかといったあたりについて」

ハーバートは思わず身震いした。もう少し用心すべきだったかもしれない。フィッシュマーケット劇場は大望あるアマチュア脚本家が集まる場だ。そうした者たちの存在をいっとき忘れてしまっていた。ひょっとしたら、二十マイルほどの圏内にいるホテルのボーイやタクシー運転手やレストランのウェイトレスたちのすべてが脚本家の卵かもしれないではないか。そういう者たちが一斉に押し寄せたら、たちまち押し潰されずにはいまい。

「そのうちわたしの事務所に送ってくれたまえ」とハーバートは言った。「よければ送り先を書いていくから」

「なんでしたら、今アウトラインなりともお話しさせていただきますが」サッツは痩せた両手をしっかりと組みあわせ、額には相変わらず汗を滲ませている。「もしこの場に夜通しいらっしゃるようでしたら。そう長くはかかりませんので」

「どういう種類の劇にするつもりかね?」

「殺人事件を扱った劇です」

「ある種の形式ができあがっているタイプの劇だね」とハーバートは評した。「殺人事件が起こり、疑いが拡散される。たくましい正義の主役に疑いの目が向けられ、麗しのヒロインとの恋愛のテーマも伴う。そこまでが二幕で、最後の三幕めで事件が解決する。真犯人が逮捕され、主役とヒロインは抱擁しあう。すでに飽和状態にあるジャンルだと思わざるをえないね。新しいアイデアを生みだすのはむずかしいだろう」

「でも、これはそういうものとは少し異なります」

「どう異なる?」

「まず」とサッツは説明をはじめた。「ここに主役となる若者がいます。主役としてはたしかによくあるタイプで、ハンサムであり紳士であり感受性豊かであり知的であり魅力的でもあります。名前は、そうですね——ゴードンにしておきましょう。実際にありそうな、いい名前じゃないでしょうか。シンプルだし男らしいし。このゴードンは、才能のある若い脚本家という設定です」

ハーバートはニヤリとした。アマチュアの物書き志望者は、小説家や脚本家をよく主人公にしたがるものだ。本人が小説家志望か脚本家志望かによる。

「つづけてくれたまえ」

「はい。この主役に思いを寄せる年上の夫人がいます。名前は、そう——ブリード夫人としましょう。この女性の夫は陸軍軍人で、海外で従軍しています。南太平洋か、あるいはフランスかイタリアでもかまいません。どこでもさほどちがいはありません。劇中ではあまり重要でない人物ですので。海外従軍地での少佐あたりの地位の軍人でいいでしょう」

「重要でない人物なら、今は略してもいいだろう」とハーバートが示唆した。「劇中での重要人物に集中したほうがいい」

「はい。とにかく、この人物は財産を持っていますが、夫人もまた、この夫のみに頼らなくてもいいだけの財力を持っています。自分で豪華なアパートメントを所有しています――ニューヨーク五番街のアパートメントにしておきましょう。お金の使い方もまた巧みで、目の玉が飛びでるほどに高価な宝石類なども所有しています。彼女は主役ゴードンの母親に近いほどにも年上ですが、彼に対してはわれを忘れるほど夢中になっています。ぞっこんというやつですね。それほど魅力的な男だからであり、好きにならない女はいないほどなのです」

「で、ゴードンは夫人の思いに応えているのかね？」ハーバートは葉巻を吸いこみながら訊いた。

「いえ、充分に応えているとは言えません。年上の女性にたやすく靡《なび》く若者がそうやたらにいるでしょうか？　それほど年齢差というものは大きい壁でしょう。でもそんなよそよそしさもまた、夫人には可愛らしく感じられるのです。少なくとも夫人がそのために傷つくほどではありません。パーティーなどで会えば寄り添いあって楽しいときをすごします。但し、夫人はゴードンに大金を貢いだりはしません。いわゆる〈ひも《ジゴロ》〉になるタイプの男ではないので。とはいえ、ゴードンが仕事にあぶれていることについて夫人はとても心配しています。それで、彼がお金に困っていると打ち明けたときには、五十ドルぐらいを貸してやります。彼のほうは当然、紳士としては厚意に甘えるのが礼儀と心得ています」

「で、その劇の恋愛テーマというのはそれなのかね？」とハーバートが糺した。

「いいえ、ここにもう一人女性が登場します。若い女性で、彼女が恋人役となります。年上の夫人は、名前をなんとしましたかね――ブレス夫人でしたでしょうか？」

「ブリード夫人だな」

「そうでした。で、その若い女性のほうは――スーにしましょうか。じつに愛らしい女性です。ゴードンのほうはこのスーに夢中になっているのです。彼女のためならなんでもしてやりたいほどで、一方彼女もまたゴードンに夢中です。これこそが恋愛ですね、相思相愛というやつです。もちろんゴードンはそのことをブリード夫人に知られたくありません。夫人の気持ちを傷つけたくはないので。


そんな主役のゴードンですが、夏場にニューヨークの外へ出てやる仕事を見つけます。さほどの重労働というわけではなく、仕事の合間に脚本を書くこともできると喜びます。それでブリード夫人には、ウィチタかポートランドあたりで飛行機にかかわる仕事をすることになったと嘘の言いわけをします。仕事をはじめたところでスーを呼び寄せ、一緒に暮らしはじめます。すべてが薔薇色でしたが、そこで悲劇が起こります。だれが登場すると思われます？　そう、どこからともなくブリード夫人が現われるのです。二人がいる同じ土地に夫人がやってくるとは、だれに予想できるでしょう？　それはまったくの偶然なのです。

この局面、想像できるでしょうか？　ゴードンの知らないうちに突然ブリード夫人がやってきて、スーと一緒にいるところを見てしまいます。夫人はゴードンに食ってかかり、今まで貸していたお金をすぐに返しなさいと迫ります。返せなければあなたはろくでもない〈ひも〉《ジゴロ》よ、となじります。ほかにもあれこれ罵詈雑言を。それでゴードンは夫人の煩《わずら》わしさに耐えかね、つい首を絞めてしまいます」

「殺すのか？」

「夫人はぐったりと床に倒れ、息をしなくなります。つまりは死んでしまうわけです」

サッツは束の間痩せた両手の掌《てのひら》を擦《こす》りあわせながら、息を呑むふうなようすを見せた。

「きみは抑えた表現をすることになかなか長《た》けているようだね」とハーバートは評した。「ほとんどのアマチュア脚本家志望者は、えてして大袈裟に表現しがちなものだ。きみが今語った絞殺シーンには、なかなか心を動かすものがあるよ。抑制が巧く利いてる。わたしはそう感じるね」と言って葉巻を吸いこみ、少し考えた。「じつにいいシーンだ。ゴードンが首を絞め、夫人はぐったりと床に倒れる——とても効果的だ」

「その場面はだれにも見られていません」とサッツは先をつづけた。「目撃者がいるようでは台なしになります。まちがいありません——劇自体が台なしです。観客が辟易《へきえき》するだけでしょう。現実によくあることにすぎませんから。舞台の上でなくても」

「きみの語るプロットの新しいところとは、なんなのかね？」ハーバートが問い糺《ただ》した。

「主役のゴードンが逃げおおせてしまうところです」とサッツは答えた。

そのあと一瞬身震いした。鞄の山に座したまま、またも両手を擦りあわせ、悲しみに翳る目でハーバートを見返した。

「ゴードンは逃げおおせます」とくりかえす。「彼こそ主役ですから。若くて知的でハンサムで、展《ひら》けた未来を持つ男なのですから。年上の夫人の首を絞めたときも、死にいたらしめるつもりなどありませんでした。少なくとも、そんなに強く絞めるはずはないのです。夫人はたくさんのお金や宝石を持っており、生かしておけば彼がそれらを利用することもできたのですから。ただよい人生を送りたかっただけなのですから。だから彼は罪から逃げきるしかないのです」

第四章　マデリーンはもういない

ハーバート・クリーディーは葉巻を吸いこみ、顎を撫でさすりながら束の間考えた。

「たしかに珍しい方向性だね」と論評した。「批評家には気に入られるかもしれない。しかし一般大衆に好まれるかとなると、それはどうかな」

「そうかもしれませんが」サッツは額に汗を滲ませながら抗弁する。「とにかく――この角度から見ていただきたいと思うんです。主役がどうやって逃げおおせるかという観点から。ここでこうやって聞いていただいているあいだなりとも。もちろん、お帰りになるようでしたらご自由にどうぞ。無理にお時間を割かせては申しわけありませんので」

「それはかまわないんだがね」とハーバートが返す。「最も劇的なところでストーリーが止まってしまっているね。その先をどうするかが、技術的な問題になる。ゴードン以外でこの殺人を知っている人物はいるのかね?」

「スーです」サッツは息を呑みながら答えた。「彼女は知ることになります。避けられないなりゆきです――ゴードンと一蓮托生ですから。彼らはたがいに夢中なので、助けあうしかないのです」

「それ以前のブリード夫人とゴードンとの関係については、ほかにだれか知っているのか？」とハーバート。「知っている者がいるなら、ゴードンが疑われずにはいまい。死体が見つかったらすぐにでもね」

「だれも知りません」とサッツは答えた。「彼ら自身以外には。ブリード夫人は用心深い人ですので、ゴードンに夢中になってはいましたが、彼を人目から隠すことに怠りはありませんでした。自分の夫がいつ突然家に帰ってこようとも、彼の存在を気《け》どられるようなへまはしなかったでしょう」

「殺人の場所はどこになるのかね？」ハーバートがさらに糺す。「ゴードンは夏場にニューヨークの外へ出て仕事をすると言ったね。そしてスーと一緒に暮らしはじめるが、そこへ予期せずブリード夫人がやってくると。だがそれはどこの町だ？　あるいは外国か？　それから、死体が発見されるのはどれくらいあとになる？　事件を捜査するのはどこの警察になる？　手がかりを完璧に隠蔽できる可能性はあるのか？　殺人という犯罪ではそれらの問題をつねに考慮しなければならんぞ。わかっているだろうがね」

「場所はといえば、そうした事件が如何にも起こりそうなところ、ということになるでしょうか。そう――」とサッツは答えた。「――たとえばここのような場所です。ザ・ブレーカーズ付属のこんな海辺のホテルはぴったりでしょう。このあたりにある似たような場所でもいいですが」

「このホテルのような場所、ね」とハーバートが鸚鵡返しにした。「ということは、もちろん毎日客室係が部屋に来るわけだな。そして務めをやろうとしたところで、死体を見つけてしまう。ほかに部屋に入る者がいないとしても、それだけは避けられない」

「そのとおりです」とサッツが緊張気味に応じる。「その点については大いに考えました。賢いやり方として、死体をベッドに横たえ、睡眠薬の小瓶をわきに置いて、自殺に見せかけるというのはどうかと」

ハーバートはかぶりを振った。「それでは弱いな。検死では胃の内容物を必ず調べるからね。おまけに気管が破壊されているなど、医学的な証拠がいくつも出てきて、殺人と断定されるのは目に見えてる。さらには、死体の皮膚から第三者の指紋が出てきたなら、犯人を示す決定的な証拠となる」

「ええ、ぼくもそこを考えました」と言ってサッツは息を呑む。「それで結局睡眠薬は諦めたわけです。では、もしも死体が海のなかから見つかったとしたらどうでしょう？　首の絞め痕に残る傷も、海中の岩に擦《こす》れてできた傷と見なされるかもしれません。それに、海中なら発見されるまでに何日も、いや何週もかかるでしょう。そうなれば手がかりもほとんど失われます」そこでまた息を呑んだ。

「犯行現場が海の近くなら、たしかにその手はあるね」とハーバート。「舞台に海のセットを作るのは少々むずかしいだろうがね。それに、きみのプロットではホテルのなかが犯行現場なのだから、死体を海岸まで運びださねばならないことになる。死体ってやつは堂々とは運べないよ。ロビーで受付係やほかの宿泊客に見られたら一巻の終わりだからね」

「ぼくもそれを考えました」とサッツは言い、痩せた両手を擦りあわせる。「そこで、死体を抱いて立たせ、夫人が酒に酔ったのでささえてやっているように見せかけ、歩く手助けをしているふりをするのはどうでしょう」

ハーバートはニヤリとした。「映画でも演劇でもときどき使われる手だね。だがあまり説得力を持ちえないんだよ。死体は生きている人間とはまるでちがうからね。死後硬直していたり、あるいは逆にぐったりしすぎていたり。ひとつの手段として試してみるのもいいかもしれないが、目撃した人々はほとんど真に受けないだろうね」

「ぼくもその惧《おそ》れはあると思いました」とサッツは言って、また息を呑んだ。「そこで、死体をトランクに詰め、旅の荷物に見せかけてカリフォルニアに運ぶという手も考えました」

「運ぶ道中で発見される惧れが大いにあるね」とハーバートは評した。「却って人目を惹くばかりだし、警察に疑われる可能性も高くなる。ゴードンが人並はずれて体力強壮な男ならやれなくもないだろうが——しかしきみは彼の人物設定をそういうふうにはしたくないはずだ。となると、トランクを運ぶための協力者が必要になる。そうでなければ、配送会社や配達人に依頼し、見積書にサインしなければならない。そもそもトランク自体、事前にどこかから調達する必要があるね。トランクの売り主は買った客の顔を記憶するかもしれないし、これまた契約書のサインが残る。どうあっても足がつくことになるわけだ。そういった危険をあれこれ冒さねばならないくらいなら、いっそ自分が海に跳びこんで溺れ死んだほうがましだと思ってしまうかもしれないよ」

「ぼくもそういう惧れについては考えました」とサッツは言い、また息を呑んだ。

ハーバートは葉巻の煙を吸いこもうとした。どうやら火が消えたようだ。つい吸い口を嚙んだ。「非常に劇的でおもしろいシチュエーションであるのはたしかだ」と評した。「あとはテクニカルな問題だな。きみにはキャラクターを創りだす才能が疑いなくあるね。人物像がとてもヴィヴィッドに描きだされている。その面は平均的な筋書きを大いにうわまわる。ゴードンという男が目に見えるようだ。一般大衆が歓迎する展開ではないかもしれないが、そうした理知的な面での問題点があればこそ、わたしもきみと同様に、ゴードンが罪から逃げきるという展開をおもしろく思うね。

たとえば――」

そこでまた葉巻を嚙んだ。

「――たとえば、死体をバラバラに切り刻んで、普通の大きさの鞄いくつかに分けて入れるというのはどうだろうか。そうやってひとつずつ運べば、人目を惹かずに済むんじゃないかな。たとえばあの泥底沼の畔《ほとり》は、以前は犬や牛が迷いこんで出られなくなることがよくあったそうだな。あの沼がまだ柵で囲まれる前のことだ。そこに鞄をひとつずつ持っていって、柵越しに投げ捨てればいい。そうすれば巧く処分できる。もちろんいくつかの鞄が必要になるわけで、とくに頭部をちょうどよく入れられるものを見つけるのはむずかしいかもしれないが。それでもとにかく、この方法がいちばん上等だと思うね」

「ぼくもその手を考えました」とサッツが言う。「頭を入れるのは、帽子箱がちょうどいいでしょう」

ハーバートは感心したようにうなずいた。

「帽子箱はいいアイデアだな。そう、それで完璧だ。ゴードンとブリード夫人が知己同士だと知る者はいないし、夫人が彼の滞在するホテルにやってきたことを知る者もいないんだからな。夫人は単に失踪したと見なされるだけだ。そして彼は夫人の金銭や宝石類も自分のものにできるし、なによりも若い女スーと一緒にいつづけられるというわけだ。スーも謂《い》わば共犯だから、警察に密告したりする心配もない。彼は完全に逃げおおせたことになる。

これはすごいぞ！」めったに使ったことのない感嘆の台詞を吐いた。「これほどとんでもないプロットは今まで聞いたことがない！　なんて恐ろしい犯罪者たちだ！」

サッツは鞄の山から立ちあがった。顔に汗が滲む。虚《うつ》ろに翳る目でハーバートを見すえ、息を呑んだ。

「すみませんが、その椅子を動かしていただけますか？」

「椅子を動かす？」

「通り道がふさがれていますので」サッツは穏やかに沈んだ声で言った。「お気づきではなかったですか？」

ハーバートは面食らった表情で自分のまわりを見まわした。たしかにふさいでいた。大きなソファを電球の下まで引っぱってきたために、ソファの一端が玄関口へ三、四インチもはみだしているのだった。片側に寄せたつもりでいた自分の旅行鞄も、玄関口を真ん中でふさいでいた。

「これはまた、悪かったな！」と言って立ちあがり、ソファを手で摑んでどかした。「もっと早く言ってくれればいいのに」

「わざとそこに坐っていらっしゃると思ったものですから」と言ってサッツは息を呑んだ。『いい脚本が見つかるまでは、いつまででもここにこうして坐っているつもりだ』とおっしゃったとき、本気でいらっしゃると感じましたので。ありがとうございます」

サッツはそう言ったあと、階上から持ってきた鞄をとりあげ、左腕の腋《わき》にかかえた。それから玄関の横に寄せておいた三つの鞄のうちのひとつをとりあげ、右腕の腋にかかえた。ひどくすばやい動作だ。それから身を屈めて、ほかのふたつの鞄もとりあげ、左右の手それぞれに持った。そして片足でハーバートの鞄を押しやってどかし、ドアノブに付いている湾曲した把手を摑み、玄関を開けた。

暖炉のなかの灰に埋もれた熾《おき》が玄関口からの微風を受け、不意に焔を蘇らせた。鉢植えの椰子がかすかに揺らいで埃が落ち、葉の緑が鮮やかさを増したように見えた。豪雨を浴びたあとのジャングルの木々のように。この永遠とも思える束の間の時間のなかで、カウンターで居眠りしつづけている年配の受付係の鼾《いびき》の音が、さながら凶暴な人喰いトカゲの唸り声のように響く。階段の下の止まり木で寝ていた鸚鵡が不意に顔をあげて啼きだした。

ハーバートの鞄をサッツが足で押しやった瞬間、留め金がはずれて鞄の中身が飛びだした。一緒くたになったシャツや靴下や海水パンツやビーチローブや小物容れ袋などに混じって、小さな黒い魔神人形が転げでた。それはロビーの床でくるりと起きあがると、うなずくように揺らぎながら、笑みを浮かべる鰐の顔でサッツを嘲《あざわら》うように見すえた。

サッツは冷たく黒い瞳に怯えを滲ませて人形を一瞥し、色白の顔をいっそう蒼白にした。四つの荷物をしっかりとかかえなおすと、急いで玄関口から外へ駆けだしていった。

通り道からどかしたソファの肘掛を摑むハーバートの手に、われ知らず力がこめられた。体じゅうの血が沸き立つようだ。

サッツの筋書きに脳を鷲摑《わしづか》みにされていた。恐ろしいアイデアだ——女誑《おんなたら》しの若い男が、海外に出征している軍人の夫人を無慈悲に葬り去る話だ。しかも尻軽な若い女が男をけしかけ、人殺しのなりゆきを見物している。すべてがあまりにもヴィヴィッドだ。男が夫人の死体をどうやって処分するか、夫人の金品や宝石類をどうやって奪うかまで描きだしている。

マデリーンは今三十歳だが、ああいう浮ついた若僧には年配の夫人と思われてもおかしくない。マデリーンが家計のために蓄えている金銭や、少ないながらも質のいい宝飾品類などは、夫であるハーバートの経済的余裕が許す範囲のものとはいえ、サッツのような男の目にはかなりの財産と見えるかもしれない。

あの男の指に付いていていた紫色のインクは、マデリーンの机の上で見つけた中身のない薄紫色の封筒に上書きされていた文字の色と同じではないか！

しかもあの男はマデリーンの山羊革製の鞄まで持ちだしていった！

なんてことだ！　マデリーンはあの男と道ならぬ恋に落ち、夫から逃げようとしてこの地を訪れ、あんなハイエナのようなやつの犠牲になってしまったのにちがいない……

自分がどうやって階段を昇ったかも憶えていなかったが、ハーバートはいつの間にか緑色の絨毯が敷かれた二階の廊下に立ち、つらなる部屋べやの列のなかの《二一五》と記された白いドアを前にしていた。手に持っているなにかでドアを叩き、ノブを摑んで開けようとした。もう一度叩き、もう一度開けようとした。

「だれなの？　なんの用？」

マデリーンの声だ！

おお、なんて莫迦な勘ちがいをしていたのか！

張り詰めていた神経が一気にほぐれ、ハーバートはへなへなとその場にくずおれそうになった。

自分の手を見おろした——われ知らずその手に持っていたものを。ドアをノックするのに使ってしまったそれは、あの小さな魔神人形だった。あのとき床に転がりでたのをつい拾いあげたのにちがいない。思わず弱い笑みが浮かんだ。

落ちつかなければ。莫迦な勘ちがいに衝《つ》き動かされて興奮していたことを、マデリーンに気づかれてはいけない。

「やあ、魔女さん」と呼びかけた。「わたしだ、ハーバートだ」

「あなたなの！」

「こんな時間に起こして悪かった。ほんとにわたしだ。戦地から帰ってきたんだ。ちょっと入れてくれないか？」

「ああ、ハーバートなのね！　信じられないわ！」

掛け金をはずす音がしたあと、ドアが開けられた。マデリーンがそこに立っていた。彼女は歓喜のあまりか、かすかに体を顫《ふる》わせたと思うと、部屋に足を踏み入れた夫の胸に跳びついてきた。

ハーバートの顎の先に触れる妻の髪は、いくらか乱れているうえに湿っていた。体にはバスローブをまとっている。

「わたし、眠ってたわけじゃないわ」とマデリーンは言う。「見てわかったでしょ、まだベッドに横たわってはいなかったの。さっきお風呂から出たばかりなのよ。だから体じゅう少し湿ったままなの。ああ、ハーバート、あなたが来るかもしれないと予感できていたらどんなによかったか。今は骨身に沁みてそう思うわ。わたしがここに来ているとどうしてわかったの？」

「ただの勘だよ」ハーバートは声を落ちつけるべく努めつつ答えた。「家に帰ってみると、きみがいなかった。これはきっと、結婚記念日だからここを訪れているんじゃないか、そう思ったまでさ」

「今年で七度めの記念日よね？」

「六度めだ」とハーバートが訂正した。「今夜の午前零時でね」

「ああ、ハーバート、いつもものごとをきちんと考えすぎる癖があるのよね。でも今日のあなたは、少し興奮してるんじゃない？　心臓が高鳴ってるのを感じるわ」

「脚本家志望者から芝居の筋書きを聞かされたばかりでね」とハーバートは言いわけした。「若き老水夫〔十八～九世紀英国の詩人S・T・コールリッジの怪奇詩『老水夫行』にちなむ〕で、つい惹かれてしまったのさ。なんとも怖い話で、心底ゾッとさせられたよ」

マデリーンは両手をハーバートの胸に添えたまま体を離し、顔を見あげた。

「そうだったの。どんな話？」

「いや、どうってことはない。今は忘れよう。それより、きみへの土産物があるんだ、魔女さん。気に入ってくれるかな？」

ハーバートは右手をあげ、そこに持っている魔神人形をさしだした。サッツのときと同じように、人形はマデリーンを嘲うように見すえた。後ろに鋭い蛮刀を隠し持ち、顔を白く塗りたくった、ヴェラ・ラヴェラ島の原住民の男に対しても、人形は同様に嘲っていた……

マデリーンが口を開け、怯えの悲鳴をあげはじめた。

その瞬間、ハーバートは彼女の肩越しに部屋の奥を見やり、ベッドの上にある帽子箱にふたたび目をとめた。《E・B》と記されている箱だ。ついさっき部屋に足を踏み入れたとき、すでに一度目にしていた。《E・B》がエミリー・ブレナーハセットを意味することは疑いない。派手好きでおつむが空っぽの哀れな老夫人。若い男とカクテル・パーティーに目がなく、縮れ毛の髪をして顔はけばけばしい化粧で固め、十六歳の小娘じみた衣装を着ている人。大金とダイヤモンドを持つ人。ブリード夫人とは、すなわちブレナーハセット夫人なのだ。哀れに老いた化粧まみれの顔は、今あの帽子箱のなかに……

そして若僧サッツの恋人スーは、今目の前にいるマデリーンにほかならない。

ハーバートはかつての自分の病状を思いだした。マデリーンがいつも食事に添えてくれたスープと、若医師バースウェイトが告げた診断を思いだした。自宅で見つけた殺鼠剤の残りも思いだした。それから、新婚旅行のとき彼女に買ってやったトチノミ製の人形も思いだした。ハーバートがそれをギフトショップで見つくろっているあいだに、彼女はドラッグストアで殺鼠剤を買っていたのにちがいない。あのトチノミ人形に彼女はハーバートと名付け、それに針を突き刺していた……かつての彼女の習慣も思いだした。シャワーを浴びたあとだろうとかまわず、すぐベッドに横たわったものだった……

そのほかの些細なこともあれこれと思いだした。外出した日には晩い時間に急いで帰ってきて、ずっと博物館に行っていたのと言いわけした。博物館が五時に閉館することを今のハーバートは知っている。ほかにもいろいろと思いだした。

だがそれらはすべて、これまでも頭の奥のどこかで考えていたことだったかもしれない。ずっと以前からすでに。そのせいで内心いつも思い悩んでいたのではなかったか。そうした些細ながらも苦々しいことについて。ヴェラ・ラヴェラ島で手に入れた魔神人形をマデリーンへの贈り物にしようと思ったときも、たぶんそういうことを考えていた。あの原住民の男が面と向かったとたんに怯えて逃げだした、あのときもたぶん考えていた。

マデリーンは初めからハーバートの殺害を計画していたのだ。彼が持つ資産と、死亡保険金を狙って。多くの第三者を利用して、彼を欺きつづけてきた。倍近くも年上の男と結婚する女には、ありえないことではない。もっと早く気付くべきだった。

だがそんなマデリーンのために、こうしてこの魔神人形を持ち帰ったのだ。

マデリーンの正体はこんな女だったのに！　愛嬌のある優しい笑顔、ブロンドの髪と大きくて無垢な瞳。だがそれももうじき失われる……

こんな事態のただなかにあってさえ、現実的な考え方のできるハーバート・クリーディーには、自分が罪から逃げおおせることがわかっていた。事務所の秘書グレースにも、どこに行くかを告げてはいない。グレースはおそらく、ハーバートが事務所に立ち寄ったのは家で読む脚本原稿を持ちだすためだと見なすだけだろう。そういう場合には原稿読みの邪魔になるから家に連絡しないようにと、グレースには言いわたしてある。あとは読み終えた原稿を事務所に戻しておけば、いざという場合にはグレースがアリバイ証言者になってくれるはずだ。

だがそんな配慮すら必要ないかもしれない。混雑した列車の乗客にハーバートを憶えている者はいまい。いかつい顔をしたバス運転手も、半分寝ぼけたようすからして乗客の顔など憶えてはいまい。たった今階下でうたた寝をしているこのホテルの受付係も、名前さえ告げていないのだから記憶するはずはない。

ただ独りハーバートのことを記憶しているのは、あのジョージ・サッツだ。だがそのサッツも、悔いとともに記憶するだけになる。マデリーンの鞄のなかにサッツからの恋文が入っているのは、まずまちがいないことだ。それが警察の目にとまれば、容疑はやすやすとサッツに向けられる。

そう、ハーバートはこの犯罪から完璧に逃げおおせる。冷静で実際的な考え方のできる性質からして。疑問の余地なくそうとわかる。ひょっとすると、初めから内心のどこかでそのことを考えてきたのかもしれない。だが自分自身本当に逃げおおせたいと思っているかとなると、それはわからない。逃げられても捕まっても、今はもう大したちがいではない。どちらでもかまわない気分だ。

マデリーンとこうして再会できたのだから。たとえ彼女がもうすぐいなくなろうとも……

本作には宇佐見崇之氏による既訳があります。——訳者

つなわたりの密室

The Hanging Rope

第一章　背高のっぽと猫男

劇作家ケリー・オットは出来の悪い芝居を死ぬほど忌み嫌っていた。だがまさにそのおかげで、ロイヤル・アームズ・アパートメントで起こった殺人事件は迷宮入りにならずに済んだのである。そうでなければ、被害者ダン・マッキューを殺害したのは何者とも見当のつかない第三の訪問者であろうとのあやふやな推測のままにとどまっていたかもしれなかった。つまり、背高のっぽと猫男の二人の訪問者（正確には弁護士と神父なのだが）がいずれも帰途についたあとに、もう一人だれかが訪れていたのにちがいないという程度の憶測から一歩も進まなかったかもしれないのである。

とはいっても、この殺人事件自体が複雑にすぎるというわけではまったくない。むしろ様相明快な犯罪事例の典型とすら言えるものである。事件の起こった場所も明確に特定されているし、関与した可能性のある人物もきわめて少数に限られているし、しかもそれらに加えて、犯行ののち犯人がまだ脱出しおおせていない段階で早くも警察が逃走経路に駆けつけていた。またどのようにして犯行がなされたかも、現場を一見しただけでほぼ了解できる。ただひとつ、犯人がどこからどう逃げていったのかという点を除いて。

まず現場を概観してみよう。

事件が起こったのはアパートメント奥の四階に位置する居宅である。広い居間兼書斎と食堂と厨房と寝室と浴室と廊下からなる住居で、ほかに四、五室のクローゼットが付随している。まず第一の殺人の被害者は、そこに住むこの建物のオーナーで、ダニエル（通称ダン）・マッキューという初老の資産家である。実業家だったが引退し、以後は政治の世界での顔役となった人物だ。凶器としてはシャンパン・ボトルひとつと暖炉用の火掻き棒ひと振りが使われた。つづいて起こった第二の殺人の被害者は中年の女性である。こちらは鋭利な刃物で襲われた。これらの道具はともにシンプルである反面、凶器としては粗雑な性格のものであり、その結果必要以上の流血がまわりに飛び散ることになった。犯行時間としては、第一被害者ダン・マッキューの殺害が午前零時三分のことだとわかっており、そののち十分前後で第二の殺人が行なわれた。こちらの時間は女性の悲鳴を聞いた近隣の住人の証言による。

以上のとおり、一見把握しやすい事件ではある。密閉状態のアパートメントのなかで、十分前後の時間内に二人の死者が出た。犯人は被害者の死亡時にまさにその現場にいて殺害を行なったにちがいなかった。また犯行をやり遂げて逃走する直前、警察に前後の出入口をふさがれてしまった。つまり最大の危機的状況のなかでその現場に閉じこめられたと思われる。

にもかかわらず、犯人の顔はだれにも見られることがなかった。煙か霧のように捉えどころのない輩《やから》かと怪しまれるほどに。ダン・マッキューを殺す前に犯人が飲み干したと見られるハイボールのグラスにも似た、透明な存在ではないかと疑われるほどに。第二の犠牲者である女性の血の通う喉を切り裂いた剃刀にも似た、薄っぺらで出入り自在なあやかしではないのかと恐れられるほどに。

しかしじつをいえば、犯人と出くわした可能性のある人物が一人だけいる。たまたまいあわせた元警察官の役人タキシード・ジョニー・ブライスである。このブライスが殺害現場となった寝室から跳びだした直後に、なにかが彼を殴りつけた。あまりに不意のことで、しかもその場に倒れてしまったため、曲者の姿も顔も見きわめることができなかった。またもう一人青制服に身を包んだ大柄な警官が同行していたのだが、こちらはそのときには逃げ去ってしまっていた。当初厨房あたりからカサカサいう物音が聞こえていたが、それもすでにやんでいた。つまり倒されたブライスは、その時点ではこの住居のなかでただ一人の生きた人間だったと言えるのである。こののち犯人がどうやって屋外まで脱出しおおせたのかは、皆目わからないままとなった。

後刻、殺人課の警視ビッグ・バット・オブライエンとともに、現場となったアパートメントを検証してまわっているとき、ブライスはこんなことを口にした。

「彼女が殺されたとき、わたしたちはそこから三十フィートと離れていないところにいたことになります。寝室のすぐ前まで来ていたんですから。時間的にも殺害からほんの数秒後のことだと思います。なのに犯人の姿はもうどこにもありませんでした。だれもいなかったんです。となるとつまり、どこかに逃げ道があったということでしょう」

「だが玄関ドアは内側からチェーンがかかっていたんだぞ」とオブライエンが反論した。「おまけに非常脱出用の窓もなかからロックされていた。ほかの窓も全部同様だ。しかも遺留品がなにひとつ残されていないから、容疑者を絞りこんでいくこともできない。あいつが犯人だと名ざししてくれるような目撃者でも現われないかぎりな。当然指紋もそれらしいものはない。おそらく手袋をしていたんだろう」

指紋さえあればまさに犯人を特定できるのだが、結局不審人物に該当するものは発見できなかった。鑑識班はすでに現場のあらゆる物品から指紋を検出し終えていた。もちろんポール・ビーン（背高のっぽの弁護士）とフィンレイ神父（耳障りな声を出す聖職者）の二人の指紋は予想どおり確認された。両者ともその夜ダン・マッキュー宅を訪ねた者たちだ。だが二人とも事件の前にアパートメントをあとにしている。

「相当頭のいいやつのようですね」とブライスが論評した。「それに、わたしが迂闊《うかつ》だったことも犯人を助けてしまった。この悔しさを晴らすためにも、なんとしてもつきとめてやりたいものです。どうやって逃げたのかってことをね。きっとなにか方法があったはずです」

そう、たしかに脱出方法はあったのである。少々手間どりはするが、やがてそれはつきとめられることになる……驚くにはあたらない、逃げた以上逃げ道があるのは当然なのだから。唯一の抜け道がどこかにあることは。そのひとつだけで犯人には充分だった。

被害者ダン・マッキューと契約する弁護士ポール・ビーンはつぎのように供述した。当夜そろそろ暇乞《いとまご》いをしようと思った彼は、飲んでいたハイボールのグラスをわきの小卓に置き、葉巻の火を灰皿で揉み消して、懐中時計に目を落とした。そして竹馬のように細長い両の脚をゆっくり椅子から離した。

「そろそろ失礼しないといけません、お義父《とう》さん」と、名残《なご》り惜しそうに慇懃《いんぎん》な調子で切りだした。「こちらにお邪魔した日の翌朝は、いつも机の上に仕事がどっさり残ることになりがちですのでね。明日の夕方また参ります。遺言書の草稿を見ていただかねばなりませんので」

「そんなもの、急ぐ必要はないさ」とマッキューは引き止めた。「まだたっぷり年月があるんだからな、わたしが死ぬまでには」

「それはもちろんです」とポール・ビーンは応えた。「ともあれ、今夜はこれで失礼します」

「まだグラスを空《あ》けていないじゃないか。半分も残ってるぞ」

「では名札でも付けておいていただきましょうか。明日またちょうだいしますから」

そう冗談を言い残すと、弁護士はマホガニーの机の上の銀製葉巻入れからコロナをもう一本、去りぎわに失敬した。そしてかたわらに置かれたシャンパンの大瓶をとりあげた。マッキューの明日の誕生日祝いにと携えてきたものだ。包装はされておらず、ボトルの首にはピンクのリボンを巻いてある。ラベルをたしかめてから、机の上に載せた。

緑色の絹地のローブとスリッパ式の室内履きというでたちのダン・マッキューは、グラスと葉巻を手にしたままでくつろぎつづけ、客を玄関までいちいち見送りはしなかった。ポール・ビーンにしても、三、四ブロック離れているだけのパーク・アヴェニューに住んでいる身であり、夕刻にはちょくちょくここに立ち寄っているので、堅苦しい儀礼は必要としていなかった。

長身で痩せた弁護士はコロナを口に咥《くわ》え、廊下を玄関へと向かっていった。途中の左側には食堂への、右側には寝室へのそれぞれのドアがある。暖かな九月の宵だったので、弁護士は自宅を出るときコート・クローゼットをあけることすら考えず、帽子さえかぶってこなかった。玄関ドアを開けてまた閉め、ようやくダン・マッキューのアパートメントをあとにした。

もう言うまでもないだろうが、この弁護士はフルネームよりもポール・ビーン（背高のっぽ）という略称のほうでよく知られている。よほどの場合でないかぎりこの名前以外で呼ばれることはない。二十年前大学で棒高跳びの選手をしていたころは、高跳び用の竹のポールと区別がつかないやつだなどとからかわれることがよくあった。しかも彼が競技するたびに、あいつ自身は踵《かかと》で地面を蹴るだけで、ジャンプするのは竹竿のほうじゃないかなどとスタンドから野次が飛んだ。

ユーモアのセンスのある者にとっては悪意のない冷やかしととれるものだ。だがビーンにはそうした感覚が欠けていた。だから彼は今も生《き》まじめで抜かりのない弁護士である。また彼はダン・マッキューの法律相談役であるばかりでなく、十年ほど前から同人《どうにん》の娘婿《むすめむこ》という縁もあった。つまりマッキューの娘スーの夫だった。

だがポール・ビーンの妻スーは半年ばかり前に悲惨で不幸な死を遂げていた。猫に引っ搔かれた傷がもとで破傷風に罹《かか》ったのだ。血清で治療しようとしたが手遅れだった。当然ながら夫ビーンにとってはたいへんなショックだったが、父親ダン・マッキューにとっても同様以上だった。というのは、マッキューはそれより数年前に息子をも失っていたからだ。ビーンが今もマッキュー宅を週に一、二度訪ねることを欠かさないのはそういう事情からだった。加えてその夜は誕生日祝いのシャンパンを持っていくという用事もあった。

またこれはついでのことだったが、マッキューの遺言書作成についての相談ごともあった。この件についてはマッキュー本人は以前から乗り気でなかった。よく言われるように、遺言書を早く書くと死を招くといった迷信的な不安が無意識裡に働いていたためかもしれない。あるいは単にぐずぐずしていただけのことかもしれない。まだ六十歳で体は壮健そのものであるうえに、昔から長生きの家系だったこともあって、あと三十年以内に寿命が来ると言われても信じられなかったからかもしれない。

だが弁護士であるポール・ビーンは、人の命はいつどうなるかわからないということをよく認識していた。相当額の遺産を慈善事業などに寄付する旨の遺言書を作成しておけば、病院などの救援施設の恩恵を受けやすいことも彼はよくわかっていた。あとはよき友人たちが老後の助けになってくれるだろう。たとえば、かなりエキセントリックな人格ながら悪意のない聖職者フィンレイ神父もその一人だ。また万一のときはビーンが遺言の執行人となれば万事巧く行くだろう。彼ならマッキューにかかわることはすべて知り尽くしているから。だが肝心のマッキュー本人が黙って他人の思いどおりにはさせなかった。ひとたび不承知と言った以上頑《がん》として譲らない性格だった。

さて、ポール・ビーンが現場を離れたのは午後十一時半だった。現場といっても、そのときはまだ殺人は起こっていない。マッキュー宅からアパートメントの廊下に出たビーンは、まず葉巻に火を点けた。大理石の床に彼の細長い影が落ちていた。

エレベーターの前まで来てベルを鳴らした。いつものろのろ動く小さなエレベーターからは返答がなかった。仕方なく階段を使うことにした。階段の途中ではだれにも出会わなかった。一階のロビーに着いて、エレベーターのシャフトを覗くと、籠の上端の渦巻波形装飾が地階までおりているのが見えた。エレベーター係はたぶん夜食中で、ベルの音が聞こえなかったのだろう。

夜の通りへと出たビーンは、パーク・アヴェニューをめざして西へと歩きはじめた。一ブロックほど行ったところで、警邏中の巡査と擦れちがった。太鼓腹の太った男で、街並の影のなかをゆっくりと歩いていた。「こんばんは。ご苦労さんです」とビーンが挨拶すると、巡査は帽子をちょっと動かして返礼とした。さらに一ブロックばかり進むと、こんどは十代前半ぐらいの男の子が二人追いかけっこをしているのに出くわした。歩道から車道に出たりまた戻ったりをくりかえすその子たちにぶつからないようにと、急いで擦り抜けようとして、つい足がもつれて転んでしまった。背の高いキリンが倒れるように路面に這いつくばってしまい、掌《てのひら》や指の皮が擦り剝けズボンの両の膝が破けてしまった。

二人の男の子たちは、しまった、という顔つきになって、ビーンの腋の下をささえて起こしてくれた。ところが、彼が両手両足を路面についてよいしょと立とうとした瞬間、あろうことか子供らが彼の足を蹴りつけた。彼はふたたび腹這いに倒れてしまった。悪童たちは笑いながら通りを逃げていった。

体はあちこち擦り剝くやら気分は不愉快のきわみに陥るやら、おまけに葉巻は歩道のどこかへ落ちて泥にまみれてしまうやらで、さんざんな思いを味わいながらポール・ビーンはようやく立ちあがった。小僧っ子どもはどこかの角へ逃げこんだあとだった。一ブロック前に擦れちがった警邏の巡査ももう視界にはない。仕方なく、大型テリア犬がみじめさを嘆くさまよろしく両の手を広げてさしあげてから、少し足を引きずりながらよろよろと歩きを再開した。やがてパーク・アヴェニューに入り、自身の住まいのある高層アパートメントにたどりついた。

アパートのエレベーター係はまだ仕事をしていた。午前零時をすぎているので、動いているのは住人専用でセルフサービス式の小さな籠だけだった。それに乗って十四階でおり、エレベーター係におやすみの目配せをやった。そして自分の住まいの玄関ドアを解錠した。廊下の向かい側に並ぶドアはすでにいずこも閉めきられていた。

家に帰りはしたものの、妻には先立たれたし、継娘《ままむすめ》のジェニーは夏休みのキャンプに出かけているしで、まさに独り暮らしの身だった。まず寝室わきの浴室に入り、こびりついた泥や血を洗い落とし、綺麗になった両手を湯に浸けた。そのあとよく拭いてから、指に水薬《みずぐすり》を塗ってガーゼで包帯をして、粘着テープで留めた。寝室の化粧簞笥の前で上着を脱いだ。包帯のせいで脱ぐのもぎこちない。上着の汚れの具合を調べた。

ズボンの時計ポケットから懐中時計をとりだし、螺子《ねじ》を巻いた。文字盤を見ると、午前零時を五分三十秒すぎたところだった。

ほかにもさまざま細かなものを上着とズボンのポケットから出した。それらを時計ともども化粧簞笥の上に置いた。空《から》にした上着とズボンは明日の朝クリーニング屋に出さねばならない。鏡の前で立ちつくして、自分の姿を見た。浅黒く骨張った小さな顔のなかの深緑色の目を見つめた。包帯をした両手を薄い胸にあて、いっとき物思いに沈んだ。それからまた脱衣をつづけ、淡い色合いのズボンも脱いだ。クローゼットまで足を運んだ。そのなかにローブとパジャマがフックに掛けられている。隣のフックには黒っぽい地の大きめのズボンと、濃い色のゴルフ用プルオーバーが掛けられている。そこへ手をのばし……

だがその夜生きたダン・マッキューと会った最後の人物が、このポール・ビーンだというわけでは決してない。

午後十一時四十五分ないしそれよりももう少しすぎたころ、平べったい顔をしたロイヤル・アームズ・アパートメントのエレベーター係は四階で籠のゲートを開けた。そこに待っていた影の薄い感じの小柄な男がベルを鳴らしたので、階下へおろしてやるためだった。背丈五フィート二インチにも満たないだろう痩せた小男で、目方も九十ポンドを超えることはなさそうだ。濃い灰色の絹地に似たアルパカ毛織りのローマンカラーの服を着ている。固そうな麦藁編みの帽子は黒く染めて釉《うわ》薬《ぐすり》を塗ったものだった。エレベーターが四階に着いたとき、男は物思わしげな顔を両手でさかんに撫でさすりながら待っていた。髭の剃り具合でもたしかめるかのような仕草だった。籠に乗りこむと、横を向いたまますますまなそうな態度で、刻み煙草入れとパイプをとりだしていた。

ロイヤル・アームズのエレベーター係たちはみな、この男が何者かを知っていた。ダン・マッキューの知人フィンレイ神父だと自分で名乗っていたからだ。近くにでも住んでいるのか、よくマッキューを訪ねてきた。かと思うとただアパートメントの廊下をうろついたり、漫然と地階へおりたりすることもあった。地下へは野良猫を探して餌をやるために行くんだなどと言いわけしていたが、そんなときは決まって管理人のスエード・ラースマスンに摘みだされるのだった。

平べったい顔のエレベーター係は名前をボアーズと言ったが、彼は自分が当番のときにこのフィンレイ神父を籠に乗せることをとくに嫌っていた。この小男の聖職者は少し頭がおかしいらしいという噂があったし、いつ服の裾の陰から斧をとりだして後ろから切りつけてくるかわからないような気味悪いところもたしかにあったが、嫌う理由はそれだけではなかった。それよりもむしろ、どうにもがまんならないほどいやな臭いのする質の悪い煙草をいつも喫《す》っていることと、のみならず、なんとも奇妙な肉のくさみのような臭いを体にまとわりつかせているというのが主たる理由だった。そのくせ見た目はいかにも風呂によく入っていそうな綺麗な風体をしているのも、忌み嫌うに足る不愉快な要素だった。

ともあれ、このときボアーズは、(この神父、またマッキューさんのところにぶらりと訪ねてきて、今し方出てきたところにちがいないな)と思った。そこで、

「やあ、マッキューさんはまだ起きていたかね?」と話しかけた。ダン・マッキューがいつも午前

一時か二時ごろまで牀《とこ》に就かないことはよく知っていたのだが。

「ああ、まだ寝てはいないと思うよ」と神父は答えた。「立っていたか坐っていたかはよくわからないがね。わたしはただ髭剃りをさせてもらいに立ち寄っただけだからね。どうだ、顔は綺麗になっているかね？　そういえばマッキューとは酒を一緒に飲んだな。いや、酒のグラスはわたしの分だけだったかな？　それを飲んだかどうかもよく憶えていないよ。とにかく、彼とは哲学談義を交わしたんだ。わたしはもっぱらパイプを吹かしてた。ところで、このへんで猫がうろついてるのを見なかったかね？」

神父の声は穏やかな猫撫で声で、害意などはまったく感じられなかった。それでもエレベーター係ボアーズにとっては、まとわりついている臭い同様になんとも厭な声だった。耳にするたびに首筋の毛が逆立つ思いがした。

「どんな猫だね？」と訊き返した。

「灰色のマルタ猫だよ」答える神父のぼんやりした目が一瞬だけ光った。「正確に言えば仔猫だがね。生まれて五ヶ月ぐらいの鼠色の猫だ。尻尾《しっぽ》が短くて、胸のあたりが白い。肢も左後ろ肢を除いてほかの三本が白い。小一時間ほど前に、このアパートの前の歩道を歩いているのを見かけたんだ。近寄ろうとしたがどこかへ行ってしまった。路地へでも駆けこんだのか、あるいはこの建物に入ったのか。飼い主がいなくていつも腹をすかしてるんだ。さっきもミャアミャア鳴いてた。今夜はあいつが心配で眠れないかもしれん。どうだ、見かけなかったか？」

「いや、見なかったね」とボアーズ。「ひょっとすると地階へでも逃げこんだのかもしれないな。それで管理人のラースマスンに捕まってシチューにされちまったかも。でももし見つけたら、尻尾に煉瓦を縛りつけて、表に放りだしておくよ。あんたがまた捕まえにくるときに備えてね、神父さん」

「なんとまあ、むごたらしい冗談を！」灰色の僧服の小男は吐き捨てた。「そういう世の中だからな。情けの薄いご時世だ。腹の底ではなにを考えているかわからない人間が多いということさ」

「たしかに」とボアーズ。「冷たい世の中さね。あたしもひしひし感じるよ。ところで、マッキューさんどうしていたかね？　今夜も独りきりかな？」

「そうだったと思うよ」神父はぼんやり答えた。「いや、たしかにそうだ。ポール・ビーンがさっき帰ったばかりだと、自分で言っていたからね」

「なるほど。いや、どうかなと思っただけでね」

エレベーターが一階に着くまでに、ボアーズは手にしていた食いさしのサンドイッチをまたひと口頬張った。ポール・ビーンがさっき帰ったばかりだというが、ボアーズには見かけた憶えがなかった。十一時ごろに訪ねてきたのをエレベーターに乗せてやったのは憶えていたが。その一方で、このフィンレイ神父が訪ねてきたところは目にしていなかった。もちろん、帰っていくところは今こうして見ているわけだが。

平べったい顔をしたエレベーター係ボアーズは、衣擦《きぬず》れを立てる灰色の薄い僧服をまとった小柄な神父がロイヤル・アームズのエントランスへ向かっていくのを、あとについていって見送った。エントランスのドアは暖かな晩夏の夜へと向かって開かれていた。外に出た神父は左へ折れていった。ボアーズは通りを見わたした。パーク・アヴェニューとその向こうのセントラル・パークがあるほうを。するとそちらから警邏の巡査が歩いてくるのが見えた。青制服を着た太った男で、どこかの戸口から出てきたばかりのようだった。ボアーズはこの巡査を知っていた。イグナッツ・スリップスキーだ。

灰色服の小柄な神父は歩道を進んでいった。ロイヤル・アームズ・アパートメントと隣の茶色い石造りの古い建物とを隔てる小暗い路地の前をすぎた。その建物が神父の住むアパートメントだ。ひび割れの目立つ砂岩のエントランス・ステップを昇っていった。そして小さな丸いガラス窓のついた胡桃《くるみ》材製の重々しいドアを開け、なかに入った。ドアには剥げかけた金メッキ文字で〈アージル・ホール〉と記されている。なかに入り、軋《きし》みがちな板材の階段をあがっていった。各階に着くたびに薄暗い電球が頭上から照らす。鼾《いびき》の聞こえる部屋や無人の部屋が並ぶ二階と三階をすぎてなお昇り、途中でいっときだけ足を止めて、耳を澄ましあたりを見まわした。最上階の四階に着くとまた立ち止まった。廊下右手の奥のほうの部屋のドアへ目をやった。そして忍び足でそこへ近づいていった。

右手奥のこの部屋は、ひと月前に神父がここに越してきたとき、一度なかを見せてもらったことがあった。だが結局彼が選んだのは手前側の部屋だった。そちらのほうが南向きだし、眺めがよかったからだ。家賃が月額二ドル五十セント高くはあったが。

この奥の部屋はいまだに借り手がついていないようだった。引越しの家具類などが運びこまれるのを見た憶えもなかった。子供が玄関口に出入りすることもないし、なかから人の声がすることもない。そのほか人が住んでいるようなどんな形跡も見あたらない。今もまた神父はその部屋の玄関ドアのほうへ少しだけ頭をかしげて、束の間耳を澄ました。そうしながら、灰色の絹の夏用手袋をそっととりだし、細くて小さな両の手に静かに嵌めた。ちょうどそのとき、サード・アヴェニューの角の時計塔が鐘を鳴らすのが聞こえてきた。鐘はゆっくりと午前零時を告げていく……

だがもちろん、ここは殺人現場ではない。路地を挟んだ隣の建物、〈アージル・ホール〉のなかだ。そもそもフィンレイ神父も弁護士ポール・ビーンと同様に、事件が起こる前に問題の場所をあとにしているのだ。すなわちダン・マッキューの住居を。マッキューが殺されるよりも前に。彼ら二人はこの夜たしかにそこを訪れはしたが、ともにすでに辞去したあとだったのだ。そして当の殺害犯は、みずからが事件を起こしたそのとき、ロイヤル・アームズ・アパートメントの建物内にたしかにいた。ダン・マッキューの居宅内部にたしかに侵入していたのである。

第二章　十二分間

以下はダン・マッキュー宅での殺人事件の模様を推測しての描出である。玄関を入ると、廊下右手に食堂と厨房があり、左に寝室と浴室があり、つきあたりには、すなわち住まいのいちばん奥には、広い居間兼書斎が位置している。その部屋には革飾りのついた書架が並び、グランド・ピアノが置かれ、大きな敷物が広がり、マホガニーの机があり、長椅子や肘掛椅子が暖炉を囲むように並べられている。出入口は玄関のほかに、奥の書斎に非常口代わりの窓がある。あと浴室に小さな窓がひとつある。

ダン・マッキューは書斎にいた。緑色の絹のローブを着て、酒をちびちび飲んだり葉巻を喫ったりしながら、明日の誕生日のことを考えていたかもしれない。あるいはこれまでの自分の人生に思いを及ばせていたかもしれない。あるいは玄関で呼び鈴が鳴るのを聞きつけて、ちょうど椅子から立ったところだったかもしれない。玄関へ出向くと、黒い瞳の女が訪ねてきており、なかに入れてもらえるのを待っていたのかも。

あるいは女は呼び鈴など鳴らさず、マッキュー本人からもらった鍵を使って自分で玄関をあけたかもしれない。事実、浴室の棚に玄関の鍵が置かれていたのだが、それはフィンレイ神父のものではなくて、この女が置いたのかもしれない。あるいはそういうことではまったくなくて、マッキューが喉を潤したいと思って椅子から立ち、マホガニー製の酒瓶棚へ近寄っていった。そこでふとわきを見やると、だれかが立っていた、ということだろうか。

「またお邪魔させてもらった」と、その曲者は言ったかもしれない。

「舞い戻ってきたのか？」マッキューは驚いて訊き返す。「もう二度と会わなくてもいいと思っていたものを」あるいは急に怒りをつのらせてこう怒鳴ったかもしれない。「きさま、いったいどうやって忍びこんだ？」

すると曲者はこう言う。「話せば長くなる。ゆっくり説明してやるから」

そして家具のどれかの上に置いてあるグラスをとりあげる。グラスにはハイボールが半分ほど残っている。そして椅子の肘掛に尻を休め、ポケットをあちこちまさぐって煙草かなにかを探す。

「おまえの長話やたわごとはもう聞き飽きた」とダン・マッキューは言い捨てる。「おまえにはいい加減うんざりしているんだよ。いつもこそこそと企《たくら》みごとばかりして、しかも狡賢《ずるがしこ》い。欲に駆られたカネの亡者としか思えないやつだ。人を殺したことすらあるんじゃないかと思うことがときどきある。殺人課のビッグ・バット・オブライエンに知らせたほうがいいんじゃないかと悩みさえするよ。だが証拠もないのに人に汚名を着せるわけにもいかないからな。オブライエンもそう窘《たしな》めるだろう。それに、証拠をあげたところで死人が生き返るわけではないし。もし本当に人を殺しているなら、神がお許しにならないだろうがな……」

それからマッキューはさらにこうつづけたかもしれない。「さあ、酒なら別のグラスで飲め。そいつはもう気が抜けてるだろう。葉巻《シガー》もやりたければとったらいいさ。だがわたしがおまえを認めることは決してないぞ。人の家にこそこそ忍びこんでくるようなやつはな。ただ訪ねてきた客はだれだろうともてなしてやるというのがわたしの流儀だというだけのことだ。で、そんなふうにしてまで話さなければならなかった用事とは、いったいなんだ？　カネか？　またカネが欲しいというのか？」

おそらくダン・マッキューはそんな言いぐさをしたのではないか。あるいは別の言い方だったかもしれないが。あるいはなにも言わずただ酒瓶棚のほうへ顔を向けて、客のためにハイボールを新たに作ってやろうとしただけかもしれない。すると客人は暖炉からがっしりした火掻き棒をそっととりあげる。あるいは、机に置かれたピンクのリボン付きのシャンパン・ボトルをそっと摑みあげる。そしてマッキューへ後ろから一歩二歩と近寄っていく。

その直後の頭蓋をも砕く一撃を、マッキューは振り向きざま目に捉えたかもしれない。そして必死で電話機へ手をのばした。あるいはまた、一発めの痛烈な打撃で昏倒してしまい、なにも気づかずに終わったかもしれない……

いずれにせよ、ダン・マッキュー宅の居間で起こった殺人の模様はそんなふうだっただろう。つまり犯人はたしかにその場にいたのだ。そいつが午前零時三分にマッキューを殺害したときには。且つまた、それから十分前後ののちに、あの黒い瞳の女を殺したときにも。

耳の不自由な劇作家ケリー・オットは、ロイヤル・アームズ・アパートメントで起こったそれらの殺人事件の現場には決していあわせることのできなかった人物である。したがってポール・ビーンやフィンレイ神父とは事情が異なる。もちろん犯人ともまったく事情を異にする。したがって彼が警察に自分のアリバイを主張したりする必要はなかった。

ケリー・オットはそもそもダン・マッキューという人物のことをまったく知らず、むろんポール・ビーンやフィンレイ神父のこともなにも知らず、まして隣のアパートでの殺人事件の犯人がだれであるかなど知るはずもなかった。また事件当時自分のいた場所から直線距離にして十五フィートと離れていないところで殺されたもう一人の被害者、すなわち黒い瞳の女についても、オットは見たことも聞いたこともなかった。とにかく午前零時すぎにそれほど近いところで人が殺されていることなど、彼はまったく知る由《よし》がなかったのである。

そんな騒ぎには全然関係がなかったし、関係など持ちたいはずもなかったが、にもかかわらず殺人犯が逃げおおせるために、後刻オットまでも殺すしかないような状況となったことは、彼にとっては不運と言うしかない。

時計塔が時報を告げてから数分後に、ケリー・オットはようやくわれに返った。没頭していた彼の頭脳を現実に呼び戻したのは、おそらく重々しい鐘の音による空気の振動だったのだろう。部屋の薄暗い一隅で机に向かって黙々と執筆しつづけていた彼は、ふと気づいて顔をあげた。目の前には色褪せて剝げかけた壁紙が広がっていた。今何時だ？　なにかあったのか？　なにがあった？　そもそも、ここはどこだったか？

いつからだったか思いだせないほどの長いあいだ身じろぎすらすることなく、新作喜劇の最終幕を異常なほどの集中力で書きつづけていたのだった。すでに締切りから遅れに遅れていたのだが、最終的には今月の十五日までに必ず書きあげるようにとプロデューサーからきつく言いわたされていたのだった。書いているあいだはまったく空想上の時間と場所で生きているのであり、自らが創りだした登場人物たちが舞台上に現われては去り、それぞれの台詞《せりふ》を作者の心の耳に聴かせていく。そうしているあいだは今日が何曜日だったかも思いだすことができず、自分の名前さえ忘れてしまうことがあるのだ。

だが今、脱出を阻んでいた壁がなにかに壊されたかのように、ケリー・オットの心は現実界に戻ってきた。

彼が今いるのは、西六十丁目にある〈アージル・ホール〉と呼ばれる安アパートメントのいちばん上の四階の小部屋だった。六つの部屋がわきの直線廊下でつながっているだけの、家具もまばらな仮住まいの一画だ。脚本執筆のあいだ自分を缶詰にしておくために、何日か前から借りているのだった。食事用の小テーブルを机代わりにして書いている。シャツだの靴下だのといった必需品は古ぼけた抽斗《ひきだし》式簞笥に仕舞ってある。疲れたら隅の軍用簡易ベッドに倒れこんで眠る。サード・アヴェニューの古道具屋で十ドルで買ってきたものだ。それ以上は家具を置かない。気が散ったり休みすぎたりする原因になるからだ。

照明は天井にさげた百ワット電球が左肩後方から照らしてくれる。テーブルには黄色い原稿用紙がひと束置いてある。そのわきには書きあがった分の薄い束があり、紙面には大きめでしっかりした黒い手書き文字がびっしりと並んでいる。床には失敗して丸めて捨てた原稿用紙が足首まで埋まるかと思えるほどどっさり落ちている。萎《しお》れた黄色い菊の花が散らばっているさまのようだ。ケリー・オットの不格好な巨体はいつの間にか椅子の一部になってしまったかのようだった。椅子の板材と一体化した気分だった。鉛筆を置き、背のびをした。体じゅうの筋肉が、細胞のひとつひとつまでが疲れていた。

わきには部屋にひとつだけの窓があるが、閉めきられているうえに厚い緑色のブラインドがしっかりおろされている。オットは閉めきった場所で仕事をする主義だった。隙間風すらない静けさのなかで、人工照明のみを頼りに執筆する。そこに地の果ての静寂と、万物を永遠に焼き尽くす沈むことのない太陽の白光を思い描いて。

ここには風も入りこまない。部屋は薄暗く、いつもどおりの穏やかさだ。だがその安泰がなにかに破られた。劇の筋が脳裡からすっと抜け落ちてしまった。頭のなかでだけ響いていた台詞の声ももう聞こえない。実体のない登場人物たちは生命を失った。

時間の感覚をまったくなくしていたことにやっと気づいた。腕時計は午後三時十五分ぐらいのところで止まっていた。寝ぼけまなこのままよろよろと起きたのが今朝の十時だった。三時間眠っただけで、頭はふらふらだった。朝食も摂らず席について、すぐ仕事を再開した。それ以降、時がすぎるのを忘れてしまっていた。まだ昼なのかもう夜が来たのかもわからなかった。それともつぎの日の朝になったのかさえ。

今から一、二分前に外で時報の鐘が鳴ったはずだ。オットの没頭を邪魔したのはそれだったかもしれない。わんわんと空気を震わせたのは、サード・アヴェニューの角に建つ時計塔の鐘だ。閉めきられたこの部屋のなかにいても、あの鐘の余韻を引く波動はここ何日かのあいだ日に一、二度は感じていたと思う。おそらく気を散らせがちな往来の気配が途絶えたときに感じるのだろう。それとも風向きがちょうどよかったときか。鐘の波動は骨の芯にまでじんわり沁み入るかと思われた。当て物をした板材を鎚《つち》で打ったときのようなくぐもった振動だった。

さっきの鐘がいくつ打たれたかを頭のなかでぼんやりながら数えていた。たしか十二だった。ということは午前零時だ。まさか正午ではないだろう。

窓を覆うブラインドを引きあげてみた。黒と黄の色柄の蜘蛛が一匹、黒く長い肢を使って煤《すす》けた窓ガラスに巣を張っているところだった。小さな黒い目でこちらを見ているようだった。見すえているあいだはピクリとも動かない。

ブラインドの下端から覗き見ている劇作家の無表情な大きな顔と、その冷然としたまなざしを見て、蜘蛛はいったいなにを考えていることだろうか。ついに運命のときが訪れたとでも思っているのか。秘かに潰されて果てるときが来たのだと。恐れおののきつつも、叩き潰される瞬間を待ち受けているかのようだ。だが蜘蛛はなんの害をなすわけでもない。殺すつもりなどオットにはなかった。彼は神ではないのだから。クラッカーを口に入れながら、ただ外を眺めやっただけだった。

外は闇に包まれていた。真夜中だ。無意識のうちに肌に感じていたあの鐘は、やはりそれを意味していた。つまり今は午前零時二、三分すぎだろう。

幅十五フィートあるかないかの路地を挟んだ向こうに、六階建てのアパートメントが建っている。窓の並ぶ煉瓦壁が広がっている。たしかロイヤル・アームズとかいう名前の建物だ。古い造りだがいまだに威容を誇っている。オットが今仮住まいしているこの古アパートとは社会的にも経済的にもスケールがちがう。こちらは給湯設備もエレベーターもないのだ。

ちょうど真向かいに小さな窓がひとつある。暗い磨《す》りガラスで、上端が六インチばかり開いている。あのあたりの部屋に付属している浴室の窓のようだ。左側にそれより大きな窓がふたつ並んでいる。窓の奥にほのめいていた明かりがふっと消え、とたんにそこから下の部分の壁を覆う闇がいっそう濃くなった。窓の上のほうも暗闇ではあるがやや淡いままだ。その淡い闇のあたりに、なにかの影めいたものがふたつゆらゆらと揺らめいている。どちらも人と化け物が混ざったような不思議で奇怪な形をしている。片方は頭で逆立ちをして両足を宙で振っているさまに見え、もうひとつは片足だけでぴょんぴょん撥ねながら人を莫迦《ばか》にしたように親指を鼻に押しつけている姿に見える。それらの上に、水平にさしわたされたまま動かないロープのようなものの影も見える。

影たちは形を変え位置を変えていく。しばらくは両手をさしあげてとび撥ねている子供たちのような形であったかと思うと、急にこんどはお手玉を投げあっているような格好に変わり、つぎはひとつに合わさってジルバでも踊っているみたいな姿になり……オットはクラッカーをかじりながら、二、三分のあいだ半ば魅入られたようにそのさまをぼんやりと見ていた。やがて影は急速に褪せて消えていった。

影のショーが終わると、薄闇に包まれた四階下の路地の舗装面へと視線を落とした。見えるというよりも推し測るという感じだが、人影がふたつ、向かいのロイヤル・アームズ・アパートメントの路地に面した裏口のほうへと走っていくさまが窺われた。一人はぎこちない足どりと太めの体つきからして、ドタバタ喜劇映画によく出てくる警官を思わせた。いっそセイウチみたいな髭でも付けて、真鍮のボタンの付いたフロックコートを着て灰色のヘルメットをかぶって、からかうように早足で逃げる曲者を追って納屋のまわりをぐるぐる走りまわれば完璧だ。そんな警察もの喜劇を想像して思わずニヤリとした。

真向かいの磨りガラスの小窓に不意に明かりが点いた。路地を駆けるふたつの人影がアパートわきの裏口にたどりついたのとちょうど同じころだ。窓の上端がわずかに開いて隙間ができている。なかには銀の星形模様が鏤《ちりば》められた濃紺の壁の一端が見え、シャワー・コーナーを仕切るカーテンを吊るすクロム製のレールが見える。そのそばに照明スイッチ代わりの細紐が天井からさがっているのも見える。明かりが点いたのは、だれかの裸の腕がのびてその紐を引いたからだった。

といってもその瞬間をはっきりと見たわけではない。紐を摑む人の手と、素肌のままの腕の部分がちらっとかいま見えただけなのだから。女の腕のようだったが、あるいは痩せ形の男かもしれない。風呂に入るために服を脱いでいたのか、あるいは袖のない夏服でも着ていたのか。腕は明かりが点いているあいだに引っこめられた。明かりは窓ガラスの向こうをしばらく照らしていた。煙草の煙がゆらゆら謎めいた感じで天井へ昇っていくのが見えた。

クラッカーの箱が空っぽになった。オットはブラインドをまたおろした。腕時計をとりあげて螺子《ねじ》を巻き、零時六分ぐらいのところに合わせておいた。そして仕事に戻った。


しばらくして、坐ったまま椅子を後ろへ押しやり、重い体をまたゆっくりと立ちあがらせた。丸めた黄色い原稿用紙の散らかる床をぎこちなく進んでいく。紙を踏みつけると、ポップコーンが潰れるような感触だ。抽斗のいちばん上を開けて固形石鹼をとりだした。壁に立てかけてある木のタオル掛けからタオルを一枚とった。タオル掛けは壁に寄せつけて三つ四つ積んであるペンキだらけの板材の上に載せられている。いつだったかペンキ屋が置き去りにしていった板切れだ。ほかにも乾いたペンキのこびりついたバケツや、壁紙の巻き束いくつかも汚れたまま置かれている。

オットは部屋を出た。ドアのすぐ外の電球を手さぐりし、それを点けた。薄明かりの廊下を歩いていく。家具もない暗い部屋べやの前をすぎ、奥の台所へ向かう。照明は仕事部屋用と廊下の小さな電球以外には買っていなかった。台所のたわむ床板を踏みながら手さぐりで進み、流し台を探しあてた。暗いなかで錆びた蛇口をひねり、ゆるゆると流れる水で顔を洗い目をすすぎ、首の後ろ側まで洗った。そのあとごわごわしたタオルで拭いた。石鹸を持って廊下を仕事部屋へ戻っていった。戻りしなに廊下の電気を消した。

立てかけたタオル掛けに湿ったタオルを引っかけ、石鹸を化粧箪笥の卓上へ投げ置いた。腕時計は零時十四分をさしていた。執筆に使っていたテーブルの上の明かりを消し、奥の簡易ベッドへ向かった。まずベッドに腰かけて靴を脱いでから、どっと横になった。疲れきっていた。だがまだ劇中の登場人物たちが頭のなかで渦巻いている。

閉めきったうえにブラインドまでおろした窓の向こうの、さらに路地を挟んだその向こうのロイヤル・アームズ・アパートメントの四階で、一人の女が不意の死に襲われる瞬間に悲鳴をあげたとしても、ケリー・オットには聞こえるはずもなかった。そんなことなど知りうるようすがもなかった。同じアパートでそれに先立ってもうひとつ殺人が犯されていたことも、彼は到底知りえなかった。窓から外を覗いたときにそんな事件が起こっていたなどとは。自分の目が殺人犯をほんのかすかにかいま見ていたことにも気づかなかった。仮に顔を見たとしても、どこのだれかわかるはずもない相手だったが。

とにかく、彼は事件についてなにひとつ知らなかった。彼が殺人現場に立つことは絶対にありえなかった。閉めきった窓と、路地と、煉瓦の壁とに隔てられていたのだから。ただ、事件があった住居を問題の時間帯に目にしていた人間は彼一人だけだった。問題の住まいがチェーンのかけられた玄関ドアと施錠された裏窓とによって密室状態になっているあいだに、その外観を見ていたのは彼しかいなかった。しかしそれが重要なことかどうかはまだわからない。見ていたとはいえ、決定的ななにかを意識的に目撃したわけではないのだから。

つまり、ケリー・オットは偶然向かい側の建物にいた隣人であるにすぎない。なにも知らずなにも聞くことができず、ただ朧《おぼろ》な影を見ていただけなのだ。狂ったような人殺しが行なわれている十二分間のあいだ……

交換台の第三交換手を務める女性はすばやい手つきで回線を操作していた。耳に心地よいなめらかな声をヘッドフォンのマイクに絶え間なくつぶやきつづけていた。交換台に並ぶランプがまたひとつ点灯したのを彼女は目にとめた。台上の左のほう、ハークネス四の一二〇三番だ。

「リッジウッド九の一九三三ですね。五分間で十五セントになります……申しわけありません、お時間はのばせないのですわ、奥さま。ダイヤル・メリディアン七の一二一二ですね……ただいまおつなぎいたします……はい、何番におつなぎすればよろしいでしょうか？　ハークネス四の四八四三からハークネス三七九ですね……今おつなぎいたします……すみません、お時間はのばせませんので……ダイヤル・メリディアンの……」

交換台上方の分刻み式電気時計をちらと見あげ、その時間がちょうど12：03をさしているのを交換嬢は目にとめた。

赤ランプが点いている回線は、偶然にも一二〇三番だった。交換嬢が知るはずもないが、西六十丁目二一九番地ダニエル・J・マッキュー宅の番号だった。彼女が今席について交換台を操作し人々の出会いを操っているこの場所から数マイル離れた地区だ。マッキューはそのとき太い血管の浮きでた手で受話器を握りしめ、必死に交換台を呼びだしていたのだった。

非常緊急時には交換台にご通報を、と電話帳に書いてあったからだった。

だが交換嬢にとっては、深夜のいちばん混雑するときの通話依頼のひとつであるにすぎない。マイクをつなぎ、返事をした。

「はい、交換台です」

「たす（He）……」

ドサッと音がして、そのあと呻《うめ》き声のようなものが聞こえた。よく聞きとれなかったそのひと言以外はなにも言ってこない。

「こちら交換台です。何番へおつなぎしますか？」

だがハークネス四の一二〇三番が相手番号を告げることはなかった。ヘッドフォンのなかに入ってきたのは、あの物音と呻き声のほかにはなにもなかった。

交換嬢はそれでも一応耳を澄ました。だが間もなく赤ランプが消え、状態はもとに戻った。だからハークネス四の一二〇三番が一時的に通話不能になったことをいちいち事故処理係へ連絡することもなかった。なにごともなかったようにすばやい手つきで交換を再開した。一二〇三番はどこにもつながず、ほかの無数の回線をつなぐことに集中し、それ以上なにを気にとめることもなかった。

だからダン・マッキューが最初の一撃を受けて朦朧《もうろう》状態に陥りながら、必死に助けを呼ぼうとしたのか、それともなにも気づかないうちに死んでしまったのか、たしかなところはわからないままとなった。事件中のほかの要素についても同様に不明確だった。ただ受話器を摑んでダイヤルをまわし、あのよく聞きとれないひと言をつぶやいたという一事がたしかなだけで。尤《もっと》も「たす（He）……」というそのひと言も、地獄の門の番号（Hellgate number）、フィンランドのヘルシンキ（Helsinki）かどこかの電話につないでほしいということだったのかもしれないし。

唯一、この不完全な通話がダン・マッキューの死亡時刻を特定することには役立った。ランプが点いた電話番号一二〇三とそのときの時刻12：03の数字が偶然同じだったことが交換嬢の記憶に残り、あとでタキシード・ジョニー・ブライスが聞き込みの電話を入れてきたときに、彼女はそのことを打ち明けたのだった。ブライスはそれを殺人課のビッグ・バット・オブライエン警視に報告した。もちろん、ブライス自身がマッキュー宅をあとにしたのちに出会った人間一人一人についての情報も、思いだせるかぎり報告した。彼が現場をあとにした時間というのはつまり、マッキュー殺害時からその数分後の第二の殺人までも含む事件全体の直後ということになる。

もちろん自分自身が落ちつきをとり戻し、記憶を整理できたのちに、ブライスは初めて以下の経緯に基づく報告を行なったのである――

ロイヤル・アームズ・アパートメント四階のダン・マッキューの住居の前を離れて、エレベーターわきに具わっている大理石敷きの狭い階段を大あわてで駆けおりたときには、ブライスはどう考えても完全に冷静さを失っていた。

それが何時何分のことだったかも正確にはわからなかった。階段をおりながらふと腕時計を見たときに午前零時十分前後をさしていたようだったとはぼんやり憶えているのだが、肝心のその腕時計というのが、最近いつの間にか五分から十分も進んでいる癖があるのだった。だからそのときも針を戻して修正する必要があったのだが、とてもそんな余裕はなかった。

しかも、階段を駆けおりながら必死の目つきで見ていたものはじつは腕時計自体ではなくて、手についていた血のほうだった。指先や掌の皺に血が付着してぬるぬるしていた。生きていて温かいわが身が血に濡れているというのは、なんとも気色の悪いことだった。

血だ！　そう思って、喉仏が震えそうだった。ああ、なんてぬるぬるするんだ！　頭のなかでそうわめいた。どうしてこんなものがおれの手に付いてるんだ、と。そんなときはだれでもあまり意味のない行動に出てしまうものだし、まして爪の手入れも怠らない潔癖な男ともなれば、とっさの反応はひとつしかなかった。すぐさま胸ポケットからハンカチをとりだし、駆けながらも指をぬぐったのである。だが石鹼と水がなければとても綺麗になるものではなかった。ハンカチを丸めて尻ポケットにつっこむと、二階のエレベーター・シャフトをまわりこみ、ロビーのある一階へと駆けおりていった。

「くそっ、血が……！」喉の奥でなおわめきつづけていた。

元警察官であるにもかかわらず、ブライスは血に体をじかに触れさせた経験が驚くほど少なかった。事故処理を担当したときだろうと、あるいは殺人事件を扱ったときですら。兵役についた経験もないし、野兎《のうさぎ》撃ちなどもしたことがなかった。自分の血を見てさえ動揺を抑えられなかった。髭を剃るとき顎の先をほんのかすかに切っただけでも、速乾性の水絆創膏《コロジオン》を塗って冷やしたタオルをあてて、まだ血が滲んでいるんじゃないかと心配しながら何時間も押さえていなければ気が済まないたちだった。

きっとマッキュー宅の玄関ドアのノブに血が付いていたのにちがいない。そう思って戦慄した。とすればドア枠や窓の桟にも付いているかもしれない。見たわけではないが。とんでもなく大量の血であるかのように驚いてしまったが、じつはさほどの量ではなかったかもしれない。それでも血はノブから垂れてドアの下の隙間から流れ、追うように階段をつたってきているかもしれない。たしかに人の血だ！　見まがいようもなく。この事実をあらゆる側面から考えねばならない。そのためには冷静にならなければ。パニックに陥ってはいられないぞ。そう自分に言い聞かせた。完膚なきまでのパニックに陥りながら。

エレベーターは上のどこかの階へあがっていったあとだった。内部の見える透かし構造の金メッキ付きゲートに守られたシャフトのなかは空っぽだった。だれかの呼びだしベルに応じてのことだろう。ブライスが階段を三階から二階へ駆けおりているとき、エレベーターの籠があがっていくのがかいま見えた。籠のなかでは平べったい顔をした禿げ頭の係の男が操作盤のわきに立っていた。黒い飾り紐のついた深紫色の上着を着てツイードの太いズボンを穿いていた。手にはサンドイッチかケーキのようなものを持って、ぼんやりと口に運んでいるようすだった。

さっきまで地階で夜食でも摂っていたのにちがいない。ブライスには見憶えのない顔だったから、わりと新入りのエレベーター係なのだろう。といってもブライスがマッキューを訪ねてニューヨークに来たのは何ヶ月ぶりかのことだったから、そのあいだにアパートの管理スタッフがすっかり入れ替わっていたとしてもおかしくはない。

ともあれ、彼はエレベーターを待ってはいられなかった。殺人者が逃げだせる唯一の道は一階のエントランスなのだ。

マッキューの住居内にまだ何者かが居残っているかもしれないなどという推測は、ブライスの頭にはまったく思い浮かばなかった。まさにこの時間帯に何者かがまだそこにいたかどうかという問題は、あとで警察を悩ませることになるのだった。彼よりも相当に優秀な警察官でさえ呻吟《しんぎん》するようなことに。

タキシード・ジョニー・ブライスは連邦救援局に採用されてワシントンへ移る前には、ダン・マッキューの政治的補佐役ないし相談役とでも呼ぶべき仕事を十五年ほどにも及んでつづけていた。と同時にニューヨーク市庁内のさまざまな細かい役職をもこなしていた。瑣末な諸問題を適確に処理したり人間関係を円滑にしたりする才能を買われてのことだった。

毎日午後六時をすぎると決まって黒い棒タイを締めて洒落こむのが癖だったが、タキシード・ジョニーという綽名《あだな》はしかしそのゆえというわけではなかった。十七、八年前まで有名なタキシード警官の一人だったことに由来していた。タキシード警官というのは当時のニューヨーク市警のエンフィールド長官の発案によるもので、大学を卒業したての新米警官のなかから面接試験と運動能力の成績とを勘案して六人を選抜し、通常の階級を経ることなしに任命された特務隊のことだ。そこからはじまって、当初の計画としては毎年六名ずつを同様の方法で増員して隊の核を形成していき、いずれ各階級にある警察官も選抜していく予定だった。ところが長官がエンフィールドからウォールドロンに替わった翌年には、この実験はもう継続されなくなった。結局当初の六人は全員退職し、うち二人は銀行へ転職し、一人は軍に入隊し、一人はトラピスト会の僧職につき、一人は言うまでもなく映画俳優となって、今でもハリウッド・スターでありつづけている。

そして最後の一人がタキシード・ジョニー・ブライスであり、六人のなかでいちばん長く、三年にわずかに満たない期間をタキシード警官としてすごした。ようやく退官したのが、ダン・マッキューの娘スーと結婚したときだった。婚儀はセント・クリストファー教会で盛大に行なわれた。だが二年後には離婚し、子供は妻スーが引きとった。そののち彼女は弁護士ポール・ビーンと再婚したわけだが、これらの経緯は当事者たちのあいだにさほどの波風を立てることがなくて済んだ。おかげでブライスはかつての義父ダン・マッキューとも袂《たもと》を分かたずに付きあいつづけることができていた。

かつてタキシード警官だったという経歴は、勤勉な警察官ならばだれにとっても、自慢せずにすごすことはむずかしいといっても過言ではないだろう。とくにブライスはだれよりもその傾向が強かった。丸々と太った体に血色のいい頬をして、丸い目をいつも驚いたように大きく見開いているこの男の顔は、鳥の羽根かなにかを不思議そうにためつすがめつしている生後一年にも満たない無邪気な赤ん坊の表情に似ていなくもない。つまりどう見ても才走った警察官とは見えないのだ。といっても、髭を生やしてぎこちない歩き方をする太っちょの喜劇映画の警察官とはちがう。そこまでひどいわけではない。少なくとも警察官としての訓練はしっかりと受けてきたのであり、官憲としての意識も一人前以上に持ちあわせている。ただ頭が混乱しやすいというだけで。もしなにか事件に際して彼の考えが足りないことがあったとしても、あるいは目にとめておくべきものを見すごしてしまったとしても、あるいはまた後悔をこめてビッグ・バット・オブライエンに告白しなければならなかったように、彼の行動になにかしらの迂闊さがあったとしても、ほかのだれかならばもっと文句の付けようのない捜査をしたにちがいないとまではとても言いきれないのである。この事件のような状況下では、だれであってもそう完璧には行かなかっただろう。

むしろブライスは階下へと駆けおりるときにおいてさえ、興奮のさなかでも無意識のうちに階段や廊下のあらゆるものに目を走らせていた。だが記憶にとどまるような人影などはまったく見つけることができなかった。どこも暗くなにもない空間ばかりだった。どの階でも部屋べやのドアはすべて閉められていた。ある部屋からは男のぼそぼそいう声が聞こえた。ラジオのニュースかなにかだろう。またあるドアの向こうからはダンス音楽が聞こえた。そのほかはどこも静寂に満たされているようだった。

エレベーターのケーブルが揺れる音がいつの間にか聞こえなくなっていた。だれかがベルを鳴らしていた五階に着いたのだろう。階段から一階を見おろすと、大理石敷きのこぢんまりしたロビーにはだれもいないようだった。エントランスのドアは開け放たれたままだった。深夜の街は静まり返り、車の音も人の足音も聞こえてこない。

ブライスはさっきまではひどく急いで階段を駆けおりていた。途中でだれかに出くわすのではないか、あるいは外の通りにだれかがいるのが目に入るのではないかと気を揉んでいた。だが今はその興奮も萎え、いちばん下の段で立ち止まった。

無人のロビーは森閑としている。が、そんななかに、なにかの影がちらりと動くのが目にとまった。柱の陰にだれかが隠れているらしかった。ブライスの姿が目に入ったとたんにあわてて隠れたようだ。ダン・マッキューの住居前を離れてここにおりてくるまでのあいだに、初めて人に出くわしたことになる。ブライスはたちまち興奮をぶり返らせた。この瞬間はあらゆることを記憶にとどめておかねばならない。なにひとつ見逃さず。

柱はその男が隠れきれるほど太くはなかった。警邏巡査の青い制服を着た太った男だった。青い袖口から出ている手首も手も丸々と肥えていた。青ズボンの下方には真っ白な靴下が見えた。

ブライスが階段の最下段からじっと見ていると、男はやっと柱の陰から出てきた。警棒をゆらゆらぶらつかせている。だだっ広い顔に大きな鉤鼻を具え、小さな緑色の目をせわしなく動かしている。腹の上のボタンがひとつはずされたままで、それをとめようとするような仕草をしている。

「お久しぶりです。ブライス警部補でいらっしゃいますね？」帽子にちょっと手をやりながら挨拶してきた。

二万人もいる警察官のなかでこの巡査一人を記憶しているはずもなかったが、巡査のほうは彼のことを知っているのだ。

「スリップスキーといいます」と大男は名乗った。目はなお動いている。「じつは、一九二九年に旧管区のとき、警部補殿の下に配属されていました。ただいまは警邏中でして」

「なにか通報があったんじゃないかね？」ブライスは問い糺《ただ》した。

「通報？」目が不意に動きを止めた。「とおっしゃいますと、なにか事件でも？」

「そうだ！　ダン・マッキューのところだ！」

そう聞いたスリップスキーはいきなりくるりと背を向け、エントランスへと駆けだしそうになった。それを見て、ブライスは色めき立った。

「ちょっと待て！　どこへ行くつもりだ？」と口早に呼び止めた。「そんなに焦ってもはじまらない。なにがあったのか見きわめるのが先だ。わたしも少しあわてていた。いくらドアベルを鳴らしても、マッキューがいっこうに返事しなかったのでね。しかも、ドアノブに血が付いていたんだ！　だがまだ殺人事件と決まったわけじゃない。住居のなかを調べてみなければ」

「殺人事件ですって？」スリップスキーは初めて聞いた言葉でもあるかのような声をあげた。「マッキューさんが殺されたと？　いつのことです？」

「ついさっきだ。だれかがあそこから逃げだしたらしい」

「そんな物音は聞きつけませんでした。自分はほんの一分ほど前にこの建物に入ってきたのですが。エレベーター係のサム・ボアーズになにか異状がないか尋ねようと思いまして。でもエレベーターはちょうど上の階へあがっていったところでした。それで自分は、ボアーズがまたおりてくるのをここで待とうと思ったんです」

「ほんの一分前だって？」とブライスが攻める。「だったら、だれかが出ていくのを見ていてもおかしくは……」

「いえ、ほんの二、三分前という意味でして。自分では午前零時ちょうどにここに入ってきたつもりなのに、ここのロビーの時計は十一時五十何分かをさしていました。どうやらそこで止まってしまっているようなんです。自分はそんなことは知らなかったので、時間をまちがえたと思っていました。でも本当は零時だったわけですから、七分前とか八分前とかいうことはありません、せいぜい二、三分前で」

　ブライスはやっと自分の腕時計を見た。零時十二分をさしている。仮に彼の腕時計が五分から九分といった大幅な進み方をしているとしても、スリップスキーがこのロビーにかなり長くとどまっていたのはたしかなはずだ。この男はできるだけその時間を短く思わせたいようだが。ブライスはやれやれという気分でそう思った。このスリップスキーという男は本当はおそらく、ロビーの時計が今さしている十一時五十分前後からここにいるのだろう。そうでなければここに入ってきた時点で、その時計がそこで止まってしまっていることにすぐに気がついているはずだから。

おそらくアパートのエレベーター係と喋って油を売っているところを見られては気まずいと思い、とっさに柱の陰に隠れたのだろう。ブライスは今さらながらそう結論付けた。そのとき、あたりの暗がりのなかに、なにやら悪意を秘めたものの影が一瞬だけ動くのを見たように思った……

このスリップスキーという男のことをようやくぼんやりと思いだした。十何年も前のことだ。もっと若くてずっと痩せていたが、あの緑色の目がせわしなく動いていたのは同じだ。スリッパリーだのスリッピーだのという綽名で呼ばれていた。あまり成績のよくない警官で、酒場の奥で賽子《さいころ》博打《ばくち》に興じていそうな印象だった。なにか仕事上のめんどうが持ちあがって、一度だけブライスに助けを求めてきたことがあった。だからといって今の対応がどう変わるものでもないが。

「時間のことはもういい」溜め息をついてつぶやいた。「とにかく、きみはここにいるあいだ、だれかが出ていくところなどまったく見なかったというわけだな?」

この質問は形だけのものにすぎない。答えはわかっているのだから。今も以前どおりのあまりできのよくない警察官であるらしく見えるが、だれかが建物から出ていったとしたら目にとめずにはいないだろう。

エレベーターがガタガタ音をさせておりてきた。籠のなかに客は乗っていない。平べったい顔をした禿げ頭の係の男が操作盤をいじって籠を止め、格子のゲートをあけた。

「またキティー・ワイゼンクランツのところのいまいましいガキどもだ!」怒った目をして籠から

おりてきた。「あいつらはいつも五階でこそこそとエレベーターのベルを鳴らしたり、かと思うとベルを叩き落としたりするんだ。そうかと思えば廊下で火遊びをしたり、エレベーター・シャフトにゴミを投げこんだりと、いつもひどい悪戯《いたずら》ばかりだ！　あの母親、どうしてわざわざあいつらをシカゴから呼び寄せたりしたんだ？　マッキューーさんもすぐ向かいに住んでるから、やつらには手を焼いているんだ。そのうちふんづかまえて、あたしのイニシャルでも刻みつけてやる。あんたもわかってくれるだろ、スリップスキー巡査？」

このエレベーター係はわたしがマッキューー宅の前から駆けだして以降出会った二人目の人物ということになる、とブライスはひそかに思った。いや、出会ったというより目にした人物と言うべきか。おりてくるエレベーターの籠のなかにこの係の男が乗っているのが目に入っただけなのだから。

「五階にはだれもいなかったんだな？」ブライスは念を押した。

「だからそう言っただろ！　あんたは上へ行きたいのか？」

「警部補、こいつは無作法なやつですが、気にしないでください」相変わらず目を動かしながらスリップスキーが口を出した。「ただ愛想が悪いだけですから。根はいいやつです。彼と自分は二年ほどルームメイトだったことがありまして。サム、紹介しておくが、こちらはブライス警部補だ。旧管区のころおれの上司だった方だ。今夜はマッキューーさん宅に来られたんだそうだ。なのにだれも返事をしなくて、しかもドアノブに血が付いていた。それで警部補は、これはなにかあったにちがいないと思われたんだ」

「マッキューーさんのところだって？」エレベーター係のボアーズが驚きを見せた。「賊が入ったってのか？　なんてことだ！　それじゃ警部補さん、上へ行くかい？　合鍵ならあたしが持ってるよ。

といっても、管理人から許可をもらわないといけないが……」

「鍵ならわたしも持ってるさ！」ブライスは言い返した。「きみは新入りらしいから知らなかっただろうがな。マッキューの玄関に入れなかったのは、内側からドアチェーンがかけられていたからだ！　おまけにドアノブに血が……」

そこでふと閃《ひらめ》いた。裏口から出入りすることができたのではないか、と。

「ってことは、部屋のなかにまだ賊がいるってことかい？」ボアーズが不安顔で言った。「それじゃ警察を呼んだほうがいいんじゃないか？　いや、もちろんあんたも警察だけどさ、警部補さん。それからスリップスキー巡査、あんただってそうだろ？」

「賊は玄関以外のところから逃げた可能性もある」ブライスはそう口に出した。興奮が収まってくるとともに、考えを巡らしながら先をつづけた。「その前にまずわたしのことについて言えば、正確には今は警察官じゃない。前にそうだったというだけだ。それはともかくとしてだ、マッキューを訪ねたとき返事がなくて、しかもドアに血が付いていると知ったとき、真っ先に頭に走ったのは、賊は当然玄関から逃げたにちがいないということだった。だからその道筋を追えば捕まえられるかもしれないと思った。だがスリップスキーがこのロビーにいたと、あとでわかった。つまり、そのルートを逃げたんじゃないということになる。玄関にチェーンがかけられていたとなればなおさらだ。だが初めそこまでは思い及ばなかったんだ」それから如何にも元警官らしく、急に思いついたように付け加えた。「ところで、今夜マッキュー宅にだれか客があっただろうか？」

「ああ、ビーンが十一時ぐらいにエレベーターであがっていったな」とボアーズが答えた。「今からちょっと前に帰っていったと思うがね。マッキューさんを訪ねた客といえばあの男だけだな」

「弁護士のポール・ビーンのことだな？」ブライスはまた問わずもがなを尋ねた。

「そうさ。シャンパンを一本土産に持っていたようだった。帰るところは見たわけじゃないんだが、いつも一時間ぐらいで帰るんでね。ビーンはもう帰ったとフィンレイ神父も言っていたし……そうだ、あの神父のことを忘れていたよ。何時ごろにやってきたのかはわからないがね。帰りのエレベーターに乗ったのは、たしか二十分か二十五分前ぐらいだな。ってことは十一時四十五分ぐらいか。髭を剃りに立ち寄ったんだと自分で言ってたよ。ちょっとイカれた小男でね、猫を莫迦みたいに可愛がってるんだ。マッキューーさんとは知り合いらしい。あんなやつは本物の神父じゃないと思うよ。自分じゃそう名乗ってるがね。昔そうだったとしても、今はもうちがうはずだ」

「フィンレイ神父のことは知っているよ」ブライスが言った。「去年マッキューーの娘に猫を一匹贈ったのはあの神父だ。彼女が破傷風に罹ったのはその猫に引っ掻かれたためだった。それはともかく、玄関以外にあの住まいから抜けだす道筋はないだろうかね？　ボアーズ、きみはなにか知らないか？」

「ほかの出口なら、非常口があるさ。賊が男だとすればあそこから出て、非常階段を怖がらずに駆けおりられるだろうよ。外に人がいて見ていなければだがね」

「それとも」とブライスが口を出した。「その非常口から出て屋上づたいに逃げたか」

　この建物の屋上にあがったことがあるわけではないが、この際あらゆる可能性を考えたいと思ってのことだ。

「それはないね」とボアーズが反論した。「非常口の下にはアパートわきの路地があって、それを挟んで別の古いアパートが建ってるんだが、そこの屋上はここより二階分低くてね。山羊《やぎ》でもなければ跳び移れないだろうよ。反対側には高層ビルが建っていて、そっちは逆にこの建物より十二階も高いうえに、こちら側の壁には窓がひとつもないんだ。だから、今夜マッキューさんのところにビーン弁護士とフィンレイ神父のほかにだれかが訪ねてきたとすれば、そいつは非常口からの階段を路地へおりたか、さもなければどこにも逃げないで、部屋のなかにとどまったままでいるかのどちらかだろうね」

「そういう可能性もあるとはわたしも思っていたよ」ブライスは気を落ちつかせるために深く息を吸いこんだ。「とにかく調べてみなければはじまらん。スリップスキー、非常口というのがどうなっているか見てみようじゃないか。きみ、銃は持っているか？」

「で、ですが」スリップスキーは目を盛んに動かしながら言い返した。「自分はマッキューさんの玄関口を見張ったほうがいいんじゃないかと思っていたのですが。そのあいだに警部補には非常口を調べていただければよいかと……」

「なんだ、怖がってるのか？」とブライスはさえぎった。いくらろくな警官ではないとはいえ、それほど臆病者だとは思っていなかったのだが。怖いというならブライス自身とて同じなのだ。「まさかな！　きみはこの地区の警邏担当なんだから。わたしと一緒にマッキューの住居に入るんだ。そしてなにがあったのかをたしかめよう」

エントランスへと向かいながら、元警官にふさわしいことを口にした。

「そうだ、ボアーズ、きみは電話で警察に知らせてくれないか。殺人課のビッグ・バット・オブライエン警視を呼びだしてくれ。ワシントンから来たタキシード・ジョニー・ブライスからの伝言だと告げてな。ブライスが警邏巡査と一緒にダン・マッキューの住居に踏みこんで調べているところだと伝えるんだ。玄関にチェーンがかかっていて呼んでも返事がないので、なにか事件があったらしいから、それに備えて待機していてほしいと。もし殺人事件かなにかだとわかったなら、ブライスがマッキュー宅からあらためて連絡するとな」

四階のその住居で二人めの死者が出ることになろうとは、このときはまだまったく予想のほかである。ましてこのあと間もなく、ブライスとスリップスキーが非常口をたしかめようとまわりこんでいくアパートわきの暗い路地において、ついには第三の死体が転がることになるなどとは、まだだれも想像すらできない。

第三章　死体を跨いで

ぬるぬると生温かい血が手に付いてしまったことに気づきながら、ダン・マッキューの玄関ドアをあとにしたブライスが階段を駆けおりはじめてから、まだ三、四分、あるいはそれに満たないほどの時間しか経っていない。

ここまでのブライスの行動は、状況からして最善だったと言えるだろう。まず彼はロビーにスリップスキー巡査がいたことをつきとめた。これはつまり、賊がアパートメントのエントランスから逃げた可能性がなくなったことを意味する。つぎには今夜マッキュー宅にだれが訪ねてきたかをつきとめたこと。と同時に玄関のほかに出口があるかどうかもさぐりだした。もしオブライエン警視だったとしても、チェーンのかかったドアとノブに付いた血を目にしていたなら、同じことをまず調べただろう。

ブライスが出会った人間はスリップスキー巡査と平べったい顔のエレベーター係ボアーズだけだったが、しかしアパートじゅうがみんな眠りに就いているとは思えない。そういえばある部屋からくぐもった人の声が聞こえていたのだった。また別の部屋からはダンス音楽も。だがほかの部屋はどこも森閑と静まり返っていたのもたしかだ。

それぞれにどんな人々が住んでいるのだろうか？　マッキュー宅の上階や下階の、閉ざされた固い壁の向こうの部屋べやには？　四階のマッキュー宅の廊下を挟んだ向かいの部屋は、ドアがほんの少し開いていたのではなかったか？　そのあたりをはっきりとは思いだせないのがブライスは悔しかった。なんといってもよく憶えているのは、摑んだドアノブを離した瞬間に、手に血が付いたことだった。あのときは怖くなってあたりを見まわし、そのあと脱兎のごとく駆けだしたのだった。

大都会のアパートメントはまさに匿名の館で、廊下の向かいにどんな人間が住んでいるかなどだれも知らないのだ！　無数の死者が埋まる墓地のようなものだ。だれかが殺されたぞという喇叭《らっぱ》が吹き鳴らされるとそのとき初めて、野次馬どもが墓から這いだす死人の群れよろしく目をぎらつかせて湧きだしてくる。

ブライスは路地を走りながら、ボアーズが言っていたことを不意に思いだした。たしか、キティー・ワイゼンクランツは子供たちをシカゴからつれてきた、と言っていた。そうだ、キティー・ケインのことじゃないか！　キティー・ケイン、黒い瞳の魅力的な小柄な女。二十年近くも前に〈ネスター・クラブ〉のダンス・チームだったザ・ジョリティーズの一員として踊っていた女。

ブライスがこの女のことを忘れるわけはなかった。森の精のような若々しくはにかみがちの顔も、愛らしく罪作りな心根も。あのころはまだ十八歳だったが、すでに充分大人の女だった。ブライスは彼女に夢中になった。まだ若くて夢見がちな青二才だった。警察官になって間もないころだが、彼女のために出世の道さえ台なしにしそうになった。彼女を脅迫していたテキサスの石油長者のところに押しかけ、はったりで威《おど》しつけたことがあった。彼女を守り、愛を捧げた。ほかにもライバルが大勢いることを承知のうえで。カネを持っているだけのほかの男たちに比べ、少なくとも愛情ではだれにも負けなかった。

だがそのうちにキティーはブライスの前から姿を消し、シカゴのO・K・ワイゼンクランツという男と結婚した。オーバーコートとスーツの似合う巨漢の資産家だった。この男は今から一、二年前、ひどい抑鬱症のあまり自分の喉を掻き切って死んだ。自宅浴室の鏡の前で頸動脈を切断した姿で倒れていた。そばに剃刀が落ちていた。故人は右利きではなかったという点と、人は自分の首がもげるほど激しく喉を切ることができるものだろうかという点が問題になったが、結局は自殺という結論だった。ブライスはこの事件の詳細を、ほかでもないオブライエン警視から聞いて知った。オブライエンもキティー・ケインのことは知っていたのだった。

彼女の姿はいまだに活きいきと思いだせる。燃えつづける炎のようにありありと。今彼女は三十六、七歳だろう。ワイゼンクランツとのあいだにできた男の子が二人いるという。だがあの細く美しかった容貌がたやすく変わっているとは考えにくい。いつまでも齢《とし》をとりそうにない女だった。あのボアーズの話によれば、彼女は最近ここニューヨークに移ってきて、このロイヤル・アームズの四階のダン・マッキュー宅の真向かいに住みはじめたのだという。とすれば、今この瞬間もブライスからそう遠からぬ距離のところに、生きて呼吸する彼女がいることになる。

キティーは今でもわたしのことを憶えているだろうか？　ブライスは胸の高鳴りを覚えた。答えはわかりきっている。もちろん憶えているさ！　もちろん……

「くそっ！」後ろでスリップスキーが毒づくのが聞こえた。ゴミ捨て用のドラム缶にドンとぶつかってしまったのだ。「またこれだ！　警部補、こんなところでよくものが見えますね。インク壺の底みたいに真っ暗だというのに。うわ、こんどはなんだ！　また猫の死骸か？」

まさかキティー・ケインも？


ロイヤル・アームズ・アパートメントのわきの裏口を囲っている忍び返し付きの鉄柵の前に、やがて二人はたどりついた。ブライスは鉄柵のゲートに掛け金が付いているのを見つけてはずした。スリップスキーを後ろに従え、ゲートを開けて内側に入っていく。

まわりを囲む高いビル群の屋根の端を彼方の小さな銀の月がかすめ、奇妙な菱形の黒く鋭い影を路面に描いていく。地階へ通じる裏口は正面エントランスより一階分低くなっており、ドアが開いたままになっていた。そこから黄色い光が洩れ、地階を占めるゴミバケツ置き場とボイラー室とが見える。上方の壁を見あげると、手摺り付きの非常用仮設階段がジグザグに上へとのびている。いちばん下の段に鎖が付いており、壁から突きでている鉤に括《くく》り付けられている。地階への戸口から洩れる光の下、アパート裏口の暗い影のなかで、赤い目が煌《きら》めくのがかいま見えた。

「ラースマスンか？」スリップスキーがはあはあ息を喘《あえ》がせながら問いかけた。

「ああ」

「ここでなにをしてるんだ？」

「パイプで一服つけてるところさ」

「いつからここにいた？」

「十分前ぐらいからかな」

「警部補、彼はこのアパートメントの管理人スエード・ラースマスンです」巡査はまだ息を喘がせている。「エレベーター係のサム・ボアーズとは以前からの知り合いだという男です。一階の奥の部屋に住んでいます」

「管理人か。そうじゃないかと思ったよ」ブライスも少しぜいぜい言っている。

ロイヤル・アームズの管理人は地下室からの黄色い明かりのなかへ進みでた。背をまるめた小柄な男だ。片方の足をやや引きずっている。そのために腰をくねらせるような歩き方になる。馬の鬣《たてがみ》を刈りこんだような黒髪をしている。皿みたいな丸い顔に深い眼窩《がんか》が穿たれ、くゆらせている紫煙の向こうから燃えるような赤く血走った目が覗く。

マッキュー宅をあとにして以降出会った三人めの人間だな、とブライスは思った。

「スエード、こちらはブライス警部補だ」とスリップスキーが紹介する。「ダン・マッキューさんの部屋に入って調べたいとおっしゃってる。返事がないうえにドアノブに血が付いていたそうだ。玄関はチェーンがかかっていて入れないんだ」

「それはまた」

「ラースマスン、きみはここに十五分ぐらいはいたんだな？」血走った目を見すえながらブライスが訊いた。「なにか見なかったか？」

ラースマスンがパイプを吹かすと、火皿《ひざら》が赤く燃えた。

「見なかったかっていうと、なにをだい？」

「なんでもいい。マッキューの部屋でなにかあったらしいのでね」

「べつにおかしなものは見なかったがね。マッキューのところでなにかあったかどうかも、おれは知らないよ」そう答えてラースマスンはパイプを吹かした。「あそこの蛇口は修理したほうがよさそうだってことのほかにはな」

ブライスはいっとき相手をじっと見てから言った。「そうか、それだけか」

「ブライス警部補はマッキューさんの身になにかあったんじゃないかとおっしゃってるんだ」スリップスキーが苛立って口を出した。「わかってるさ、おまえが抜け目ないってことは。かかわりあいたくないと思ってるんだろ？　でも教えてほしいんだ、なんでもいいからマッキューさんについて知ってることをさ」

「知ってることと言われてもな」

「話してくれ、大事なことだ！」

ラースマスンはパイプを口から離した。

「なにしろ、あの人はもう死んじまってるからな」

「死んでる？」ブライスが鸚鵡《おうむ》返しにした。「どうしてわかる？　部屋に入ってみたのか？」

「おれはここにいたさ」と、ラースマスンはまたパイプを咥えた。「ここで一服やりながら月を眺めてたんだ。そしたら、今から五、六分前かな、マッキューとこの明かりが消えたのが見えたんだ。そして、窓から悪魔みたいなのが飛んでいこうとしたのさ」

「悪魔だって？」

パイプを吸いこむと、また火皿の火が光った。

「まず窓が音もなく開いた。そして悪魔みたいなのがぬうっと出てきた。空へ飛んでいくところみたいだったよ。それで、おれは思ったんだ。悪魔め、おまえのことはわかってるぞ、そこでなにをやってたかもな！　ってな」

ブライスは冷たいものが背筋を駆けおりるのを感じた。背を丸め気味にしたこの男の燃えるような目が、不気味に人間離れしたものに見えてきた。太いしわがれ声もしかりだ。この男自身が悪魔を思わせる。悪鬼を想像させる。

「それはつまり」スリップスキーがまたも苛立たしげに問い糺した。「今から何分か前に、マッキューさんの住まいの窓から何者かが逃げだしたってことだな？」

本来ならブライスがしていたはずの質問だ、不気味さのあまり舌が一瞬痺れたようになってさえいなければ。

「ちがうね」パイプを吹かしながら答えるラースマスン。

「ちがうって、〈おまえのことはわかってるぞ〉と思ったんじゃなかったのか？」

「思ったさ」ラースマスンはもったいぶってパイプを口からはずした。「けどやつは男でも女でもないんだ。そもそも人間じゃない。やつは地獄から迎えにきた悪魔だ。〈悪魔は飢えたライオンのように歩きまわって獲物を探す〉と聖書に書いてあるだろ〔新約聖書・ペテロの手紙での記述〕。つまり、マッキューのおっさんは以前からあいつに狙われてたってことさ。で、おれはそいつが窓から出ていくところを見た。するとなにかがおれの手のなかに入ってきて」と、片手を拳に握ってそれをぴしゃぴしゃと叩いてみせ、「そしてこう言うんだ。〈ラースマスンよ、ダン・マッキューはもう二度とおまえの娘ハルダを悩ませることもなくなったぞ〉とな。〈ハルダがあいつの部屋に掃除しに入っても、一緒に酒を飲もうなどと誘うこともうない〉と。嘘だと思うなら、マッキューのところに行ってその目で見てみな。悪魔があの親父の体に入りこんで、骨を食らってるはずだ。だからもう手遅れなんだよ」

そしてまたパイプを咥え、両の手を腰の後ろで組んでプカプカと吹かしはじめた。

どうかしてるな！　ブライスは内心そう思っていた。あまりのことに笑いだしたいほどだった。たしかにこのアパート管理人の不気味な物腰とぎらつく目には奇妙な説得力がある。本当に悪魔がいるのだと思わせるような。だが実体は宗教かぶれの大法螺《おおぼら》吹きであるにちがいない。とんでもないことを言って人の注目を浴びたいだけなのだ。あの大袈裟な物言い自体が馬脚を現わしているではないか。この男が言うような事態になっているわけはないのだ。そう自分に言い聞かせ、ブライスはやっと安堵を覚えた。

「ということは、その悪魔はまだあそこにいるんだな？」

「そうさ。結局、空へは飛んでいかなかったんだ。やつはふと下を見おろした。すると、おれがここに立って煙草を吸いながら見あげてるのが目に入ったんだろう、ひょいと部屋のなかへ引っこみやがった。音もなくだ。そしてぴしゃっと窓を閉めた。おれは尻ポケットに聖書を入れてたんでな、それにひるんだのにちがいない。聖書には近づけないのさ。だからやつは部屋のなかで獲物を平らげ、おれが行ってしまうのを待った。けどおれは行かないでずっと見あげていたんだ」

「あの非常口まで、どうやったら昇れる？」スリップスキーが不安げに壁を見あげながら訊いた。

「ここからじゃ無理だ」と変わり者の管理人は答えた。そしてパイプをまた口から抜き、「そこの地下室から入って、まず一階のおれのねぐらへ行くんだ。そして娘のハルダの部屋の窓が同じ非常口になってるから、そこから出て非常階段を昇ればいい。娘は夜のお祈りで教会に行ってて留守だから大丈夫だ。おれの言うことが信じられないなら、そうやってたしかめたらいいさ」

だがブライスはそうはせず、早くも裏口を囲う高い鉄柵へ顔を向けていた。そしていきなり鉄柵の横棒に足をかけて半ばまで掻き登り、壁面上方に斜めにのびている非常階段の下端へと手をのばした。

そこにつかまって鉄柵のてっぺんまであがり、さらには非常階段の最下段に足をかけ、ゆっくり昇りはじめた。声もなく息を喘がせながら、階段の端につかまって昇り、やっとアパート一階の位置にあたる踊り場にたどりついた。スリップスキーはたしかひどい扁平足だったはずだから、ブライスよりいくつか年上であるうえに腹の出た肥満体ではあるが、彼よりはよほどたやすく昇ってきそうな気がした。

だがスリップスキーは同じ仕方では昇ってこなかった。ブライスが踊り場に止まって待っているうちに、太りすぎの巡査の肩から大きな背中にかけての巨体が地下室の出入口へと消えていった。

「やつはでかすぎるからな」パイプを口からはずしたラースマスンはブライスをちらと見あげてから、スリップスキーのあとを追って地下へと向かいはじめた。「そんな危ない鉄柵を掻き登ったらズボンが裂けると思ったんだろうよ。うちのハルダの部屋から昇るつもりなんだろう、おれが言ったとおりにな。そのほうが早いはずだからな」

そう言い残すと、不気味な管理人も地下室へと消え、ドアが閉じられた。洩れていた黄色い光が封じられてしまい、アパートメントの裏口は闇に満たされた。それでも上方の四階非常口は薄明るい空のおかげでまだ見えている。ブライスは体に汗を滲ませていた。

スリップスキーはたしかに早道を選んだのかもしれない。鉄柵を登る経路よりも短時間で非常階段に達するかもしれない。三、四十秒後、窓のひとつが開け放たれた。非常階段の一階踊り場のわきにある開いたままの暗い窓があるが、そのさらに向こうにある窓だ。管理人の娘の部屋にちがいない。なかの明かりがこぼれでた。スリップスキーが薄暗い部屋のなかを爪先立ちで窓辺に寄ってきていた。気味悪い管理人はその後ろの戸口に立って、相変わらずパイプを吹かしている。

もしスリップスキーが同行するのをやめて逃げだしたりしたら、ブライスとて独りで現場に行くのは思いとどまったかもしれない。緊張のあまり神経が悲鳴をあげそうなのだから。だがスリップスキーと雖《いえど》もやはり青制服に身を包んだ警察官の端くれだった。完璧とまでは行かないまでも、自分が法の番人の一人であることをある程度は認識しているのだ。その証拠に、腹のふくれた男の姿が窓の外へと踏みだしてきた。喘ぎとも呻きともつかない声を出しながら。ブライスのほうもすでにふたたび階段を昇りはじめていた。

この光景を目撃して驚きの声をあげたりする住人はだれもいなかった。だれもダン・マッキュー宅の不審な物音に目を覚まして窓の外を覗き見たりはしていなかった。その静けさは、今からたった数分前にダン・マッキューの身になにごとかが起こったかもしれないなどとはとても思えないほどだ。ひょっとするとなにかの勘ちがいではないのか。夢でも見ているんじゃないのか。ブライスはついそんなことすら思ってしまった。だが彼の手についた血の感触は今もありありとしている。マッキュー宅の玄関口のあの異様な静寂も頭を離れない。

彼の少し下方ではスリップスキーの重い足どりが非常階段を軋ませている。青制服の巨体が宵闇のなかを蠢《うごめ》き昇ってくる。少なくともあの男だけは現実だ。夢のなかの何者かが階段を昇っているわけではないのだ。

やっと四階に相当する踊り場にたどりついたとき、ブライスの腕時計は午前零時十八分をさしていた。目の前ではマッキューの暗い書斎の窓が月を照り返らせている。ガラスに顔が触れるほど近づけてみる。なにか白っぽいものが透かし見える。床に倒れた人間の白い顔のような……いや、ただの紙切れかナプキンのたぐいかもしれない。死人の顔だからといってあんなに白くはないのではないか。

窓の内側は静まり返っている。ブライス自身のドキドキ鳴る胸の鼓動が聞こえるだけだ。が、ほんの一瞬だけ、暗いガラスの向こうで生きたなにものかが蠢く気配がしたように思った。なにかが音もなく呼吸しているような、苦しげに息づいているような。死体よりも恐ろしいなにかが。

スリップスキーもすぐわきまで昇り詰めてきた。「なにか見えましたか？」

「マッキューが机のわきの床に倒れているような気がする」ブライスは乾いた声でつぶやき返した。

「賊はまだなかにいるんでしょうか？」巡査が小声で訊く。

「いや、いないな」ブライスはまたつぶやく。懸命に冷静さを装う。「一瞬そんな気もしたが、やはり逃げたあとのようだ。警棒で窓を破るんだ。なかに入ってみよう」

「鍵がかかっていないかも」

スリップスキーはそう言って、ずんぐりした指で窓の桟の端を押してみた。だがやはり施錠されていた。そこで警棒の真ん中を摑み、上のガラスの下端を強く叩いた。ガラスは鋭い音とともに割れ、三分の一ほどがバラバラと落ちた。割れ目から手をつっこみ、内側から掛け金をはずした。

第四章　切り裂き殺し

書斎のなかでは、千八百ドルしたという象嵌《ぞうがん》細工入りのマホガニーの机のわきの、五千ドルかかったというブカラ織りの絨毯の上に、ダン・マッキューの死体が横たわっていた。死んでいることはひと目でわかった。ブライスは暗い室内を恐るおそるまわりこむように進み、死体から三フィートほどのところで足を止めた。

「スリップスキー、机のわきだ！」嗄《か》れた声で叫んだ。「絨毯にガラスが落ちてるぞ、気をつけて歩いてこい。明かりのスイッチはわたしが探す。玄関にチェーンがかかっているかも見てみよう。きみは机の電話で市警本部に知らせてくれ」

さらに室内を進み、廊下へと通じるドアへ向かっていった。ドアのわきの壁に照明のスイッチを見つけ、点灯した。部屋に溢れる光のなかで、肩越しに振り返った。マッキューは緑色の絹のローブを着て、俯《うつぶ》せに倒れていた。染みの目立つ大きな手が左右ともに絨毯を摑んでいた。後頭部を何度も殴りつけられたらしい。いくつもの傷のようすからして、普通なら一撃だけでも充分死にいたるほどの強い力だったようだが、しかしマッキューのたくましい心臓は一打や二打では死にきれなかったのか。それでかなり激しい連打を加えることになったとおぼしく、銀髪に血糊や骨の破片が混ざってぐちゃぐちゃになっている。ほかにも後頭部への狙いがはずれたのか意味のない打撃の痕があちこちに見られた。横から殴られて顎の骨がはずれていたり、片方の耳がちぎれかかっていたりする。

死体のそばにシャンパン・ボトルの折れた首の部分が落ちていた。ピンク色のリボンが結びつけられたままになっていた。足もとには真鍮製の火掻き棒が投げだされていた。砕けたボトルの分厚い破片が散らばり、シャンパンが机の上にぶちまけられて吸取紙などを濡らしていた。だが殴るのに使われた回数は火掻き棒のほうが多かったようだ。

シャンパンの黒い沁みは絨毯にも広がり、さらに広まりつつある。状況は想像していた以上にひどいありさまだ。スリップスキーは鯉《こい》の鰓《えら》のようにふくらんだ頬まで青褪めさせている。

「早く警察に電話しろ。殺人課に捜査を要請するんだ」ブライスは息を呑みながらくりかえした。

「わたしたちはなにひとつ手を触れてはならない。オブライエン警視に任せるんだ」

廊下へと出た。書斎の明かりが外まで洩れた。鏡のような光沢《つや》のある蠟引きされた寄せ木張りの床を足早に玄関へと向かう。なめらかな生地の小さな敷物があちこちに敷かれている。廊下の左手には暗いままの食堂および厨房へのドアがあり、右には寝室がある。いずれもドアが開いたままになっており、その奥は人の息遣いなどない暗がりが広がるばかりだ。厨房か食堂あたりからかすかな衣擦れのような音が聞こえたように思ったが、それも気の迷いだったようだ。

玄関に着いてみると、ドアにはたしかにチェーンがかかっていた。ブライスはこのとき初めて自分の目でそれを確認できた。

三フィートほど離れた位置から、玄関口をじっと見すえた。やはり賊はここ以外の出口を使ったということだ。不意に人の息遣いを首筋に感じた。太りすぎのスリップスキー巡査は死の臭いが満ちている森閑とした部屋に独りでいることに耐えられず、電話を終えるとすぐに出てきたのだった。

「どうでした、警部補？　やはりチェーンがかかっていましたか？」

ブライスは手をのばして鎖をつかんでみた。鉄でできたそれはたしかに溝にしっかりと填《は》まっている。

「ああ、そのようだが……」

そのとき、突然人の叫ぶ声が響いた。恐怖に駆られたかんだかい悲鳴だ。どこか近いところからだ。廊下で前を通りすぎてきた部屋のどれかだろうか。

「なんだ、あれは？」ブライスは膝が震えだすのを止められなかった。

死が満ちる空間の静寂が、恐ろしい悲鳴によって一瞬で破られた。死者さえも目覚めさせるような高い声だった。そのあとどれほど長く経ったかと思ったころ、こんどはガラスが割れるような衝撃音が響いた。実際には悲鳴の直後のことだったが。

「聞こえましたか、今の音！」スリップスキーが口走る。「賊がまだどこかにいるんですよ！」

聞こえたかだと？　死人にだって聞こえただろうさ。ブライスは震える膝を踏んばって振り返った。

「きみは厨房をたしかめろ！　わたしは寝室を見てくる」

スリップスキーのぶよぶよした胸板を邪魔だとばかりに押しやると、ブライスは寝室めざして廊下を駆け戻っていった。踏みつけた小さな敷物のひとつが床に滑り、よろけてしまった。とっさに左手を前へ突きだしたものの、縄目状の金メッキ細工で縁どられた壁の鏡にぶつかってしまった。ガラス面に頬があたり、鏡が傾いた。あやうく大の字に倒れこむところだったが、なんとかバランスを持ちなおした。その拍子にふと左のほうを見やった。ドアが開いたままの寝室の戸口があり、暗い室内がかいま見えた。

そこに動くものがいるような気配はない。だがなにかの息遣いが感じられる気もする。さっきの悲鳴はこのあたりからではなかったか。そうだ、たしかに音がする、なにかゴボゴボと水っぽいような音が。目隠し鬼のように両手で手さぐりしながら、そっと寝室のなかに入っていった。部屋の半ばをすぎ、大きなベッドのわきをもすぎて、浴室の入口の前まで来た。そのあたりでなにか軟らかいものに足が触れた。きつすぎる薔薇の香りのような匂いを感じた。ゴボゴボ鳴るような音が床のほうから立ち昇ってくる。もう一度足がなにかにグニャッ、と触れた。とどめようもない戦慄とともに感じとったのは、それが女の体であることだった。悲鳴はこの女が発したものだったのだ。

寝室の窓にはブラインドがおろされていた。あたりはほぼ真っ暗だ。浴室に入ってみると、そこには高い位置にブラインドのない磨りガラスの窓がひとつあり、上端がわずかに開いていた。そこから光とは言えないほどかすかな薄明かりが洩れこんでいる。窓の外は路地の向こう側の建物で、その建物の屋根の上には暗い夜空が広がっているだけのはずだ。それでも浴室と寝室のあいだの敷居あたりの床はぼんやりと照らしだされている。

女はまさにその敷居にさしわたされるようにして倒れていた。細い体を絹に似た艶やかな生地のチャイナドレス風のナイトガウンに包んでいた。血の気の失せた青白い顔と乱れた黒髪とが浴室の白いタイルの上に投げだされている。ガラスの破片が散らばり、ゴボゴボと音が洩れつづけ、なぜか薔薇の花の甘い香りがきつく立ちこめていた。棺台《ひつぎだい》への献花こそかくやとばかりに。

キティー・ケインだ！　ブライスはかつてないほどの衝撃とともにそう認めた。あの美しくて蠱《こ》惑《わく》的なキティー・ケインがこんなところに！

思わず片膝をすぐそばの床についていた。ズボンの生地を透かして、ガラスの欠けらと湿り気とを膝頭《ひざがしら》に感じた。彼女の白い顔は薄い影のなかにあり、その下の体はすべて闇に包まれている。これほどに光のとぼしい場所でも、そのポーズを見ただけで、彼女がどういう女だったかありありと思い浮かぶ。たとえどんな暗い闇のなかでも。投げだされた両腕の形といい、腰の曲線といい、まっすぐのばされた優雅でなめらかな脚といい、すべてが過去から蘇るかのようだ。

　見開いた目からは黒い瞳がブライスを見つめている。口は半開きになっている。喉笛はまだ脈打ち呼吸しているかのようだ。死の直前に見た恐怖にもう一度悲鳴をあげようとしているかのようだ。その目はきっと今もそれを見つづけている。

　ブライスはわれ知らず彼女に両手をのばした。こんなに温かいとは！　キティー・ケイン。闇のなかで見る彼女は今も少女のようだ。十八歳のころの熱い吐息を今一度つこうとしているかのようだ。若いころの輝かしい記憶が速やかにブライスのうちに蘇った。だがキティーにはもう彼のことなどわからない。もう永遠に……

「女はいましたか？」寝室の戸口からスリップスキーが喘ぐような声を放った。「賊はどこへ行ったんでしょう？　まだこのへんにひそんでいるんじゃないでしょうか！　ブライス警部補、そこにおられますか？　明かりはどこでしょう？」

「女は、死んでいたよ」ブライスはつぶやき返した。

　やっと落ちつきが戻ってきた。今し方まではキティー以外のことはすべて忘れてしまっていたが。近くにほかにも人間がいることさえ忘れていた。青制服のスリップスキーがいることも。ふたたび頭を働かせながら立ちあがり、巡査のほうへ振り向いた。大きすぎる腹をした男が出入口をふさいで立っていた。

「廊下の明かりのスイッチが玄関にあったはずだ！」やっと教えてやった。「この部屋の明かりはわたしが探す。そうだ、スリップスキー……」

そのときブライスが尋ねようとしたのは、〈ここから人影が出ていくのを見なかったか？〉ということだった。だが答えのわかりきった質問だった。そんなやつがいれば、そこに立っていたスリップスキーが見逃すはずはないのだ。

どこかに照明器具があるはずだ。どんな種類のものだろうとひとつやふたつは。あたりをすばやく手さぐりするうちに、フロアランプの笠らしいものに手があたった。すぐそばにあった肘掛椅子の後ろ側だった。

「くそっ、点かないな！　そうか、電球がゆるんでいるのか……」

不吉な薔薇の香り。ゴボゴボと響く血の音。

廊下の明かりが点いた。スリップスキーがぎこちない手で玄関ドアわきのスイッチを見つけたようだ。不意に射しこんできた光に、寝室の闇が割れていくつかの影ができた。突然できた影たちは、駆けこんできた黒い猟犬の群れのようだ。あるいは荒々しく走りまわる一群の黒い馬か。大きなベッドの影、化粧箪笥の影、鏡の暗銀色《あんぎんしょく》の照り返し、扉の開いたクローゼットのなかの影に紛れるシーツ類、どれもが襲いかかってくる獣のように見える。すぐ後ろに微動もせず横たわる血の気の失せた死体を、ブライスはまたもちらりと盗み見た。

……ようやくフロアランプの電球を嵌めなおした。それまでに長い時間が経ったような気がするが、実際にはほんの数秒かかっただけだった。スイッチを入れる。光がやっと影をぬぐい去った。

と、廊下がまた闇に戻った。ヒューズが切れたらしい。書斎はといえば、電流の回路がちがうのかまだ点灯したままで、暗くなった廊下の奥のほうに光を洩らしている。

夜の街にいくつものサイレンが鳴るのが聞こえてきた。ある音は近く、あるものは遠く、警察車があちこちから向かってくるようだ。やがてブレーキが軋み、バタンバタンと車のドアが開け閉めされる音がする。人の声。裏手の暗い路地を靴が駆ける音。

あの平べったい顔をしたエレベーター係ボアーズから通報を受けた殺人課のオブライエン警視は、待機などせずすぐに出動してきたようだ。かくて事件はただちに警察当局の手に委ねられることとなった。


スリップスキーは玄関口にとどまってはいなかった。急に電気が消えたせいで逃げだしてしまったのだ。ちょうどブライスが寝室から出てきたとき、大男があわてふためいて非常口から抜けだしていく物音が聞こえていた。

ブライスはまだ明るいままの書斎に戻り、非常口の窓へと向かった。そこから下を覗くと、非常階段の一階半ほど下のあたりをおりていくスリップスキーの朧な姿が見えた。さながら象がドタドタと駆けおりるさまのようだ。はためくズボンの下方には白い靴下が光っている。制服の背中がビリビリと裂けた。裂け目はどんどん広がって、白シャツが大きく露出していく。

ここに満ちている死の臭いが、あるいは吠えるサイレンの響きが、あの男の度胸の最後のひと雫を搾《しぼ》りとってしまったらしい。そうだとしても責めることはできない。ブライス自身逃げだしたい気持ちなのだから。だが彼はすでに一度逃げてしまっている。あのときここの玄関口から。スリップスキー以上にやみくもに。倒れているマッキューの頭のわきに立つ机の端に電話機がある。その受話器をとりあげ、ダイヤルをすばやくまわして交換台を呼びだした。

ふと閃いたことがある。電話は今はマッキューのすぐそばに静かに置かれているが、ひょっとするとだれかが使ったあとかもしれない。

「こちら警察の者だが、じつはダン・マッキューの住まいで殺人事件があってね。十五分前ぐらいから今し方までのあいだに、ここからなにか電話がなかったかね?」

「ありましたわ、零時三分ぐらいに」交換嬢が緊迫した声で答えた。「でも途中で切れましたの。何番へのおつなぎを希望されていたのかはわかりませんでした。男の方の声で〈たす(He)……〉とか言っただけで、あとは呻くような声と、ドタンバタンという物音だけでした。そして三、四秒後に切れてしまったんです。だから、きっともう電話をかけなくてもよくなったんだわと思いました。たまたま時計を見たら零時三分でしたの。よく憶えていたのは、そちらの番号が偶然にも一二〇三だったからですわ。こんなことでお役に立てるかどうか……」

「役立ったよ、ありがとう」と言ってブライスは受話器を戻した。

ドアベルが鳴った。さっきうっかり忘れていたが、玄関のチェーンをはずさねばならない。薄暗い廊下を急いで戻った。暗い寝室の前を通ったとき、位置のずれた小さな敷物が足の下でまたも滑ってしまった。こんどはさっきよりも大きくよろけた。

横ざまに倒れこんだ拍子に、右手を床につこうとした。掌がなにかに触れた。ロープのようなものだ。と同時に、なにか銀色に光る重く固いものが、目にもとまらぬ勢いでブライスの頭に叩きつけられた。彼はつんのめるように床へ倒れていった。壁にぶちあたった。あたりに飛び散ったのは、頭に叩きつけられた鏡の破片だった。

それから数秒と経たないうちに、ロイヤル・アームズ・アパートメントは警官の一団にとり囲まれていた。

一部の者たちは警察車をおりるや否や、わきの裏口へとまわりこんできた。スリップスキーが汗を滲ませ息を切らしながら非常口から地上までその巨体をおろしきらないうちに。裏口を囲む鉄柵に警官たちはつぎつぎとよじ登り、壁に接続されている非常階段に足をかけてきた。たちまち階段を昇って一階相当の踊り場にまで達した。そこに立ってパイプを吹かしていた不格好なアパート管理人は邪魔だとばかりに押しやられた。管理人の娘の部屋の窓へスリップスキーが巨体を押しこもうとするところを、警官たちの手が彼の裂けたズボンを押さえつけた。分署所属の私服刑事たちはセカンド・アヴェニューの角をまわって正面エントランスからロビーへと入ってきた。そしてその一部はエレベーター係を探した。女の悲鳴が聞こえたときに通報の電話をしたボアーズを。また一部はエレベーターに乗りこみ、あるいは階段を駆けあがって、たちまち四階のダン・マッキュー宅の前までやってきた。そこの玄関ドアのすぐ内側には、砕けた鏡の破片が散らばるなかにタキシード・ジョニー・ブライスが倒れている。

一方非常階段から昇ってマッキュー宅のなかに入った警官たちは急いで玄関へ向かい、ドアを開けて私服刑事たちを入れてやった。本部殺人課所属の刑事たちではなかったが、それでもみな拳銃を携行していた。彼らの役割は現場検証だ。寝室では懐中電灯を照らし、食堂および厨房では照明を全部点けて調べまわった。

各室およびクローゼットを残らず探索してまわった。寝室には衣類クローゼットがふたつあり、玄関ホールにはコート・クローゼットがあり、厨房にはタオル類のクローゼットと掃除道具置き場とがあった。居間ではソファや椅子の後ろ側まで確認した。しかし見つかった動くものといえば厨房の屑籠のなかにいた鼠一匹だけで、それより大きい生き物などどこにもいはしなかった。鼠は探索の手が屑籠にのびたのを感じて恐怖に駆られたのかぴょんと跳びだし、着地したとたんに警官の一人に踏み潰された。哀れにもかすかな悲鳴をあげて死んだ。

もちろん玄関周辺も調べ、書斎奥の非常口も調べた。非常階段をもう一度おりてもみたが、相変わらず一階踊り場でパイプを咥えて四階を眺めあげているあの気味悪い管理人と、そしていまだにもがいているスリップスキー巡査のほかにはだれもいなかった。玄関のほうはチェーンがかかっていたわけだから、こちらからもだれも逃げだしていようはずがない。

窓はかなり多くあった。書斎、食堂、厨房、そして事件現場となった寝室と、全部で十五あった。わきの路地に面したものと裏手のほうとに分けられるが、しかし問題はどの窓にも鉄格子が具わっていることだ。厨房の通風孔も同様だった。調べは閉めきられている窓にまですべて及んだ。無理に開けてみようとしたり頑丈な鉄格子を揺すってみたりしたが、どれもびくともしない。唯一浴室にある磨りガラスの小窓だけが鉄格子のない例外だったが、幅十六インチしかなく、しかもなにより上端がわずかに六インチ開くだけの狭さだった。

寝室とそれに付属する浴室は懐中電灯で隈《くま》なく調べられた。カーテンで仕切られたシャワー・コーナーも調べた。あの黒い瞳の女の死体は敷居に交差して倒れているので、浴室の出入口を行き来するときはそれを跨がないようにみなが気をつけた。もちろん浴室にはだれも隠れてなどおらず、そこから外へ出られるような逃げ道もなかった。

逃げられる道筋は家じゅうのどこにもなかった。

「食器運搬用のエレベーターなどはなかったか？」ブライスが警官の一人に訊いた。「あるいは、隣のビルやわきのアパートメントに通じている避難用の通路はないか？　窓の鉄格子でゆるんでいたものはなかったか？」

「いえ、そういったところは一切ないようです」ジムという名のその警官は答えた。

「しかしなにか手がなければ賊は逃げられないだろう。きみたちが駆けつけたとき、玄関のチェーンはどうなっていた？」

「しっかりとかかっていました」

「とすれば、犯人はやはり建物の裏手のどこかから逃げたとしか考えられないな。わたしとスリップスキーが照明を点けようと気をとられている隙のことだったかもしれない」

そう言ってブライスは束の間考えた。

「スリップスキーが廊下の明かりを点けたとき、その光が射しこんだせいで寝室のなかのあちこちに濃い影がたくさんできた。ひょっとすると犯人はその影に巧く紛れこんだのかもしれない。すばやいやつならばな。そしてあの非常口から逃げた。スリップスキーが逃げだすのよりも先に。且つまた、きみたちがわきの路地に駆けつけるのよりも先に」

「しかし」とジムが言い返す。「管理人のラースマスンが非常階段の一階踊り場にずっといて、この階の窓をじっと見あげていました。彼が言うには、ブライス警部補、あなたとスリップスキーが非常階段づたいにここに踏みこんでから、スリップスキーが同じ道筋を独りで逃げだしていくまでのあいだに、同じその非常口の窓からだれかが出てきたなどということは絶対になかったそうです。

警部補があの窓から覗かれたときは、下の路地が暗いからなにもよく見きわめられなかったんじゃありませんか？　非常階段をおりていくのがスリップスキーだとわかったのも、彼の制服が裂けて白シャツが見えていたり、白い靴下が光っていたりしたためであって、そうでなければ彼の姿すら見えなかったんじゃないでしょうか。でもラースマスンは路地よりは比較的明るい夜空のほうへ顔を向けていましたから、もしだれか人がおりてきたなら絶対見逃すはずはなかったと思われます。このラースマスンという男、脳細胞があとひとつでも足りなければ、まったくあてにならない大莫迦者になっていたんじゃないかと思いますが、逆に脳細胞がもうひとつでも多ければ、いっときぐらい余所見《よそみ》をしたりほかのことに気をとられたりするぐらいのまともさは具えていただろうという気がします。だからつまり、窓からは何者も逃げださなかったという彼の証言はそれだけ信憑性が高いということです」

「なるほど、一理あるな」ブライスはその理屈に面食らいながらもうなずいた。

彼は踏みこんできた警察官に助け起こされたのだった。鏡で殴られて廊下に倒れ、気を失っていたのだが。今もその現場のすぐそばには彼が滑った敷物が投げだされ、割れた鏡が散らかっているはずだ。

「それでも、犯人がすでにこの家のなかにいないのはたしかです」とジムはつづけた。「警部補は何者かに殴られたということですが、それも同じやつの仕業《しわざ》とお考えですか？　ただ滑って転んだだけということはありませんか？」

「それがなんとも言えないんだ、相手の姿を見ていないからね。たしかに自分で転んだだけなのかもしれない。犯人はそのときにはもう逃げたあとだったかもしれない。女を殺して、そのすぐあとぐらいにここを出ていったのかも。とすれば、やはりどこかに抜け道がなければならないな」

重い鏡で殴られたのは後頭部から顔の横にかけてのあたりだった。こめかみと頬をそっと撫でてみる。血は出ていないようだ。腕時計のガラスが割れ、分針が止まっていた。だが何時とか何分とかいうことはこの際いい。問題はむしろ秒のほうだ。キティー・ケインの悲鳴を聞いて彼女の死体を見つけてから、サイレンが鳴って警官たちの足音がやってくるまでの時間は、ほんの数秒から数十秒のこととしか思えない。

そのあいだに犯人は必ずどこかの経路から逃げたはずなのだ。

「それほど悩むことじゃないかもしれません」またジムが口を出した。「とにかく逃げたことはまちがいないんですから。だれだって、どうしても脱出したいとなればなんとかするものでしょう。逃げられないからとじっとして捕まるやつは百人に一人もいません。警察が来るまでぼんやりしていたら、それこそ大莫迦でしょう。その点この犯人はひどく抜け目がなくて、しかも冷静だったようです。でも逃げたからには必ずなんらかの痕跡を残しているはずです。たとえどんなにわずかでも。あとはオブライエン警視の殺人課がそれを見つけてくれるでしょう」

現場検証の一隊はダン・マッキュー宅の全容を探索したが、ついに犯人の姿を見つけることはできなかった。彼らは現場を荒さないように注意し、マッキューとキティー・ケインの遺体にも手を触れなかった。キティーは暗がりのなかで腰をひねった姿勢で倒れたままにされた。〈幸運〉という漢字文字が刺繍された赤い絹のチャイナドレス風ナイトガウンをまとった姿のままで。黒髪のそばに落ちている象牙の柄の付いた古い型の剃刀は、倒れている彼女の頭上あたりにある浴室の棚に置かれていたはずのものだ。依然タイルの上に溜まったままのぬるくて赤い血が彼女の黒髪を湿らせていた……

第五章　顔

——ブライスは以上の経緯を、それから数分後に部下を引きつれてやってきたビッグ・バット・オブライエンに報告したのである。

「弁護士のポール・ビーンとフィンレイ神父を事情聴取しろ」マッキューー宅の玄関へと向かいながらオブライエンはそう指示を飛ばした。「ほかにも今夜ここを訪問した者がいるなら、残らず調べろ。最近キティー・ケインと遊びまわっている男どもにもあたれ。彼女の住まいに行けばそういう連中からの手紙が見つかるだろう。それから、エレベーター係のボアーズが通りをひょこひょこ歩いているところを乗せてきてやったんだったな。あいつから合鍵を借りてこい。でなければ、管理人からでもいい」

そう言ったあと、オブライエンはさらにつづけた。

「キティー・ケインは最近二人の子供を自分の手もとに移り住ませたんだったな。子供というのはどちらも十五、六ぐらいの間抜けづらをしたたちの悪い腕白小僧どもで、彼女と一緒にシカゴにいたころは万引きや玄関ベルの鳴らし逃げなどでさんざん捕まっていたらしい。二、三年前に父親が不審死を遂げたときには、疑われて調べられたこともあったと聞いた。そのころはもっと小さかったわけだが、子供というのは父親に対して異常に暴力的になることがあるものだからな。そいつらのせいでキティーはずいぶんと苦労してきたんだ。よし、そのガキどもにも訊いてみろ。母親が何時に自宅を出たか知ってるかどうかをな。そいつらが真夜中すぎまで帰らずよからぬ場所で遊び呆けていなければの話だが」

ビッグ・バット・オブライエンは赤い縮れ毛に囲まれた禿げ頭の後ろのほうに帽子をきつくかぶり、小さい足の親指側のふくらみを下向きにしてつねに爪先立ちしながら、ふくれた腹を運ぶような歩き方をする。居間へ向かう途中でタキシード・ジョニー・ブライスと出くわし、立ち止まって彼の肩を軽く叩いた。

「また人の縄張りを荒してくれたな?」とからかった。「おまえは現役のころずっと殺人課に配属されたがっていたからな。それが今になって実現したってわけだ。警邏の巡査と一緒におまえがここに踏みこんだという通報だったたな。だが分署からの報告によれば、この地区の警邏担当巡査はパーク・アヴェニューの持ち場にずっと詰めていたそうだ。おまえ、そいつの腹がでかすぎて制服のボタンも留められないなんてことを、おかしいと思わなかったのか? どれだけ太ったやつでも、警察官が体に合わないズボンを穿いたりすると思うか? そんなやつをつれて殺人事件の現場に踏みこんだというのか?」

「ちょ、ちょっと待ってください、警視」ブライスは一瞬青くなった。「彼はわたしのことを知っていましたよ。わたしも憶えて……」

「あの男はもう十四年も前に警察を辞めてるんだよ。自分がブタ箱に入れられちまってな。そんなことはともかくだ、キティー・ケインが殺されたとき、ブライス、おまえとスリップスキーは一緒にいたと言うんだな? やつはそう主張しているんだが、たしかなんだな? いや、べつに疑ってるわけじゃない。そんなときに自分が独りきりだったかどうかなんてことを忘れるはずはないからな。まして同じところですでにもう一人、人が殺されているとなればだ。やはりやつはキティー殺しにかかわってはいないということだな。ただの太っちょのならず者にすぎないってことだ。事情聴取のときわめいていた話からすると、あのボアーズという男と組んで恐喝まがいのことをやるつもりだったようだ。というのは、まず管理人のラースマスンが、自分の娘にダン・マッキューがちょっかいを出していると思っていたらしいんだな。このラースマスンもいい加減な男で、マッキューはどんな女に対してもするようにほんの愛想のつもりであの斜視の娘を酒に誘ったりしただけかもしれないんだが、とにかくボアーズはラースマスンのその言い分を信じた。そこでかつてのムショ仲間だったスリップスキーを誘って、サイズの小さすぎる虫に食われかけた古い青制服をやつに着させて、ダン・マッキューの強請《ゆす》りにとりかかろうとしていたというんだ。まあそんなことをしても、マッキューの腕っ節なら二人とも窓から投げ落とされるのが落ちだっただろうがな。ところがブライス、この偽者の警官をおまえが真に受けてしまったためにめんどうなことになったというわけだ。やつが拳銃さえ持っていないことにも気づかなかったのか？　そんなやつと一緒に殺人現場に踏みこんで、そのうえ自分まで二人の被害者ともども暗闇のなかで襲われて気を失うはめになるとはな！」

ブライスの顔は蠟のように白くなっている。「まったく迂闊なことでした」

「わかればいいんだ。とにかく、警察にすばやく通報したのはおまえの働きだ。よくやってくれたよ。昔からおれは言っていたよな、ブライスはいずれいい刑事になると」

オブライエンは小さな足をすばやく動かして居間の出入口へと向かっていく。色艶《いろつや》のよい抜け目なさそうな顔にはつねに笑みが貼りついている。目のなかではエメラルドめいた緑色の瞳が鋭くぎらついている。

指紋係や写真係などの鑑識班はすでに仕事の最中だった。

「指紋はなにか出たか?」オブライエンが声をかけた。

「今のところ、ハイボールを注いだグラスが四つありました。酒瓶棚の上にふたつ置いてあって、うちひとつは作って間もないのか、氷がまだ溶けきっていませんでした。もうひとつは中身が空で、どちらもダン・マッキュー自身の指紋が付いているだけでした。三つめは炉辺に置かれた椅子のそばの小卓の上にあり、半分ほど飲んでありまして、指紋はマッキューと別のだれかのものとが付いていました。このだれかをAとしましょう。最後のひとつは同じ椅子のわきに敷かれた絨毯の上におろしてあって、そちらは飲み干してありました。やはりマッキューと、さらに別の何者かの指紋が、ぬぐいつけられるような感じで付いていました。こちらの人物はBとします」

「ぬぐいつけられるような、というのは、だれかが指紋を拭きとろうとしたのか?」

「そうとも言いきれませんね。特定できる程度にははっきりと付いている状態でしたから。人の手にさわられすぎたためそうなったのかもしれません。どうやら三人の手がこのグラスに触れているらしく、マッキューとBはそのうちの二人ということになります。あと一人は手袋をしていたんじゃないでしょうか。小卓の表面に白い円形の跡がひとつ残っていて、手袋の人物がその位置からこのグラスをとりあげたのではないかと推察されます」

「手袋、か」オブライエンは眉根に皺を寄せた。「それはたしかなことなのか?」

「ええ、そう思います。どうしても指紋が採れないのに、手が触れた痕跡はありますからね。だから登場人物はAとBと、もう一人手袋をしただれかということになります」

「凶器となったシャンパン・ボトルと火搔き棒の指紋も早めに調べろ。それから例の剃刀もな」

グラスの指紋のAかBどちらかがポール・ビーンだな、とオブライエンは推測した。

「とすると」と、だれに言うともなくつぶやきはじめた。「訪問者が三人あって、その一人が犯人ということになる。そいつは手袋をしていてもマッキューに不自然に思われないような、なにかの理由があった。これだけ暖かい九月の宵なんだからな。あるいはそもそも手袋なんかじゃなくて、手に包帯でも巻いていたのかもしれない。怪我をしたとかなんとか言いわけをして。そしてそいつは別のだれかの飲みかけのグラスをとりあげて飲み干した。手袋なり包帯なりをしたままで。そしてグラスを絨毯の上に置き、こんどはボトルを手にとって、マッキューに叩きつけた」

当然剃刀で女を殺したときも手袋か包帯をしたままだっただろうな、とオブライエンは頭のなかで付け加えた。

速足で居間のなかを歩きまわり、灰皿のようすをたしかめていった。手は触れないように注意して。ひとつの灰皿にはマッキュー愛用のハバナ葉巻の吸殻が四つ、溜まった白い灰のなかに捨てられていた。もうひとつの灰皿にはハッピーという銘柄の紙巻き煙草の吸殻ひとつと、パイプ煙草の吸殻が少し入っていた。

ハバナ葉巻の吸殻のいちばん下のものはポール・ビーンが喫《す》ったものにちがいない。彼は今夜ここを訪ねた最初の客で、マッキューからそれを一本もらって喫ったはずだ。パイプの吸殻はつぎにやってきたフィンレイ神父のものだろう。いつもどおり安物の刻み煙草をパイプに詰めて喫った。紙巻きは最初キティー・ケインのものかと思われたが、しかしちがうようだ。吸い口に口紅が付いていない。男が喫ったものだ。紙巻きを好む者はパイプや葉巻には手を出さない。だがパイプあるいは葉巻をおもに喫う者はときどき紙巻きもやる。とくに時間が短いときとか、興奮したり緊張しているときとか。人を殺す前なら緊張もするだろう。「おい、カーク！」さっきの指紋係を呼んだ。「この吸殻を採取しろ。指紋が出るかどうか調べるんだ」

だが結局吸殻から指紋は検出できなかった。

オブライエンは自分が喫っていた葉巻の吸いさしを暖炉の灰のなかに捨てた。マッキューの机の上に銀製の葉巻入れがあるのを目にとめ、親指で蓋をはじいて開けた。コロナを一本とりあげて、感触をたしかめるようにいじった。事件のありさまを想像するのは好まなかった。この暗いアパートメントのなかで、ブライスとスリップスキーが侵入する直前の短い時間に起こったことを思い浮かべるのは、オブライエンには気の進まないことだった。

「さて、キティー・ケインに会うとするかな」とブライスに向かってつぶやいた。

「マッキューが殺害された時間についてですが」ブライスはオブライエンと揃って廊下を歩きながら、すまなそうな口調で言った。「じつは正確なところまでわかっているんです。午前零時三分ちょうどです。マッキューはまさにそのとき、助けを求めて電話をかけているんです。交換手が呻き声と物音を聞いているんですが、すぐ切れてしまってそれっきりだったそうです。ほんの数秒のことだったので、警察に知らせるほどのことじゃないと思ったそうで。それでも交換手は時間だけは憶えていました。一二〇三番への電話を零時三分にかけてきたという偶然によって」

オブライエンは黙ってうなずいたあと、口を開いた。

「よく報告したな。おまえはやっぱり殺人課にふさわしいよ。その交換手もなかなかだ。おそらくそれがほぼ正確な時間だろう。だがやはり再確認はしておかないとな」

オブライエンはマッキューのコロナ葉巻を噛みながら、本心ではちがう思いをいだいていた。スリップスキーとボアーズの二人組の企みを見抜けなかったブライスはやはり迂闊と言うしかないと。


警官たちはアパートメントの裏口も調べていた。ほかに地下室に入っている者たちもいたし、ロビーや廊下を行き来している者もいる。わきの路地にも何人かいて、まさにどこも警官だらけだ。四階から二階上の屋上で水槽と通風孔を調べている者もいる。あの第二の殺人が犯された数秒間からはじまって、この二十分間ロイヤル・アームズ・アパートメントは機能停止状態となっている。住民たちへの聞き込みも遺漏なく行なわれた。なかには耳が悪かったりあるいは睡眠薬や酒のおかげであのかんだかい悲鳴を聞くことなく熟睡していた住人もいたが、残らず起こされて聴取された。

切れたヒューズはとり換えられ、寝室の電灯も今は明るく点いている。電球はすべて新品に交換された。唯一ブライスが死体発見時に必死に手さぐりしていたフロアランプだけは、予想されたことだが導線のコンセントに一セント銅貨が焼けついてしまっていたために修復できなかった。ほかにも三、四枚の硬貨が絨毯の上に落ちていたが、これは犯人がコンセントを修理する目的で使ったものと推測された。だが結局時間がなかったのだろう。手袋か包帯で固めたぎこちない手で焦っていじくれば、硬貨をとり落とすのも無理はない。フロアランプひとつあれば逃げ道を照らすのに充分だと考えたのだろうが。

しかしどこがその逃げ道なのかを推察できた捜査員はまだだれもいない。

フロアランプから近いところに寝室の窓のひとつがあるが、この窓も閉めきられ施錠されているうえに鉄格子付きときている。浴室にも近いが、もちろんそこにはだれも隠れてなどいなかったし、敷居越しに懐中電灯で照らしてみた結果、浴室内には屋外への出口がないこともわかった。

それでもあのとき犯人はこのフロアランプに近い範囲にいたにちがいないのだ。そして必要とあればそれを点けるつもりでいた。ところがブライスが手さぐりでそれを見つけ、犯人の代わりに点けてやってしまったというわけだ。

私服刑事の一人が小椅子に腰かけて漫画を読んでいたが、ブライスが近づいてきたことに気づいてさっと立ちあがった。彼も挨拶のつもりでひょいと帽子を持ちあげた。あの鏡で殴られた痕を帽子でどうにか隠していたのだったが。丸い頭に載っているきちんと分けられた茶色の薄い髪をさっと手で撫でつけた。

オブライエン警視は床にしゃがみこんだ。剃りこまれた赤い縮れ毛の上に載せた帽子をさらに後ろへ押しやった。わきに立つブライスとともに、キティー・ケインという女だった遺体を見おろした。かつてジェローム・ストリートに住み、〈ネスター・クラブ〉でザ・ジョリティーズの一員として踊っていた女。光沢《つや》が消された硬材の床の端には割れガラスと白薔薇の花びらが散っていた。敷居を跨いだその向こうの浴室の白タイルの上では、切られた彼女の首の傷がぱっくりと口を開けている。黒い目は名状しがたい恐怖になおも見開かれたままになっている。闇のなかでいきなり襲ってきた何者かへの恐れゆえに。

見開かれた死者の目がビッグ・バット・オブライエンとタキシード・ジョニー・ブライスを見あげている。だがその口がものを言うことはない。

「彼女はうちの娘たちとよく遊んでくれた」オブライエンが重くつぶやいた。「同じジェローム・

ストリートで隣のブロックだったからな。彼女の母親はショーンという女で、やはり黒い瞳をしていた。この母親というのもダン・マッキューと親しかった。だがキティーが生まれたときに死んでしまった。父親はビル・ケインといって、マッキューの下で働いていた男だったが、酒に溺れたろくでもないやつだった。キティーの美貌は娘時代からすごいものだった！　男たちはみんな彼女に夢中になった！　なのにそれを独り占めしたのが、ブライス、おまえだ。彼女が本当に愛情を注いだのはおまえだけだった。ところが結婚間近というところまで行っていたのに、おまえが花嫁に選んだのはスー・マッキューのほうだった。知らなかっただろうが、キティーはひと月ばかりも涙にくれていたんだ。裏街でたちのよくない男たちを相手に遊び歩くようになった。それがよくないことだろうとかまっていなかった。自暴自棄になっていたんだ。女は往々にしてそうなることがあるものだ。このキティー・ケインでもな！」

その名を強く呼んでから、オブライエンはさらにつづけた。

「そして妖しいまでの色気を振り撒く女になっていった。ジェローム・ストリートでは並ぶ者のない妖艶な女になった。それでもまわりの者にはだれかれなく優しかった。友だちは絶対に裏切らないし、人の陰口すら決して叩かなかった。たしかに荒れた暮らしばかりしてきた女だが、こんな目に遭わなきゃならないようなことはしていなかった。これほどひどい殺しは、あらゆる事件にかかわってきたおれでもめったにお目にかかれないものだ。この女の最期にしてはあまりにむごすぎる……むごいといえば、彼女があんな悩ましい目でおまえを見つづけねばならなかったことはもっとそうかもしれないぞ！」

「聞きたくはありませんでした、彼女のあんな悲鳴は！」ブライスが急にわめいた。「あんなむごい叫び声は！」

「おまえの気持ちはわかる。キティーはここの暗闇でなにが待ち受けているかなどまったく気づかずに入ってきたんだろう。そうでも思わなければ救われないからな。このおれでさえ、彼女の悲鳴を聞かなくて済んで幸いだったと思っているくらいだ。彼女にそんな悲鳴をあげさせたやつを、なんとしても探しだしたいものだ。死体を見つけたときのおまえのショックは、さぞひどいものだったろうな」

「あんなにショックだったことはありませんね」ブライスは喉を絞めつけられたような声を洩らした。

オブライエンはぎらつく鋭い目で現場の状況をじっと見ていた。砕け散った琥珀色の花瓶のガラス破片。硬材の床にこぼれて溜まった花瓶の水。敷居の向こうの浴室には、死体の頭のそばに落ちているまっすぐな刃の剃刀。柄から開きだされた刃は赤く染まっている。白タイルの床には血が溜まっている。

「おそらく」とオブライエンはまた口を開いた。「襲われたはずみでこの花瓶を突きとばしてしまったんだろうな。白薔薇はダン・マッキューがいちばん好きな花だった。昔彼がキティーの母親ショーン・ケインに白薔薇の花束をよく贈っていたという話を今でも憶えているよ。もう三十六年も前のことで、おれは八つの子供だったが、それでもまだ憶えてるんだ。マッキューの白薔薇といえばジェローム・ストリートでは有名な噂話だったからな。しかもショーン・ケインはすごい美人だった。そのころのマッキューはまだ裕福どころじゃなくて、自分の手で苦労して金を稼いでいたときだが、その金を全部つぎこんでショーン・ケインへの白薔薇を買ってると言われていたんだ」

指紋係の一人が剃刀を採取しにやってきた。オブライエンは立ちあがって、血に染まった死体のわきをそろそろと行きすぎ、浴室に入っていった。赤毛の目立つ大きな手で照明のスイッチ用細紐を引っぱった。ブライスもあとにつづいて浴室に入った。

「あの剃刀はだれのものだったんでしょうか？」渇いた喉から声を絞りだした。

「マッキューさ。彼はいつもまっすぐな刃のやつを使っていたからな。気づかなかったか？　おまえだってここには何度となく訪ねているだろう。彼が使っていた剃刀入れのケースは父親が生まれ故郷から持ってきたものだ。彼はそのなかから一本だけとりだして、刃が擦り減るまで使っていた。摩耗するとそれを仕舞って、また別の一本をとりだして使うんだ。刃の鈍《なま》ったものが四、五本溜まると、床屋に持っていって砥いでもらっていた。今夜使われた一本は、おそらくそこのガラス棚に置かれていたものだろう。ヘアブラシや石鹼のそばにな。キティーが寝室からこの浴室に入ってきたとき、犯人はそれを手にして、彼女の手首を摑み、喉笛に刃を走らせた。あるいはもっと長く揉みあったか……」

　そこではたと気づいて、このようにつづけた。

「……いや、それはやはりちがうな。キティーは剃刀を奪いとろうとすることはできなかった。彼女は花瓶を手に持っていたんだ。なぜって、花瓶を弾みで薙ぎ払ったとすれば、それが置かれたテーブルがなければならないが、そんなものは近くにないんだからな。それと、たった今思いだしたが、明日がダン・マッキューの誕生日だ。明日九月十七日で六十一歳か二歳になるはずだ。それだ、誕生祝いだ！　フィンレイ神父が帰っていったあと、キティーはマッキューに白薔薇を贈ろうとして訪ねてきた。そのあとで犯人が侵入し、玄関ドアにチェーンをかけた。花瓶は薔薇を活けるようにとマッキューが彼女にわたしたのかもしれない。あるいは寝室に花瓶があることを彼女はあらかじめ知っていて、真っ先にそこに入って自分でそれをとりあげ、この浴室に持ってきて水を入れ、薔薇を活けようとした。活けたものをマッキューに見せるためにな。そのせいで、ここに入ってきた彼女は、殺される直前までずっとここにいることになったんだ。女というのはとかく浴室に長居するものだからな。つい鏡を覗きこんでは、髪のカールをもっと強くしたほうがいいかなどと考えてしまうものだ。おそらくそんな事情で、彼女は犯人が家のなかに忍びこんできたことに気づかなかった。犯人のほうもマッキュー以外のだれかが宅内にいようなどとは予想もしていなかった。

やがて彼女の存在が犯人の逃走の邪魔になった。そいつの最初の侵入は非常口からだった。おまえとスリップスキーが侵入したときと同じようにな。まわりに人さえいなければ、それがいちばんたやすいし自然な道筋だからな。逃げるときも同じ経路にするつもりだっただろう。で、マッキューを殺したあと、明かりを消し、逃走にかかった。あのラースマスンが見た非常口から飛び立とうとする悪魔というのは、そいつのことだったんだ。非常口から下を見おろした犯人は、闇のなかで光る地下室からの明かりとラースマスンのパイプ煙草の火を目にして、あわてて窓の内側へひっこんだ。そしてそこをぴったり閉めて施錠した。怪しく思ったラースマスンが調べにあがってこないようにな。

もちろん第二の逃走経路も考えてあった。そんなふうに非常口の下にだれかがいた場合に備えてな。といっても、別の逃げ道を考えねばならないぐらいはどんな莫迦にでも思いつくことだ。少し厄介になるとしても、より確実に逃げられる道筋を考えようとするぐらいはな。だがこいつは莫迦じゃなかった。やつが本当に逃げおおせたことがそれを証明してる。ただ、万一のときフロアランプを自分ですぐ消せるようにと、この浴室の出入口のすぐ外あたりでそれを修理しているときに、たまたまキティーが浴室から出てきた。それが何時何分のことだったかはなんとも言えないが、とにかくこの出入口を挟んで彼女と犯人が出くわしてしまったのはまちがいない。見られたと思ったそいつは、彼女を殺した。残る疑問は、そうさ、ブライス、おまえが口にしたことだ。おれもまったく同感だよ。犯人はどこからどうやって逃げていったのか？　それが最大の問題だ」

オブライエンは浴室の小さな磨りガラスの窓を見あげ、疑わしくさぐるような目でそれを見すえた。

第六章　呻く幽霊

タキシード・ジョニー・ブライスは極度の緊張とともに殺人課警視の推理に耳を傾けていた。赤い血に染まった殺人事件の戦慄を身を以て味わうのは初めての経験だった。これが最初で最後であればいいという思いをとどめることはできなかった。あの強欲なダン・マッキューの死などはさほど悲しくもないが、しかしキティー・ケインまでが巻きこまれてしまうとは……

もうたくさんだという思いだった。にもかかわらず、そんなパニックに陥っていることをオブライエンには気《け》どられたくない。たしかにパニックの連続だった。あまりにも迂闊だった。だが冷静だろうがあわてふためいていようが関係ないとも思える。賢かろうが迂闊だろうがどうでもいいのだ。どんな態度を見せようが、自分のことをタキシードを着た道化師と見なしていたオブライエンの昔からの本心は変わらないはずだから。それでもここから逃げることはもうできないのだ。もちろん、女みたいに卒倒してしまうことも。

指紋係が作業するようすさえも、ブライスは驚きと恐れの混じった気持ちで目を瞠りつづけた。彼らの技術の高さと仕事の徹底ぶりは信じがたいほどだった。オブライエンにとっては明々白々たる事実であることも、それすら見逃しがちなブライスの目には驚くべき推理と映った。そうした推理からオブライエンが描きだしていく事件の様相は、まるでこの警視自身がその現場にいあわせたかのようでさえあった。たとえば例の花瓶はキティーが自分で寝室から浴室へ持ちこんだものだと推察したところとか、それは置かれてあったものが薙ぎ払われたりしたわけではないと看破したところなどもそうだ。白薔薇はマッキューへの誕生日のプレゼントだったというところもまた。明日がそういう日だったことなどブライスはまったく失念していたのだから。

しかし犯人の逃走経路に関するかぎりブライスは初めから考えに考えつづけてきた、ほかの面では迂闊だったとはいえ。オブライエンも今ようやくそれが最大の問題だと気づいたのだ。早晩思いいたることではあったろうが。

今ブライスは殺人課警視のエメラルド色の視線の先を追い、壁の磨りガラス窓を見あげた。この窓は小さすぎるし位置が高すぎる。床から窓枠の下端まで六フィート以上ある。だいいち通気のために上端が六インチ開くだけで、とても人が通れるものではない。

それでも窓のちょうど真下にある洗面台の上に登って、二枚の窓ガラスをなんとか押しあげてみた。喉が渇くのをこらえ、隙間から無理やり外へ出ようとしてみる。

よしんば出られたとしても、下の路地へ真っ逆さまに墜落するだけだ。これでは可能性から除外せざるをえまい。ただ、階下のほかの住居にはこれと同種の窓は付いていなかったはずだ。マッキューはこの建物のオーナーであり、ここはオーナーの住まいだから、ほかとは別構造に造られたのだろう。しかし仮にこの小窓から出て、外の煉瓦壁を猫のように這いおりたとか、あるいはロープを垂らして滑りおりたとしても、すぐに見つけられずにはいられなかったはずだ。キティー・ケインの殺害から数分と経たないうちに警察が車で路地に駆けつけていたのだから。

向かい側には路地を挟んだ隣の建物の窓が見える。なんの飾り気もない汚れたガラス窓だ。内側にはブラインドもカーテンもないようだ。長年の汚れのせいでぼんやりと窺えるだけだが。人が住む気配もない。静寂が息をひそめているようだ。

ブライスはなぜか胃の筋肉がよじれるような緊迫感を覚えた。その窓に曰《いわ》く言いがたい不吉なものを感じたのだ。窓それ自体がなにか人ならぬものの目ででもあるかのような、四角形をした大きなまなこであるかのように思えた。あるいは目鼻のないのっぺらぼうの顔とも見えそうな。それとも、黒い土と黒い水を埋める陰鬱な墓の形を思わせるのか。

昼の乾きと胃のよじれる危機感にもかまわず、いっとき目を瞠りつづけた。

「なにが見える？」オブライエンが声をかけた。

「向かい側に、人けのない窓があります」静かに息を呑みながら答える。「ひょっとして犯人はひどく体の小さいやつで、この窓から抜けだせたんじゃないでしょうか。そして梯子かあるいは長い板かなにかを向かいの建物にまでさしわたして、それをつたって逃げたとは考えられませんか？もしそうなら、駆けつけた分署の警官たちも迂闊でした。こうやってこの窓から覗いてたしかめることをしなかったんですからね。彼らが踏みこんだとき、犯人はまだ梯子かなにかをつたっている途中だったかもしれません。でも結局それで逃げおおせてしまったわけです」

オブライエンも親指の付け根のふくれた小さな足を片方洗面台にかけて掻きあがり、すぐそばに立った。ブライスは頭を少しどかし、窓の外が視界に入るようにしてやった。

「なるほど、殺風景な窓があるな」殺人課警視は顎をさすりながら緑色の目を光らせた。「梯子か板材、か。猫みたいな小男とか、あるいは、ウナギ並みの細い腰とゴムのように変幻自在な骨を具えたのっぽなやつなら、ここからそうやって逃げるのも可能かもしれんな。そう、たしかにありえないわけじゃない。たとえば、おまえがこの浴室に踏みこんでキティーの死体を見つけたとき、そいつはドアの裏側か、あるいはシャワー・カーテンの陰に隠れていたとしよう。で、おまえは修理されたばかりの例のフロアランプを点けて、また出ていった。そこでやつは物陰から出てきたわけだ。すばやく、落ちつき払ってな。くそっ、だとしたら、さすがのおれもシャッポを脱ぐしかないな。まったく抜け目ないやつだ。ここから逃げたあと、窓をわずかだけ開いたままにしておくことも忘れなかった。如何にも自然なふうに見せかけるためにな。あわてふためいているやつなら、大きく開け放ったままにしておくか、でなければ逆にぴったり閉めきってしまうはずなのにだ。で、そいつは空中をつたって向かいの建物に達し、あの窓からだれもいない部屋へと入り、あとは使った梯子なり板材なりをひっぱりこんだ。そして無人の部屋をあとにして階段をおり、エントランスから街なかへと逃げ紛れた。おれたちがこっちの建物をとり囲んで調べはじめているあいだにだ。そうだ、まさにそうとしか考えられない。唯一の方法だ」

オブライエンは重そうな体を洗面台から床へとおろした。

「おい、ジョーゲンセンにこう伝えろ」寝室にいる私服刑事に向かって声をかけた。「ポール・ビーンが自宅に戻っているかどうか確認しろとな。それから、フィンレイ神父の引越し先がわかったかどうかも訊いておけ。ひと月前までヘルズキッチンのねぐらであの猫どもと暮らしていたんだが、今はいなくなっているからな」

　指紋係の一人が寝室にやってきて報告した。

「警視、凶器から検出された指紋についてわかったことがあります。まずシャンパン・ボトルには首の部分の破片のいくつかに例のAの指紋が付いていました。これもぬぐいつけられたような付着の仕方になっていました。それから剃刀にはマッキューおよびBのが付いていました。こちらもやはりぬぐいつけられたふうに。しかし火掻き棒だけは、血痕のみで指紋はありませんでした」

「Aというより、ポール・ビーンにまちがいないんだ」オブライエンがまたかという呆れ顔で補足した。「シャンパン・ボトルを持ってきたのはあいつだとボアーズが言ってたからな。Bはフィンレイだ。やつは髭を剃りに立ち寄ったと言ってる。今のところこの二人のどちらかが怪しいと見ていい。目撃者が出てきて証言でもしないかぎりはな。とにかく犯人は相当狡賢いやつだ。そいつが帰ったあとに事件が起こったかのように見せかけた。そいつ以外のだれかが起こしたかのように。しかも大胆にも凶器のどれかに指紋を残した。まだ手袋もしくは包帯をする前にだ。だがどの指紋が犯人のものであるかは、まだわからない……フルハイマー、この石鹸とタオルも指紋係にわたしてくれ。まあ、このふたつからは検出される可能性は低いがな。抜け目ないやつだから、手を洗うときも手袋をしたまま洗っただけかもしれないからな。とにかく、ここからの脱出方法だけはつきとめられたわけだ。それがこの先どう役立つかはまだわからんが」

　ブライスは洗面台からおりる前に、向かいの建物の例の薄汚れた窓をもう一度眺めやった。何度見ても、あの窓のある部屋は空き室としか思えない。おそらく何ヶ月、いや、何年ものあいだそうなのではないか。墓のように無人でありつづけているのだ。とすれば墓以上の侘しさだ。しかし今、そこに最後の一瞥をくれているブライスの目には、なにやら青白いなにかの顔がひとつ、ゆっくりと浮かびあがってきたように見えた。その部屋のなかの奥深くから現われた顔が、次第に窓のほうへ近づいてきて目鼻立ちをあらわにしてくるかのように。

ブライスは片足で洗面台の上に載ったまま、胃の筋肉がよじれる思いとともに目を瞠っていた。たしかに顔だ。猿のような気味悪い顔。大きく横に広がったニタつく口。水差しの注ぎ口にも似た尖った耳。キツネザルの目を思わせる大きくて濡れ光るふたつの目。そいつは窓の汚れたガラス面にまで迫りきり、見すえるブライスをじっと見返している。

朧な顔がしかめつらになり、なにかわめきはじめた。歪んだ無様《ぶざま》な口を大きく開けて呻いているかのようだ。口はまたも左右へ大きくのびた。両の耳をぷるぷる震わせている。ブライスを嘲《あざけ》り、ぞっとする笑いを放っているのだ。

「あれは、いったい……」思わずつぶやいた。膝がガクガクしはじめた。

「なにか見えたのか?」

オブライエンがまた洗面台に跳び載ってきた。そして向かい側を覗いたが、そのときにはもう嘲笑う顔は消え失せていた。なにもない汚れたガラス窓があるばかりとなっていた。

あれはきっと、興奮しすぎて熱を帯びた脳が見せた幻影だ。ブライスはそう自分に言い聞かせた。緊迫に逸《はや》る心が描いた夢だ。

「あそこにだれかいたのか?」オブライエンが問い糺す。

ブライスは深く静かに息を吸いこんだ。「いいえ、そういうわけじゃありません」

幻を見たとは口に出せなかった。仕方なく床へおりた。だが路地を挟んだ向こうの窓に浮かんだあの顔のニタつき嘲る表情は、たやすく忘れられるものではなかった。

ケリー・オットは舞台上の場面ならばどんな光景でも記憶にとどめることのできる劇作家だが、しかし彼は問題の殺人事件の場面だけは決して目にしてはいなかった。彼がその現場にいられるはずもない。そんなところで人が殺されているなど知りうるはずがないのである。

午前零時を何分かすぎたころ、向かいのアパートメントのとある部屋のブラインドがかかった窓をなにげなく眺めていたとき、そこの明かりがふっと消えるのを目にしたのだが、それとて殺人事件のことなどを察知できる要素ではなかった。喜劇映画に出てくる警官めいたふたつの人影が裏路地を走っていた影絵芝居のような光景も、浴室らしい部屋の小さな磨りガラス窓の向こうにパッと点いた光も、そのときかいま見えた素肌のあらわな人間の腕も、どれひとつとして人殺しがあったことを物語る要素ではない。

向かいのアパートの玄関ドアにチェーンがかけられ裏の非常口が施錠されているあいだ、オットはその建物の内部を半ば透視するかのようにあちこちかいま見ていたのだが、しかしその短い時間にそこで人が殺されていたことまではとても知りえなかった。そのときそのアパートを建物の外側からそんな目で見ていた人間は彼独りであったにもかかわらず。あの女の今際《いまわ》の悲鳴も彼の耳が捉えることは決してなかった。距離にすればわずか二十フィートしか離れておらず、スリップスキーとタキシード・ジョニー・ブライスの二人よりも近いところにいたと言えるのだが。しかも半径五百フィート以内の範囲の人々すべてが、隣の通りの住人までをも含め、彼以外のだれもがそれを耳にしていたにもかかわらずだ。

簡易ベッドにどのくらい長く横たわっていただろう、オットは思いだせなかった。根《こん》を詰めるあまり体は疲れきっていたが、頭のなかでは劇の場面がなおも渦巻きつづけていた……それでも少しは眠らなければと思ったのだった。そしてやがてなにかのせいで意識がこの現実に戻ったのだ。今彼が横たわっている人々のだれもが住み、オット自身も住みつづけているこの静けさに満ちた世界に。

目覚めたのは、人が歩くせいで古くなった床板が軋むのを感じたからだったろうか？　あるいはドアの掛け金がガチャリとはずされた音のせいか？　それとも窓が開けられた音？　どれもオットの耳には聞こえるはずのない音だ。ともあれ彼は目を開けたまま横たわりつづけた。暗闇を構成する微粒子のひとつひとつがまるで深海魚の目のように、彼の前を漂っていくかのようだ。闇は隅から隅まで空虚に満ちている。空無の灰色の目が宙を浮かびさまよい、止まってはこちらを見すえ、そしてまた泳ぎすぎていく。

部屋は寝はじめたときよりも妙に薄明るくなっているようだ。暗いのはたしかだが、漆黒の闇というわけではない。どんな猫でも夜には灰色に見えるという諺《ことわざ》のもとになった闇を思わせる淡い暗さだ。

窓のブラインドがあがっていた。そのせいではないか。おそらく古くなった留め金がはずれたために独りでにあがってしまい、その衝撃が空気を震わせたせいで目覚めたのではないか。路地の向こうのアパートメントの窓は今明かりが点いているようだ。部屋の隅でこうしてぐったり横になっているままではたしかめようもないが、向かいの建物かららしい薄明かりが窓から洩れこんでくるのを見ればそうと察せられる。

体を起こすこともなく窓を見あげつづける。煤けたガラス面に蜘蛛の影が見える。動きまわり、糸を張りまわっている。今ここでオットとともにいる命あるものは、このアラクネー〔ギリシャ神話中の蜘蛛に変身する女〕のほかにはいないはずだ。夜どおし絹糸の梭《ひ》を操りつづける蜘蛛の化身のほかには。

しかし、ほかにもなにかがいる気がしてならない。

ドアがカチリと秘かに開く音も彼には聞こえない。床板の軋みも、ブラインドが独りでにあがる音も、彼にとっては永遠の静寂でしかない。にもかかわらず彼は目覚めた……今わかった。この部屋の淀みのない空気を震わせてオットを目覚めさせたものは、人の声による空気の振動だったのだ。この闇のなかに、彼のほかにだれかがいる。そいつがなにか声を出したせいで目覚めたのだ。

こんなとき、オットはいつも虚ろな無力感を覚える。相手の顔と口もとが見えるときには、耳が聞こえないハンディキャップを感じなくても済むが、しかし暗がりで声の波動を感じただけでは、自分に話しかけられたのかそれともほかのだれかへのものかもわからない。もちろん相手がなにを言ったのかもわからず……そんなときなのだ、自分だけが別次元にとり残されたように感じてしまうのは。自分には知りえない、声というものの存在する世界から疎外されているかのように。

目の前の窓ガラスの上あたりに、人の頭らしきものがひとつ、ふっと浮かびあがった。それは窓のこちら側に、つまりこの部屋のなかにあるようだ。その頭が少しずつ遠ざかり、窓のほうへと寄っていく。大きな頭頂部が平たい感じになっていて、耳が水差しの口のように尖っている。そいつはしゃがみこんだ姿勢で、というより両手両膝を床についた格好で、這って窓へと近づいていくようだ。

煤けた窓ガラスまであと一ヤードぐらいのところで、そいつは止まった。そして向かいのアパートの明かりの点いている窓を覗き見はじめた。平たい頭のてっぺんが波打ち動いているように見える。尖った耳がピクピクしている。

両手の親指をそれぞれ左右の耳にあて、ほかの指をゆらゆら動かしている。暗闇がまた声の波動で揺れだした。たぶん笑いも混じっている。

オットは片肘をベッドについて、わずかに上体を起こした。

「出ていってくれないか?」努めてはっきりとした、かんだかいとすら言える声を口に出した。

「頼むから、ここからいなくなってくれ!」

すると頭はふっと消えた。暗い室内の隅でオットはやっと起きあがった。ふらふらの頭とよろよろの体のまま。片手を宙にのばした。なにかが迫ってくる気がしていた。闇にのばした掌に、髪の毛が、着ているものの布地が、汗を滲ませた人の顔が、湿り気を帯びた大きな口が、混じりあって感じられた。と、そいつの歯が手に嚙みついてきた。ビクッとして手を引っこめた。するとこんどは後ろのほうから、別のなにものかが、横腹のあたりを強く小突いてきた。

オットは意味をなさない声をあげて体を震わせた。両手をばたつかせる。部屋のドアへと向かって駆けだす。開いたままになっていたドアのへりにぶつかってしまった。長い廊下へ跳びだした。なにものかの逃げる足が先を駆けていくのを感じる。恐怖に駆られる。オットの間借《まがり》区画に属するこの廊下のつきあたりのドアめがけて走っていく。そのドアが開けられ、尖った耳をした影がふたつ、玄関ホールへドドッと跳びだしていった。蝙蝠の群れのように。

オットもそこへ向かって駆けていく。玄関の外には罅割《ひびわ》れの目立つ漆喰壁に囲まれた階段があって、そこを尖った耳のやつらが逃げるように駆けおりていく。狂乱したようすで。なりは子供みたいに小さいが、派手なスポーツコートを着て大きすぎるズボンを穿いている。髪は赤くて首筋にはそばかすがある。オットはそいつらに警察犬のような吠え声を浴びせてやった。

物ノ怪《もののけ》どもは驚き、あわてふためいた。さらに必死で駆けおり逃げつづける。古いアパートの建物全体がそいつらの狂乱した逃走のせいで揺れだしているかのようだ。そろそろ一階までおりきったころだ。あとはエントランスから夜の街へ跳びだしていくだろう。

「ウオオオオ！」

ケリー・オットは自分の間借区画の玄関口で立ち止まっていた。やつらを捕まえるまでにはいたらなかったが、捕まえてもどうせ獲《と》って食うわけにもいかない。両の掌を裸のままの胸板にあて、そのあたりの汗をぬぐいはじめた。口を苦々しく引き結んだままで。

廊下のつきあたりへふと目をやった。そこには梯子があり、それを昇ると撥ね蓋があって屋上に出られるようになっている。その撥ね蓋が開いているようだ。そう、たしかに開いている。やつらはやはりあの二人組だ。午前零時を少しすぎたあのとき、窓から横丁の路地を見おろしていたときに、熱に浮かされて躍るように路地を走っていたあのふたつの人影がそうなのにちがいない。ここアージル・ホールの屋上の手摺り壁の影が路地に落ちているちょうどそのわきを、あのときやつらは駆けていた。手摺り壁の上にのばされた長い物干しロープの影が落ちているあたりを。走りながらお手玉みたいなものを投げあっているように見えたっけ。いや、あれはお手玉なんかじゃなくて、猫の死骸ででもあっただろうか。

なんだか可笑しくなってくる。だが可笑しいとばかりは言っていられない。不愉快な小僧っ子どもだ。たぶんやつらはオットの部屋に忍びこんで、窓から向かいのアパートメントを盗み見ていたのだ。よからぬ楽しみのために。あの覗き魔どもは、きっとこのあたりのストリート・ギャングのちびっ子メンバーだ。それにしても、手に噛みついてきたときのあの容赦のなさよ。横腹に浴びせてきたパンチもそうだ。今もまだ痛む。

この部屋を覗きに使ったのは今だけではあるまい。如何にも勝手知ったるというようすだった。そういえばここを借りたばかりのとき、台所に空のウイスキー瓶や淫猥《いや》らしい写真などが散らかっていたのを思いだす。そもそも玄関ドアに錠が付いていないのだからしょうがない。だれでも出入りできてしまうのだ。

だがさすがの悪ガキ二人も、今ごろは呻き声をあげる幽霊に出くわしたと大騒ぎしているにちがいない。アージル・ホールの最上階には化け物がとり憑いているんだと、この先ずっと噂しあうことだろう。だからもう二度とはやってこない。だが用心に越したことはない。明日この玄関ドアに閂《かんぬき》でもとり付けることにしよう。明日になってもまだ芝居の執筆にけりがつかないようだったら。

ドアを閉める前に掛け金をガチャガチャといじくってみた。それで巧く施錠されてくれないものかどうかと。ふと振り返ったとき、薄汚れた廊下の床面の五フィートほど先のあたりになにか黒っぽいものが落ちているのが目にとまった。近づいて拾いあげ、玄関ホールから入る薄明かりにかざして間近に見ると、それは男ものの黒い山羊《やぎ》革の財布だった。隅にゴールドがあしらわれている。もちろんオットのものではない。今まで見たこともないものだ。

財布には〈P・O・B〉の印が捺されていた。現金は入っておらず、入っていたのは兵役身分証と、運転免許証と、そのほかさまざまの類の名刺などだ。〈ポール・O・ビーン、ハスレー&バーディー&ビーン法律事務所、エクスチェンジ・プレイス五〇番地〉、〈ポール・オーモンド・ビーン、パーク・アヴェニュー六九九番地〉。オットは財布を尻ポケットにつっこんだ。明日このポール・ビーンというやつに知らせてやろう、うちのなかで拾ったと。でなければなにも言わず現物を郵便で送ってやってもいいし。

ガタつく玄関ドアをようやく閉じた。この掛け金だけではやはり施錠はできないようだ。靴下を履いているだけの足を引きずるようにして、長く暗い廊下を仕事部屋へと戻っていく。部屋の出入口まで来たところで、あの猫のようなあるいは肉汁のような奇妙な臭いがまたもかすかに漂っていることに気づいた。

第七章　猫男

さっき目覚めたとき闇のなかでうっすらと感じたのも、これと同じ猫の臭いだった。それと、安煙草みたいなくさみも混じっていた。オット自身は煙草をやらないが、煙草の臭いについては人一倍敏感だった。耳が聞こえずつねに静寂の世界にいるために、嗅覚と触覚と視覚に関しては常人よりも感度が鋭くなっているのだ。

部屋の出入口で立ちつくしてしまった。室内の奥の煤けた窓ガラスの前に、小柄な灰色の人影が現われたのを見たのだ。それは猫のような身軽さで、すたっ、と床におり立ったばかりのようだった。窓を背景にした朧な輪郭のままに、そいつがすうっとオットのほうへ近づいてくるではないか。近寄りながらなにごとか手を動かしているようだ。ちょうど手袋でも脱いでいるようような。

ぼんやりとした影が迫ってくるという以上のことは見きわめられないにもかかわらず、オットはなぜか自分がそいつに見すえられているのを感じとっていた。そいつは声を発したらしく、空気がかすかに揺らいだ。いや、そんな気がしただけか？　声にしてはあまりにかすかな波動だった。

「おれは耳が聞こえない」そう口に出してやった。「だから暗いところじゃ話ができない。そこにじっとしてろ。今明かりを点けるから」

オットは部屋へ進み入った。朧な影がわきへどいた。そのせいで見えなくなった。窓の前から逸れたために輪郭がわからなくなった。一瞬、絹めいた柔らかな生地に触れたような気がした。

窓の前の執筆用テーブルまでたどりついた。床に散らかる丸めた原稿用紙が、靴を履いていない足に踏み潰されていく。天井からさがる電球を手でさぐりあて、点灯した。肩越しにそっと窓のほうへ振り向き、ブラインドをおろした。

「で？　用事はなんと言ったんだ？」と問いかけた。

部屋の真ん中に気まずそうにつっ立っていたのは、いまだ灰色の影にうっすらと包まれた小柄な男だった。不格好な黒い麦藁帽をかぶり、なめらかな生地の灰色の僧服めいたものを着ているようだ。薄い布地の上着のポケットのひとつが奇妙にふくれて、重そうにさがっている。灰色の絹の手袋をまだ脱いでいる途中だった。注意深くゆっくりと。脱ぎ終えると、その手袋をもうひとつのポケットにつっこんだ。かなり汚れた手袋だ。指先の部分に赤い染みが付いているのが目にとまった。ほかにもなにか赤っぽい細かいものがくっついていたような気がした。肉片みたいなものが。ハンバーガーかなにかの欠けらか。だが灰色のおどおどしたこの小男の素手のほうは、白くてとても綺麗だった。

から」

「も、申しわけない」男の口がもごもごと動いた。「ここに人が住んでるとは思わなかったものだ
　オットは自分の書き物テーブルを見おろし、かすかに眉根を寄せた。小男はさっきまでこのテーブルの上に載っていて、そこから床におり立ったもののようだった。テーブルには皺くちゃの蠟紙がひとつあり、そのなかにはさっき見かけたのと同じ質の赤い肉の塊《かたまり》が見えた。男は執筆中の原稿の上に立つかあるいは腰かけてでもいたものか、いちばん上の一枚に皺が寄り、破けそうになっていた。神聖な仕事場が荒されたことを示すそれらの形跡は、なんとも腹立たしいものだ。しかし小男の自己卑下しているようなおどおどした表情を見ていると、気持ちを抑えざるをえない。

「彼女が泣き叫んでるのが聞こえた、それでここに入ってきたんだ」小男はすまなそうに言いわけをつづける。「前のほうの部屋を探したが、彼女はいなかった。埃だらけで、人けもない部屋だった。だからだれかが住みはじめたなんてまるで気づかなかった。ところがどこかの部屋から人が廊下へ出る音が聞こえて、おまけに明かりが点いて、こんどは台所に行く音がした。水をちょっと流してから、また出ていったようだった。あれはあんただったんだな？　そこでわたしは声をあげたよ、灰色の猫を見なかったか、となる。でもだれも返事しなかった。

　わたしは前のほうの部屋を出て、廊下を進んだ。するとまた彼女の声がした。彼女はこの部屋で、散らかってるこの紙切れにじゃれて遊んでいたんだ。カサカサいうその音が聞こえたものだから、わたしはドアをノックした。けどやはり返事がない。かまわず入ると、あんたがいた。邪魔しちまったな、とわたしは声をかけた。あんたはそこのベッドに寝ていて、返事をしなかった。まさか耳が不自由だとは思いもしなかった。眠っているせいだと思ってた。とにかく、ここは暗くてなにも

かもよくわからなかった。暗がりじゃ人は猫の半分も目が見えないからね。けどそのうちにやっと、彼女がテーブルの下で遊んでるのを見つけた。で、捕まえてやった。そしたら、あの小僧っ子どもがいきなり踏みこんできたんだ。わたしはテーブルの上にあがって、彼女を盗《と》られないようにした。テーブルの上で壁に凭《もた》れてしゃがみこんだ。あのときはほんとに怖かった。あいつらはほんとにたちの悪いガキどもだからな。オスカーとウィリーだ。いつも猫にひどい悪さをするんだ。けどあのときは運よく、わたしも彼女も見つからずに済んだ。人間なんてものはろくな目をしていない生き物だからな。そのうえあんたがあいつらを追っ払ってくれて、心底ほっとしたよ。やつら、もし彼女を見つけていたらきっと殺していただろうからな。どう思うね、こんな可愛い子をさ？」

そこまで言うと、ふくらんだポケットのなかから灰色の毛の塊をひっぱりだした。まだ大人になりきらない仔猫だった。四本の肢のうち三本の毛が白かった。

猫はピンクの舌を突きだして欠伸《あくび》をした。胃がいっぱいになっているのか腹がふくれている。小男は猫をまた片腕に抱き、もう片方の手で刻み煙草入れとパイプをとりだした。小さくて繊細な指で煙草をパイプに詰める。

「猫たちにくれてやるために、いつも肉を持ち歩いているんでね」

言いわけがましくそうつぶやいてから、親指の爪でマッチを擦り、パイプを少しだけ吸いながら火を点けた。

「生肉なんてのは気色悪いものでね、ほんとはさわりたくもないんだが、なにしろ猫の大好物だからね。ところで、わたしはフィンレイというんだ。フィンレイ神父だ。いや、もう前に名乗ったことがあったかな？　同じこのアパートメントの、廊下の向かいの部屋に住んでいるよ。家族といえばごくささやかなものだ。彼女の仲間が二十三匹いるだけでね。もちろん全部をそう長く養ってはいられない。もしどこかにいい引きとり手がいればぜひもらってほしいと思ってる。あんたにもいずれうちに遊びに寄ってほしいものだね。お詫びもしたいので」

「それはお気遣いどうも」とケリー・オットは慇懃に言って、灰色の僧服を着た小男をドアのほうへと促した。

玄関口まで同行していき、外の廊下へと送りだした。フィンレイ神父は猫を抱いてパイプを吹かしながら、廊下のはす向かいのほうへゆらゆらと歩いていった。オットは玄関ドアの壊れた錠をまたもひとしきり無駄にいじったあと、ふたたびぴたりと閉めた。

部屋に戻ると、血の付いた灰色の手袋が片方、床に落ちていた。あのおどおどした小男、ポケットに詰めこもうとして落としたのにちがいない。嵌め口のへりを摘んで拾いあげ、化粧箪笥のいちばん下のなにも入っていない抽斗にぽいと放りこんだ。ついでにポール・ビーンの財布もそこに入れた。明日それぞれの持ち主に返すことにしよう。あの灰色の小男がとりに戻ってくれば別だが。ポール・ビーンのほうは財布をどこに落としたかなど気づいていないだろうが、しかしこちらもひょっこりとりに来ないとはかぎらない。

オットはもうすっかり目覚めきっていた。意気もあがってきた。しばらく中断を余儀なくされていた脚本の最終幕が、頭のなかで形をなしはじめていた。席につくと、テーブルの上の挽肉を包んだ蠟紙を丸めて床に投げ捨てた。大きくてなめらかでしっかりした手書き文字を、原稿用紙に黒々と綴りはじめた。

男たちが、女たちが、目の前で動きだす。彼らが舞台上に登場してはまた去っていくところが目に浮かぶ。彼らの声が聞こえる。悲しい表情の奥の、あるいは冷たくとりすました顔の陰の、はたまた本物の仮面の下の、あらゆる秘められた彼らの思いまでもが耳に届いてくるかのようだ……オットは今ふたたび、時間も言葉もない空想の世界に解き放たれていた。そこでは破ることのできない壁などない。時計が時を刻むこともない。自由で際限のない空間だ。あらゆることが可能だ。現実では叶わないなにもかもが。

その計りがたい無辺の世界で放埒のきわみにあったオットが、不意に登場してきた者たちの存在に気づかなかったとしても無理はない。

捜索隊員の男たち登場。全員警察犬のような抜かりのない顔をしている。
捜索隊員1「ここにはだれもいないと思っていたんだが」
捜索隊員2「しかし、たしかにこいつはここにいるぞ。べつに透明人間には見えないがな」
捜索隊員1「……」

オットは自分の背後に立っている者たちの存在に気づかなかった。彼らが声をかけてきても。愛想のよい、少し不安げなところのあるその声が、彼の耳に届くことはなかった。わずかに当惑気味のその人物の顔も、彼は見ようとはしなかった。この現実から、この世界から完全に脱したところにいたからだ。

いつまでも気づかなかっただろう、体に手をかけられでもしないかぎりは。

タキシード・ジョニー・ブライスはかぶりを振りながらまた声をかけた。

「ちょっと訊きたいことがあるんだがね。さぞおもしろいものが書けるんだろうな、なにを書いているのか知らないが。だが隣のアパートで殺人事件があったものでね。今から一時間ぐらい前か、それよりもう少しあとのことだ。その犯人が、あんたの住まいを通って逃走したらしいのでね。もし目撃したのなら、教えてほしいと思ってね」

ロイヤル・アームズの隣にあたるこのアパートメントの、薄汚れたこの一室に置かれた古くてガタつきそうなテーブルを前にしているのは、上半身裸になった温和で無害そうな顔をした男だった。目の前の窓にはブラインドをおろして、執筆に専念しているようだ。ブライスは後ろに従えてきたジョーゲンセンとカークの二人の刑事のほうへ振り返って、妙なやつに出くわしてしまったなという意味で笑ってみせた。

「完全にどこかに行っちまってるな。人が自分の体の上を這っていっても気がつかないだろうよ。もう這っていったたれかがいるかもしれない。おい、作家先生！　目を覚ましてくれ！　人が殺されたんだ！」

たしかにこの部屋にちがいない。このアパートに聞き込みにきたブライスは、ジョーゲンセンとカークとともに人けのないこの一画に目をつけ、まさにこの部屋に目をつけて、探索しようとしていたのだった。ビッグ・バット・オブライエン警視だけは一歩遅れて、廊下の向かいに位置するフィンレイ神父の猫だらけの住まいで最後のひと調べをしているところだ。

薄暗い廊下で偶然フィンレイ神父と出くわしたのは、オブライエンにとってまったく幸運だったと言える。灰色の艶やかな僧服を着た小柄な神父は灰色の猫を抱いて質の悪いパイプ煙草を吹かしながら、ふらふらとさまよい歩いていた。この人物の住居はいまだつきとめられず、事情聴取は明日かそれ以降になるだろうと予想されていたのだ。だからこの控えめで小柄な当該人物とまさかこの場で出会おうとは思ってもいなかった。

オブライエンはさっそく質問したが、この一時間ぐらいのあいだと言われてもどこにいたかわからないというのが神父の返答だった。たしかにその調子ではここ何年もどこにいたかわからなくても無理のないようすだった。

ダン・マッキューの居宅をあとにしたのは午前一時か二時ごろだったと思う、と神父は答えた。だが今でもまだ午前一時になどなっていないのだ。そのあとでこんどは、いや、九時か十時ごろだったかもしれないと言いだした。だがロイヤル・アームズ・アパートメントのエレベーター係ボアーズの証言に基づくなら、フィンレイがエレベーターに乗って四階からおりていったのは午後十一時四十五分、つまりマッキューの死亡時刻よりも十八分前のことであり、キティー・ケインの死亡時からは三十分前の時点だったたことになるのだ。しかもボアーズの信憑性はかなり高いと考えられていた。

だがフィンレイ神父自身はそのころどこにいたか本当に憶えていないのだった。とにかく彼はずっと猫を探していた。大人になりきらないまだ仔猫といえるもので、灰色の毛をしているが三本の肢だけが白い毛なのだった。そしてついに見つけた白い肢と灰色の毛をしたその猫を腕に抱いて、今はここでこうしてパイプを吹かしているというわけだった。

可愛い娘だとは思わないかい、警視？

オブライエンと出くわした場所のすぐそばに玄関ドアがあり、フィンレイ神父がそこを開けると、部屋のなかは無数の猫だらけだった。猫たちは毛がこすれあうかすかな音をさせ、喉をゴロゴロ鳴らしながら、肉厚の肢の先で聞こえるか聞こえないほどの足音をさせつつ、いかにも猫らしくゆっくりと歩きまわっていた。ダン・マッキューのアパートメントから路地を挟んだ向かいの古い建物の四階に神父の住居はあったわけで、ヘルズキッチンのねぐらを人知れず引き払って以降ひと月あまりそこに住みつづけているのだった。この男がここでどんな怪しげなことを考えていたか知れたものではない。殺人の計画を練りながら猫のように不気味に部屋のなかを歩きまわっていたかもしれないのだ……

神父、ダン・マッキューが死んだよ。

それは気の毒だったが、わたしとしては、彼がわが猫基金に少しでも遺産を寄付するように計らってくれていたかどうかが気になるところだね。弁護士のポール・ビーンがたしかめておくと約束してくれたよ、いくらかでもわたしがもらえるかどうかをね。でもきっとその全額を使い果たさなきゃならないだろうな。世界じゅうにどれだけ飢えた猫が満ちあふれているか、人は知らないからね……

だがね、神父、マッキューは殺されたんだよ、自分のアパートメントで。酒瓶と火掻き棒で殴り殺されたんだ。今夜彼を訪ねていった、悪鬼のような何者かにね。

なんだって？　ああ、なんてことだ！　そんな血生臭い残酷なことを、人間がよくやれるものだ……

キティー・ケインという女も同時に殺されたよ。ジェローム・ストリートの煉瓦積み職人ビル・

ケインとショーンとのあいだの娘で、一度はキティー・ワイゼンクランツと名乗ったこともある女だ。黒い瞳の、妖艶で美しい女性だった。憶えているだろう、神父。あんたはまだ若くて書店員をしていたころ、奥さんと子供と一緒に暮らしていたね。ところがその妻子が二人とも火事で死んでしまった。そしたらあんたは、あのキティー・ケインを激しく責めたよな。おまえのせいでおれの家族は死んだんだと言って！　そんな罪深いきさまのような女は死んでしまえとまで言った。若くてカッとなりやすいころだったから無理もなかったかもしれない。とくに人の罪に対してはね。だがそのキティーが、今になって剃刀で喉を切られて死んでしまったんだよ。

今夜マッキューの浴室に置いてあった剃刀は、あまり刃が鋭くなかったよ。彼は自分では剃刀を研《と》がなかったからね。わたしはよく切れるやつが好きだから、ちょっと困った。なにしろ肌が繊細なんでね。でもありがたいのは、彼がいつも熱い湯をたっぷり用意しておいてくれることで……

そうだったな、たしかに湯はまだ熱かったよ。ところで神父、悪いがちょっと一緒に署に来てはもらえないかね？　うちの若いのが一人案内するから。同行してもらって、少しよく考えてもらうのがいいと思うんだ。きっとなにか思いだせると思うよ。

憶えているよ、ドアの向こうから彼女の鳴き声が聞こえたんだ。わたしは手袋を嵌めて、部屋のなかへ入っていった。彼女はわたしのことが怖いのか、どこかに身を隠していた。だけどそこにいることはわかっていた。案の定、間もなく彼女を見つけたよ。

なるほど、たしかにポケットには手袋を入れているね。ただし片方だけだな。もう片方は空き室かあるいは路地にでも落としてきたんじゃないかね。とにかくどこかで手袋が見つかったなら、それがそうにちがいない。おい、フルハイマー、神父をおつれしろ。手荒に扱わないようにみんなに言えよ。あくまで丁重にな。自分がどういう立場に置かれるかもわかっておられないようだからな……

……というわけで、警察は幸運にもフィンレイ神父を連行することができた。事件のあったアパートメントから路地を挟んだ隣に建つこの古い建物の、最上階の廊下をさまよい歩いているところをこのようにして見つけて。かくて灰色の小男が抵抗することもなくつれていかれたあと、ビッグ・バット・オブライエンは神父の住みかにしばし残り、室内を見てまわった。目を光らせながら肉厚の肢の底で音もなく歩きまわる猫たちでそこらじゅうがいっぱいになっていた。逃走に使った梯子とか板材がないか探した。そのあいだにタキシード・ジョニー・ブライスはジョーゲンセンとカークを伴って、ダン・マッキュー宅の真向かいにあたる鍵のかかっていない空き室に侵入していった。フィンレイ神父がそこを逃走経路として使ったのならば、手袋の片方が落ちているかもしれないからだった。あるいはそのほかなにがしかの証拠品が。

「人が殺されてるんだよ、作家先生！」ブライスは当惑しながらも気持ちを抑えて呼びかけた。「警察は容疑者らしい人物を確保したが、しかし犯人がほかにいる可能性もまったく捨てきれたわけじゃない。とにかくだれの犯行であるにせよ、そいつはそこの窓から、あんたが今いるこの部屋に逃げこんだと考えられるんだ。だからわたしたちが知りたいのはただ、あんたがひょっとしてそいつを見なかったかどうかと……ああ、なんてことだ！」急に落胆したように腹の筋肉を震わせた。「まだ自分の世界に夢中らしいな！　まったく、物書きってのはどうしてこうなんだ？」

大男がなおも心ここにあらずという風情で原稿を書きつづけているのを見て、後ろにいる二人の刑事が笑った。

そこへオブライエン警視が廊下を通ってやってきた。

「そこにあるじゃないか！」部屋のドアのすぐわきの壁の下端に板材が積まれているのを目にするや、警視は怒鳴った。「ペンキ屋が使う板切れだ！　それ一枚あれば充分だろう！　これこそ探していた証拠だ！　で、手袋の片方は見つかったか？……そのご仁はだれだ？」

警視はつかつかと近づいていく。

「このゴミの山のなかに住んでいるのか？　この男、事件のときもここにいたのか？　犯人《ホシ》を見ちゃいないのか？　待てよ。おお、なんだ、そうだったのか！」急に小声になり、爪先立ちになった。

「これはケリー・オットだ！」

「ご存じなんですか？」ブライスは可笑しいのを嚙み殺しながらも、驚いて訊いた。「この人はいったい、これでもものを考えているんでしょうか？　そもそも人間らしく呼吸しているんでしょうか？　まるで機械仕掛けの人形じゃないかと思うところでしたよ。人間ならば、警視、なんとかしてください。殺人事件だから協力してくれともう五回も頼んだのに、犯人はここを通って逃げたんだと五回も説明したのに、そいつを見なかったかと五回も率直に尋ねたのに、この人はじっと坐って書き物をつづけるばかりなんですからね。まるでこの現実世界にいないみたいに。どこかに行ってしまってるみたいに。これじゃだれが侵入してきて踏みつけていっても、わからなくても無理はありませんね」

「この男はケリー・オットだ」爪先立ちになりながらオブライエンが小声で教える。「おまえがなにを言おうと彼にはわからない。ちゃんと顔を見ながら話さないかぎりはな。耳がまったく聞こえないからだ。彼を唯一怒らせること、それは執筆の最中に邪魔することだ。だが犯人が本当にここを通過していったのなら、われわれに正直にそう話してくれるのはまちがいなかろうよ。そのときに外出していたり眠りこんでいたりしないかぎりはな。もしそれが何者かまでよく見きわめていたのなら、神父マイケル・フィンレイじゃなかったかどうかという一点を、おれも早く訊きたいところだね。もうやつの身柄は確保してあるわけだが、なんらかの証拠を摑まないかぎり、三時間以上拘束しておくことができないからな。ポール・ビーンという弁護士が味方につくかもしれないし。それでもし誤認だということになって釈放でもするはめになって、おまけにもしやつがとんでもなく狡賢いやつだとしたら、われわれを困らせるためにまた殺人を犯すかもしれん。そうなってはたいへんだ」

「いっそのこと」とブライスが悪戯っぽい調子で言いだした。「この人の足の下にマッチでも擦って投げてみるというのはどうですかね？　裸足で火にさわればさすがに気づくでしょう。いや、とにかく早くこの人を振り向かせたいので。警視、もしお知り合いなら、そっと気づかせてやってはくれませんか？」

「しかしな、執筆中は……」

だがブライスはそのときすでに、太くてなめらかな両の腕をのばし、熱中している大柄な男の両頰あたりに後ろから触れようとしていた。クスクスと笑いだしそうになるのを堪《こら》えながら。床屋が客の肌を撫でるような優しい感触で、そっと手をかけた。

「作家先生、夢の国から目覚めてくれ！　殺人事件なんだ！」

驚いたケリー・オットは思わず膝を浮かせ、温和そうな顔をさっと後ろへ向けた。だがその目は憤懣に燃えていた。立ちあがった弾みで、椅子が後ろへ倒された。人を殺しかねない怒りがオットの頭のなかを駆けめぐっていた。持っていた鉛筆をポキリとふたつに折り、折れた片割れをそれぞれ両の拳のなかに握りしめた。

「さわったのはだれだ？　どいつがやった？　仕事を邪魔しやがって！　その生《なま》っちょろい手をしたおまえ、でかい顔をしてニタニタ笑って、鳥の羽根でもためつすがめつする生まれて九ヶ月の赤ん坊みたいにぽかんとした顔をしているそこのおまえは、いったいどこのだれだ？」

劇作家の怒りの声はなおやまない。

「いったいなんのつもりでここに入ってきておれにさわったりした？　大事な芝居を書いている真っ最中のこのおれを、そっとしておいてやろうと考えるほどの頭もないのか？　もし芝居を書くなんて簡単だと思っているのなら、不可能なことを可能と見せ、起こりえないことを現実と見せることの仕事がたやすいことだと思うのなら、自分でやってみたらいいさ！　まったく、台なしにしやがって！　ああもう、すべて終わりだ！」

怒りの息を大きく吐きだした。

「アーサー、あんたもこんなところでなにをしているんだ？」と、こんどはオブライエン警視へ矛先を向けた。目は睨んでいる。「この間抜けづらをした男はあんたの手下か？　この我慢のならない不法侵入の責任者はだれなんだ？」

第八章　蜘蛛の巣

くそっ、なんていまいましい！

浸《ひた》りきっていた空想の世界から、時間も空間もない茫漠とした宇宙から、際限のあるこの狭苦しい現実の世界に無理やり引き戻されてしまったのだ。それも、あの不愉快な慣れなれしい干渉によって。たしかにコガネムシの翅《はね》にさわられた程度のかすかな触れ方ではあったが、しかしそもそもオットは人に触れられることに極度に敏感なのだ。しかも他人に左右されるのがなにより大嫌いなのだ。もう少しでハンマーでも持ちだして殴りつけたくなるところだった。この大莫迦野郎め！

へりを赤毛に囲まれた禿げ頭をして、緑色の瞳をした男ビッグ・バット・オブライエンを、本名のアーサーで呼ぶ者はこの世でケリー・オットただ独りだった。母親からさえバットの綽名でずっと呼ばれてきた男なのに。このオブライエンという男の人となりからオットはこれまでに一、二度芝居創りのアイデアをインスパイアされたことがあったし、オブライエンのほうも事件捜査のアイデアをこのオットから授かったことが一度だけあった。そういう旧知の仲である殺人課警視が、今こうして鼻の利く警察犬めいた刑事二人を引きつれ、さらには人の体にあんなぞっとするさわり方をしたもう一人の手下を伴って、こんな形で現われてこようとは。まさに今にも脱稿しようかというときに。おかげで劇は台なしになってしまった。

オットはもうひとつ息を吸いこみ、気分を落ちつけようとした。劇を台なしにした男は完璧に面食らっているようで、気まずくて死にたいほど恥ずかしい思いを味わっているのが見てとれた。

「わかったわかった！」と、オットはテーブルの縁に尻で凭れかかった。「なにもあんたに恥をかかせようなんて思ったわけじゃない。そんなことをするのは好かないからな。この芝居のことはもういいさ……で、アーサー、おれに話があるんだろ？　いったいなにごとだ、言ってみろ」

テーブルに凭れたまま、オブライエンの口がどんなふうに動きだすかを見つめる。その如何にも温和そうな劇作家の顔に、一瞬不気味な表情がよぎった。あるいは、不穏なとでも言うべきなにかが。オブライエンは咥えている葉巻を思わず嚙みしめながらそのさまを見すえた。

「まず訊きたいんだがね、オット先生、ちょっと前に向かいの窓から見たときには、この部屋には明かりが点いていなくて、しかもブラインドはあがっていたようだった。つまり、如何にも空き部屋という感じだった。だがじつは先生の部屋なんだと今わかった。さてそこでだ、今夜の午前零時十四、五分前後から今までのあいだ、先生はずっとここにいたのかどうかってことなんだがね。もしいたなら、だれかを見なかったか。見たとしたら、そいつはおどおどした感じの、どこか猫を思わせる灰色の小男じゃなかったか。あるいは背高のっぽの痩せ型ということはなかったか、そこらへんのことを知りたいんだ。そいつは路地の向かいのアパートを浴室の窓から抜けでて、そこの壁ぎわに積んである板材を空中にさしわたしてこっちの建物まで移動し、そこの窓からこの部屋に侵入してきたにちがいないんだ。そしてあんたの住まいを通り抜けて玄関から逃げていった。ちがうかね？」

「アーサー、それはつまり、はいそのとおりですと莫迦みたいに素直に答えればこの騒ぎから放免してもらえるってことか？　だとしたら、乗ってもいいがね」

冗談のつもりか。それならかなり皮肉の強い冗談だ。

オブライエンは葉巻を噛む歯にますます力をこめた。軽くてすばしこそうな両の脚を大きく開いて立ちはだかり、ふくれた腹をゆっくりと揺すりながら、緑色のまなざしを鋭くしてケリー・オットをじっと見すえた。この世で起こる如何なる劇も場面をひと目見ただけでその意味を洞察する才を具えた稀代の劇作家を。

「じつはだね、オット先生」と警視は詳細を語りだした。「人が二人殺されているんだ。一人は男で、ダン・マッキュー。著名な慈善事業家で、政界の大立者でもある人物だ。もう一人は女で、キティー・ワイゼンクランツ。ダン・マッキューとは親しい間柄で、廊下を挟んですぐ向かいに住んでいた。この二人が、ロイヤル・アームズ・アパートメント内のマッキューの自宅で殺害された。路地を隔てて、先生のところの真向かいにあたる住まいがそれだ。犯行時間は今夜の午前零時すぎ。犯人が侵入したあと、現場は玄関ドアにチェーンがかけられ、奥の非常口も施錠されていた。しかも窓はすべて鉄格子が付いている。逃走経路としては、ただひとつ、浴室の小さな通気窓を使った可能性が挙げられる。さっき言ったようにそこから梯子か板をのばして空中をわたったと考えられる。そこでだ先生、まずここにいるジョニー・ブライスと軋轢《あつれき》解消の握手をしてもらいたいんだ。彼は連邦救援局に所属する役人で、最近ワシントンDCから出張してきたところだ。彼はかつては警察官で、と同時に、被害者ダン・マッキューの相談役を十五年にわたって務めてきた経歴を持っている。非常に世間の評判がよくてだれからも好かれる性格の人物であることは、先生にもすぐわかってもらえると思う。警官としても優秀で、警察にとどまっていたならかなりの地位になっていただろう。そこの入口に立っているのは、殺人課の刑事でカークとジョーゲンセンだ。うちのメンバーではいちばん有能な二人だ。このわれわれ四人が全員一致しているのが、犯人はこの部屋を通って逃げたにちがいないとの推理であるというわけだ。

さて、件《くだん》のダン・マッキューは午前零時三分きっかりに、自宅書斎において、弁護士ポール・ビーンが贈り物に持ってきたシャンパン・ボトルと、およびその場にあった火掻き棒によって殴り殺された。キティー・ワイゼンクランツのほうは零時十四、五分に同宅浴室において、剃刀で喉を切られて殺害された。この剃刀というのはマイケル・フィンレイという神父が同じその浴室で、それより三十分ほど前に髭を剃るのに使ったものだと思われる。この神父は日ごろからよくマッキュー宅にあがりこんでは、浴室の湯を使って顔をあたるのを常習としていた。それを今夜もやったことは、当人がエレベーター係と交わした会話からまちがいないとわかっている。だから、弁護士ポール・ビーンとフィンレイ神父の二人の指紋が三つの凶器のうちふたつから検出されたことも、自然な成り行きだった。だがあとでそれらの道具を用いて殺人を行なった人物は、何者であるにせよ、手袋に類するものを手に嵌めていたと考えられる。

フィンレイ神父については、ついさっき身柄を確保した。彼は事件が起こった時刻にどこにいたかを正当に主張することができず、つまりアリバイがない。しかも彼が持っていた片方だけの手袋には血痕が見られた。手袋のもう片方はどこかに落としたらしいが、それがもし、オット先生、あんたのこの部屋のどこかから発見されれば、やはり彼が犯人だということになる。しかし今のところ手袋がまだ見つかっていないので、彼の容疑には不確定要素が残る。となると、弁護士ポール・ビーンもまだ嫌疑の範疇にあると言える。

このポール・ビーンもじつは今から三十分ほど前、事件発生から十五分ほど経ったころに、すでに勾留されている。ロイヤル・アームズから一ブロックばかり離れた通りを、黒っぽい古びたゴルフ用プルオーバーを着てこれまた黒っぽいズボンを穿いた姿で歩いているところを捕《と》り押さえた。そのとき彼は手に包帯を巻いていた。彼自身が言い立てているところによれば、事件よりもかなり早い時間帯に被害者宅を出たあと、街で少年グループに襲われて倒れたとき財布をなくしてしまい、それを探し歩いているところだったという。だがそれもあくまで彼の主張にすぎない。もしその財布とやらがほかでもないこの部屋で発見されるなら、それは彼に対してきわめて不利な証拠になるだろう。マイケル・フィンレイにとっての手袋と同様にね。つまり、もしそのどちらかが見つかって、検証の結果持ち主が特定されるならば、それでこの一件は幕とすることができるわけさ。わかってもらえたかね、先生？」

なんとたわけたことを！　まさにできの悪い悲喜劇だ。

「動機はなんだね、アーサー？」ケリー・オットは倦怠気味の表情で問いかけた。「犯罪には動機が必要だろう？」

「あるさ、どちらの容疑者にもな」とオブライエンは答えた。「ダン・マッキューが殺されたのは金のためだ。キティーという女のほうは、逃走するところを目撃したので殺された。まずフィンレイ神父は、マッキューが遺言書のなかで自分に相当額の遺産を分けてくれるように書いたはずだと信じていた。おそらく今も信じているだろう。彼はそれを元手に千万匹の猫を養う計画でいた。ところが現実にはマッキューは遺言書など書いていない。それは弁護士ポール・ビーンが秘かに承知していることだった。遺言さえなければ、遺産はすべて自動的に、マッキューの十三歳の孫娘のものに、すなわちビーンの義理の娘であるジェニー・ブライスのものとなる。このジェニーというのは、じつはここにいるジョニー・ブライスの実の娘だ。しかしジェニーの実母で当時彼の妻だったスー・マッキューは今から十年ほど前に彼と離婚し、ビーンと再婚した。それでジェニーが法定年齢に達するまでは、ビーンが遺産のすべてを管理することになる。つまり、あとはマッキューが死にさえすれば、やつは莫大な金を思いどおりにできるようになる」

ますますたわけた話だ。

「時間はどうなんだい、アーサー?」オットはまたも倦怠気味に口を出した。「ふたつの殺人の時刻を、どうしてそこまで厳密に特定できるんだ?」

「キティーという女については、近隣の住民五十人が悲鳴を聞いてる。しかもその直後に早くも警察が現場の建物の一階に駆けつけている。このブライスが通報を指示していたのでね。犯行時刻は零時十四、五分だったと見られる。ダン・マッキューのほうは、電話交換手が時間を憶えていた。襲われて殺される寸前に、被害者本人が助けを呼ぶ電話をかけているんだ。それが零時三分だった」

「悲惨な話だな」オットはつぶやいた。予想以上にますますひどいことになってくる。驚きのまなざしで殺人課警視の緑色の目を見ながら、質問をつづけた。「それじゃ、現場はどんな具合なんだ? ドアにチェーンがされてて窓も鍵がかかってたと言ったな。そんな状態のところで、だれがどうやって死体を見つけたんだ?」

オブライエンはその点についても語り聞かせた。マッキュー宅の玄関口が唯一の犯人逃走経路だと考えたブライスが、現場の階から階段を駆けおり、その途中で賊に出会いはしないかと目を光らせたこと。だがロビーに偽警官スリップスキーがいたため、犯人はアパートメントのエントランスから逃げたのではないとわかったこと。エレベーター係が上階からおりてきてマッキュー宅の合鍵を貸そうかと言ってくれたこと。だが合鍵ならブライス自身も持っており、入れなかったのはチェーンがかかっていたためなのだから、犯人も玄関からは逃げられなかったはずなのに、ブライスはその点に気づいていなかったこと。

その部分でオブライエンはニヤリと笑みを洩らし、カークとジョーゲンセンもそれに合わせるようにブライスのほうを見やって苦笑した。話はさらに以下のようにつづいた。

ブライスとスリップスキーはわきの裏口へとまわり、管理人ラースマスンと出会って悪魔の話を聞かされた。それから非常階段を昇って、ロックされた非常口の窓を壊して現場に踏みこみ、やっとマッキューの死体を見つけた。スリップスキーには殺人課への通報を指示し、ブライス自身は玄関口を調べに急いだ。こんどこそ犯人はドアチェーンをはずして逃げているにちがいないと考えたからだ。ところが予想に反し、チェーンは依然かかったままだった。ということは、犯人はまだ家のなかのどこかにいることになる！　まさにそう思ったときキティー・ワイゼンクランツの絶叫が聞こえ、ブライスはあわてて寝室へ向かっていったのだった。

「悲鳴があがってから寝室に踏みこむまでは、ものの数秒だったとブライスは言っているがね」と、オブライエンは揶揄するような言い方をした。「しかし途中で靴紐を結びなおすためにちょっと足を止めたかもしれないし、あるいは万一のことがあったら自分の生命保険金がどれくらいおりるかなんてことをざっと見積もったりしたかもしれないじゃないかね。おれなら考えかねないね、拳銃を持っていない身分ならば。まあそれはともかく、彼はそこでキティーの死体を発見した。ほぼ即死だったと見られる。そのことは犯人には都合がよかった。すぐに逃げることができたからだ。しかもヒューズが切れて照明が消えたことも幸いした。そんななかを、浴室の小窓から脱出し、こちらのこの部屋にまで宙をわたってきた。これが考えられる唯一の逃走手段だ」

信じがたい話だ！　そう思いながら、ケリー・オットは持ち前の温和そうな顔で四人の訪問者たちを見まわした。そのうちの一人タキシード・ジョニー・ブライスは相変わらずピンクの頬と青い丸い目をして、鳥の羽根かなにかをきょとんと見つめる生後九ヶ月ぐらいの赤ん坊にも似た魯鈍《ろどん》そうな表情で見返している。

「すごい話だな！」とつぶやくオット。

するとブライスが驚いた顔のまま、喉仏まで呑みこむかのように息を呑んで気を落ちつかせ、口を開いた。

「たしかに実際にはもう少し時間がかかったかもしれない。いや、彼女の死体を見つけるまでのことについてだがね。ああいうときには頭が混乱してしまうものだからね。ひょっとすると四、五十秒とか、そのぐらいかかったかもしれない。今ちょっと記憶をさぐってみたんだがね。でもとにかく、彼女があそこで死んでいて、犯人は浴室の窓から逃げたってのは、まちがいないことなんだ。そして先生、あんたのこの部屋を通ってどこかへ消えていったってこともね」

そう語る大きな顔をした男の愚鈍そうな目は、薄汚れた窓に掛かったままのブラインドをじっと見ているようだった。

「それはありえないことだね！」オットがだるそうな声でいきなり言い捨てた。

「なんだって？」とブライスが返す。「オブライエン警視、どうしてこの作家先生にそんなことが言えるんです？　だれかに部屋に侵入されて体を踏みつけにされてもわからないでいるようなご仁に！」

そう言うとブライスはつかつかと窓に近寄り、ブラインドをさっとあげた。背中を向けたまま彼はなにか毒づいたが、オットには顔が見えないのでわからない。

「蜘蛛の巣だよ」劇作家は変わらぬ冷然とした調子で答えた。「その窓に張られている巣を作った蜘蛛は、わずか十五分ばかりのあいだにいい加減ででたらめな形状を描いてこと足れりとするヒメグモの種類じゃない。四本の繊細な糸を梯子状に編んでいきながら、それを一点の隙もない完璧な幾何学的な八角形に形作っていくコガネグモの種類だ。まず窓枠に係留して、ガラス面の四方八方へ糸をのばしていくんだ。非常に時間をかけて仕事をする。最高級の芸術品を作りあげるためにね。つまり、今ここに掛かっている巣は、午前零時十四分なんていうつい最近の時間帯から作りはじめられたわけじゃないってことさ。この蜘蛛は夜通しかかってやっとひとつの巣を完成させるんだ」

それを聞くや、ブライスは突然腕を薙ぐように振りまわし、ねばつく細い筋で作られた幾何学的な網目模様をズタズタに破いた。逃げまどう黒と黄の色柄の蜘蛛を拳で叩き潰した。窓そのものにまで摑みかかって、揺さぶった。だが窓はびくとも動かない。肩を上下させ、はあはあと息をする。綺麗に剃りあげた首筋に汗が滲む。オブライエンが近づいていき、肩を叩いた。二人とも息が荒い。

「この窓、釘が打ちつけられていたのか」オブライエンがつぶやいた。「長いあいだに木の地肌と一体化しちまってたんだな。しかもペンキが塗られているうえに埃も厚くなってるから、釘の頭が見えなくなってる。長年かかってのことだな。で、オット先生、ここからいったいどういう答えが導きだせるというんだね？」

ケリー・オットは生気のない顔にいよいよ疲れた表情を浮かべた。事実はなによりも雄弁だ。何者にも打ち破ることのできない壁だ。今オット自身もこの舞台に立つ配役となった。だが自分に害を為《な》したわけでもない蜘蛛を叩き潰す役にはまわれない。神でもない身であり、警察官ですらないのだから。

「原点に返ってみてはどうだい、アーサー？　たとえば指紋を調べなおすとか」口に出して言えることはそれだけだった。

突然の訪問者たちが出ていくのを黙って見送ったのち、ふたたびテーブルを前にして最終幕を書き継ぎはじめた。旧友アーサー・オブライエンは事実を見すえられないかつての部下の肩に赤毛の生えた手をかけて慰めていた。鳥の羽根を珍しそうに見つめる生後九ヶ月の赤ん坊みたいな、あっけにとられた顔をしたあの男の肩に。だがオットにはわかっていた、彼が示唆した言葉の意味にアーサーはきっと気づいたにちがいないと……

第九章　殺人者

さすがのケリー・オットも、自分の身に危険が迫っていることまではまだ気づいていない。頭のなかのいちばん秘められた奥のほうにさえ、そんな不安はまだ浮かんできてはいない。

人の心がどのような働き方をするものか、ある状況に置かれた人間がどんな行動をとる可能性が高いかといったことに関して、オットはつねに秀でた洞察力を発揮していた。旧友アーサー・オブライエンが知力と意志力に優れ、ときとして容赦のなさも秘めた男であることは、彼にはよくわかっていた。同時に、このたびの事件の犯人がかなりの間抜けで、まったく莫迦な過《あやま》ちを犯してしまっていることも。

犯人の逃走は早くもここで終わりだ。出来の悪い田舎芝居だ。頭の鈍い殺人者が自作自演した、アドリブだらけのヒステリックで混乱した三文劇だ。まさに最悪の筋書きだ。そもそもどんな劇だろうと、役者はまず舞台に登場しないことには退場などできるわけがない。だがここにいる間抜けで愚鈍な大根役者は、自分がいつどのように舞台上に登場したかも観客にわかってもらえないうちに、いきなりただやみくもに楽屋へ引っこんでしまったも同然なのだ。

犯人がダン・マッキューの玄関前を離れて階段を駆けおりたとき。このときがこの人物の最初の舞台登場だった。と同時に舞台からの退場でもあった。彼がいったいいつマッキュー宅を訪ねていったのかという点を、だれも彼自身に問い糺していないはずだ。あるいはまた、そのときは階段を昇っていく以外に四階へあがる方法はなかったはずではないかということも。彼はその点をなにも説明していない。説明のしようがないからだ。一階のロビーにはスリップスキーが少なくとも十五分はいた。エレベーター係ボアーズも同様だ。だからもし彼がエントランスからそのアパートメントに入ってきたのならば、その二人に見られているはずなのだ。だが見られていないということは、彼はそのアパートメントに、〈入って〉きたのではなかったということだ。彼は逆に〈出て〉いくところだった。いちばん短くて早く逃げだせる道筋を探している最中だった。わきの非常口から逃げようとしたとき、地下室からの黄色い光とパイプ煙草の赤い火が下に見えたものだから、ほかに逃げ道を探さねばならなくなったのだ。だからどうやったら外へ〈出て〉いけるかということで頭がいっぱいで、どうやって〈入って〉きたかを説明しなければならないなどとは思いつきもしなかった。おまけに幸いだれもそのことを問い詰めなかった。

ひとつの芝居が幕を開けたのはまさにこのときだった。〈殺人者、退場〉のト書きとともに。まるですべてが逆向きになったアリスの鏡の国だ。まさに田舎芝居だ。もし彼が愚かしくもこれほどのうのうと大胆にしていなければ、いったいどこから入ってきたんだとだれかに問い詰められていただろう。そうしたらこれほど長くは逃げていられなかったはずだ。尤も、結局はこの部屋までやってくるのが関の山だったわけだが。路地の上空をわたって逃げた犯人の行方を探すのだと言い張って、結局蜘蛛の巣と釘とに守られた窓を見つけてしまっただけだった。

ただし、彼もひとつだけ気の利いたことをやった。階段を駆けおりる前に、秘かにいったん五階まで駆けあがって、エレベーターのベルを鳴らしたことだ。だがこれとてどんな莫迦でも脳細胞はあるという程度にすぎない。また、上昇するエレベーターのなかにいるボアーズに見られそうになったときには、死角になる階段の昇り口にとどまって難を逃れた。実際、スリップスキーさえいなければその手で巧く逃げおおせていたかもしれない。だからロビーの柱の陰で青服に身を包んだ人影がじっと隠れてようすを窺っていることに気づいたときには、さぞ身も凍る思いがしただろう。

またそれとは別の意味で、そのスリップスキーがじつは本物の警官ではないとわかったときには、これまた悔しい思いがしただろう。最初からそうとわかっていれば、別のやり方を巧く仕掛けて、ボアーズとスリップスキーの二人組をダン・マッキュー殺害の容疑者に仕立てあげることができたかもしれないのだから。

まさに演技力もクソもない大根役者だ。彼自身の目の前でオブライエンがその演技の拙《つたな》さを列挙し、あげつらったときには、いたたまれない心地がしたことだろう。だがすべてはそこまでだった。鋭敏で聡明なオブライエンはすでに真相を見抜いているはずだ。あのビクついた顔をした殺人者の肩に手を寄せてつれていったのは、その表われだった。

だがさすがのケリー・オットもひとつだけ深く読みきっていないことがあった。そもそもビッグ・バット・オブライエンは、タキシード警官など滑稽な無用の長物以外のものではありえないと考えているのだ。とくにタキシード・ジョニー・ブライスのことは内心莫迦にしきっていた。だからその程度の男があんな恐ろしい殺人を犯すなど、オブライエンにはたやすくは信じられなかった。ピンクの頬をしてきょとんとした目をしたあんな男が、そんな大それた犯罪をやらかすなどとは、自分の目でその瞬間を目撃でもしないかぎり真に受けられないことだった。いや、たとえ自分の目で見ても目の迷いだと思ったかもしれない。そして瞼をこすりながら眼科医院に行くはめになっていたかも。

「わからなくなってきたな」とオブライエンはつぶやいていた。赤毛の生えた大きな手をブライスの肩にかけ、あの狭い部屋をあとにして長い廊下を歩く道すがらに。「オットは人の話を聞いてその場面をありありと思い描く才に長《た》けた男だ。役者を芝居のなかで効果的に動かす才能と一緒なんだろう。劇作家はそうじゃなきゃだめだと自分で言っていた。構成的想像力と呼んでいたな。やつはね、おれには真相を見抜く力がまるで欠けてるぞと仄めかしているんだ。だがこのたびの事件の状況では、ホシはどこにも逃げようがないじゃないか。事件直後に前も後ろも警察に固められているんだからな。キティーが悲鳴をあげてから二分と経たないうちにだ。これはやはり……おれに見抜く力がないからだろうか」

「ラースマスンですよ！」ブライスが汗を滲ませながら突然叫んだ。「あの気味悪い管理人です。

すべてはやつの仕業にちがいない！」

知恵のありったけを絞って考え抜いての結論だった。一生に一度命を賭けるほどの。まさに自分の命のために。

「オット先生が示唆していたのは、そういうことじゃないでしょうか？　ただラースマスンが事件当時どこにどうしていたかを知らないから名ざしできなかっただけで」汗を滲ませ、すばやく頭を巡らしながらブライスはつづけた。「いくら莫迦なわたしでも、こんどばかりははっきりわかりました。まずラースマスンは、わたしがマッキューの玄関口に訪ねていったとき、すでに現場に入って犯行に及んでいたんです。そしてそっとチェーンをはずして玄関から廊下に出て、階段を駆けおりるわたしのあとを秘かに追ってきた。そしてわたしが一階でスリップスキーと話している隙に、ロビーから地下への階段をおりていき、そこからアパートわきの裏口へと出た。そしてわたしとスリップスキーがそこへまわっていったときには、なにくわぬ顔でパイプを吹かしていた。思いませんか、なんて利口なやつだと！

そして四階の非常口から悪魔が飛んでいったなどというたわごとで人を煙《けむ》に巻き、わたしたちが非常階段を昇っていったあとに自分もそこをそっとあがってきた。そして同様に非常口からマッキュー宅にふたたび入り、居間を駆け抜け廊下を走り抜けて、わたしが書斎の明かりを点けるよりも前に寝室に駆けこんで、こんどはキティーを殺した。そして例のフロアランプの電球を修繕した。それぐらいの余裕はあったということです。思ったより時間があったのかもしれない。動機という点でも充分納得できます。ラースマスンはマッキューが自分の娘を誘惑していると疑っていたんですからね。しかしまったく、なんであの男のことをもっと早く思いださなかったんだろう！」

「だが、彼は片足が不自由なんだぞ」

「嘘に決まってますよ。騙されちゃいけません。本当はきっと稲妻みたいに速いんです。たとえ骨《ほね》接《つ》ぎ医者がそんなことはないと言ったとしても、あてにはなりません。あいつぐらい抜け目ないなら、かかりつけの医者を欺くぐらいのことはやるでしょう」

「だがその説を成立させるためには、ラースマスンはどこかの時点で玄関まで走っていって、はずしたドアチェーンをもう一度かけなおさなければならん。おまえとスリップスキーを追って忍びこんで、おまえが明かりを点ける前に書斎から寝室へ駆けこむまでのどこかの時点でだ。彼にそこまでの余裕があっただろうかね？　いっぽう、おまえを追って階段をおりるためにはどうしても玄関のチェーンをはずさなきゃならない、そうだろ？　しかもあとでかけなおしたときには、ガチャンと音がしたはずだからおまえに聞こえていなければおかしい。問題はいろいろあるぞ」

「チェーンなら、キティーがかけなおしておいたのかもしれません」ブライスは落ちつき払って反論した。「わかりませんか？　彼女が誕生祝いの薔薇を持って訪ねてきたのは、マッキューが殺害されたあとだったわけです。合鍵を持っていましたからね。なかに入ってみると真っ暗だから、マッキューはもう寝たんだろうと彼女は思った。そこで薔薇を活けて寝室に飾っておいてやろうと思った。朝起きたら気づくようにと。そこで自分がしばらくとどまっているあいだは施錠しておいたほうがいいだろうと思い、玄関にチェーンだけかけた。そうしておけば、花を活けているあいだに、合鍵を預かっているほかの知人がひょっこりやってきてマッキューの眠りを妨げたりしなくてすむわけです。そして寝室の暗い隅に置いてある化粧台から花瓶をとり、彼を起こさないようにと忍び足で浴室に入った。で、首尾よく白薔薇を花瓶に活け終えた。そのあと束の間煙草でも喫ってときをすごしたかもしれません。そして浴室から寝室へのドアを開け、そこに侵入者がいるのを見つけた。そしてそいつが殺人を犯した直後だと知って、パニックに陥り、思わず悲鳴をあげた……」

ブライスはそこでやっと息をついた。

「やはりな」オブライエンが口を出した。「おれもじつはその可能性を考えていたんだ、ついさっきのことだがな」

それは事実だった。

「それなら腑に落ちる」警視はゆっくりとつづける。「マッキューが死んだあと、キティーがチェーンをかけたってことならな。で、犯人が一度外に出てあとでまた入ってきたとして、その十一分ないし十二分ほどのあいだなにをしていたのかってことも頭を悩ませていたんだが、今の説ならそれも納得できる。ホシはラースマスンだ。ブライス、おまえにはまだ警官魂が残ってるようだな。なかなか鋭いぞ」

彼はアージル・ホール・アパートメントの古びた埃っぽい階段を昇っていった。わきの壁の色褪せ剝げかけた壁紙につかまりながら、音もなくそろそろと。まだ夜の闇は深く、薄汚れた部屋べやの住人たちはみな寝静まっている。

この建物には平べったい顔をしたエレベーター係もいなければ、赤い目をぎらつかせた気味悪い管理人が裏口にひそんでいるわけでもない。住人は他人になどかまわない者たちばかりだ。だれも外を覗き見たりしない。階段を昇りおりするときもずっと俯《うつむ》いている。なにより、今はみな眠っている最中だ。

だれにも出会わない。だれにも見られていない。彼は蜘蛛の巣のような灰色の服を着て、コートの襟を立てて首筋を隠し、帽子の鍔《つば》をさげて目を隠している。歩き方も酔っ払いの千鳥足をさりげなく装っている。この古いビルがここに建ちつづけている長年のあいだに、そんなぼんやりした人影がどれだけ大勢この階段を昇りおりしてきたか知れない。そのうちいくつかの人影は彼と同じ用向きだったかもしれない。彼は今右手をコートのポケットにつっこんで、そろそろと昇りつづけている。薄汚れた壁に体を摺り寄せるようにしながら、数えるほどしかない電球の仄明かりの下を。

やがて四階に着いた。そこの廊下をさらに進む。今は寝静まっている毛深い猫たちのいるマイケル・フィンレイ神父の部屋の前をすぎ、爪先立ちになって猫以上の静かさでさらに進み、屋上への梯子がある廊下のつきあたりをめざしていく。

その梯子を昇る。今回は予備の逃げ道を用意しておかねばならない。オブライエン警視が言ったように、どんな莫迦者でもそのぐらいのことは考えるものだから。屋上にあがると、手摺り壁の上に物干し用のロープがさしわたしてある。向かいのロイヤル・アームズ・アパートメントから眺めたときあらかじめ目をつけておいたものだ。ダン・マッキューの生死をたしかめるべく非常階段を昇る途中、一階であとから来るスリップスキーを待っているときに見つけたのだ。あのとき、キティーがあそこにいることはまだ知らなかった。玄関ドアにチェーンがかけられていることも知らなかった。そのために玄関から外へ逃げるわけにはいかなくなっていることも。

鳥の羽根を眺める赤ん坊みたいな丸い目を瞠って見つけたさまざまなもののなかに、このロープも含まれていたのだ。この同じ目で、数年前マッキュー家のナンタケット島旅行に同行したときのあの事故もまのあたりにした。マッキューの息子に付きあってひと泳ぎしていたとき、その息子というのがあまり泳ぎが巧くなくて、水を怖がる癖があるうえに、ややもすると溺れかけさえすることに気づいた。そこでつぎに海に出たとき、ボートに乗ろうと誘った。二人とも海水パンツ姿でボートに乗りこみ、一マイルほど沖に出たところ、ボートの艫《とも》から垂れている舫綱《もやいづな》をとってくれないかと彼が息子に頼んだ。そのとき不慮にもオールのひとつが息子の体にぶつかり、海へ突き落としてしまった。息子は必死で水を掻き、ずいぶん長いあいだ懸命に泳いでボートを追いつづけた。溺れかけてもがき泣き叫び、彼に助けを呼びながら。彼はかまわず岸をめざして漕ぎつづけ、そろそろ危ないかなと思ったところ、案の定岸まであと少しというところで、息子は水中に沈んだ。

　羽根を見ているようなおどおどした丸い彼の目が見つけてきた数多くのもののなかには、あの破傷風菌の培養体も含まれている。去年の秋のある日、大学で生物学を研究している友人の実験室を気まぐれに訪ねたときのことだった。友人が学問的な説明をしてくれているときに、細菌を間近に見ながら、隙を見計らってピンの先にそれを付着させた。

　同じ日の夜、ポールとスーのビーン夫妻のもとへ訪ねていった。彼の実の娘ジェニーに会うためだ。スーとは十二年前に離婚した間柄だが、その後のビーン夫妻との関係は良好だった。三人とも合理的な考え方のできる現代人だし、それにビーンも彼もともにダン・マッキューに雇われている仲という関係もあったからだ。娘ジェニーを巡る権利については彼は全面的に譲歩していた。ただいつでも会っていいという許可だけは得ていた。ビーン家を訪ねると、彼は玄関ホールにいあわせた猫を抱きあげて可愛がった。フィンレイ神父がジェニーのためにと言ってスーに贈ったもので、鼈甲《べっこう》色の毛をして顔だけがミルク色の猫だった。それを抱いたままビーン夫婦と話しているとき、ジェニーが自分の寝室の出入口から顔を出しておやすみなさいと言ったので、父母はそちらへふと顔を向けた。そのとき、彼の腕に抱かれている猫がひょいと前肢をのばし、スーの腕にさっと触れた。ほんのかすかだったが、引っ掻き傷ができる程度の強さではあった。

そう、それは猫のせいなのだ。猫はなんでも引っ掻くものだ。彼はたまたまそれを抱いていたというだけで。丸い目をきょとんとさせた彼が、猫の肢に黴菌のついたピンを刺すなどということがあるだろうか？　弁護士ビーンと娘ジェニーが見ている目の前で？　だからちょっとした猫の掻き傷としかまったく思わず、医者に行くほどのこともないとだれもが思った。だが破傷風の血清は早めに投与しないと効果がないのだった。

その後、溺れた男の子が海岸に打ちあげられた。肺は水浸《みずびた》しになり、心臓は破裂していたが、顔は穏やかだった。苦痛の果てに、海と死とに宥《なだ》められたのだ。一人の中年の女が破傷風で死んだ。温和な性格の女が。長くはつづかなかったものの一度は彼と愛しあった仲だが、最期はいい死に方とは言えなかった。担当医も看護婦もあまり話したがらなかった。あまりに悲惨だったかららしい。だが死に顔からは最後の苦痛の名残りは失せていた。死に救われたのか、あるいは葬儀屋の技術の賜物《たまもの》か。

ふたつとも、たまたま機会が訪れたことに乗じての静かな殺人だった。だから、赤い血にまみれた殺しというのは経験したことがなかった。それを今夜初めて犯した。気が進まなかったが、あのダン・マッキューを葬り去るにはそうするしかなかった。あの男は溺れさせることもできないし、引っ掻いて傷つけることも叶わない。たくましくて腕っ節の強いやつなのだ。だから、背後から力と殺意のありったけをこめて襲いかかる。それがやつを仕留める唯一の手だった。激しい殴打のどれか一撃で息絶えてもおかしくないほどだったが、それでもやつは必死で電話機へ手をのばした。

それほどタフで、手こずらせる親父だった。まったく手間をかけさせる。

手に血が付いてしまったことに、玄関の外まで逃げだしてからやっと気づいた！　とすれば、ドアノブに指紋が残ったかもしれない。ドアのへりやそのへんにも。大量の血が、逃げる彼を追って階段を流れ落ちてくるような気がした。だが結果的にノブにはさして血が付いていないのだった。あとから訪れたキティーも気づかない程度だった。現場検証の警官たちもまったく目にとめなかった。つまり血痕は彼の想像のなかにだけあったものだったのだ。魯鈍で哀れなタキシード・ジョニー・ブライスの頭のなかだけに。

非常口から再度侵入した彼は、出くわしたキティーを殺し、スリップスキーが逃げたあと、暗い浴室に入っていった。そのとき、倒れている彼女の死体を跨ぎ越えていった。睨みあげている死者の目の上を。浴室に入ると、手に付いた血を石鹸と水で急いで洗い落とした。キティーは彼を見つけたとき、恐怖に駆られて悲鳴をあげ、床にくずおれた。あのとき彼女はタイルの床に頭を打ちつけ、それきり気を失ったのだろうか？　それとも意識はまだあって、すばやく迫っていく彼に気づいていただろうか？　彼が闇を駆ける虎のような猛烈な速さで彼女に近寄り、倒れているそのわきに片膝をついて、温かくやわらかな喉からつぎの悲鳴が放たれないように片手で口をふさぎ、もう片方の手を棚の上へとのばしたことに！

自分が殺されることにキティーが気づいていたか気づいていなかったか、最後までわからなかった。かまわず剃刀を揮《ふる》ったからだ、黒い目を剝いたままの彼女めがけて。だが彼のなかに暗い殺意が秘められていることは、彼女はずっと以前から知っていたはずだ。女は愛した男のことをよく知っているものだから。

あのとき浴室を出ようとしていた彼女は、寝室の出入口で手に血が付いたまま立っている彼を見つけて、恐怖に駆られたのだ！　あまりの恐ろしさに彼女は叫び、へなへなと倒れこんだ。そこへ彼は虎のごとくすばやく迫った。そばにとどまることわずか三秒。獲物を狙う虎は迅速にして直線的だ。恐怖に痺れた雌鹿《めじか》は死を待つしかない。

タキシード・ジョニー・ブライスはそのぽかんとした目で、あまりに多くのものを見てしまった。栄養状態がよく運動で鍛え抜かれた筋肉と、よく肥えたピンク色の肌の下に、あまりに多くのことを秘めて……

古いアパートメントの屋上にあがった彼は、向かい側から見つけておいた手摺り壁の上のロープを切断した。まだ新しくて質のよいロープで、三百ポンドを超える重さでもささえられるしなやかな強さを持っている。それを指先で手ぎわよくたぐり寄せていった。ロープの一端を輪にして、煉瓦造りの手摺り壁に組みこまれている鉄の支柱に水夫結びで括り付けた。例の浴室にある磨りガラスの小窓の真向かいに位置するあたりだ。そして別の一端を眼下の路地へと垂らしていった。ロープは真下に位置する劇作家宅の窓の前をするするとすぎていく。

これは万一階段が使えなくなった場合のための予備の逃げ道であるにすぎない。この古アパートメントのなかで銃声がとどろけば当然住人たちを目覚めさせてしまうが、しかしそのせいで階段を使って逃げ去ることができなくなることは、千にひとつもないだろう。それでもいざというときの手管《てくだ》はこうして用意しておかねばならない。絶対に安全な方法をつねにひとつだけ。

ロープを完全に垂らしきった。先端は路面かもしくはその近くまで届いている。例の劇作家の部屋の窓にはまたブラインドがおろされている。室内からロープは見えていないはずだ。

ブライスはまた屋上からの梯子をおりた。四階の廊下を静かに進み、例の一画へ向から。鍵のかかっていない玄関ドアを開けてなかに入り、住居内の長い直線廊下をさらに進む。廊下のなかほどにある部屋めざして。

息を止め、耳を澄ます。紙が丸められて床へ捨てられるカサカサという音が聞こえる。鉛筆を削る音も短いながら聞こえた。シュッ、シュッ、シュッ、シュッ。坐り手が尻の位置をずらすたびに椅子の脚が床にこすれて軋む。それらよりもさらに小さい音もある。彼自身の鼓動だった。部屋のなかにいる男にはどんな音も耳に届くことがない。自分がなにに撃たれたかも気づかずに終わるだろう。

ポケットに忍ばせた拳銃を秘かに握りしめて、ブライスはドアを開けた。

用心深く目を凝らす。

部屋の奥のブラインドをおろした窓の前で、大柄な男がテーブルを前にして席に座している。天井からさがる明るい電球の下で、夢中で鉛筆を動かしつづけている。まさに心ここにあらずだ。この現実世界にはいなくなっている。人が肩の上を踏み歩いても気づかないだろう。

ブライスはなお忍び足を保って、敷居を一歩跨いだ。耳の聞こえない無表情な大男が、不意に体を動かした。椅子を後ろへ押しやって立ちあがろうとするかのように。あるいは振り返ろうとでもしたのか。

敷居に立つ殺人者は、とっさに発砲した……

〈幕〉。ケリー・オットはそこまで書いて、鉛筆を置いた。

ついに脚本を完成させた。長い仕事が終わった。のびをして肩の筋肉をほぐした。反射的なわれ知らずの仕草だった。ほんの一瞬の、ほんのわずかな体の移動でしかなかった。目を凝らして銃をかまえた男がまさに発砲した瞬間だった。オットのすぐわきの壁の漆喰が粉塵となって飛び散り、跡に穴があいた。オットにとってはまったくの静寂のなかの出来事だった。

　オットはじつのところ、知的なだけの不活発な男なのではなかった。彼自身はそうでいたいと思っているにもかかわらず。見た目から想像されるような生気のない文学青年という枠にだけとどまるものではなかった。この俗世間では彼のような大柄で見た目のぱっとしない男はそれだけで損をしてしまうことが往々にしてあるが、しかし実際の彼には普通の知的な文学者というタイプにはないもっと粗野な部分があるのだった。それは彼がきびしい自然に覆われたオザーク高原〔ミズーリ州とアーカンソー州に跨がる山地〕の出身であることに起因していた。だから立ち木から樹皮の欠けらがはじけとんだり、壁から漆喰の破片が飛び散ったりしたときには、それがなにを意味するかをよく心得ていた。

　オットの反応にはすばやいという以上のものがあった。体を横へかわしながら、今まで坐っていた椅子の背を摑み、振りかぶって楯にしようとした。だが二発めの銃弾が椅子を木っ端微塵にした。オットは瞬時に床に伏せ、身を転がした。椅子の脚が宙へ飛び、電球にぶつかった。電球が割れて散り、明かりが消えた。

　暗闇のなかで三発めの銃火が光った。殺人者がピストルをかまえて迫ってくる。オットはもはや劇作家ではなかった。この現実を離れて際限のない時空世界に住んでいた、今し方までの彼ではなくなっていた。この狭く暗い部屋のなかに、めまぐるしく変転するこの現実界に立ち戻っていた。銃の怖さはよく承知していた。とくにそれが興奮に狂った者の手に握られているときの恐ろしさは。

彼、まさかオブライエンを殺してきたのでは？　一瞬そんな不安がよぎった。いや、そうじゃない。オブライエンはまだ気づいていないのだ。だれも気づいていない。だからこいつは、おれさえ殺せば身の安全を図れると思っているんだ！

真っ暗でなにも見えないが、殺人者がすごい勢いで向かってくる気配だけはわかる。毒づきか、威嚇か、それとも雄叫びか、なにをわめいているのか聞こえはしないが、声の波動だけは伝わってくる。オットは両手両膝をついて身を低めたのち、ものも言わずやみくもに駆けだし立ち向かっていった。またも拳銃が火を吹いた。

オットの右腕が瞬時に痺れた。血液中の鎮痛物質アノニジンが激痛を瞬間的に麻痺させたのだ。最初の反撃は狙いをはずした。だがつぎの瞬間には、銃を持ったほうの殺人者の手首を押さえつけていた。なにも聞こえないままに、左の手で。また一発、火炎が上へ飛んでいった。相手の別の手がオットの喉を絞めてきた。だが右手は痺れて使えない。代わりに頭突きを喰らわせ、喉絞めから逃れた。二人は組みあいもつれあった。顔に拳の雨が降る。敵の銃を持つ手をまた押さえ、また頭突きを揮う。なにも音が聞こえないままに。

なかなか手ごわいやつだ、このぽかんとした顔の男は。闇のなかで一瞬だけ、わずか六インチばかり離れたところに相手の丸い目がぼんやりと見えた。相手は二百ポンドの体のすべてを投げだし、ありったけの殺意をこめて、今こそ自らの命を守るために闘っているのだ。オットは左手の親指を銃の撃鉄の下につっこんだ。その代わりそれを持つ敵の手を押さえつけられなくなった。オットの広げた脚がよろける。撃鉄が親指の爪を断ち切るかと思えるほど強く挟みつけてくる。と思った瞬間、ピストルはオットの親指から離れてしまった。二人の男の体も離れあった。

静寂と暗闇はそのままだ。おそらく喘ぎ声や毒づきの声があたりに満ちているのだろうが、オットには聞こえない。裸足の彼はそっとわきへ逃げていた。殺人者はもう無駄弾《むだだま》を撃ってはこない。獲物の居場所がわかる瞬間を待っているのだ。と、床に落ちている木の破片らしいものがオットの足に触れた。壊れた椅子の脚か横木だろう。それを爪先でそっとつついて転がし、と同時に横へ逃げた。

音がしたはずだ！　無音の世界にいるオットにはそれが巧く行ったかどうかもわからないのだが、音のある世界に生きる健常者にとっては、暗闇のなかでの沈黙の攻防には絶えず緊迫と恐怖がつきまとっている。だからなにかが転がるかすかな物音にも神経が反応してしまうのだ。オットには聞こえなかったそれが、殺人者にはたしかに届いていた。ピストルが火を放った。混乱が再開された。最後の一発だったことはわかっている。殺人者も悟っているはずだ、獲物にそう知られていると。不意に敵の足が床を駆けだしたのをオットは感じとった。部屋の出口へ逃げていくのを。真っ暗ななかで。

出口にはオットのほうが先にたどりついた。そこを背にして立ちはだかる。静かに息をつく。「逃がしはしないぞ！」力をこめた声ではっきり言ってやった。「ここをきさまの死に場所にしてやる。望みどおりにな！」

これがオットが発した初めての言葉だった。彼が放った初めての音響だ、あの椅子の横木を転がしたかすかな物音を別にすれば。もう呼吸も落ちついてきた。しかも相手のピストルは空っぽだ。愚鈍そうな顔の男がなにか言い返したかどうか、彼にはわからない。闇のなかの格闘のあいだ、そいつの心をどんな恐怖が襲っていたことだろうか。しかも今、返り討ちにしてやるとまで言われたのだから。ドアのわきの板材の上に置かれたタオル掛けを、オットは手さぐりで摑んだ。右足でタオル掛けの横木を押さえつけ、左手で思いきり引っぱって壊した。断面が方形をしているタオル掛けの脚の一本が巧く手に入った。長さ二フィートほどで、一端に釘が突きでている。タオル掛けが壊れる音や釘が抜ける音は当然しただろう。彼には知るすべもないが、相手の耳には入っているはずだ。ただ、それがなんの音だったかはわかるまい。推測を巡らすだけで。

今やオットのほうが刺客となった。闇のなかで足を進めていく。

暗がりに目を泳がせる、あちらへ、こちらへ……

彼の位置から少し先で、不意にブラインドが軸からはずれて落ち、窓の全面があらわになった。薄黒い窓ガラスの前に、侵入者のシルエットが浮かびあがった。オットはそこをめがけて駆けだした。窓の外にはロープが垂れさがっているのだが、相手の体が邪魔をしてオットにはまだ見えていない。突然ガラスが割れ、破片が外へ散っていった。シルエットが跳びこんで突き破ったのだ。

オットは二歩遅れて窓辺に駆けつけた。タキシード・ジョニー・ブライスは飛び散るガラスとともにすでに窓の外に跳びだしていた。その体は一瞬空中で動かず止まっているように見えた。両手は垂れさがるロープへのばしている。ガラスの破片群もブライスをとり巻いた形で宙で止まっているように見える。さしわたし一フィートばかりのかなり大きな破片のひとつが、ちょうどブライスの喉のすぐそばあたりで水平に浮いていた。つぎの瞬間、手はロープを摑んだ。脚の片方にロープのたるんだ部分が引っかかり、絡みついた。ガラスの欠けらはバラバラと眼下へ落ちていく。一瞬前に突き破って跳びだしたそのガラス窓を透かして、ブライスは部屋のなかにいる劇作家を見やっていた。鳥の羽根を眺める生後九ヶ月の子供のような目で。その不思議さに驚いているようなまなざしで。生と死の不可思議さに魅せられたかのような表情で。

水平に浮いた側のガラス片がブライスの喉にぶつかった瞬間を、オットは見逃してしまった。あるいは、ブライスの喉がガラスにぶつかった瞬間と言うべきか。一瞬の出来事が人の目に映らないことはあるものだ。剃刀の一撃のごとく、それはわずかな刹那に喉笛を切り裂いていた。

ブライスは当惑の極にある目でオットを見ていた。口が開いた。悲鳴を叫んだのか、あるいはなんの声も出なかったのだろうか。喉から血が噴きだした。とっさに両手でそこを押さえた。必然的に体は落下していく。片脚にロープが絡まったままで。自分の体から血が流れるのが昔から怖くてしょうがないブライスだった。だが今は両手を使っても奔流を押しとどめることはできない。

ずいぶんと長く感じられる一瞬間、ブライスは逆さまになってロープで吊るされていた。が、ロープはひと揺れするとともに絡みが解けてまっすぐにのび、彼はついに墜落していった。

ケリー・オットは急いで靴を履き、シャツを着た。部屋を跳びだして階下へ駆けおり、表へ出ていった。夏の朝まだき、東の空が灰色に明るみはじめていた。外気は冷たくて希薄だ。

すでに路地に駆けだしている近隣の住民何人かと出会った。もっと大勢が先を走ってもいる。古アパートメントで拳銃が空になるまで銃声がとどろいたのだから無理もない。オットには聞こえなかった叫び声や怒鳴り声も響いていたかもしれない。牛乳配達車が一台とタクシーが二、三台、路地の出入口のあたりに停まっている。警邏の巡査が一人駆けていく。まもなく野次馬が何十人、いや、何百人と集まるだろう。しかしどれだけ大勢の目に見られようと、ブライスがとまどいを覚えることはもはやない。あの気味悪い管理人に見られたのではないかとあれほど恐れていた彼であるにもかかわらず。スリップスキーに見られたときには内心あれほどあわてふためいていたにもかかわらず。ついにあの窓から跳びだしてしまった。結局予備の逃げ道を使ってしまったわけだ、万一のためにあらかじめ考えておいたとおりに。

オットがやっと路地への入口まで来たとき、ロイヤル・アームズ・アパートメントの前で一台のタクシーが止まった。ビッグ・バット・オブライエンがおり立った。オットの姿が目にとまったらしく、彼のほうへ近づいてくる。慎重な足どりだ。

「あんたが仄めかしたことを考えてみたんだよ、指紋を調べなおしてみちゃどうだって話をね」いくらか沈んだ口調でオブライエンは言った。顔からはいつもの無意味な笑みが失せている。「で、ブライスは電話を使っていたんだったと思いだして、調べてみた。だが電話機からは彼の指紋は出なかった。しかしおれの想像力が足りなかったよ。さすがのブライスも、電話を使ったと自分で言ってしまったのは致命的に間抜けなことだった。本当は絶対に隠し通さなきゃならないはずだからな」

「彼のやり方がそれほど失敗だったかどうかというと、疑問になってきたね」とオットは言い返した。「自分であんなことをやろうとして巧くやれるだろうかと考えると、半分もやりおおせるとは思えない。今にも犯行が警察にばれそうになっても、なお諦めないで突破を試みたんだからな。おれならあそこまで頑張る気にはなれなかっただろう。電話の指紋の問題にしても。あんたたち警察は早晩気づいただろうよ。どんな犯罪者でも万事抜かりなくやるのはむずかしい。指紋が出なかったってことが逆に証拠になってしまう場合もあるんだからな」

「指に速乾性の水絆創膏《コロジオン》を厚く塗っていたんだ、おそらくまちがいない」とオブライエンが結論した。「彼の顎の先にぽつんと塗ってあるのを憶えていたよ。うっかりしての切り傷だろう。そのときに、それを犯行に使うのを思いついたんだろうな。血が大嫌いだったおかげでアイデアが湧いたわけだ。少なくとも計画だけはなかなかいいところを衝《つ》いていたと言えるかもしれない」

「なかなかいい筋書きだったさ」とオットが評する。「ただ、演じる段になって三文芝居にしてしまっただけで」

「ということは、こんな結末になったのもやはり自業自得か？」オブライエンが少し重く返すとともに、二人は揃って路地を進みはじめた。

殺人課警視は帽子を後頭部にきつくかぶっている。両手を腰の後ろで組んでいる。エメラルド色の目が数多《あまた》の記憶の影を宿して、鈍く煌めいている。

「おれが苦労の挙句やっと最初の階級を手にしたころ、彼は早くも警部補に昇進した。それだけに経験には乏しかったが、いい男であることはまちがいなかった。彼がスー・マッキューと結婚したときのことはよく憶えているよ。ダン・マッキューの娘はまだ若くて、健康的で見栄えのするすばらしい女性だった。これでブライスの時代が来たとすら思えたものだった。セント・クリストファー教会での結婚式は盛大で、ニューヨーク市長を初め大勢の著名人が招かれた。若さと喜びの日々が永久にはつづかないというのは、悲しいものじゃないかね、ケリー？　しかし、そんなときが永遠につづいたら、人は疲れてしまうかもしれないがね」

初出・二階堂黎人、森英俊共編『密室殺人コレクション』（原書房、二〇〇一年刊）

殺人者

The Murderer

ジョン・バントリーは妻モリーに目を釘付けにしたまま、膝からくずおれそうになってよろりと退《ひ》きさがった。いまだ灰色の夜明けどきの草むらのなかで、ジョンの農用トラックの車輪のすぐ前に横たわる妻は、もはや救いがたくもどこかしら無垢に見える。赤い水玉模様入りの白ブラウスに赤いエナメル革の腰ベルトを締め、ヒールだけが赤い白靴を履き、唇は口紅で赤く、波打つ髪は薄茶色で、榛色《はしばみいろ》の目は見開いたままだ。

夢に満ちた眠りのなかにいるような少し虚《うつ》ろな目で、妻はジョンを見あげている。大きく見開いているのに完全には目覚めきっていないようなそのまなざしは、早朝に出かける前のジョンが着替えるときなどにときどき見せることがある。だが今はもちろん本当に見ているわけではない。瞳孔に濁りを滲ませ、顔に冷たい汗の玉を浮かべた妻は、すでに死んでいる。

車輪の片方が妻の頸部を轢《ひ》き、もう片方がストッキングに覆われた両足首を轢いたのにちがいない。だが足首に傷はないようだ——地面が軟らかいため、泥や草の根のなかに強く押しこまれただけで済んだようだ。折れているのは首だけだ——気管、喉頭《こうとう》、咽頭《いんとう》、そのほか人間の喉の内部にあって呼吸などの生命維持に必要な器官類が破壊されているだろう。それらは話すための器官でもある。見あげている目は、ジョンを見るときのいつもの目と同じだ。だが自分がだれに殺されたのか、妻が告げることは永遠にない。

ジョンは自分の喉を潰されたような気分を覚え、またも膝からくずおれそうになりながら、目を逸らそうと努めた。重い車輪が自分の首を轢き、しかも妻の場合とちがって、車輪が首から離れない気分だ。血走った目であたりを見まわす。だれかに見られているような気がした。妻の目ではない、ほかのだれかの目に。だが草むらにも道路にも人けはない。未舗装の道路が二、三百ヤード先にのびており、それを仕切る倒れかけの柵の向こうには黒々とした松林が広がるのみだ。

農用トラックはエンジンが止まっている。エンジンをかけなおし、草むらを横切って道路まで戻さねばならない。人々が起床して動きだす前に家に帰らなければ。妻の死体はだれか他人に見つけさせるしかない。これだけ辺鄙なところだと、見つけられるまでに時間がかかるだろう——場合によっては何日も。そう考えると耐えがたくもある、置き去りにしていくというのは。もし今日の夕方になっても死体が見つけられないようだったら、妻はひょっとするとこちらのほうに出かけているかもしれないから探してみたいと、如何《いか》にも尤《もっと》もらしく人に言うはめになるだろう。それが人間として耐えられる限度だ。

空が暗い銀色から真珠色へと明るんできた。まだ完全な朝ではないが、夜はとうに失せた。これほど森閑とした時間には出会った例《ため》しがない。草むらにはトラックが道路から逸れてきたときのタイヤ痕《こん》が斜めに付いている。仕切りの柵が壊れているところを通り抜けてきたので、路側の浅い溝や柵のわきの雑草がタイヤに潰されている。波状紋が薄く付いたタイヤ痕は平行にのび、妻の死体に触れそうな位置に停まっているトラックまでつづく。前輪は摩耗しているためほぼ平らだが、後輪は深くて幅広い楔形《くさびがた》の跡を残す。ジョンが通信販売のカタログを見て発注したタイヤで、かなりカネがかかったしろものだ。昨日の朝、妻や子供たちのための注文品類と一緒に、運送会社の事務所で受けとったばかりの品だ。それで昨日帰宅してから、妻と子供たちの見ている前で、トラックのタイヤをこの新品に交換したのだった。

つい昨日の午後のこと、妻モリーは家の裏口ポーチの地下水ポンプのわきのベンチに腰かけて、洗面器のなかに手首まで両手をつっこんでなにかを洗っていた。泡立つ石鹸水がポーチのすぐ外の地面にまで撥ね飛んでいた。妻は洗濯の手を止めると、片腕の肘の内側を使って湿った波打つ髪を撫であげてから、洗っていた砂色の布地を絞りはじめた。

「そのタイヤ、ずいぶん自慢みたいね?」

「そりゃそうさ!」ジョンはそう答えながら、砂利敷きの地面にひざまずいてタイヤの包装を解《と》いた。「アメリカじゅうでもこれだけの品を持ってるやつはほかにいないぞ。八層カーカス〔タイヤゴムの強度〕、トラクター仕様、走行距離五万マイル保証だ。まあ、一本あたり五、六十ドル安いのでも充分いいタイヤはあるが、できるかぎり長持ちするのを手に入れておくほうが利口ってものだからな」

「じゃ、あなたはほんとに利口ってわけね」

「まあそういうことだな」

「わたしの走行保証距離はどれくらいかしら?」

「死が二人を分かつまで、ってところかな」とジョンは答え、ニヤリと笑った。

モリーは砂色の布地をベンチに置き、別の黒い布地のなにかを絞りはじめた——ダークブルーのブラウスらしかった。濡れているせいで黒く見えたのだ。妻の持ち物で黒いものはないはずだ。ともあれ、そのときはあまり機嫌がよくはなさそうだった。夫がタイヤにカネをかけすぎたためだ。それだけの余裕があるのなら、自分も欲しいものをもっと買いたいといったところだろう。

「さっきからなにを洗ってるんだい？」とジョンは訊いた。

「レーヨンのストッキングと、ほかにも着古したものをちょっとね」

「そのうちナイロンのストッキングを買えばいいさ。そうすればそんなレーヨンのものをいつまでも持っていなくてもよくなるだろ。リリーベルがナイロンのを履いてるのをこの前見たよ。おれにはナイロンかどうかなんてわからなかったけど、彼女が自分でそう言ってた。女はみんなナイロンのほうが好きらしいじゃないか」

「リリーベルって、下着もナイロンなのかしら？」

リリーベルを巡っては、モリーはときどきこんなふうにジョンをからかう。ただの冗談にすぎず、本当にリリーベルに嫉妬しているわけではない。リリーベルのことをジョンがどう思っているかなど、モリーが知るはずもない。

「下着がどうかまでは、言っていなかったな」とジョンは答えた。

妻はまたも髪を撫であげながらほかにもなにか言ったが、ジョンはもう聞いていなかった。手斧とタイヤレバーを使って古いタイヤをとりはずす作業にとりかかっていたためだ。子供たちがわいわいはしゃぎながら跳びまわっていたので、妻はそれを叱っていたのかもしれない。今ジョンは頭の奥で、これからは子供たちの世話をだれがすることになるのだろうとぼんやり考えた。そんなことを考えるのはこれが初めてだ。

膝は依然ガクガクとしてくずおれそうだ。人の膝というものはこうなることがあるとは聞いていたが、なんとも奇妙なものだ。だが自分ではどうにもできない。しっかりさせようとするが、またすぐガクッと曲がってしまう。まるで膝が液体になったみたいに。トラックのフェンダーにつかまりながら、体を引きずるようにして運転席に近づいていく。早くエンジンをかけて道路に戻り、家に帰らねばならない。今すぐに。

家々の裏庭で雄鶏《おんどり》が鳴く声は聞こえない。いちばん近い民家でも一マイル以上はありそうだ。二マイルか、いや五マイルもあるのかもしれない。草むらを囲む森には野生動物がいるだろうが――狐や山猫やフクロネズミなどが――みんなじっとおとなしくしている。

一方道路では車が一台近づいてくる。早朝からセダンで出かけただれかがいるようだ。ガタガタ揺れながら速度を落とし、柵が壊れているところで停まった。あの車の運転手は草むらにこのトラックがあるのを目にとめたのだ、とジョンはその場に立ちつくしながら思った。ひょっとすると車輪の前に横たわる妻の白いブラウスまでかいま見えたかもしれない。たとえトラックが道路からの視界をさえぎっていようとも。

それはさておいても、とにかくセダンはターンして草むらに入ってきた。ジョンのトラックが付けた広く深い轍《わだち》に沿って、ゆっくりと近づいてくる。同じ道筋を来るしかないような場所であり、当然予想されたことだ。どんな草むらにも軟らかな土の盛りあがりや凹《へこ》みは必ず隠されているものだから、ほかの車が通った跡があるならそれに従うのが道理だ。よほど別のコースを通りたい理由でもあれば別だが。とくに今の場合は直前に来たトラックの轍がはっきりと付いているのだから。明瞭な楔形模様のタイヤ痕をセダンの不特定なタイヤ痕で踏み消してしまっていることを、おそらくあの運転手は気づいていない。楔形模様の特徴自体を目にとめていないだろう。仮にとめていたとしても、保存しておいたほうがいいなどと思うはずもない。

保存する意味がないのは当然のことだ。この場にトラックがまだあり、運転してきたジョンもここにいるのだから。そう考えながら、左手の掌をフェンダーに休ませた。眠れていないせいで目が焼けるように熱く、喉は渇ききっている。さげた右手になにか持っていることに気づいた。トラックのクランク棒〔かつて使われた手動式エンジン起動具〕だ。いつ手にしたのか意識していなかった。いつも置いておくトラックの床に戻す力もない気分だ。それどころか、草のなかに落とすために手を開くことすらできない。

トラックの尻にバンパーが擦《こす》りそうなほど近づいたところで、セダンは停まった。運転手がドアを開け、外に出てきた。日焼けした顔にがっしりした顎を持つ大柄な若い男で、視線の揺らがない灰色の瞳は警戒心をあらわにしている。黒の夏用スーツの前ボタンを留めずに着て、その下の柔らかな生地のワイシャツをあらわにし、黒ニットのネクタイを締め、黒いソフト帽をかぶっている。ジョンより四インチは長身だ。足どりはしなやかで軽いが、体格からして体重二百ポンドはありそうだ。年齢はジョンより十歳以上は若いだろう——二十五歳ぐらいといったところか。よく眠れているらしいうえに体も洗い立てなのか表情がさっぱりしているし、活きいきとして気力旺盛そうだ。巻き毛の短い黒髪に載せた帽子の前側を、挨拶代わりにか少し押しあげた。ワイシャツの上に付けている赤いサスペンダーにニッケル製のバッジを留めている。腰の右側に吊るした黒いホルスターが見え、磨かれた胡桃《くるみ》材製の銃把《じゅうは》が突きだしている。腰ベルトのわきからは手錠がさがる。

痩せた体を緊張に震わせるジョンの、目を赤く充血させた顔へ、男は鋭い視線を短く送った。そしてトラックの車輪のそばにぐったりと横たわる女の死体を見おろす。拳に固めた両手を左右の腰にあてると、胸の筋肉を広げるように反り返らせた。

「なにがありました？」と男は訊いた。「轢き逃げ？」

ジョンは息を呑んで答えた。「そうらしい」

「故意に轢いたもののように見えますね」若く大柄な男は冷静に言った。

死体のわきにしゃがみこむと、手は触れずに、落ちついたきびしい目で観察した。その目の奥では、睡眠のよくとれた脳が活発に稼働しているようだ。

「わたしはクレイドと言います」と男は名乗った。「ロイ・クレイド。ブーマーバーグの保安官補です。今朝自動車盗難事件で裁判所に行ってきたところで、その帰りにたまたまこちらの道を一年ぶりに通ってきました。まさかここでこんなことに出くわすとは、思いもしませんでしたね」

「そうだろうね」ジョンはまた息を呑んだ。「だれも思いはしないだろうよ」

「これは殺人ですね」若い保安官補は冷静に言った。「疑問の余地はないでしょう。髪の毛にこびりつくほど後頭部が血まみれになっています。タイヤレバーのようなもので殴られて、気絶して倒れたあと、車で轢かれたんでしょう。この女性がどなたか、ご存じですか？」

「知ってる」ジョンはまた息を呑んだ。「名前は――モリー・バントリー――ジョン・バントリーの妻だ。家はジェファーソンヴィルの郊外にある。変わった名前だろう、配膳室《パントリー》（pantry）みたいで」と抑揚のない声で言う。名前についての些細なその特徴を口にするときはいつもそうなる。

「どういう由来かは知らないがね。スコットランドの貴族の名前だったなんて言うやつもいるが、それもどうだか。この女は――おれの女房だ」

「あなたの奥さん！」若い保安官補は急に鋭い視線で見あげた。「つまり、この人のご主人があなただと?」

「そうさ」とジョンは答えた。「そのとおりだ」膝がガクガクとくずおれそうになるのを止められない。渇きが喉に閊《つか》えるようだ。喉仏のあたりを左手で撫でさすり、閊えを少しでも癒そうとする。

「お気の毒です」若い保安官補は同情を滲《にじ》ませた声で言った。「奥さんがこんなことになるとは。てっきり偶然に通りがかった方かと思っていました。わたしは結婚してはいませんが、しかし奥さんとなれば——このうえなく大切な人だったでしょうからね。さぞお力落としとお察しします」

「ああ」ジョンは喉を撫でさすりながら応じた。「人並みに諍《いさか》いもしたがね。近所にも知られてた。あれやこれや贅沢品が好きな女房だったからな」

「結婚されている方々はみな多少の諍いをするものでしょう」若い保安官補は気を遣うように言った。「しなければおかしいくらいで。それにしても、亡くなられたのが奥さんだったとは！　お子さんもいらっしゃるんじゃありませんか?」

「三人いるよ」とジョンは答えた。「三人もな。息子が二人に娘が一人だ」

「ご家庭でお子さんたちの世話をする人がいなくなったわけですね。お気の毒に」若い保安官補はまたそう言った。「さぞおつらいことでしょうね、バントリーさん。それにしても、いったいだれがこんなことをしでかしたんでしょうか?」

「子供たちは——」とジョンは息を呑みながら言った。「——しばらくリリーベルにめんどうを見てもらうしかないだろうな。彼女はあまり子供好きじゃないが、おれのためならやってくれるだろう」

「リリーベルさんというのは、どなたです?」

「リリーベル・ターナーという隣人だ。うちの向かいに住んでる」ジョンは喉を撫でさすりながら答えた。「十九歳だから、まだ子供と言ってもいいぐらいの齢《とし》で、しかも見た目はもっと若いかと思えるほどだ。巻き毛の黒髪と青い瞳でね。いつも頭のなかにあるのは、恋愛でもして楽しくすごせればいいなんてことばかりじゃないかな。モリーはよく嫉妬してるふりをしてみせたものさ――ほんの冗談でね。でもリリーベルも女にはちがいないから、子供たちの世話をしてくれるよう頼めないことはないと思うよ――近所の連中が変な噂を立てたりさえしなきゃな」

「女性はつねにどこかにいてくれるものでしょう」若い保安官補が言った。「つまりその、お子さんたちの世話をしてくれるような人はきっとどこかに、という意味ですが。北極でもないかぎりはね。なにしろ奥さんがいなくなってしまったわけですから」

だが若い保安官補がじつはその問題にさほど意を払っていないことは、態度からして見てとれた。銀色の鉛筆と茶色い厚紙表紙の手帳を上着の内ポケットからとりだすと、膝の上で手帳を開き、鉛筆のキャップをはずした。ジョンは血走った鈍《にぶ》い目で、なにを書いているのかと覗き見た。

《モリー・バントリー（Mollie Bantreagh）、ジョン・バントリー夫人。ジェファーソンヴィル付近在住。タイヤレバーないし類似の凶器により後頭部を殴打されたのち、車の前輪で轢殺された模様。遺体は夫が発見し――》

若い保安官補はメモの手を止めると、鋭い視線で見あげた。ジョンは思わずよろけ、手にしているクランク棒をぶらさげるように持ったまま、背中でトラックに凭《もた》れかかった。そこへ質問が飛んできた。

「奥さんを発見されたのは何時ごろです、バントリーさん？」

ジョンはゆっくりと息を吐きだした。膝に力をこめる。そのときが近づいている。だが今はまだだ。

「時計を持ってないんだ」と抑揚のない声で答える。「朝日が銀色に射しはじめたころだ。今から十分前ぐらいかな。いや、三十分前か――一時間近く前かもしれないし、なんとも言えないな。あまりのことで、記憶が飛んじまった」

「では四時四十五分ごろと考えましょう」若い保安官補は同情の滲む声で言った。「そこまで正確な時間が必要なわけじゃありませんので。『午前四時四十五分、夫により遺体発見』とメモをとりながら読みあげる。『午前五時三分、クレイド保安官補が通りがかり、現場を検分。足跡なし。遺体に識別できるタイヤ痕なし。被害者のナイロン・ストッキングに指紋を手でぬぐったらしいかすかな形跡あり。現場の草地に犯人の車のタイヤ痕があったとすれば、被害者の夫の車およびクレイド保安官補の車により消された可能性はあり。殴打に使われた凶器は犯人が持ち去ったと思われる。現場には犯人特定につながる手がかりなし』こんなところになると思います、バントリーさん」

保安官補は手帳と鉛筆を仕舞い、後頭部へあげ気味にしていた帽子を前側へ押して水平に戻した。眉間に皺を寄せると、目を開けたまま虚空を凝視している死体の目を見おろした。

ジョンは息を呑み、「ナイロンなのか？」と問い糺《ただ》した。

「なんですって？　ああ、ストッキングですか、そうですね。最近の女性はみんなナイロンを好みますから。どういうストッキングだとお考えでした？」

「レーヨンのやつだと思ってた」とジョンは答えた。「おれがクリスマスに贈ってやったからな。だからいつもレーヨンしか履かないと思ってたよ。でも今夜にかぎっちゃ、そう、たしかにナイロンだったかもしれない」

「そうですね」と若い保安官補は機械的にくりかえした。「最近の女性はみんなそれですから」

帽子をまた後ろへ押しやると、死体から目を離して立ちあがった。

「いったいだれがこんなことをしでかしたんでしょうか？」保安官補は前と同じ台詞《せりふ》を小声でくりかえすと、両手を拳にして腰にあて、背後に賢い頭脳を秘めていることを窺わせる鋭い視線で、ジョンの蒼白な顔と血走った目を見すえた。「その点についてなにか心あたりはありませんか、バントリーさん？　つまり――」と眉根を寄せて説明する。「――奥さんは金銭や宝飾品類を狙う目的で殺されたわけじゃないと思われるからです。身に付けている宝飾品類は結婚指輪だけのようですし、金銭は腰ベルトにさげた小銭入れに硬貨が少し入っているのみという程度です。また、行《ゆ》きずりの暴漢による犯行とも思えません。というのは、もしそういう輩《やから》なら、殺害目的で人けのないこんな場所に奥さんを呼びだすことなどできないでしょうし、遺体に激しく抵抗した痕跡がないのも腑に落ちません。

そうなると、奥さんを亡きものにしたいと思っていた知り合いの犯行という線が浮かんできます。たとえば、犯人は奥さんより齢《とし》の若い綺麗な女性に夢中になった男で、そのことで奥さんは男をなじり、浮気の邪魔をしようとした、というような場合です。それで男は奥さんを車でここにつれだし、おそらく車のなかで愛をたしかめあうふりをしながら、座席のすぐわきに置いたタイヤレバーかなにかで頭を殴り、外に放りだして車の前に横たえ、車輪で轢いて死にいたらしめた、といった手口ではなかったでしょうか。あとは奥さんの住まいに近い道路わきの側溝にでも遺棄するつもりだったかもしれません。歩いて帰宅する途中で轢き逃げに遭ったと見せかけるためにね。

ところが犯行のあと――」若い保安官補は眉根を寄せてジョンの顔を見た。「――そのもくろみは通らないと気づいたのです。喉を轢かれて死んでいるという状況は、気を失って地面に横たわっている状態で轢かれたのでなければ、つまり実際の犯行と同じでなければ、成立するのはむずかしいと気づいたわけです。それに、遺体にはこの草むらの土や草が付着しているでしょう。ほかにも、当初は思いもしなかったのにじつは不審を呼ばずにはいないことが、いろいろと数多く出てきたかもしれません。とにかく、これは殺人事件と見てまちがいないでしょう」と、おごそかに宣言した。

「殺人以外ではありえません。犯人としては、早くこの現場から立ち去り、家に帰って就寝を決めこまねばならないと考えたでしょう。まるでなにごともなかったかのように装い、ほかのだれかが偶然見つけてくれるときを待つのが得策だとね。見つけられるまでにかなりの時間がかかるだろうとは思ったでしょう。場合によっては何日もかかるかも、と。それほど人通りの少ない道筋ですから。でもなるべく早めに見つかってほしいと願ったでしょうが。

それで、わたしとしてはこう想像するわけです、バントリーさん。犯人は遺体のわきにひざまずいて、絶命しているのをたしかめると、静かに立ちあがってこの場を離れ、ふたたび車に乗りこみました。そしてできるだけ早く現場から遠ざかるため、草むらから道路へと車を戻しました。草むらにタイヤ痕が付いたかもしれないが、何時間か経てば薄らぐだろうと予想しました。ひょっとしたらどこかのだれかの車がやってきて、気づかないまま自分のタイヤ痕を踏み消してくれるかもしれないとも念願したでしょう」

若い保安官補は帽子をまた後頭部から前へ押し戻し、水平にした。

「そこで、もうひとつだけあなたにお訊きしたいことがあるのですよ、バントリーさん」

露に湿った草むらに朝の微風がかすかにそよぎ、立ちつくしたままジョンを見すえる保安官補の、アイロンがけしたてらしい黒い上着の襞《ひだ》を揺らした。静かに呼吸する平板な横隔膜の上あたりをワイシャツが覆い、その前にさげたフォー・イン・ハンド結びのニットタイの下端も風に揺れている。髭を剃って間もない若々しく引き締まった肌は艶やかに照り、口の片側の端では筋肉が細かくさざめくが、ジョンの視線はそれが見えるほどには高くあげられていない。

膝がガクガクしてくずおれそうで、震えを止めるのに懸命だった。トラックのフロントガラスの枠に背中で凭れかかり、踵《かかと》を地面に擦《こす》りつけるようにして、立ち姿勢を保った。血走った目は視線が揺らぎ、焦点がさだまらない。左手で喉を撫でさすりながら、無意識に下方へ目を向けた。クランク棒を握りしめている右手の甲に深い引っ掻き傷があるのが目に入った。いつそんな傷ができたのかわからないが、まだじくじくと痛む。手の内側にまで血が流れ落ち、クランク棒と掌がくっついて握力を強めている。

いよいよそのときだ、とジョンは思った。どんな質問をする気か知らないが、決定的な瞬間が間もなく来る。若く大柄な保安官補の髭を剃ったばかりのたくましい顎の下で、喉の筋肉が依然として蠢《うごめ》いている。保安官補が間を置いたのはじつはほんのいっときだった。

「お訊きしたいことはあとひとつだけです、バントリーさん」とくりかえした。「こんなときにこういうことをお尋ねするのは冷たくてひどいことかもしれませんが」と少しもったいぶってつけ加えてから、「でもわたしが尋ねなくてもいずれだれかが訊くことだと思いますのでね。警察というものは、知らねばならないことはなにがあっても問い糺しつづけるものですし。ご承知のように、それが法の番人の仕事であり、決して個人的に恨みがあってやることではないですから。そこでバントリーさん、わたしの質問ですが、奥さんがだれかほかの男と出歩いていたというような噂なりなんなりを、お聞きになったことはありませんか？　つまり浮気相手がいなかったか、ということです——火遊びの相手と呼んでもいいですが。もちろん——」さらにこうつけ加えた。「——奥さんがそんなふうに家を空《あ》けることがあったとしても、あなたはまったく気づかなかったかもしれません。そういうことも大いにありえるでしょう。しかしここまでの状況を見るに、必ずそういう男がいたはずだとわたしは思っています。というのは、その男こそこの犯行に手を染めうる世界でただ一人の人物であるからです。そうした男の存在について、奥さんはなにかしらヒントを洩らしたことはありませんでしたか？　どんな輩《やから》かというわずかな手がかりなりとも？　こんなときに冷たくてひどいことを訊くやつだとは、思われたくはないのですがね」

ジョンは息を呑んで答えた。「あんたがそういう質問をしなきゃならないってことはわかるよ」と言って、喉の皮膚を引っぱった。「それが仕事だからな。ああ、たしかにいたようだね」とそこでまた息を呑む。「そういう男がいたのさ。女房は週に二、三度も、夕食のあとで村のほうへ出かけていくことがあった。ほんの二、三マイル先の村だ。公立図書館に本や雑誌を読みにいくんだと言ってたよ。読書がとても好きなやつだったからな。おれがトラックで送ってやるわけにはいかなかった。子供たちがいるので、だれかが家にいないといけないからな。女房が戻ってくるのは、いつもおれが寝ているころだった。けど本当は、女房は図書館へなんか行っていなかった。道ばたで男が女房を車で拾って、そのままどこかへ行っちまってたんだ。昨夜になってやっとそうだとわかった」

ジョンはまた息を呑むと、左手でこんどは額《ひたい》を撫でさすった。思いださなければならない細かいことがいくつかあった。しかしその一方で、もっとたくさんの忘れてしまいたいこともあった。

「昨夜目が覚めたんだ」と抑揚のない声で言う。「子供の一人が泣きだしたんでね。寒がってたので、毛布を掛けてやらなきゃならないと思った。モリーが帰ってくれば、いつも子供たちの毛布の世話をするはずだし、夜中に起きて掛けてやることもよくあった。なのに昨夜にかぎってまだ帰っていなかった。庭を照らす月明かりの具合からして、相当晩《おそ》い時間のようだった。目覚まし時計を窓辺にかざしてよく見ると、午前一時ごろだった。部屋の明かりを点け、ズボンを穿《は》き靴も履いて、家の前の道に出てあたりを眺めわたした。けどモリーが帰ってくる気配はなかった。四半マイルほど先のターナーの家の玄関ポーチになにか白いものが見えたが、それは女房じゃないようだった。

それでおれは家のなかに戻って、子供たちに毛布をしっかり掛けて温かくしてやった。買ったばかりのパジャマを着てる子供たちはとても可愛かったから、モリーにも見せてやりたかった。そのパジャマはおれが注文した車のタイヤと一緒に昨日の朝届いたもので、息子たちのはピンクに白のストライプ、娘のは青地に白いアヒルの柄《がら》が付いてるやつだ。子供たちがそれを着た姿を女房はまだ見ていなかった。夕食のすぐあとに出かけていったからな。おれが子供たちをベッドに寝かせつけるよりも前に。それで思いだした——」そこでまた息を呑み、「——ナイロン・ストッキングのことを。モリーの誕生日は明日——と言うより、もう今日のことだ。二十九歳になった。その祝いにナイロン・ストッキングを買ってきてやった。きっと気に入ると思ってな。ナイロンのはまだ持っていなかったはずだから。

ストッキングはトラックの後部座席の下に置いたままにした。モリーには朝になってから見せてやろうと思って。けどそこで思いついたのは、女房の抽斗《ひきだし》のいちばん底につっこんでおくのもおもしろいんじゃないかってことだった。彼女がいろんなものを仕舞っておく場所だから。そして朝になってからジョークめかして教えてやればいいと考えた。たとえば、昨夜抽斗に鼠がいるらしい音がしたから、ひょっとして巣を作ってるんじゃないか、とかね。そうすれば女房はきっとあわてて抽斗を引っ掻きまわし、いろんなものを引っぱりだしたあげく、底にあるストッキングを見つけ、それで驚かせてやれるって寸法だ。

そう考えたおれは、ストッキングを包装紙にくるんだままにして――」と抑揚のない声でつづける。「――女房の抽斗を開け、上のほうにあるものを少しどけた。彼女がいつも履いてる靴下や、自分で縫って作ったブラウスやスカートや、糊を利かせた家着《いえぎ》などだった。レーヨンのストッキングも仕舞うときはそこを使ってるってことは知ってたが、昨夜はそれを履いて出かけたんだろう、とおれは思ってた。だから、まさかほかにもストッキングが仕舞ってあるとは思わなかった」と言って息を呑む。「ほかにもあったんだ、抽斗の底のほうに山ほど隠してあった。十足ぐらいもあっただろうか。いつも履いてるレーヨンのと同じ色だったが、生地が妙になめらかで光沢もあった。おれが買ってやったばかりのナイロンのと似たような感触だった。ほかに下着もあった――ピンクのや、絹地のや、ナイロンのや、レースの付いたのなどだ。黒レースのパンティーとブラの揃いまであった。それは女房がほかの洗濯物と一緒に絞ってたやつだった。昨日の午前におれが新しいタイヤを車にとり付けてるとき、まさに目の前で絞ってたやつだ。黒レースで作ったものなんて、世間にはほかにどんなのがあるかおれは知りもしない。少なくとも女が自分で買ってきたりするものじゃないだろう。そう思うとなおさら不審になった。

するとは妙に気が立ってきた」と、また息を呑む。「台所の戸棚に酒があるはずだと思った。モリーの妹の亭主がくれていったやつだ、前の夏に夫婦で訪ねてきたときに。普段のおれはあまり酒好きなほうじゃないが、とにかくそのときは瓶をとりだして少し飲んだ。そして、外へ出てモリーを探さなきゃならないと思った。シャツと上着を着ると、マッチを子供の手が届かないよう台所の棚に仕舞った。懐中電灯を持って、トラックを出すために外へ出た。クランク棒を手にとって、あたりを見まわしたとき、うしろのほうで、裏口のポーチにモリーがいるのを目にしたような気がした。月の光が葡萄蔓《ぶどうつる》を照らしているあたりに。けど女房じゃなかった。なんでもなかった。月の光のなかで蔓が揺れてるのが、だれかいるように見えただけだった」

ジョンはまた喉の皮膚を引っぱり、さらにつづけた。

「クランク棒でエンジンをかけた」と言ってまた息を呑む。「トラックに乗りこんで道路へ出し、村のほうへ向かっていった。道から逸れたばかりのところにあるターナーの家の玄関ポーチの上がり段に、なにか白っぽいものが坐ってるのが目についた。リリーベルだった。夜着《やぎ》をまとった姿で、月明かりのなかで膝を両腕でかかえて坐りこんでいた。

『こんばんは、バントリーさん！』とリリーベルは少し低い声でおれを呼んだ。『こんな真夜中にどこへ行くの？　奥さんになにかあったの？』

おれはトラックを止めた」と言ってジョンはまた息を呑む。「変な噂を立てられるのは厭《いや》だったので、『モリーになにかあったのかって、どういう意味だ？』と訊き返した。

『わたし、ちょっと前に目が覚めたものだから、この上がり段まで出てみたの』とリリーベルは答えはじめた。『お月さまがとても綺麗だったからね。そして道のほうを眺めてたら、だれかがバントリーさんのお宅のほうへ向かっていくのが見えたの。奥さんが帰っていくところかなと思ったわ』

『ちがうな』と言い返してやった。『それはたぶんおれだ。モリーは十時には家に帰ってたよ』変な噂を立てられたくなかったのでそう言っておいた。

『わたし、お月さまが好きなの』とリリーベルが言った。『お月さまが綺麗な静かな夜ってとても神秘的よね。バントリーさんのお宅に明かりが点くのが見えたわ、すぐまた消えたけど。裏の網戸が閉まる音がして、バントリーさんがなにか言うのも聞こえた気がしたの。《いったいなにをしていたんだ、モリー?》みたいな、怒ってるような少し強い声だったわ。それからクランク棒でトラックのエンジンをかける音がしたから、ひょっとしたら奥さんの具合が悪くて、お医者を呼びにいこうとしてるのかと思っちゃった』

『ちがうよ』とおれは言った。『たしかにいっときだけ、モリーが裏口のポーチに出てきて後ろから近づいてくるような気がしたけど、勘ちがいだったんだ。月明かりのなかで葡萄蔓が揺れたからそんな気がしただけだったんだな』

　そんなことを言ってるうちに」とジョンはまた息を呑んだ。「なぜかわからないが、リリーベルがひどく可愛らしく思えてきた。巻き毛の黒髪といい、大きな瞳といい、銀色の月明かりに映える夜着といい、素肌の足といい。ちょうどそのとき、ナイロン・ストッキングをわきの助手席に置いていたことを思いだした。昨日トラックのなかに戻しておいた例のあれだ。そこで、こう言ってやった。

『ところで、ナイロン・ストッキングは要らないかい、リリーベル？』

すると彼女は立ちあがって、トラックに近づいてきたと思うと、おれがいる運転席のすぐ外の乗降板にあがってきた。包装紙をわたしてやると、彼女はそれを開けた。

『まあ！』と声をあげた。『抜け目ない人ね、バントリーさん！　これでわたしを買収しようっていうの？　奥さんを殺しちゃったから黙っててほしいとか、そういうんじゃない？』

ジョンはまた息を呑んだ。

「リリーベルは笑いながらそう言った。ほんのジョークのつもりだったんだな。モリーが本当に死んでるなんて、彼女はもちろん知るはずもない。ところが、トラックの荷台をひょいと見やって、そこに使い古した黄麻布《おうまふ》が積んであるのを目にすると、こう言いだした。

『まあ！　バントリーさん、ほんとに殺《や》ったのね？　奥さんの死体をその黄麻布にくるんだんでしょう！』

『バレたか』とおれは言ってやった。『きみを騙そうとしたのが莫迦《ばか》だったな。じつはクランク棒で殴り殺してやったのさ。モリーのやつ、おれときみが浮気してると思って詰め寄るもんだからね。さあ、これでもう隠しごとはなくなったってわけだ。あとはどうしてやろうかな――ナイアガラの滝からでも落としてやろうか？』

リリーベルと巧く話を合わせようとしてみただけだがね」と言ってジョンはまた息を呑んだ。

「ほんのジョークさ。可愛い女の子と話をするときには、男はみんなそうするもんだろう」

冷静で野心のある若い保安官補は、夜明けどきの空のような灰色の落ちつき払った鋭い目で見すえた。

「おっしゃりたいことはそれで全部ですか、バントリーさん？　奥さんと関係を持っていた男について、なにかしらご存じじゃないかと思っていたんですがね。ところがあなたは、そういう男が本当にいたかどうかすらも不たしかでいらっしゃる。そうだとすると、奥さんは自分でナイロン・ストッキングや黒い下着を買っていた可能性もあることになりますね。あなたに内緒でお小遣いを貯めるかなにかして。でも奥さんがこういう亡くなり方をしている以上、だれかに殺されたのはまちがいないんです。にもかかわらずあなたがおっしゃることといえば、お子さんたちに毛布を掛けてやったとか、新しいパジャマを着せてやったとか、トラックのエンジンをかけているとき裏口に奥さんを見かけた気がしたがじつは月明かりのなかで葡萄蔓が揺れているだけだったとか、リリーベルというお嬢さんとジョーク交じりの会話をして変な噂が立たないようにしたとか、そんなことばかりです。だれが奥さんを殺したのかという肝心な問題については、いったいどうお考えになるんですか？」と言って、横隔膜の上あたりの広い胸板から息を吐きだした。「もしこれが殺人事件じゃなかったとしたら、わたしとしてはもう笑うしかありませんね。奥さんに浮気相手などいなかったし、だれに殺されたわけでもないということになるわけですから」

「浮気相手ならいただろうよ」ジョンは抑揚のない声で言い返した。「だれかに殺されたのもたしかだろうさ。おれはリリーベルと別れたあと、トラックで村に入っていった。どの家も閉めきっていて真っ暗で、明かりが点いてるところといえば、公立図書館のわきの広場で店を出してたウォルドーフ・オールナイト・ランチワゴンだけだった。そこに行ってみると、ランチワゴンのカウンターのなかに店番が一人いて、客も一人だけトラック運転手らしいのがいて、パイを食ってるところだった。図書館は今夜何時に閉まったのかと店番に訊いたら、図書館は毎日午後五時に閉まるから、夜中に開いてることはないという返事だった。

仕方ないから、つぎはこう訊いたよ」と疲れてきたようにつづける。「白地に赤い水玉模様の入ったブラウスの女を見かけなかったか、ってな。ヒールだけが赤い白靴を履いていて、波打つ髪は薄茶色で、目は榛色で、眉は山型で、真っ赤な口紅を塗ってて、齢は二十九歳ぐらいだと付け加えた。すると店番の男は、ちょうどそんなふうな女性のお客さまが午後十一時から午前零時ぐらいにかけてよく見えられて、サンドイッチやなにかをお買いあげくださってては、おつれの方の車へお持ちになるのですが、そういえば今夜はまだいらっしゃっていませんね、と答えてから、でももう午前二時になりますから、今夜はもうお見えにならないんでしょう、と付け加えた。

するとそのとき」ジョンはそこでまた息を呑んだ。「ランチワゴンの客のトラック運転手が割りこんできて、おれにこう尋ねた。その女の人はひょっとして、ジェイバード・ロード沿いに住んでいる人で、毎日夕方ごろになると、町から半マイルほど離れたスワンプ・ラン暗渠に架かる橋のあたりをよく歩いている人じゃないか、と。それでおれは、きっとそうだ、そっちのほうに住んでるようだと答えてやった。するとトラック運転手は、仕事でジェイバード・ロードをトラックで通るときその人を何度も見かけたよ、と言いだした。夕方になると暗渠に架かる橋の橋台《きょうだい》に坐ってて、人が来るのを待ってるみたいだった、と。そこでトラック運転手はクラクションを鳴らして、手をあげて合図を送ったことがあったそうだが、ただ先を急いでいたので諦めたという。まあ、そういう女はどの道にもよくいるし、その気になれば好きなだけモノにできるんだから、と思いなおしたそうだ。ところが先月のあるとき、トラック運転手がエンジンを切った状態で暗渠の橋のほうへ流してきたとき――ガソリンが少なくなったころちょうどくだり坂にさしかかったのでそうやっていたらしい——また同じ女を見かけたそうだ。女はトラックが近づいていくのにも気づかないふうで、ナイロン・ストッキングを履いた脚をぐいとのばし、着ている黒レースのガーターを締めなおした。トラックがすぐそばに迫ったところでやっと顔をあげ、運転手に微笑みかけた。

それを見た運転手は興奮した」とジョンは疲れ気味につづけた。「トラックを止めて運転席から跳びおりると、女を捕まえようとした。ところがまわりのようすを窺うと、道のわきに車が一台停まっているのが見えた。橋から逸れて二十ヤードほど離れたあたりの、木立の陰になったところだ。車のなかには男が一人いて、運転手のほうをじっと見ていた。あわてた運転手は女にかまわず、自分のトラックに跳び乗ると、急いでその場をあとにしたそうだ。

『あんた、どうしてあの女のことを尋ねまわってるんだい？』とトラック運転手はおれに訊いた。『あんたが自分でモノにしたいってわけか？　もしそうなら、悪いことは言わねえからやめときな！　こう見えておれは体もでかいし腕っぷしも強いし、怖いものなしの自信はあるが、けどあの男だけはどうにもね……え、なんだって、あの女はあんたの奥さん？』運転手がそう訊き返したのは、きっとおれがそんなことをつい口走ったからだろうな。『もしあの女が自分の女房で、あんな黒レースのガーターを着て、他人に艶《なま》めかしい笑顔を向けたりしたら、おれならきっと女房を殺すね！』

それでその女がたしかにモリーだと確信した」と言ってジョンはまた息を呑んだ。「といっても、あのナイロン・ストッキングや黒下着を見つけたときから、疚《やま》しいことをしてるにちがいないと思ってはいたわけだが。というより、よく考えてみると、ひょっとしたらそんなことがあるんじゃないかと、以前からなんとなく疑っていたような気もする。それでとにかく、おれはまたトラックを走らせて、モリーを探しはじめた」と抑揚のない声でつづける。「行きあたる道を片っ端《ぱし》から通ってみた。この草むらの先の道にたどりついたのは、ちょうど朝日がのぼるところだった。すると草むらのなかになにか白っぽいものが見えたので、柵が壊れてるところからこっちに入ってきたら、モリーの死体を見つけちまった。そのときのショックはひどいものだった」

朝日を受けて銀色に光る草むらを微風がわたり、若い保安官補のワイシャツに覆われた広い胸板の上にさがる黒ニットタイの下端をそよがせる。保安官補は拳に固めた両手を腰にあて、微動もせず立ちはだかっている。たくましく聳《そび》え立つ体躯の一部なりともそよぎ動かすものは、その微風以外にはこの世にまたとないとすら思わせる。ガクガクとくずおれそうになるものはジョン・バントリーの膝くらいのものだ。

いや、じつのところ彼の膝はもはや揺らいではいなかった。激しかったショックの残滓のせいでそのように感じられているだけで。

「その男とは、だれなのでしょう?」ロイ・クレイド保安官補の鋭い声が問いかける。「ランチワゴンの店番も、客のトラック運転手も、その男がだれなのかは知らないのかもしれません。しかしせめてどんな風貌の男だったのかを、彼らは言っていませんでしたか?」

「どちらもその男の姿がよく見えちゃいなかったんだろうね」ジョンは疲れ気味に答えた。「モリーがランチワゴンに買い物に寄るときも、男はいつも通りの向かいに停めた車のなかで待っていたらしいからな。広場の端の木立の陰になった暗がりで、車の明かりも点けていなかっただろう。トラック運転手もその男がどんなやつかってところまでは見えちゃいなかった。ただ怖くなって、トラックに跳び乗り、さっさと逃げていっただけだった」

「用心深い男だった、ということですね」とクレイド保安官補が論評した。「奥さんと一緒にいるのが自分だとは、だれにも知られないよう注意していたんでしょう。奥さんを亡きものにしようともくろんでいたからこそ、そうしなければならなかったというわけです。ひょっとすると経験からして、既婚女性と円満に別れるのはむずかしいものだと承知していたのかもしれません。男の乗っていた車がどんな種類のものだったかについては、ランチワゴンの店番とトラック運転手はなにか言っていませんでしたか？」

「車のメーカーまではわからなかったらしいが」とジョンは疲れ気味に答えた。「黒のセダンだった、とは言っていたな」

「十台のうち九台は黒のセダンですからね――」とクレイド保安官補。「わたし自身の車もそれですし。決め手にはなりませんね。車のナンバーでも見ていれば別ですが。それほど用心深い男なら、ナンバーを見られるようなヘマはしないでしょうしね。ナンバー・プレートに泥でも塗りたくっておけば済むことですから」

「ああ、二人ともナンバーは見ちゃいなかった」とジョンが疲れ気味に言う。「そういうものはだれにも見られちゃいないだろうな。たとえモリーと一緒にいるところを見られたとしてもだ。あんたが言うとおり、それほど用心深いやつだろうよ」

大柄な若い保安官補はかぶりを振り、溜め息をついた。ワイシャツに覆われた横隔膜のあたりが静かに上下する。

「残念ですが、お手あげに近いですね、バントリーさん。どこのだれかわからず、どんな風貌かもわからず、車のナンバーなどもなにもわからないんですから。奥さんが車に乗った男と逢瀬《おうせ》を楽しんでいるらしいところを見かけたのは、ランチワゴンの店番とトラック運転手だけで、あるいはひょっとしたらほかにも二、三人ぐらいは、夕暮れになるころに奥さんがその男の車に乗りこむところや、男がお宅の近くまで送ってきたときに奥さんが車からおりるところなどを、どこか遠くから目にとめていた可能性もあるかもしれませんが、非常に用心深い男ですから詳しくはわからないでしょう。男はたしかに奥さんを殺害しましたが、しかしこのままでは逃げおおせるでしょうね。殺人事件ではときどきあることです。たいへんお気の毒ですが、バントリーさん、警察としてはどうしようもないということになりそうです」

ジョンは額を撫でさすった。忘れ去るにはあまりに大きい悲劇だ。これから先忘れようと努めねばならないのだろうが。子供たちには永久に隠しつづけねばならない。だがジョン自身は忘れられまい。明るく楽しい思い出の数々もある。自分もモリーも今のリリーベルほどにも若いころには、世界じゅうがピンク色の歓びに溢れているようだった。だがモリーには彼女が望むものをすべて与えてやれたわけではなかった。その結果としてこういうことをしでかしたのだとしたら、それは彼女の過《あやま》ちではない。ジョンの過ちだ。彼がもっと賢ければよかったのだ。もうとり返しがつかない。この過ちと悔いと悲しみは、あまりのことで忘れられない。だが今、ある些細なことの記憶が蘇ってきた。そして間もなく、完全に思いだした。

「たしかに手がかりはなさそうだな、モリーがおれに言ったことを別にすれば」とジョンは言った。

「奥さんがなにを言われたんです?」クレイド保安官補が低い声で訊き返した。「奥さんはなにも言われなかったと、おっしゃったように記憶していますが? 奥さんがなさっていたことについては、あなたは昨夜になるまで疑いすらもしなかったんじゃありませんでしたか?」

保安官補は微動もせず立ちつくし、その目は夜明けどきの空そのままの灰色だ。ジョンは顔をあげ、血走り淀んだ目を保安官補の灰色の目に合わせた。

「モリーを見つけたとき、彼女はおれにあることを言ったんだ」とジョンは答えた。「息を引きとる直前にな」

「それはつまり――」そう言いかけるクレイド保安官補の顔の筋肉が引きつる。「――つまり――」夜明けどきの空のような灰色の目で見すえる。「――奥さんはそのときまだ息があったということですか？　それであなたになにか言い遺《のこ》したと？　なにを莫迦な！　そんなことは嘘だ！　奥さんは午前一時にはもう死んでいたんだから！」

保安官補は拳に固めていた右手を腰から離したと思うと、さっと肩のほうへあげようとした。表情は険《けわ》しく歪《ゆが》み、口は叫びだしそうなほど大きく開けられている。

ジョンもまた、わきに垂らしていた右腕をすばやく動かした。右腕を振りあげながら、膝を弾ませて跳びあがった。すでに膝の震えは収まっており、しなやかに跳べた。そして右手に持つクランク棒を、クレイド保安官補の太くたくましい右手首に、骨も砕けよとばかりに打ちつけた。拳に固めていた保安官補の右手が腰を離れた直後のことだった。苦痛の悲鳴が放たれた。

ジョンは左手を突きだし、回転式拳銃をホルスターから奪いとると、クランク棒を手放し、わきへ跳びのいた。右手に持った拳銃の撃鉄を起こした。

「両手をあげろ！」と命じた。「おれを威《おど》しても無駄だぞ！　その場を動くんじゃない！　これがなにかはもちろんわかってるよな。これを撃つとどうなるかもな。じっとしたまま、両手をゆっくりと背中へまわせ。おれが手錠をかけてやるまでな！

モリーはおれになにも言い遺しちゃいないさ」渇いた喉から声を絞りだす。「代わりにあんたが言ってくれたよ！　おれはモリーの死体のわきで、血の付いた手にクランク棒を持って立ってた。モリーを殴りつけるのに使ったにちがいないと思われそうなものを持ってな。しかもこの死体のところまでは草むらにタイヤ痕なんてなくて、おれが乗ってきたこのトラックの跡が付いてただけだった。亭主であるおれが死体の発見者になったんだから、世界じゅうのだれより真っ先に疑われても、それはしょうがないよな。たとえおれがここに来たという証拠がほかにはなにもないとしてもな。今夜おれはウイスキーを飲んでて、その酔いのせいで、彼女のナイロン・ストッキングをリリーベルにくれてやっちまった。モリーがすでに死んでるとは夢にも知らずにな。そしたらリリーベルは、おれがモリーを殺して死体をトラックに積んでるんじゃないかと言ったよ。そのあとランチワゴンの店番と客のトラック運転手に聞き込みしたら、ちょっと荒くれ者らしいトラック運転手は、もし自分がおれならモリーを見つけ次第殺すだろうと言った――まあそういうものかもしれないな。自分の女房があんな黒レースの下着を着てるのを思い浮かべながら、気が立ってくるような話をしていたら、男のプライドからついそんなことを口走っちまうことはあるもんだろうよ。

そんなわけだから、すべての状況が犯人はおれだと言ってるよな！　いちばんの親友ですらおれがやったと思うだろうよ。そして動機がなにかを考えるわけだ――おれとリリーベルとの浮気かもしれないし、子供たちを巡っての諍いかもしれないし、あるいはモリーがどこかの男と火遊びしてるってことかもしれない――その男がどこのだれかはさておくとしても。とにかくだれもが犯人はおれだと決めつけるだろう。ここにいるあんたもまた、やったのはおれじゃないかと今にも問い詰めそうだった。けどあんたは知ってるよな、やったのはおれじゃないと。そんなことを知ってるのは、世界じゅうでただ独り、本当にモリーを殺したやつしかいないんだ！　おっと、余計な口応えはするなよ。両手は背中へまわしたままにしておけ。逃げようとしたらどうなるかもわかってるよな。

　そうと勘づくまでには長い時間がかかったよ」とジョンは疲れたようにつづける。「それほどショックがでかかったからな。人形になったみたいになにも考えられなかった。けど思いだしたのは、おれがあんたに女房の姓名を言ったときのことだ。あんたはそんな名前なんて聞いたこともないってふりをしたよな。おれはBantreagh《バントリー》という苗字の綴りまでは教えなかった――まさかあんたが手帳にメモするとは思わなかったから。初めてこの苗字を聞く者は、たいがいBantryという綴りだと思っちまうんだ、配膳室《pantry》からの連想なんだろうな。だから名前の綴りではトラブルをたくさん経験してるよ。いっそ変更しようかと思うことさえときどきあるくらいだ。なのにあんたは、教えられてもいないのに正しい綴りで手帳にメモしてた。どうして知ってたんだろうかと、それを見たときからずっと考えてきたよ。

　ほかにもあんたの気づいてないことがある。あんたはきっと自分のタイヤレバーを、自家用車用の道具箱かあるいは自宅のガレージのなかにでも持ってるんだろうな――そうにちがいないのは、やたらにタイヤレバー、タイヤレバーと言ってたので察しがついたよ。あれは仮に石鹸水かあるいは灯油かなにかで洗ったとしても、鉄の表面の細かい孔《あな》のなかに血痕が残るはずだ。そういうのは、近ごろの警察が使ってる機械かなにかで調べればすぐわかるもんだろうな。あんたのほうがよく知ってるだろうがね。それから車の座席にも血痕が残ってるかもしれない。もちろん、昨夜着てたシャツや上着にもね。

そしてあんたは家に帰ってよく寝たんだろう。おれがあらゆる道をトラックでまわって、夜通しモリーを探してるあいだにな。それからあんたは起きて風呂に浸かり、髭を剃り、甘い香りのするシェービング・ローションを塗り、洗いたてのワイシャツとパリッとした黒スーツを着て黒ニットタイを締め、そうしてふたたびここにやってきて、あの道からわずかに逸れた木立の端に車を駐《と》め、モリーの死体がだれかに見つけられるときを待とうと考えた。ところが、いざあんたがここに来てみると、おれがすでにこうしていたってわけだ。

血痕はいずれ見つかるだろう。モリー・バントリーの名前の件もある。あんたが苗字の綴りを知ってたってことがな。さらには、目撃者がほかにもどこかにいたなんて話もこれからもっと出てくるかもしれない——あんたがどれだけ用心深くやったつもりでもな。モリーと一緒にいるところを見てただれかが警察に知らせたら、あんたは調べられて、手が後ろにまわるしかなくなるだろうよ。さあ、おれと一緒にあんたの車のところに戻ってもらおうか。もうどう威しても無駄だぞ！

よし、そうしたら、車のなかで床にひざまずくんだ。おれは自分のトラックから縛るためのロープをとってくるからな。あんたは腕っぷしが強いし、よく眠ったあとだから、もともと賢い頭がさらに冴えてるはずだ。でも逃げようとなんてしないよな。医者にはできるだけ早くつれてってやるよ。手首をちょっと強く叩きすぎたのは悪かったな。きっと腫れができるだろう。

床にひざまずいたら、あとは祈りでも捧げるんだな。犯人があんただとは、ひょっとしたらおれは永久に知らずにいたかもしれない。知りようがなかっただろうよ、手がかりはなにもなかったんだからな。そして警察はおれに疑いをかけただろう。妻の浮気を知った夫なら、カッとなって殺す動機としちゃ充分だ。そして懲役二十年の刑かあるいは終身刑をくらってただろうよ。そうなったら子供たちがどうなるかなんてことは、考えるだけでも耐えられない。その恐怖で、おれの膝はずっとガクガク震えてた。目が涙で曇ってなにも見えなくなるほどだった。そういう状態のままで、モリーを殺したのかとあんたに問い詰められていたなら、おれはこの場に倒れて死んでたかもしれない。けど、すんでのところでそうならなかった。あんたが自分から白状してくれたおかげだ」

トラックの車輪の前で虚空を見つめて静かに横たわる妻の亡骸《なきがら》へ目を向けると、ジョン・バントリーはこうつぶやいた。

「きっとモリーが助けてくれたんだ」

本作には山本光伸氏訳（『ミステリマガジン』一九七二年三月号）と宇佐見崇之氏による既訳があります。
――訳者

尚、本作には、「推理小説フェスティバル」（『高二時代』一九六九年八月号第3付録）所収の小菅正夫氏の既訳がある。（山口雅也）

殺しの時間

Killing Time（註）

第一章　殺しの訪れ

「人殺しが――」リトルはタイプライターで書いたばかりの冒頭文節を読み返した。「――ドアのすぐあちら側にひそんでいる、とおれは気づいた」

パジャマを穿いた太腿に肘をつき、はだけた胸板と黄褐色の毛に覆われた前腕の汗を無意識にぬぐいながら、文章について考えた。右の前腕のタトゥーは地球儀と錨《いかり》の図柄と、その下の〈常に忠誠〉の文字からなる。左の前腕では血のしたたる短剣の図柄をリボンが囲み、〈不名誉より死を〉の文字がリボンのなかに並ぶ。胸板には〈爆弾娘〉の文字と、その上に若々しく発育のいい肉体が描かれている。肉体はもちろん女性のもので、なにも着ていないところからすると熱帯地方の先住民かもしれない。あるいはどこの何者でもないのかもしれないが。

ニューヨークの夏は暑い。リトルの住む家具付き浴室付き寝室は空気が淀んでいる。ワニス塗りの木製揺り椅子の表面にパジャマのズボンの生地が貼りつく。汗のせいだ。〈爆弾娘〉も汗をかき、リトルが呼吸するごとにもじもじと体を捩《よじ》る。

タイプライターで打ったこの文節は、ある出来事のシンプルで的確な描写だ。文法的にも正しく、どんなに知性の低い者でも容易に理解可能だ。だが自分がそれで本当に満足しているかとなると、なんとも言えない。充分におもしろくて興奮させる文ではない気がする。「だからどうした?」これを読んだ者のだれもがそう言いはしないか。それで、またも原稿を投げ捨てた。

リチャード・C・モーゲルヘッドによる『殺人事件テーマの小説を書くときの五つの基礎的秘訣』の第三——「冒頭で強烈な緊迫の状況を生みだし、今にも罠にかけんとする鼠捕りのごとく読者を惹きつけるべし」

しかし——とリトルは弁解気味に考える——ドアのあちら側に人殺しがひそんでいるのに、この緊迫に惹きつけられないとしたら、ほかのなにが惹きつけるんだ? これはだれでも惹かれるだろう。

拳に固めた右手をあげ、人差し指だけを突きだして下降させた。

「不・安・と・と・も・に」と、杭打ち機もかくやの強い力でゆっくりとキーを打っていく。

人殺しがドアのすぐ外にひそんでいる。おれは不安とともにそう気づいた……

これなら五つの秘訣の第四に適《かな》っている。すなわち「小説に情感をこめるべし」だ。この状況で人が自然に感じる情感といえば不安だろう。〈恐怖〉に替えてもいいかもしれない。だが不安がやはりいちばんだ。

ここまでは上出来だ。秘訣の第二はすでに実現させている——「興味を惹くタイトルにすべし。作者名も肝要」。冒頭文の上に記したこれがそうだ。

「殺しの訪れ」
レジナルド・マイス・リトル

興味を惹くタイトルだ、どういう方向性もありうるから。秘訣の第一はもちろん「原稿一枚めの右上隅に作者の住所を書きこむべし」であり、すでに忠実に従っている。残るは秘訣の第五のみだ――「作中にはたくさんの出来事を盛りこみ、ラストは一発で締めるべし――冒頭の一文に仕掛けた罠の発動によって」

これはじつのところ意外にたやすい。唯一むずかしい点といえば、これからなにが起こるのか作者自身わからないことだ。ドアの外には人殺しがいる。だがそいつの名前も知らない。どんなやつかも、なぜそこにいるのかも、そもそもどうして初めから〈人殺し〉なのかもわからない。

細い睫毛《まつげ》に囲まれた、曇りのない空の青色をした目で、リトルは部屋のドアを凝視した。タイプライターを置いている机の真向かいに位置するドアを、まばたきもせずじっと見つめる。

ドアは長方形で、上辺と下辺があり、左右の側辺がある。白い磁器製のドアノブと黒漆塗《くろうるしぬ》りの箱錠が具《そな》わり、三つの変色した真鍮製の蝶番《ちょうつがい》でつなぎ留められている。ドア板は上下に分かれる。マホガニーを模した黒っぽい赤褐色に塗装され、凹《へこ》みや引っ掻き瑕《きず》が目立つ。

ドア板の上半分が真ん中で縦に裂けており、裂け目からときどき細く光が洩れこむことをリトルは思いだした。たとえば夜になって部屋の明かりを消したあと、廊下の明かりが点いたままになっているときなどに。あるいは真昼でも、明るい日射しが廊下に溢れているときにはありうる。だがたった今は、ドアの裂け目から洩れる光はまったくない。

おそらく画家と思われるこの部屋の以前の住人が、ドア板に一頭のセッター犬の姿を引っ掻き瑕によって描き残していた。同じ画家が――別の画家かもしれないが――女の胸と尻の絵も描いている。ほかのだれかのものらしい大きくてぞんざいなハート形もあり、《R・MとD・Dの愛の記念に。一九四四・十二・十五》というイニシャルと日付入りのひと言が付されている。恋人との別れの記録にちがいなく、リトルはかすかな郷愁に駆られた。彼自身の本名の一部のイニシャルがR・Mであり、日付は彼がまだフィリピンのアダラクで従軍していたころで、当時いたD・D・スミス大尉のイニシャルD・Dは絶望《デスペレート》デスモンドの略だろうと陰で噂されていた。歩兵部隊の副官だったが、カツオドリにすら嫌われていると言われるほどだれからも愛されていない上官だった。

ドア板の下半分の凹みは靴跡によるもので、そのほかにはとくになにかが描かれたりはしていない。ドア自体いくらか歪んでいるように見えるが、これはきっとこの古アパートメントの床がさがってしまっているためで、ドアの下辺と擦り減った敷居とのあいだに一インチほどの隙間ができ、そこを通じてほかの部屋の住人の足音が聞こえたり、ときには上の階の音まで届くことがある。部屋の擦り減った絨毯の上を歩きまわったり、廊下を階段へ向かっていったり、あるいはまた自分の部屋へ向かう前に立ち止まって鍵を探したりしている物音までが。今も敷居のすぐ向こう側の廊下にいるなにかの影が隙間からかいま見える。アパートメント管理人ユサップ氏の夫人が毎朝の掃除の途中に置いていったゴミ缶か絨毯掃除機ででもあるのだろう。人の足は見えていない。

リトルは胸筋に滲《にじ》む汗をまたぬぐった。ドアから目を逸らし、飾り戸棚の上に置かれた赤リボン付きのウイスキー瓶のわきにある目覚まし時計を見やると――ウイスキーはアルコール度五十のクローヴァー・デューで、初めて小説が雑誌に載ったときの記念に買ったものだ――時計の針は14：

04を告げていた。普通の言い方にすれば午後二時四分になる。

ベッドから起きたあと着替えもせず風呂にも入らず、すぐにタイプライターの前に座して一時間になる。精神を集中させるには今がいい時間だ。アパートメントの前側のグルーバー通りからの騒音は、建物の奥に位置するこの部屋ではくぐもった音としか聞こえない。ほかの住人のほとんどは通勤者で――広告代理店に雇われている詩人や、漫画新聞社に通っている画家など――何時間も前にそれぞれの仕事先に出勤している。まるでブロンクスから通勤してくる普通のホワイトカラーのサラリーマンたちのようだ。地下階に陣どる管理人夫人ユサップ女史はちょうど昼寝《シエスタ》を貪っているころだ。

上の階の四D号室に住む〈爆弾娘〉は豊満な肢体をした赤毛のモデルだ。リトルの胸板に彫られたタトゥーの〈爆弾娘〉とは直接の関係はない。刺青師《いれずみし》が考えたその呼び名を、リトルがあのモデルに綽名《あだな》として勝手に付けた。モデルの女性の本名はミルドレッド・クランツとかなんとかいうのかもしれないが、表向きドロレス・デラートと名乗っている。だがリトルは秘かに〈爆弾娘〉と呼ぶ。そろそろ彼女が目覚めて、やっと新しい一日を迎えようとしているころだ。なにしろ昨夜は部屋でまたぞろパーティーを催し、今朝の五時すぎまで騒いでいたのだから。朝の五時といえば彼女の平素の起床時間より遅いほどだ。

だが今の上階はまったく静かだ。リトルがストーリーの展開も考えず、小説のタイトルと冒頭の一行だけを書いたころからずっと。あのときはドアの外に人殺しがいるだけで、頭のなかはまだ空白だった。

タイプライターのわきの砂糖皿から半分に切ったレモンをとり、口のなかへ絞って汁を吸い、雰囲気を高めようと努める。書き出しが巧く行かないときはレモンを吸うにかぎる。

グリニッジ・ヴィレッジを根城とする作家の一人に数えられた三週間ほどのあいだに、リトルは十八篇の短篇小説を書いた――昨夜書きあげて今朝送った一篇を加えれば十九篇になる。自分が作家であることを証明するために、『特級殺人ストーリーズ』誌にこれまでに十八篇送ったが、すべて掲載を断られた。

昨夜の一篇はまだ送り返されていない。

殺人事件をテーマにした小説を書くうえでのリトルのハンディキャップは、現実の殺人犯を知らないことだ。人が殺されるところを見た経験はもちろんあるが。アダラクでのあの夜、兵舎で就寝していたリトルは、鼓膜に響く四五ミリ機関銃の轟音で目覚めた。絶叫と悲鳴が交差し、暗闇で銃火が光った。ただちにベッドから転がるようにおりて床を這い進むと、戸口に立って笑いながら機関銃を掃射している黒い人影に跳びかかり、床に押さえこんだ。ブロンドの髪を持つ痩せたその人影は、なんとデスペレート・デスモンド大尉だった。完全に発狂し、全身が痙攣していた。D・Dはリトルに押さえつけられる前に水兵を三人射殺していたが、あれは殺人犯とは言えない。とにかくそれがアダラクでの出来事だ。

さらに挙げれば、リトルがサイパン島に上陸したとき、あの島がアメリカ軍に占領されてから一年も経っていたのに依然として洞窟に隠れていた狂乱状態の日本兵がいる。夜になると洞窟から忍びでて、現地人の小屋に侵入しては、白人兵だろうが褐色の肌の女たちだろうが見境なく喉を切り裂き、吸血鬼のごとく血を啜《すす》っていたが、ついには血生臭い洞窟にひそんでいるのをつきとめられ、爆殺によって果てた。だがあれぐらいになると獣にもひとしく、もはや人間とは言えない。人殺しの獣なら虎や吸血蝙蝠《こうもり》がいるだろうが、それらは殺人犯とは呼べない。

それから、頭を丸坊主に剃りあげた図体のでかいロシア人軍曹がかつて東京にいた。いつも手榴弾をポケットに入れて街をさまよい歩き、アメリカ進駐軍のジープが通りがかると投げつけて逃走した。拳銃二丁と刃《やいば》の反り返ったコサック・ナイフも持っていた。ある夜リトルが運転するジープの車輪の下に手榴弾を投げこんだが、逃走にしくじって袋小路に迷いこみ、リトルとともに追い詰めようとする進駐軍憲兵と能面のような顔の日本警官に対して拳銃とナイフで歯向かった。捕《と》り押さえるにはまず軽機関銃の銃把で頭を殴りつけねばならなかった。

ところが東京駐留のソ連軍にこの軍曹を引きわたしたところ、少しばかりユーモアのセンスが勝ちすぎた子供っぽい男と見なされたのみで、叱責のうえ強制帰国させるにとどまる結果となった――病院でそれを知らされたときのリトルは、ユーモアのある図体のでかいロシア男に吹き飛ばされた五本指の揃う肌色の足の代わりに、金属製の義足を装着するための準備を強いられている最中だった。だがそのことについてはもうあまり怒りも湧かなかった。ロシア人は人間性がいいだけに悪戯《いたずら》好きなのだ。ただあのときは悪戯がすぎただけで。

真の殺人犯であるためには脳がちゃんと働いていなければならず、且つまた、なにかしら自分にとって有用な目的のためでなければならず、しかも秘密裡に行なわれた犯罪でなければならない。そういうことをやった人間とは、リトルはまだかつて一度も出会っていない。

おそらく彼の名前は彼には似合わない――殺人を書く作家としては、レジナルドという名前は。とはいえその部分を略してR・マイス・リトルと名乗る気にもなれない。それでは家に巣食う鼠《マイス》の大きさにちなんだかのように聞こえてしまう。ニックネームの小男《タイニー》リトルもあまりよくない。実際は身長六フィート二インチ体重二百十ポンドの気性の荒い大男で、アダラクの泥地に後輪が深く埋まってしまったジープを後ろから独りで引っ立てて道路に戻したり、重い弾薬箱を煉瓦でも持つみたいに軽々と持ちあげたり、重量四十ポンドの砲弾をテニスボールみたいに投げたりできる男がこの綽名では、いずれ世界的な有名作家になるという目標のためにもふさわしくない。

　しかし名前にハンディキャップがあったり殺人犯に知り合いがいなかったりしても、いつかはその目標を達成したい。当年二十一歳なのだから、まだ到底道のりの終わりではない。学歴は高校卒業のみだが、語彙は数千語はあるだろう。タイプライターのほとんどのキーのおよその位置を把握しているし、やみくもに打っても十回のうち九回は打ちたいキーを打てる。強い精神力と持久力と探究心にも恵まれている。

　しかもそれらの能力や特質を抜きにしても、ほぼ確実に作家になれることが約束されている。というのは、百五十万人にも及ぶほかの大望ある作家志望者や新人作家とちがい、『サタデー・イヴニング・ポスト』誌に原稿を送ったりはしないからだ。あの雑誌は毎日貨物列車に山積みされて運ばれるほどたくさん出まわっており、毎日一万人の読者がどこかで必ず読んでいると言われるほどの巨大媒体だ。だがリトルはそういうところには送らず、より現実的でより目的に適った『特級殺人ストーリーズ』誌を選んでいる。あの雑誌はさまざまなジャンルを広くカバーしてはおらず、もっと予測可能で確実な範囲に編集方針を絞っている。

　リトルがあの雑誌のマーケットに照準を合わせた理由のひとつは、過去十五年から二十年に及ぶバックナンバーが、偶然にもアダラクに運ばれてきた娯楽図書の最大の目玉になっていたことだ。アダラクの駐屯地が設置されたとき、SPREAFFS――米国軍国外基地娯楽図《ソサエティ・プロヴァイド・リーディング・エンタテインメント・アメリカン・》書供給協会《フォース・フォーリン・サーヴィス》——によって配布されたものだった。もしあのときリトルの従軍先が別の駐屯地だったとしたら、『ライフ』誌とか、『農業年鑑』とか、あるいはシアーズ百貨店のカタログとか、『コンパクト』誌とか、『女性の衛生学と美容術』誌といったものだったかもしれず、そうなっていたらリトルの人生は大きく変わっていただろう。アダラクで従軍した二年間で、ほかの兵たちがシェイクスピアや聖書を読んでいるときリトルはもっぱら『特級殺人ストーリーズ』を読み耽《ふけ》り、読み終わるとまた初めから終わりまで読み返すことをくりかえした。そうするうちに、すべての号のすべての小説を一言半句残らず記憶してしまうほどになった。かくて『特級殺人ストーリーズ』は現実世界とアメリカでの生活の記憶にリトルをつなぎ留める鎖の役割を果たした。大都会の街路、女たち、ネオンサイン、映画、警察、喧嘩、普通の人間の息づき、などなどといったものが、霧と泥と豪雨に満ちた非現実的な悪夢のごとき世界のなかで蘇った。あの哀れな絶望デスモンド大尉もこういう殺人事件小説をもし読んでいたなら、狂気に陥らずに済んだかもしれない。

だがリトルが『特級殺人ストーリーズ』を目標にさだめたいちばんの理由は、帰国してからリトルが手にした今現在のあの雑誌の編集長が、リチャード・C・モーゲルヘッドに替わったからにほかならない。

つまりリトルはモーゲルヘッドの大ファンであり心酔者なのだ。しかもリトルが想像するところでは、自分に心酔する投稿者の作品が『特級殺人ストーリーズ』の編集室に届いたなら、モーゲルヘッドは本能的にひと目でそうと察するにちがいなく、格別の愛着を持って読んでくれるにちがいない——要するに、世界じゅうでリトルの作品を読んで買いとってくれる雑誌編集者がいるとすれば、それはモーゲルヘッド以外には考えられないのだ。ところがこれまでのところは、自分で力作と思う原稿十八篇を——今回のを含めれば十九篇を——あの雑誌に送りつづけてきたのに、十八枚の印刷された不採用通知書とともにすべて送り返された。印刷文字なので綺麗ではあるが、「残念ですが」という台詞《せりふ》ですら読点《とうてん》ひとつ記されていないために冷たい印象を持たざるをえない。

ひょっとしたら編集長のモーゲルヘッドは自分では投稿原稿を読まないのかもしれない。おそらく十八歳ぐらいのタイピスト嬢や電話受付嬢が原稿の封筒を開けるだけなのではないか。そういう女の子たちは白い肌をした自分の綺麗な首にロープを巻きつけられることがありうるなどとは夢にも思っていなくて、そのためにそんな作品を送ってくる投稿者全員に反感を持っているにちがいない。リトルの上の階に住んでいる〈爆弾娘〉ことドロレス・デラート嬢とおよそ同じ齢《とし》ごろのそういう娘たちが、原稿を読みもせず突き返しているにちがいないのだ。

その想像を根拠としてリトルが今朝送付したのは、一行空《あ》け式のタイプ原稿二十八枚、語数にして約九千語の、レジナルド・マイス・リトル作「浴槽の死体」と題した短篇で、もし却下された場合にはニューヨーク市グリニッジ・ヴィレッジ、グルーバー通り九九番地アパートメント三D号室宛に返却してくれるようメモを付し、その末尾にモーゲルヘッド編集長がじきじきに関心を持ってくれるような、くだけた調子ながらも好感を覚えやすいひと言をすばやい走り書きで付け加えた。

こんにちは、モーゲルヘッドさん！　どうか驚いてください、あなたのあとを追う未知なる大ファンからの投稿です！　このささやかな探偵小説の試みは、きっとあなたにご興味を持っていただけるものと信じています。
より静かでより悪魔的な殺人を好まれるあなたのために。

レジナルド・マイス・リトルより。

これはリトルが高校でセールスマン科を履修したときにがんばって勉強した成果、つまり〈個性のアピール〉というやつだ。

第二章　〈爆弾娘〉

リトルが昨夜完成させて今朝原稿を送付した短篇小説は、上の階に住む〈爆弾娘〉すなわちドロレス・デラート嬢に触発されて書いた作品だ。もし自分が殺人事件を扱った小説のインスピレーション源になっていたと知ったら、デラート嬢は驚き困惑するだろう。どう見ても知的なタイプの女性とは言いがたいにせよ。ひょっとしたら小学校一年生さえやっと通過したほどかもしれず、三年生や四年生のときでさえ〈ねこ《キャット》〉という言葉のほかにいくつかの語を書けるようになっただけかもしれず、そうだとしたら自分の勉強の不出来さ加減に憤っているかもしれない。つまり読み書きすらやっとだとしたら、到底文学的ではありえない。今だって読める言葉と言えばナイトクラブの〈女性用トイレ〉ぐらいではないか。四、五杯めのハイボールを飲んだあと鼻の頭を化粧するためにそこを使わなければならないだろうから。それからもちろん、折りたたんで握らされた紙幣の額面数字も読めないといけない。彼女の人生の目的と喜びは、男たちの目と官能を刺激し興奮させることにあるはずだ。

とはいえリトルは〈爆弾娘〉のことを本当はよく知っているわけではない。初めて彼女と顔を合わせたのは、リトルがこのアパートメントに越してきてから数日めのある朝、彼女の浴槽から溢れた水が下の階に漏れてくることについて苦情を言ったときだった。

朝の八時ごろリトルは自分の浴槽で湯に浸かってくつろいでいたが、そこへ一滴めの水漏れが左右の目のあいだにしたたってきた。目をしばたたいて上を見やると、二滴めがポトリと落ちてきた。

水漏れは浴室の天井一面に広がったあと、やがてリトルの真上の一点にゆっくりと集中してきた。そしてある程度大きな水滴になると落下し、つづいてつぎが落下した。ポトリ、ポトリ、ポトリ！　梁《はり》や板材や漆喰や錆びた釘などをつたってきた水は汚れて冷たく、水の分子が結びつきあって、ゆるむことも尽きることもなく広がり、天井に気味悪い沁《し》みを描いたのち、ややためらってから頭上に落下するのだ。目と目のあいだに――ポトリ、と。

リトルは半ば怒りに駆られて浴槽から躍りでると、体を拭くのもそこそこにパンツを穿きシャツを着て、すでに靴を履かせてあるアルミニウム製の義足を装着し、もう一方の足にも急いで靴を履いて、杖をひっ摑むや階段をあがり、上階の四Dのドアをノックした。

ドアを開けた〈爆弾娘〉は、豪奢な上半身に緑色の絹地の長椅子カバーかテーブルクロスみたいなものをゆるく巻きつけた姿だった。乱れた髪は黒褐色で、瞳は休火山にわだかまる溶岩のような鈍い灰色だ。

「まあ！」ボタンを留めていないリトルのシャツから顔へと視線を移した彼女の目は、眠気からの目覚めをゆっくりとあらわにした。「てっきりあの人かと思っちゃったわ。口紅を塗るまで待ってもらえません？　こんな格好ですからせめて」

「そのままでかまいません」と答えた。「ぼくはリトルと言います。真下の部屋に住んでいるんですが、お宅の浴室から水漏れがしていまして」

「まあ！」と〈爆弾娘〉は声を洩らした。「帰ってきたとき浴槽に水を溜めはじめたのを今思いだしたわ。溜まるのを待つあいだベッドで横になっているうちに、つい眠っちゃったのね、きっと。今何時かしら？」

「八時です」リトルは内心苛立ちながら告げた。

「そんなはずないわ！」と〈爆弾娘〉。「わたしたち八時近くまで〈ダッチマン〉にいたんですもの。そのあとジェリーのところに行って、そこでジョージって男に会ったの。わたしすっかり酔ってしまって。今思いだしたけど、ジョージがここまで送ってくれたときもう十一時だったのよ。それで冷たいお風呂に入りたくなったんだわ」

〈爆弾娘〉は美しい顔を拳に固めた手でこすりはじめた、もう普通の顔ではなくなったとでも言うかのように。

「いいえちがうわ、あなたがおっしゃったのは朝の八時ってことなのね？　そんなに長く水漏れしていたんですの？」

「いや、まだ漏れはじめたばかりですがね」

「わたし眠っちゃったんだわ」と〈爆弾娘〉はくりかえした。「あなた、三Dの方？　前は画家の人が住んでいたけど。よく賑やかなパーティーをしていたのよ。わたしがあの人と出会ったのもそこでのパーティーなの。チャーリー・ボールツだかビリー・マーキーだか、とにかくそんな名前の画家だったんだけど、無一文になってしまって、刑務所かどこかに入れられたらしいの。インディアナ州刑務所だったかしら。そうだわ！」突然声を高めたと思うと、ゆるかった長椅子カバーの巻きつけを少しきつくした。「あなた、小説家の方ね？　ユサップさんの奥さんが言ってたのを思いだしたわ、三Dに小説家が引越してくるって。なんてことかしら、わたし小説家って嫌いなの！」

　悩ましい灰色の瞳がリトルの顔から胸へと視線を移し、それから凭れかかっているトネリコ製の杖へ、さらには戸口にじっと立ちつくす足へ移した。片方の手を腰にあて、美しい形の腿とふくらはぎで大理石のヴィーナス像のようなポーズをとり、口はへの字に曲げている。

「その杖はなに？」と問いかけてきた。「足がお悪いの？」

「片方の足を失くしてね」とリトルは説明する。「義足に慣れるまでは、杖が助けになるから」

「失くしたですって！」と声をあげ、これ見よがしに震えた。「片方の足を切りとっちゃったってこと？　なんて恐ろしい！」

　口がさらにへの字に曲げられ、官能的な目に嫌悪が満ちた。

「お気の毒に」と精いっぱい優しく努めたふうに言う。「きっとご自分が悪いわけじゃないんでしょうにね。義足って――あの変てこな形のやつ？　あなたきっと兵隊さんだったのね。それで足を撃たれて、吹き飛ばされたんでしょう」

「そうじゃありません」リトルはうんざり気味に答えた。「自分で足を咥《くわ》えて、咬みちぎってやったんです。それより、浴槽に流してる水を止めてもらえますね？　お願いします」

〈爆弾娘〉は白い肌を持っているが、風貌は南洋の原住民の美女といった趣《おもむき》だ。あるいは博物館に展示されている民俗芸術品か、大理石の台座に鎮座する像といったふうでもある。頭に脳が入っていなくて胸には心臓もないが、どんな男も彼女を見ただけで脳を狂わされ、心臓を撃ち抜かれる。

リトルは苦笑気味の笑みとともにうなずきで挨拶を送ると、悪くないほうの足を軸にして杖を助力とし、慎重に階段をおりていった。

上階では水を止めてくれたはずだが、浴室の天井からは一日じゅう水漏れがつづいた。水が梁や漆喰に溜まってしまったせいかもしれない。リトルは〈爆弾娘〉を忘れられなくなった。


そのあと顔を合わせたのは、四、五日後の夕方六時ごろ、一日じゅうかけて懸命に書きあげた短篇小説の原稿を携え――マッド・サイエンティストがなにも知らずにいる人々を自分の実験室に誘いこんで核分裂物質を皮下注射する話だ――『特級殺人ストーリーズ』編集部宛に投函するため外へ出かけようとしたときのことだった。ついでに角のイタリアン・レストランで夕食を摂ろうなどと考えながら、アパートメントの玄関を出ようとしたところで、酒瓶をたくさんかかえて日射しの明るい表通りから勢いよく駆けこんでくる〈爆弾娘〉と出くわした。

彼女が頭からまっすぐにぶつかってきたせいで、リトルは玄関ホールの壁ぎわへ突き飛ばされ、原稿が腋の下から落ち、杖は握っていた手から離れた。バランスを崩したリトルは背中がずるずると壁を滑って床に倒れこんだあと、悪くないほうの足と本物ではない足とでなんとかふたたび立ちあがろうとした。〈爆弾娘〉は息せき切って立ち止まると、リトルのほうを睨みつけた。香水の香る汗を滲ませている姿も美しく、若く健康的な獣の温《ぬく》もりを湛《たた》えていた。汗に湿った黒褐色の髪が蔓《つる》のような巻き毛をなして狭い額《ひたい》に貼りつき、大きめの真紅の唇はとろけるようで、睨みすえる双眸は悩ましい灰色を呈し――薄緑色の半透明な膝丈のワンピースに身を包み、十本あまりのガラス瓶を大切そうに両腕に抱いていた。

「こんにちは、義足リトルさん！」と明るく言った。「大丈夫よ、あなたはぶつかるつもりじゃなかったってわかってるから。でも、あなたのほうがたいへんそうね、そんなによろけちゃって、お酒にでも酔っているみたい。わたしが出かけているあいだに、うちにだれか訪ねてこなかったかしら？」

「ぼくが階段をおりてくるとき、上の階でだれかがあなたの部屋のドアをノックしてましたよ」リトルはそう答えながら慎重に屈みこみ、床に落ちた原稿と杖を拾いあげた。

「どんな人だったかしら？」とさらに問う。「ドアの前に立っているとき、右手で左の耳たぶを引っぱってる人じゃなかった？」

「どんな人かまではわからないな。とにかくだれかがドアの前にいるのが、階段の手摺り越しにかいま見えただけなので」

「それこそ、わたしの大切な大切なあの人にちがいないわ」〈爆弾娘〉はそう言って、明るく元気に笑った。「きっとそうよ。いつも工面してくれてるお手当《てあて》が、このところ十日ぐらい遅れてるの。それで今朝あの人の秘書に電話したら、できれば今日じゅうに訪ねたいって返事だったの。興奮してくるといつも右手で左耳を引っぱるのよ、まるで乳搾《ちちしぼ》りでもするみたいに。わたしのこと考えてるといつも興奮してくるのよね、きっと。とにかく、それであなたにお尋ねしてみたというわけ。今日待っているからとあの人には伝えたんだけど、今夜予定してるポーカー・パーティーに備えて腹ごしらえしておこうと思って、今までちょっとだけ外に出かけてたものだから」

「だったら、まだお宅にいるんじゃないかな」とリトルは言った。「帰ればきっと会えますよ」

「月に百五十ドルのお手当をわたしてくれることになってるのよ」と〈爆弾娘〉。「それをもらえるまでのあいだに、わたしいつも街じゅうで大騒ぎしちゃうでしょ。だから、もし友だちがいなかったらどうやって生きていったらいいのかわからなくなっちゃうほどお金が失《な》くなるの。義足リトルさん、あなたも今夜うちにいらっしゃって、一緒にパーティーをどうかしら？」

「ありがたいけど」とリトル。「今夜は先約がありましてね」

「それじゃまたの機会に」と〈爆弾娘〉。「テーブル・ステークスで、ディーラーズ・チョイスで、だいたいいつもスタッド・ポーカーなの。だれかが敗《ま》けつづけて持ち金が失くなったあとは、ストリップ・ポーカーに切り替えるの」

「そいつはおもしろそうだな」とリトル。

夕食のあとリトルはタイムズ・スクエアまで出向き、レイトショーの二本立て映画を長々と観た。観るつもりもなかったのだが。帰宅したときには午前二時すぎになっていたが、上階ではまだパーティーがつづいているらしく、賑やかな物音が聞こえていた。そのあいだしばらく眠れなかったような気がするが、その記憶自体どこかで夢と混じりあっているかもしれない。

週に二度はいろんなパーティーをしているようだ。〈爆弾娘〉が週末に入ってずっと不在になるとき以外は毎日のように頭上からダンスの足音が響き、天井の揺れ具合からして彼女がどんなに華々しい一日をすごしているかがわかる。運動のためのダンスらしいが、頭上十二フィートと離れていないところで彼女は踊っているのだ。蛾が飛びまわりキクイムシが壁に穴を空けているあいだに。リトルは自分がシロアリになった気分になる。

だが〈爆弾娘〉とは顔を合わせないように努めている。彼女の友だちやパーティーの客たちとも。彼らが廊下や階段を通りそうな時間帯には、外出したり帰宅したりするのを避ける。脳も心臓も持たない女の形をした獣。それをくりかえし想像した。ほとんどジャガ芋みたいな女だ。東京の通りを走っていたジープを爆破して逃げ去った悪戯好きで陽気なソ連兵に、リトルはある意味で感謝している。あのとき残骸の下から這いだしてみたらば、血まみれになった片方の足は筋一本でつながっているだけの状態だったが、その大怪我のおかげで〈爆弾娘〉から義足リトルさんと呼んでもらえるようになったのだから。気の毒な障碍者として、健康的な獣のような女から記憶してもらえたのだから。彼女はおそらくからかっているのだろうが、それで彼女と近づきになれるかもしれないというものだ。そしてことによったらもっと深入りできるかも。

小説家の人生においては――とリトルは自分に言い聞かせる――人生について書くために人を観察することが大事なのであって、自分の人生を生きること自体は必ずしも重要ではない。出会ったのが〈爆弾娘〉であろうとほかのだれかであろうとそれは同じことだ。彼女と顔を合わせて話したのはたった二度きりで、それがすべてだ。彼女の過去についてはなにも知らないし、今現在のこともわずかしか知らない。どんな友人知己がいるかも知らず、それどころか彼女の名前も知らない。勝手に付けてやった〈爆弾娘〉などというありえない綽名以外は。じつのところはなにも知らないと言うのが正しい。

それでも昨夜彼女を巡ってなにかしらのことを手に入れられたと言える――短篇小説をひとつ書きあげたことによって。彼女についてなにも知らないまま彼女からなにかを手に入れたという例は、この世でリトルが初めてなのではないか。二十歳をどれだけすぎているか知らないが、放埒で能天気だったにちがいないその人生から勝手になにかを掴みだした例というのは。

それはあらかじめよく練った考えに基づいて書いたものではない。謂《い》わば独りでに訪れたものだ。

初めに脳裏にあったのは大麻常習者の人殺しの話で、夕食のあとに上階の彼女の部屋でパーティーがはじまったときに書きはじめた。

　パーティーはどんどん賑やかになり、さらに陽気でうるさくなっていきそうだった。今夜はストリップ・ポーカーではなさそうで、ダンスに興じているらしい足を踏み鳴らす音が響き、囃《はや》し立てる声や笑い声が混じり、調子のはずれた歌声まで聞こえた。大麻常習者の人殺しでも仕事に集中できなくなりそうなうるささだった。リトルは少し苛立ち、故障しているタイプライターから原稿を抜きとると、クシャクシャに丸めて床に捨てた。白紙の原稿用紙を挿《さ》しこみ、右上の隅に自分の名前と住所をまず打ちこんだ。そしてレモンを吸いながら、タイプライター用机の前に置いた硬材製の揺り椅子で鬱然と体を揺らして黙考に耽った。

　大麻常習者の人殺しに意識を集中しようと努めた。だが上階の騒音のせいで、〈爆弾娘〉の彫像のような姿態や、悩ましい灰色の瞳や、とろけるような桜色の唇や、そのほか彼女にまつわる細々《こまごま》としたあらゆる事情が――浴槽に溜めはじめた水が数時間後に溢れだし、それが浴室の床に沁み入って、リトルの浴室の天井からポトリ、ポトリと彼の頭にしたたった話や、大切な大切な〈あの人〉が彼女のことを考えるといつも興奮した（だからといってだれに彼を責められよう？）という話や、週末になると彼女が出かけていって知られざる友人たちと催す謎めいたパーティーの話や――それらすべてが天井に沁みて広がる水滴みたいに頭のなかでつながりあって、彼女を巡るひとつの物語を形作り、それがポトリとリトルの上にしたたり落ちてくるのだった。

「浴槽の死体」

タイトル文字はすでにこのように原稿に打ちこんである。

レジナルド・マイス・リトル

彼女は人生の真っ盛りにいるが、しかし間もなく死ぬ運命にある。彼女はアパートメントのすぐ上の階に住むプレイガールで……

しばらくして──十五枚ほど書き進んで死体がひとつ出たところで──リトルは原稿を打つ手を止め、タイプライターから顔をあげた。飾り戸棚の上の時計は午前三時半をさしている。上階のパーティーも三々五々と散会しつつあるようだ。リトルの部屋のすぐ外の廊下を、酔った話し声や笑い声が通りすぎていく──少なくとも一部は帰途につくらしい。リトルは新たな白紙原稿をタイプライターに挟み、執筆を再開した。

二十三枚めのなかほどまで来て──小説も終盤にさしかかっている──またもキーを打つ手を止め、指をさすったりひねったりした。タイプライターのわきに置いた半分のレモンをとりあげ、汁を絞り啜る。

いつの間にか午前五時に近く、朝の明るさが急速に増していく。後方の窓の外はグリニッジ・ヴィレッジの裏庭で、夜明けの曇り空が広がる。〈爆弾娘〉の部屋の浮かれ騒ぎもついに終わりを迎えたようだと無意識裡に思う──長かったパーティーのお開きだ。

だがなおも完全に終わったわけではなさそうだ。原稿打ちを中断している静寂のなかで、ミヤマガラスの群れも啼《な》くのをやめている静寂のなかで、夜が失せていく街の静寂のなかで、上階からなおもつぶやき声が聞こえる。と思うと、その声のひとつが突然鋭く高まった。針金が震えて鳴る音のような、女にしては低くハスキーな〈爆弾娘〉自身の声だ。

「やめて！　なにをするの！」

そしてなにかが床に倒れる音。テーブルか椅子をひっくり返したような音だ。

そのあとはまたも静寂。静寂が唸る。静寂が鳴り、囁く。静寂が騒がしい。上階から聞こえるのは洞窟のなかのような静寂だ。

左手の親指でタイプライターの大文字キーを押し、それから右手を拳に固めてキーボードの上にかざし、そこから人差し指を突きだして〈h〉のキーを打った。

彼《He》は立ちつくして彼女を見つめた。そのまま長いあいだ立ちすくんでいた。彼女はとても綺麗だったが、すでに死んでいた……

そこで完了だ。二十八枚めの、その最後のひと言で。時計はちょうど午前六時をさしていた。——o——o——o——と区切りを打ちこんでから、原稿用紙をタイプライターから抜きとった。疲れた手で全部の紙をきちんと重ねあわせる——目がぼやけ、指の皮膚と神経も麻痺しているようだ、疲れのせいで。椅子から立ち、飾り戸棚によろよろと近づいていった。いちばん下の抽斗から厚紙封筒をとりだすと、衣装箪笥に凭れかかり、万年筆で封筒に送り先を書き入れた。

《ニューヨーク市　八番街五一三　『特級殺人ストーリーズ』編集長様》

封筒に原稿を入れ、飾り戸棚の最上段の抽斗から切手帳をとりだして、紫色の三セント切手を四枚切りとり、裏面を舐めて封筒に貼りつけた。いや待て――原稿用紙六枚で約一オンスの目方だから、原稿二十八枚だと、三セント切手は五枚にしないといけない。そして同じ枚数の切手を、原稿の上に載せるようにして封筒のなかにも入れた。返送用の送料分だ。

切手帳の後ろのほうをめくり、薄青色の特別配送用十三セント切手が一枚あるのを見つけた。それも封筒に貼りつけてやった。切手の残りはあと四枚、現金の残りは五十セントだ。あと数日で政府小切手が届く。だからこの際徹底的にやってやる。封をするため、封筒の蓋の裏側を舐めた。だがそこで思いついたのは、切手はまだ郵便をもう一通出せるだけあるのだから、リチャード・C・モーゲルヘッド編集長に個人的な短信を送っておいたほうがいいだろうということだった。快活でくだけた調子の短文で、編集長自身の意見を尋ねるのだ。おつむの弱いタイピスト嬢や電話交換嬢の手にわたらないうちに原稿を読んでもらえるように。編集長室の外の事務室にいるそういったたぐいの女子社員は小説家なんて嫌っているはずで、人殺しが自分の首を絞めるかもしれないなんてことは夢にも思わず、不採用通知書を付けて原稿を送り返しているにちがいないのだ。だからモーゲルヘッド編集長が必ず読んでくれるように仕向けなければならない。

リトルは足を引きずってふたたびタイプライターの前に戻ると、床に置いた白紙の原稿用紙の束から一枚とって、また飾り戸棚まで引き返し、短信を走り書きした。そしてそれも小説原稿の封筒に入れ、ようやく封筒の蓋を貼りつけた。もちろん、こうやったところで結局は不採用通知書と一緒に突き返されてくることはあるだろう。こんなことをしなくてもモーゲルヘッド編集長自身がすべての投稿原稿に目を通している可能性もあり、不採用通知書を付けて返送しているのは編集長その人なのかもしれない。おつむの弱い女子社員などではなくて。だがとにかく結果を待つしかない。

シャツのボタンを上まできっちりと留め、ネクタイを襟に通した。寝る前にまず原稿を送らねばならないから、これから通りの角のポストまで出かけるつもりだ。

飾り戸棚の鏡を見ながらネクタイを締めた。時間は午前六時十分だ。街はすでに少しばかり目覚めていた。アパートメントの前のグルーバー通りでは、早朝の新聞搬送車や牛乳運搬車が走っていた。ミヤマガラスの群れはまだ眠っている。漫画新聞社の画家や広告代理店の詩人は目覚まし時計が鳴るまでいまだ悪夢の最後のひと眠りを貪っているところだろう。上階のパーティーはとうに終わったあとだ。周囲の世界と同様に静寂になっている。最後の客が帰ったのが一時間ほど前だ。〈爆弾娘〉も眠りについているころだ。

静寂が横たわっている。静寂が眠っている。静寂は微動もしない。高まりゆく夜明けのなかで、表のグルーバー通りの騒音がときどきかすかに洩れ入る。だがアパートメントの内部はまったき静寂だ。

本当に静かだ。リトルはネクタイを締めながらそう思った。サイパン島の洞窟の内部の黒々とした息の詰まるような静けさを思いださせる。あの忌々しい黄色人を吹き飛ばすため、ダイナマイトをかかえて這い入った洞窟のなかを。あの暗闇はあまりにも静かすぎた。だがあんなところでですら、命の鼓動と息遣いを感じていた……それを思いだすと今でも少し汗が滲む。戦争ではいつも志願することを好んだ。自分の首が今にいたるまで肩の上に載っていることに驚くほどだ。

静寂のなかでリトルはネクタイの結び目をきつく締めた。部屋のドアの下の隙間からかいま見えるのは、外の廊下を這うように音もなく階段の降り口へと向かっていく人の足の影だ。

だれかが早朝の仕事に出かけるところか。漫画新聞の版元や広告代理店よりも早い職場だ。どの部屋から出てきたのか、ドアが開け閉めされる音を聞いた憶えはない。それほど音を立てずに出かけていくのも大したものだ。あるいはどこかの女性居住者の恋人でもあるのか。逆に男の住人の部屋に泊まった女かもしれない。いずれにせよ人に見られたくない者たちだ。だがリトルは覗き見をするつもりはない。生きているうちが華《はな》だ、好きなようにやればいい――その教訓を戦争が教えてくれた。あのだれかが階段をおりきるまで待ってやろう。正体がだれだかなど知りたくもない。

階段をおりていっただれかが一階に着き、そしてアパートメントの玄関から外へ出ていくまで、リトルはじっと待っていた。ようやく原稿入りの封筒をかかえて部屋を出ると、杖を頼りに階段をおりていった。グルーバー通りには淡いレモン色の日光が溢れている。隣の民家の前に牛乳運搬車が停まり、白衣の配達員がお盆に牛乳瓶をたくさん載せ、小走りする甲虫みたいにいそいそと玄関口に駆けこむ。石敷きの道を音立ててやってくるのは早朝のビール運送車だ。東のバロウ通りの角を折れてくるのは青色制服の警邏警官で、朝日の昇るほうからこちらへ向かってくる。警邏棒を振りながら欠伸《あくび》をしている。西のほうの〈ジョーのレストラン&バー〉の前に郵便ポストが立つまだ影の濃いあたりでは、一台の黒塗りの自動車が発進しようとしているところだ。

リトルはそこへ向かってゆっくりと歩いていく。杖に寄りかかり、アルミ製義足を注意深く進める。自分の影が前方へ長くのびる。身長六フィート二インチ、薄茶色の髪、褐色に焼けた肌、青色の瞳。だが影は全身が灰色で、身長より長い。長くのびたまま、歩道を行くリトルのすぐ前で先導し、通りの角をともにめざしていく。

角にたどりついた。郵便ポストの蓋を引き開け、原稿を収めた封筒を用心深く入れる――ポストのなかはいっぱいだった――少しわきへずらして突っこんだ。ポストの蓋を二、三度強く押しつけ、封筒が充分下まで落ちるようにした。

リトルが九九番地のアパートメントから出てきたときに発進しようとしていた黒塗りの車は、もちろんすでにいなくなっている。あのあとすばやく角の向こうへ折れていったのだ。

アパートメントの部屋に戻ったリトルは服を脱ぎ、義足をとりはずした。パジャマのズボンを穿き、ベッドに入ったのが午前六時半だった。天井から水漏れする悪夢を見ながら眠った……

第三章　殺しの訪れ

搾りきったあとのレモンの皮を机の上に置くと、拳に固めた右手を重々しくあげ、人差し指を〈I〉のキーへとおろした。

おれ《I》・は・どう・すれば・いい・のか・わから・ない。

くそっ、これではだめだ。物語の語り手である〈おれ〉は主人公でなければならないし、それに、語り手として生き残るにはこれではいけない。主人公はすべて生き残るものであり、悪漢はすべて最後に死ぬ。小説のなかでは。どんな状況であれ、どうすればいいのかわからないなどと言う主人公は失格だ。**おれはなにもしなかった。**と書くのが正しい。**ただじっと坐って待ち、やつが入ってきた瞬間に殺してやった。それですべてが終わった。**

　これならいい。たしかにここで終わりにできる。

もう疲れきった。脳を使い果たした。困ったことには。浴槽での殺人を扱った短篇をひと晩かけて書きあげたあと、リトルは六時間半眠った（〈爆弾娘〉ことドロレス・デラート嬢は小説のなかで自分が殺されたと知ったら驚くだろう。そしてきっと怒るにちがいない）。想像力を刷新するための時間を充分にはかけていない。また新たなストーリーを考えることができない。つぎになにが起こるかを考えられない。

　くだらない最後の一行を書いてしまった原稿用紙をタイプライターから抜きとり、丸めて捨てた。新たな白紙を一枚挟みこみ、タイトルと作者名をタイプした。

「殺しの訪れ」
レジナルド・マイス・リトル

人殺しはドアのすぐ外にひそんで息を殺し、隙間からおれを覗き見ている……

　待てよ、今この部屋のドアのすぐ外にだれかいるぞ！　こんな真っ昼間に、上の四階の彩光窓からの日射しが溢れている廊下に。本当に人がいるなら、ドアの下の隙間から足がかいま見えるはずだ。すると、たしかにふたつの足がそこに見えた。

首筋に鳥肌が立ったが、すぐ収まった。ありえないと笑った。自分を殺そうとしているだれかがいるなど。電力会社の調査係かなにかだろう――クローゼットのなかに電力メーターがあって、月に一度調べることになっている。部屋を借りたときユサップ夫人がそう言っていた。あるいは使い走り《メッセンジャー》稼業の子供かもしれない。ショーミーに住むジョン伯父からの電報でも届けにきたのかも。伯父の飼っている自慢の種豚《たねぶた》ガーティーが耳下《じか》腺炎《せんえん》に罹ったから世話をしにきてくれとかいった伝言ではないか。今のリトルは小説書きなどという気ままな仕事をしているのだし、それに動物の扱いが昔から上手だったのだからと。あるいはひょっとしたらリチャード・C・モーゲルヘッド編集長からの伝言かもしれない。「浴槽の死体」は『特級殺人ストーリーズ』創刊以来のかつてないすばらしい傑作だから、レジナルド・マイス・リトルは新たなメアリ・ロバーツ・ラインハートか新たなアガサ・クリスティーと呼ぶにふさわしい、とでも伝えてきたのではないか。

そうだ、疑いなくリチャード・C・モーゲルヘッドその人以外には考えられない。リトルはついにんまりと笑みを洩らし、心も浮き立つ思いで部屋のドアを見つめた。モーゲルヘッドとはどんな人物かと思い描いた。痩せ型の体に黒いコーデュロイのジャケットを着て眼鏡をかけ、高慢なハーヴァード大学訛《なま》りで話す皮肉好きな男ではないか。それともずんぐりした体格で葉巻を咥え、抜け目ないうえにエネルギーとバイタリティーに溢れ、自分の頭の回転が追いつかないほどの早口で文学や政治や哲学について喋り、しかもそんなときには両手をジャブのポーズですばやく繰りだす癖があるのではないか。あるいはまた、西部訛りの悠長な話し方をする大柄な親しみやすい人物で、つねに人間味のある理解力を示す、ジョエル・マクリーが演じた記者のような男（一九四〇年のアルフレッド・ヒッチコッ

（ク監督の映画『海外特派員』の主人公）かもしれない。それとも別の映画でオーソン・ウェルズが演じた野性的な黒いギョロ目を持つ新聞業者のような男か（一九四一年の映画『市民ケーン』の主人公）。そのほかのどんなタイプもありうるだろう――編集者にもいろんなタイプがあるのは当然だから。編集者なら必ずこれというような典型があるわけではないから。銀行員、歯科医、路面電車の車掌、兵士、などなどあらゆる職業に典型がないのと同様に。街にいるほかのすべての人々と区別できるなにかがあるわけではない。

　もちろんそこにいるのはモーゲルヘッドではあるまい。当然人殺しでもない。とにかく、どこかのだれかだ。

「どうぞ」とリトルは声をかけた。「鍵はかかっていませんから」

　ドアが開けられ、廊下にいた男は室内に入り、後ろ手にドアを閉めた。

　リトルは愛想よいまなざしで迎えた。

　小柄な男で、身長は五フィート四インチぐらいか。眉間に皺を刻み、肩はすぼめ気味で、悩み深き男というふうだ。乱れた蓬髪の真ん中に光沢のある無毛部があり、灰色の蒲《がま》の穂に覆われた湖の中央部にだけ薄桃色の水面が見えるといった観を呈している。上着は襟のあたりが体に合っていなくて、靴下の片方に大きな穴が空いているのがかいま見え、シャツは擦り切れている。片方の腕にはブリーフケースをかかえていた。

　部屋に入るなり、浴室の戸口へこそこそと覗き見るような視線を送った。背後にした部屋のドアを閉めるときには半ば振り返るような格好になって、瑕《きず》の目立つ扉板に用心深い視線を投げた。まるでドアの向こうでだれかがあとを尾《つ》けてきていないかと恐れるかのように。そして迷える兎のような目で部屋の主《あるじ》を見た。

「リトルさん？」

「そうです」とリトルは答え、胸板の汗をぬぐった。歯を震わせるような訪問者の喋り方に妙な可笑しさを覚えていた。「なにかご用で？」

「レジナルド・マイス・リトルさん？」

「そうですが」目を見開いてリトルは答えた。

思わず息を呑んだ。レジナルド・マイス・リトルはペンネームなのだ。その名前で他人から呼ばれたことはかつて一度もない。なんだか自分の墓碑銘を読みあげられているような居心地の悪さを感じる。《レジナルド・マイス・リトル、小説家、一九二五―一九四六。彼の名声は忘れられるべからず》

背凭れの高い揺り椅子から半ば立ちあがりかけた。だが膝がタイプライター用机の下に閊《つか》え、しかも義足をはずしているので立ちあがれはしない。それでまた尻を沈ませると、片手で椅子のひとつを示し、客に勧めた。静かすぎる午後のせいか、それとも頭が疲れているせいか、この小柄な男には夢のなかで見る妖精めいた雰囲気がまとわりついている気がする。

「よかったらどうぞ」とさらに勧める。「ええと、どちらさまで――」

小柄な訪問者は飾り戸棚のわきの壁に凭れ、ブリーフケースをやや出っ張った腹に押しあてている。胸ポケットから鎖でつながれた懐中時計をとりだし、習慣的なふうに見やった。リトルに向かってこわばった笑みを自らに強いるが、血色の悪い灰色の顔では不安げな皺が眉間に刻まれたままだ。

「今二時十分ですが」訪問者がややせわしなげに言った。「昼食、まだなんじゃありませんか？　着替えてもらって、少し出かけませんかね？　お昼でも食べながら話すのがいいと思いますので。全部込みで二百ドルという線を考えているんですが」

「二百ドルとは？」とリトルは問い返した。

小柄な訪問者は飾り戸棚の上に置かれた赤リボン付きのウイスキー瓶へ無意識裡のように手をのばした――アルコール度五十のクローヴァー・デューへ。

「四百までなら増額も可能です」ややあわてて気味に神経質そうな笑みを浮かべてそう言い、震える手で瓶を戸棚の上に戻した。「通例の倍額です。今すぐにでも小切手でおわたしすることもできます。銀行に行けばただちに現金化できます。急げば二時半には銀行に着けるでしょう。三時までは窓口が開いていますから」

「あなたは『特級殺人ストーリーズ』編集部から来られた方で、ぼくの小説を買いとりたいとおっしゃってるわけですか？」リトルは面食らいながら問い糺《ただ》した。「昨夜書きあげたばかりの『浴槽の死体』を？」

こんなことはもちろん夢に決まっている。

「すみません、リトルさん、もっと早くお訪ねできたらよかったんですが」小柄な訪問者は宥《なだ》めるように言った。「自分の机に着いたときにはもう正午近くで、それから原稿を拝見するのにも少し時間がかかりましたので。しかもあなたをお訪ねするため出かけようとしたところで社長に捕まってしまい、予定されていた会議に出ざるをえなくなりました。そんなわけですから、今はとにかく着替えていただいて、一緒に外へ出ましょう。そうすればご相談できますから。あなたご自身は如何《いか》ほどの契約額をご希望です？」

「ぼくの小説を買いとりたいとおっしゃってるわけですか？」とリトルはくりかえした。「あなたが世界的に有名なリチャード・C・モーゲルヘッド編集長でいらっしゃるんですか？　かつて『カーバーズ・ダイジェスト』や『マグニフィシェント』はじめ多くの雑誌の編集に携わり、さらには『殺人事件テーマの小説を書くときの五つの基礎的秘訣』の著者でもある、あのモーゲルヘッドさんなんですか？」

小柄な訪問者はもちろんそうだと答えるだろうし、夢なのだからそのあとすぐ消え去るだろう。

「あれは二、三年前に手すさびに書いたものです。一、二ヶ月ほどかけてね」訪問者はそう言うと、ぎこちない動作でまたも瓶へ手をのばしかけた。「少しは稼ぎになるかと思ったんですが、大したことはありませんでした。でも、どうしてそんなお話を？」

「ほんとにぼくの原稿が売れたんですね！」リトルは興奮して声をあげた。「あなたはやはりリチャード・C・モーゲルヘッド編集長で、だからこそぼくの原稿を買いたいとおっしゃるわけですよね。モーゲルヘッドさん、飾り戸棚のいちばん上の抽斗にグラスがふたつ入っています。よかったらそのウイスキーを開けて、二人分を注いではもらえませんか？――それとも、お酒はお飲みにならない？」

「普通なら、編集者の職を九年間で十四回も馘《くび》にはならないでしょう――大酒飲みでないかぎりはね」とモーゲルヘッドは妙な自慢をした。「ほんの一杯だけいただきます、あなたが着替えているあいだに」

そして期待に震えはじめた手で、ウイスキー瓶の封を切った。そうしながら、飾り戸棚の上の時計を見やる。それからグラスにウイスキーを注ぎはじめ、リトルに声をかけた。

「ちょうどいい量になったら言ってください」

それに対してリトルが返答を告げると、グラスの底から一インチ半の位置で注ぐのを止め、そのあともうひとつのグラスには縁までなみなみと注いだ。

「水が入用《いりよう》でしたら、浴室で出せます」リトルはモーゲルヘッドがまたも浴室のドアを見やったのを目にとめ、そう教えてやった。「ご自由にどうぞ」

モーゲルヘッドは震える手でリトルにグラスのひとつをそろそろとわたしたあと、自分のグラスはもっとすばやい動作で手にとった。

「お先にひと息で飲《や》ってください。そしたらぼくもそうさせてもらいますから」とリトルは告げた。

「それじゃ、乾杯、モーゲルヘッドさん。より静かでより悪魔的な殺人のために」

グラスに口を付けたら、ウイスキーの味がした。ということは、これは夢ではない。

「ではグラスを置いて、着替えてきてください」モーゲルヘッドは自分の分のウイスキーを震える手でひと息に呷《あお》ったあとそう告げてから、また飾り戸棚の時計を見やった。「話すのに適したバーを知っています。じつはほかにもうひとつご相談したいこともありますので、出かけたらその件も。ところでリトルさん、メキシコまでちょっとした旅行に行く気はありませんか？」

「メキシコへ旅行に？」

「あるいはペルーでもいいですが」モーゲルヘッドはまだ少し震えている手でもう一杯ウイスキーを注いだ。「二ヶ月ほどかけて、ペルーでもあるいはチリでも、どこかよその国を見てまわる旅です。旅費はすべてこちらで持ちますので。如何《いかが》です？　わたし自身、そういう旅をしてみたいといつも夢見てきました。もし今すぐ鞄に着替えを詰めこめば、これから外へ出かけたその足で出発できます。もうここに帰ってこなくていいわけです。銀行から必要なだけお金を引きだしたあと、午後からのニューオーリンズ行きの列車に乗ればいいのです」

モーゲルヘッドは二杯めのウイスキーを注いだあと、またも浴室のドアへ視線を向けた。だがこのたびも蛇口の水でウイスキーを割るために浴室に入っていくことはなかった。生《き》のままで呷った。酒を飲むときは貪婪だが、表情は眉根を寄せ、顔には血の気がない。リトルをメキシコかペルーへの旅に行かせるというのは、今突然思いついたことのようだ。あまりに漠然とした話だが――モーゲルヘッド自身は本気なようすだ。おそらく個人の資金で行かせてくれるということなのだろう――『特級殺人ストーリーズ』は南米に特派員を送る必要などないはずだから。かといって、まだそれほど酒に酔っているわけでもなさそうだ。もともと衝動的なうえに気前のいい男なのかもしれない。自由気ままな性格で、いささか変わり者とさえ言えるほどに。だが天才とはみなそうしたものだろう。もちろん今でもまだ、この男とそれをとり巻くすべてのことが、脳の疲れによる夢にすぎないという可能性はあるが。

「ぼくは国外を旅したい気持ちを持っていないんですよ」リトルは感謝を表わしつつもそう言って遠慮した。「以前海兵隊にいたころはその願望が強かったんですがね。でもとにかく、お誘いにはとても感謝しています。ところで、もしさしつかえなければお訊きしたいんですが、ぼくの小説のどこをいちばん評価していただけたんでしょうかね？」そう尋ねながら、グラスを手のなかでまわして虚ろな笑みを浮かべ、胸板の汗をぬぐった。「事件を巡る人物たちのキャラクターでしょうか？　じつはいまだに少し面食らっているのを否めないんですよ。いつしかあなたが煙のごとく消えてしまうんじゃないか、なんてね。ほかの投稿者の作品に比べてぼくのが格別に優《まさ》っていたというのは、どうにも想像がつきませんし。でも、どこがいいとか悪いとかってのは、所詮わからないことかもしれませんね。とにかくあなたが作品を評価してくださったおかげで、ぼくはまたつぎの作品を書けるというものです」

　モーゲルヘッドは三杯めを注いだグラスを自分の目の前にかざし、琥珀色の煌《きら》めきを愛《め》でている。不安げな皺を眉間に刻んだ灰色の顔は依然として汗もかかず血の気もないが、手の震えだけは止まっている。これまでに二杯飲んだウイスキーがかなり効いているようだ。物腰からも緊張がとれたようすで、自信をとり戻したような落ちついた笑みが浮かんだ。三杯めはよりゆっくりと楽しむように飲んでいる。これまでの必要に駆られての切迫した飲酒ではなくなっている。

「『より静かでより悪魔的な殺人のために』」モーゲルヘッドはクスクスほくそ笑みながら、リトルが口にした乾杯の台詞を今さらに反復した。「それと同じフレーズを、原稿に付けたメモにも書いていましたね。きっとあなたの格言なんでしょう。小説家はみな格言を持っているものです。『どうか驚いてください、あなたのあとを追う未知なる大ファンからの投稿です！』これは単に、わたしがあの著作に書いた秘訣にあなたが影響されたという、ただそれだけの意味なのでしょうが、しかしひょっとしたら、あなたはわたしを秘かに追っている探偵だという意味が隠されているのかもしれない。つまり本当はどういう意味なのか、まだ読めていません。『きっとあなたにご興味を持っていただけるものと信じています』大した自信だ！　作品を売りこみたいだけの投稿作家にしては。つまり、わたしはそんなふうに考えたわけです。それで飲まずにはいられなくなりましてね。でももう充分飲みました。これ以上は要りません」

モーゲルヘッドは空《から》になったグラスを飾り戸棚の上に置いた、落ちつききった注意深さで。と思うと不意に両膝が体の下でガクッと折れ、飾り戸棚のわきの垂直な背凭れの椅子にどっと坐りこんだ。手にはウイスキー瓶を持ったままだ。

「行きましょう」両足を悠然と前へ投げだしながら言った。「外へ出かけるんです。わたしはもうひと口飲んでいますから、着替えてきてください。時間もそう多くはないのでね。チャーリー・センプルという画家、あなたは知らないでしょうが、昔ここに住んでいて、よく一緒に遊んだものでした。あの『秘訣』を書いたころです。あなたはあれを買ってくれたようだから、お返しに二百ドルさしあげようと言っているわけです。心苦しく思うことじゃありません。世間じゃあれについてどう言われてるんですかね？　あれはある午後にバーで飲んでいるとき、店のメニューの裏側に書いたものです。あらゆる秘訣を書いて、本にして売りだしてやろうと考えたんです。結婚するとカネが要るからね。今のあなたはたしかに一介の投稿作家でしかないかもしれない、レジナルド・マイス・リトルさん。でもあなたは大したものだ。完璧な小説を書いたんだから、立派なプロの小説家だ。そもそも、どこからあのアイデアを思いついたんです？　浴槽から水が溢れるというアイデアを？　そして、いつも耳を引っぱる人物のキャラクターはどこから？」

モーゲルヘッドは顔をしかめたと思うと、ブリーフケースをとりあげて膝の上に載せた。ジッパーを開け、なかに右手を突っこむ。

「このウイスキーは持っていきましょう。もう半分ぐらいしかなくて、そうたくさんは残ってません。でももったいないからね。着替えはまだですか？　早くここを出ましょう」

リトルは胸板の汗をぬぐった。偉大なるモーゲルヘッドが酔いのせいでどんどん混乱してくるのを見るのは残念なことだ。リトル自身は酒をあまり飲まない。せいぜい舐める程度だ。だが有能な編集者とはみんなこういうものかもしれない。あまりにもたくさんの原稿を読まなければならず、精神的疲労はたいへんなものだろう。モーゲルヘッドと文学議論を繰り広げるという空想を白日夢のように思い描くことがときどきあり、そのなかで交わす会話は高度な文学的レベルにあり、優れた警句に満ち、小説と作家についての有益な言及に溢れ、文学的創造を巡る鋭い理論が語られたものだった。使われる言葉も英語の陳述として選び抜かれた精確なものだった。だが今のモーゲルヘッドの話にはそうした要素が微塵もない。ひたすら散漫で支離滅裂な言葉の羅列にすぎない。但しさっきの質問だけは、あの小説のアイデアをどこから思いついたのかという問いだけは、真剣で重要そうなものに感じられた。本当に知りたがっていることだと思えた。リトル自身、自分の創作について詳細にいたるまで議論したいと思うほどの気迫がなければ、大望ある作家志望者とは言えないだろう。どんな理由を付けてでも。いや、理由などなかろうと。そう考えると、ウイスキーのグラスを横隔膜のあたりで両手にしっかり握りしめ、椅子に座したまま前へ身を乗りだした。

「ぼくのやり方を敢えて言えばですね、モーゲルヘッドさん、身のまわりで起こる些細な出来事をあれやこれや掻き集め、それらを頭のなかで捏《こ》ねくりまわして、ひとつにまとめあげる、といったところでしょうか」とリトルは真摯に説明した。「そうするといつの間にかひとつの物語ができあがっているんです。小説を書くというのはそういうことなんだという気がしますね。今あなたがお尋ねになった、ぼくの作品のなかの浴槽を巡るエピソードの件ですが、女を殺した犯人は死体が見つかったら自分が疑われるのではないかと恐れ、そこで、浴槽に溜めた冷水に死体を浸《つ》けて、死後硬直がはじまる時間を遅らせ、死亡時間が実際より遅かったように見せかけることにより、アリバイ作りに利用しようともくろみました。またそうすることにより、女は風呂に入ろうとしたとき不運にも足を滑らせて浴槽の縁にあたまをぶつけ、気絶して溺死した、つまり事故死と見せかけられると考えました。ところが浴槽から溢れた水が下の階にしたたり落ちたため、そこに住んでいる男に実際の死亡時間がばれてしまった、という話でしたね——この部分のアイデアはじつのところ、ぼくの真上の部屋、つまり四D号室に住む女性をヒントにして思いついたものです」

「ほほう！」とリチャード・C・モーゲルヘッドは応えた。

第四章　おまえを殺してやる

モーゲルヘッドは両足を前へ投げだしたままじっと坐っている。片手をブリーフケースに突っこみ、片手はウイスキー瓶を握りしめている。両手とも動かないが、目は眼窩《がんか》の奥でわずかに揺らいでいる。浴槽での出来事を巡ってのやや複雑な説明を、今のモーゲルヘッドが理解しきれているかどうか、リトルには少し疑わしくなってきた。だがこの人物に理解できないはずはない。目は徐々に据わってきたようだ。リトルを見すえる顔は血の気がなく汗もかかず、酔いの滲む落ちつきを漂わせている。

「上の階に住む女性がヒントになったと」とモーゲルヘッドは言った。「なるほどなるほど」

「そうです」とリトルは真摯に説明をつづけた。「もうお察しかもしれませんが、あるとき上の女性の浴槽から水が溢れて、ぼくの浴槽にしたたり落ちてきたことが実際にあったんです。このアパートメントはひどく古い建物なので、給水管が錆びつき、そのために水の流れがかなりゆっくりになっています。上の女性が浴槽に水を溜めようとして、溜まりきらないうちについうたた寝してしまったのは、そこに理由があったんでしょう。しかも浴槽の水が溢れないように捌《は》かせるための排水口も錆びついていた。そのせいで、水が溜まるのもゆっくりな代わりに、浴槽の縁から溢れるまでにはさらに時間がかかったわけです。そうやって浴槽に溜まりきった水は、縁の上を這うようにしてこぼれはじめました。ぼくが水漏れに気づいたのは朝の八時で、そのあと彼女自身から聞いたところによれば、前夜に浴槽に水を入れはじめたのは午後十一時だったそうですので、水が溢れるまでにちょうど九時間かかったとわかりました。溢れた水は床に沁み入り、梁や漆喰をつたって、ぼくの浴室の天井に集まり、浴槽の真上からしたたり落ちはじめました。

小説のなかではもちろん時間を変えています。殺人犯が死体を空《から》の浴槽に入れて水を溜めはじめたときを、朝の六時としました。殺人犯はそうすることにより、死亡時間が午前十一時から正午にかけてのころよりも早いと勘づかれることはないと考えたわけです。そして夕刻に死体が発見されると、予想死亡時間とされる昼ごろにはアリバイがあると申し立てました。ところが真下の男の住まいに水漏れがはじまったのが午後三時だとわかったので、死亡時間は午前六時以外にはありえないということになってきたわけです。そのため殺人犯のアリバイは崩れ、逆に彼の首を絞める結果となりました。小説では最後に真犯人が捕まるのがつねですから。

しかしすでにお気づきでしょうが、じつを言えば犯人のアリバイはもともと用をなしていなかったんです」

モーゲルヘッドが気遣わしげな視線をわきへ逸らし、午後二時十九分をさしている飾り戸棚の上の時計を見やったことに気づくと、リトルは少し急ぎ気味に先をつづけた。

「検死解剖をして、肺に水が入っていないとわかれば、溺死ではないことになり、死亡時間は浴槽の水に浸かったときよりも前だという結論になるのですから。たとえば『特級殺人ストーリーズ』Ｖｏｌ31の九号、つまり一九三三年三月十八日号に載ったアーゲル・モートン作『溺れ死んだ猫の事件』を見てください。あれと同様にぼくの作品でも、女の死因となった血まみれの激しい打撲は、浴槽の縁にぶつかったぐらいではできないものなんです。あるいはＶｏｌ17の八号つまり一九二九年七月五日号のウィリアム・ジェイムズ・アーソン作『死の打擲《ちょうちゃく》』と同じように、ブロンズ製の象の置き物が女性殺害の凶器として使われたのだとしたら、どんなに丹念にぬぐおうが洗おうが、分光器を用いれば血痕が検出されずにはいないんです。ところがＶｏｌ40の六号つまり一九三六年二月二十九日号のアーミン・ブレイリー作『真紅の印』では、作者は殺人事件を扱う小説を書くに際しても、そういったことをまるで知らなかったとしか思えません。

つまり死後硬直を遅らせてアリバイにすることについての正しい知識が、あの作者にも欠けているのです。モーゲルヘッドさん、あなたはもちろんお気づきだったでしょうがね」

愛想のいい笑みとともにそうつけ加えたリトルは、黄褐色の髪の下の広い額から汗をぬぐい、〈爆弾娘〉のタトゥーが刻まれた胸板もぬぐった。

「ですのでぼくの小説においても、今日のような暑い日ならば、死体を水に浸けることによっても多少は死後硬直を遅れさせられるとしても、検死の専門家が判定を誤って、午前十一時から正午にかけてよりも早い時間に死亡していることはありえないなどという愚にもつかない結果を出すはずはありませんから、正しい死亡時間は午前五時から六時にかけてという結論にならざるをえず、女性が死んだときには自分の事務所にいたという犯人のアリバイは成立しなくなるしかないのです。

要するに、死後硬直の時間がどれくらいかかるかは、場合によりすべてちがってくるということです」とリトルはさらに説明をつづける。「被害者がどれくらいのすばやさで殺されたかにもよるし、殺される前にどれくらい疲労していたかあるいは緊張していたかによっても変わってくるし、あらゆる条件次第で異なってきます。ある場合には十二時間かかるかもしれないし、別の場合では二時間もかからず硬くなることもありうる。戦争においては、兵士は常時活動的になっていますから、死後硬直の第二波を待たずに完全に硬くなることがあります。たとえばサイパン島で戦ったときには、気が狂ったようなバンザイを叫ぶ小柄な黄色人の一人が、夜中に島じゅうを這いまわって、アメリカ兵や島の女たちの喉を掻き切り、血を呑んでいました。ぼくたちアメリカ軍はやつを隠処の洞窟に追いこみました。そしてやつを討ち果たすために、だれかが洞窟に突入しなければならなくなりました――洞窟の形状からして、ダイナマイトを投げこんだとしても仕留めることはむずかしく、洞窟にはあちらこちらに開口部がたくさんあるので毒ガスで攻めるのもむずかしく、かといって洞窟の出入口にじっと座して、やつが飢えに耐えきれなくなって出てくるときを待つとしても、どこかほかの出口から逃げていくかもしれず――それで、どうしてもだれか突入しなければなりませんでした。

それでやむなくぼくが突入していったところ、洞窟のどこかにたしかにやつがいるのが感じられました。鉄条網を張り巡らした暗闇のなかにやつの匂いが嗅ぎとれ、鋭いナイフを手にして息をひそめて這いつくばっているのが、皮膚を通じて感じとれるのです。やつの目は闇のなかではよく利くのにちがいなく、こちらの喉首がどこにあるかをさぐっていたのにちがいありません。そこでぼくはダイナマイトを投擲し、両腕をかざして頭を防禦する体勢をとりました。あとでやつの死体を掘りだしたときには、バラバラになった四肢の断片は石のように硬くなっていました。ぼくは十分後に崩落した岩くれの山のなかから脱出するほかありませんでした。じつのところ、やつはぼくがいた場所から十フィートと離れていない場所にひそんでいたのでした」

リトルは自分がいつの間にか関係ない話に迷いこんでいることに気づき、語るのをやめた。もう小説の話ではなくなっていた。

グラスのウイスキーを少しだけ舐め、掌でまた額をぬぐった。胸板の〈爆弾娘〉もぬぐった。このタトゥーにちなんで、上階の四D号室に住む溶岩のような瞳をした豊満な曲線美も悩ましい美女に同じ綽名を付けてやった。グラスを持つ手を替え、両前腕の錨鎖《びょうさ》のような太い筋肉の汗もぬぐった。右前腕には海兵隊の合言葉〈常に忠誠〉と地球儀と錨が、左前腕には血のしたたる短剣と〈不名誉より死を〉がそれぞれ刻まれている。体じゅうをぬぐっても汗はなお滲みつづける。不可思議な恐れの気持ちが骨の髄にひそむ。

あの暗い洞窟に隠れた小柄な黄色い殺人鬼を思いだしたせいだ。戦争では人殺しの存在を嗅ぎつけられるようになるものだ。だれもが生まれながらに流血を予感する本能を持っているせいかもしれない。動物の本能だ。文明や書物や教育や、都市の群集や騒音や機械や繁忙が、その本能を鈍らせているにすぎない。だが今のリトルはサイパン島の真っ暗な洞窟にいるときと同じように、忍び寄る死の気配を感じ、骨の髄から恐怖を覚えている。

「つまりですね」と真摯に且つ陽気に説明をつづけた――自分の小説は『特級殺人ストーリーズ』の編集方針に照らしても細部まで正当化されねばならず、その伝統と高度な文学性においても細部まで正しく評価されねばならないがゆえに――「言いたいことというのは、ぼくのあの小説で肝要な点とはすなわち、浴槽の水が溢れはじめた時間から、被害者女性が空《から》の浴槽に入れられた時間を割りだせるところにあるわけでして、それは下の部屋に水がしたたりはじめたときの九時間前、つまり午前六時だということになるわけです。しかし仮に水が溢れなかったとしても、死後硬直の時間を偽るだけで犯人のアリバイが成立することはありえません。たとえば『特級殺人ストーリーズ』Ｖｏｌ19の十二号つまり一九二四年九月一日号のチャールズ・プレスタン・ダウニー作『死の時間』や、Ｖｏｌ51つまり一九四三年八月八日号のアルストン・ミーンズ作『おやすみ、愛《いと》しいきみ』や、ちょうど今発売中の最新号に載っているハーヴィー・Ｐ・ブリーグ――ぼくの予想ではジャスティン・コードの別名だと思いますが――の作品『大鎌の刃《やいば》』なども同じ過《あやま》ちを犯しています。つまり、言ってみればこの犯人というのは、そういう作家たちが書いているストーリーと同等の完全犯罪を実現させたいがために、手っとり早い方法に跳びついてしまったということかもしれません。しかし、モーゲルヘッドさん、あなたを退屈させても仕方ありませんでしたね。ご自分の雑誌の掲載作はすべてお読みになっているはずですからね。ぼくが読み逃《のが》しているたくさんの作品も含めて。無駄な時間をすごさせてしまいました。全部ご存じのことでしょうから」

モーゲルヘッドは身じろぎもせず座している。手も目も微動もしない。

「いやはや！」といきなり声をあげた。

視線を飾り戸棚の上の時計へ走らせた。午後二時二十二分をさしている。左手のウイスキー瓶を持ちあげ、口へと傾けた。

「いやはや！」とまた声をあげた。「あんたね、部下の編集者たちはなにをしていると思ってるんだい？　投稿原稿のすべてをおれが独りで読んでいるとでも？　おれは『先見』の編集長を務めたリチャード・C・モーゲルヘッドだぞ。『マグニフィシェント』や『ザ・パシフィック』や『潮流』の編集長でもあったモーゲルヘッドなんだ。『カーバーズ・ダイジェスト』もおれの編集だった。そのモーゲルヘッドが、あんたたちの原稿に全部目を通すとでも思っているのか？」

　ウイスキーの残りの量を計るように瓶を膝の上で注意深く振ったと思うと、わきの床にそっと置いた。右手は依然として膝に載せたブリーフケースのなかだ。顔は血の気がなく蒼白で、汗ひとつ滲んでいない。灼《や》けるような暑い日にアルコールを飲んでも体温があがらないらしい。不意に笑った。

「いやはや！　三流探偵小説誌に投稿されてきた無学な作家志望者どものくだらない原稿を、なにが悲しくて残らず読み通さなきゃならないんだ？　少なくともあんたは作家だよな。すでにプロの小説家になってるレジナルド・ライス・リトルだ。いや、レジナルド・ライス・ミトルだったか？　あんたの小説は、おれが初めて出会ったタイプの犯人探《フーダニット》し探偵小説だった。まず目を惹いたのは、原稿に付いてたメモ書きだ。**《こんにちは、モーゲルヘッドさん！》**そして肝心の作品タイトルは『浴槽の死体』ときた。まったく、クソくらえな小説だ。そりゃそうさ、あんたはただのパルプ作家にすぎないんだからな。ただの三文売文屋だ。**《あなたのあとを追う》**これがなにを意味するのかわからなかったよ。けどあんたはただここにじっと坐って、タイプライターのキーを適当に叩いてただけなんだ。それで小説が書けると夢見ながらな。ちょっと待て！　どうしてあんたの犯人は、ブロンズ製の象の置き物を凶器に使ったんだ？　それをどこから思いついた？」

リトルは胸板の汗をぬぐった。

「テーブルにその置き物があったからです」とリトルは真摯に答えた。「あの朝彼女の部屋を訪ねたとき、それがあるのを目にしました。如何にも犯人が使うのに便利そうな、自然なようすでそこに置いてありましたから」

「それじゃ、どうして左耳を引っぱる癖のある男を犯人にしたんだ？」とモーゲルヘッドがさらに問う。

「彼女の夫は、興奮してくるとそうする癖が出る人だそうです」とリトルは真摯に答えた。「彼女が自分で言っていました。殺人事件の犯人の特徴としては、かなり個人的で内密なものですよね。彼女はその人物が自分の夫だからこそ、それを知っていたわけです」

リチャード・C・モーゲルヘッドは微動もしない目でリトルを見すえている。体格は相当小柄で、どこか滑稽ですらある。禿げている頭頂部とそれを囲む薄い髪は、蒲の穂に囲まれたピンク色の湖みたいだ。日本兵並みの小柄さだ。右手は膝の上のブリーフケースに入れられたまま動かない。

リトルは胸板をぬぐい、グラスをあげてもうひと舐めした。一度にたくさん飲むには暑すぎる。ウイスキーを生《き》で飲むには。モーゲルヘッドはそんなことにはかまわず、水で割りに浴室に行こうとは決してしない――その必要はなさそうだ。リトルはといえばまだ一杯めを飲み終わっていないが、それでも心臓の鼓動がのろくなり、全身汗まみれだ。一方のモーゲルヘッドは瓶の残りまで飲み干しているのに、氷のように汗もかかず乾いたままだ。

どうして酒に酔ってもそんなに涼しい顔でいられる？　リトルは頭痛がしているのに。アパートメントは静かで人けがない。地下の管理人室ではユサップ夫人がシエスタ中で、上階の〈爆弾娘〉は朝からまだ目覚めていない。

あまりに静かだ。滑稽なほど小柄な男モーゲルヘッドも今は黙りこんでいる。リトルと面談し小説を買いとるために自ら出向いてきた編集長。だが夢に思い描いていたような高度な文学的会話にはならなかった。それどころか、この男は探偵小説にさえ興味がなさそうだ。

「そろそろ出かけよう！」モーゲルヘッドは溜め息をついてそう言うと、椅子に座したまま両足を踏ん張り、背筋をまっすぐにのばした。「あと三十分と少しで午後三時になるぞ。早く銀行に行かないと、もうじき閉まっちまう。あんたに支払う旅費を引きださないとな。着替えはまだなのか？　早くしてくれ。ニューオーリンズ行きの列車に乗ってもらわにゃならないんだからな。それまでに二百ドルをポケットに入れとく必要があるってものだ。それぐらいの預金《かね》なら持ってるのさ。三、四百はあるだろうよ」

ポトリ！

「国外を旅したいとは思っていません」とリトルはまたも言った。

焦り気味に胸板をぬぐう。頭痛がする。そのせいで小説と現実が混乱してくるようだ。ひょっとしたらすべてが夢なのかもしれない。

グラスを口へ運び、ウイスキーの残りを呷った。壁ぎわの飾り戸棚のわきに置かれた椅子にじっと坐るモーゲルヘッドの右側には、リトルの正面に位置する浴室があり、ドアの引っ掻き瑕が目立つ。〈爆弾娘〉はかつてこの部屋に住んでいた画家を知っていると言っていた。モーゲルヘッドもその画家を知っているという。ドア板に引っ掻き瑕で描かれた女の胸と尻の図は、〈爆弾娘〉をモデルにしたものではないのか。

ハート形とイニシャルを描いたのはほかのだれかかもしれない。パーティーに来て酔った客のだれかか。プロの芸術家にしてはぞんざいすぎて、どう見ても素人っぽい。どこか悲哀も感じる。

《R・MとD・Dの愛の記念に》という記述と、二、三年前の日付。

名もない恋人たちの愛の記念か。男のほうはおそらく感傷的な若僧で、女のことを思いすぎ、どこか子供じみたこんなものを記してしまったのだろう。たとえ酔いに任せての悪戯《いたずら》だったとしても、子供っぽいと見なさざるをえない。たとえ冗談のつもりだったとしても。《R・MとD・Dの愛の記念に》と書き残されたこの記録は、グリニッジ・ヴィレッジのほかのどんな恋人たちのそれよりも長く残るだろう。

D・Dはドロレス・デラートだ、とリトルは不意にようやく気づいた。前にこのD・Dのイニシャルを見たときは、アダラクのD・D・スミス大尉ばかりが思い浮かんでしまった。人の心理には自身の体験が最も大きく作用するものなのか。ドロレス・デラートすなわち〈爆弾娘〉こそがこのイニシャルの主《ぬし》であり、R・Mは当然彼女の愛した男だ。以前にはリトル自身もこのイニシャルにあてはまるなどと思ったこともあったが、深夜の兵舎で四五ミリ機関銃を掃射して兵士を皆殺しにしようとした、だれからも愛されない絶望《デスペレート》デスモンド大尉のことばかりが頭から離れなくなっていた。あの出来事はどこか滑稽でもあった。だがこの恋人たちに滑稽さはない。男と女の愛はつねに真摯なものだ。

R・Mはドロレス・デラートを愛した。豊満な肢体を持つ赤い髪のモデルを。真紅に濡れたふくよかな唇と、見事な四肢と、とろけるように煌めく灰色の瞳を持つ〈爆弾娘〉を。R・Mがそんな彼女を愛したからといってだれに責められよう？　愛とは奇態なものだ。

ポトリ！

浴室に水がしたたる音だ。リトルはモーゲルヘッドを見やった。小柄な訪問者は浴室のドアへ顔を向けている。ゆっくりとしたポトリ、ポトリという音が聞こえるところへ。と思うと、膝の上にしっかりと掻き抱いているブリーフケースから不意に右手を抜きだした。そしてその手を痩せた胸の前で上へと滑らせていき、左の耳たぶを引っぱった。

暑がることのない男だ、まるで氷のように。汗もかかない。人を殺したがゆえの肌の冷たさか。大量に汗をかく犯罪者はいないだろう。罪ある者は冷静に振る舞おうとするがゆえに――酒に酔っているいないにかかわらず――汗などかいていられないのだ。だがそこにも限界はある。リチャード・C・モーゲルヘッドにも冷徹さが途絶える瞬間がやってくる。水のしたたるあの音がさながら中国の水責めのごとく、心のなかのなにかを破壊する。ドロレス・デラートを思いださざるをえなくなって動揺し、しっかりと握りしめて隠していた手をついに抜きだして、左耳を引っぱらずにはいられなくなったのだ。

ポトリ！

リトルは小柄な訪問者に目を瞠《みは》り、すべてを理解した。それはひどく残念なことだ。〈爆弾娘〉を巡っても残念なことだ。

「ぼくはどうやら、浴槽に入っている死体の体積を考慮するのを忘れていたようです」とリトルは気落ちもあらわに言った。『浴槽の死体』においてそれを考慮するなら、浴槽の水が溢れはじめるまでには、じつはそう長い時間はかからなかったことになります。仮に犯人が午前六時に空の浴槽に死体を入れ、水を溜めはじめたあと、そっと階段をおりていったとすると、アパートメントの下の階に住む男がポトリ、という音を聞きはじめるのは、午後三時よりも午後二時二十五分ごろとするほうが妥当だったでしょう。でもまあ、それぐらいはあなたの部下の編集者が修正しておける程度のことかも……

モーゲルヘッドさん、あなたが彼女の〈大切な大切な〉ご亭主だったんですね？　それで彼女はあなたに別居手当を支払わせて、関係をつなぎ留めていた。離婚できていれば、あなたは好き放題に飲んだくれていられたでしょうが、そうはさせてもらえなかった。彼女はしょっちゅうあなたの編集室に電話して、手当の払いをしつこく迫り、もし遅れれば表沙汰にして、雑誌の編集長でなどいられなくしてやるとでも言って脅したんでしょう。それであなたは今朝の四時から五時ごろにかけて、パーティーの客が全員帰ったあとに彼女を訪ねた——あるいはむしろあなたも客の一人で、帰ったと見せかけてまた戻ってきたというのが正解かもしれない。そして口論となり、怒りに駆られたあなたがブロンズ製の象の置き物で殴りつけたら、彼女は死んでしまった。そこで、どうすればいいかと考えた。

ぼくがあの小説のアイデアを思いついたのも、そのことについて考えたときでした。実際に起こる出来事と同じアイデアを思いつくなんて、今まで一度もなかったんですがね。そうならざるをえなかったのは悔しいことです」

モーゲルヘッドは死人のような目でリトルを見すえている。すでに左の耳たぶを引っぱってはいない。右手をふたたびブリーフケースのなかに戻したと思うと、そこに仕舞いこんでいた拳銃をとりだした。小柄な男だが銃は大きくていかつい。

いつも不安げな兎みたいな目をしたどこか滑稽な小男。狒々《ひひ》の尻みたいなピンクの禿げを灰色の蓬髪の真ん中に晒した男。いつも青鉛筆と鋏を持っているエリート編集長。だがそんな男が今、自分の愛した女を手にかけた殺人犯となっている。桜色のふくよかな熱い唇ととろけるような瞳と完璧な肢体を持つ美女ドロレス・デラートを殺したのだ。ほかのあらゆる人殺しはどうでもいいが、世界じゅうのすべての人間の死もリトルには関係ないが、これだけはちがう。

殺人犯の臭いとはこれか！　思えばこの小男が部屋に入ってきたときからずっと嗅ぎつけていた臭いだ。そうとも、ドアの外にいるときから感じていた。恐怖感が骨の髄にひそんでいた。だがとても信じられずにいた。それほどリチャード・C・モーゲルヘッドの令名に魅了されていた。

上階で彼女が死んでいるなどとだれに想像できただろう？　リトルが執筆しているさなかにすでに死んでいたか、あるいは死にかけていたなどと。彼女とモーゲルヘッドが結婚しているなどとも、到底思いつけなかった。灰色の顔をした禿げ頭の小男に彼女が目を向けることがあったなどとは、まして愛しあっていたなどとは、だれも考えつかないだろう！

もちろん彼女のほうは愛してなどいなかったはずだ。モーゲルヘッドは自分の令名と、そういう立場の男を夫に持つステータスで彼女を釣っただけだ。たぶん彼女は夫が財産に富む男だと思いこんだ。『マグニフィシェント』や『潮流』など一流誌の編集長を務めたほどの男なのだから。だがそういう羽振りのよかった時代の稼ぎを、この男は酒で使い果たした。それにいくら有名編集長でも、稼ぎはレストランのウェイター長や会計士やハリウッドの映画スタジオの社員などに比べたら大したことはあるまい。彼女のためにもっと稼ごうと、出版界での成功者になろうと努力はしただろうが。『殺人事件テーマの小説を書くときの五つの基礎的秘訣』を書いたのもその表われだ。結婚するとカネが要るとモーゲルヘッドは言っていた。それで無数の探偵小説家志望者に一冊一ドル九十セントのあの本を売りまくり、濡れ手で粟《あわ》の大儲けをしたいという大酒飲みの夢を現実にした。すべてドロレス・デラートを自分のものにしておくためだ。とろけるような悩ましい灰色の瞳を持つあの女を。

世界的に有名な編集者リチャード・C・モーゲルヘッド。かつて『カーバーズ・ダイジェスト』や『潮流』など数々の一流誌の編集長を務めてきた人物。だが大酒飲みであるがために数々の雑誌編集部を馘になったそうだが、そんなことまで打ち明ける必要はなかっただろう。「浴槽の死体」のようなタイプのフーダニットはかつて読んだことがなかったと言ったが、たとえそれが事実だとしても、そういうものがどのようにして書かれるかを『秘訣』に含められないはずはないのではないか？　だがそのあたりはわからないままだ。ほかに書くことが多すぎたのかもしれない。あの本でひと山当てるための広告代を支払うのに必死すぎたのかもしれない。

だが結局そのせいでモーゲルヘッドの夢は潰《つい》えた。ドロレス・デラートまで夢とともに失ってしまった。

疲れきった灰色の小男。少し頭がおかしくて滑稽な小男。サイパン島の洞窟にいた黄色人にも劣らないほどちっぽけなやつ。頭を剃りあげたあのでかいロシア人軍曹は手榴弾を投げつけながら「メリケンどもめ、クソくらえ！」と叫んだが、あいつにも劣らない滑稽さだ。あの哀れなデスペレート・デスモンド・スミス大尉にも劣らない頭のおかしさだ。それにリトルの知るかぎり、どれだけ小男だろうとどれだけ滑稽だろうとどれだけ頭がおかしかろうと、人殺しが人殺しであることに変わりはない。しかもモーゲルヘッドは死を商う職業だったのだから。

リトルは過去に三人の人殺しに出会った。今まで生きのびられたのは本当に強運と言うしかない。だが強運も永久にはつづかない。

滑稽で頭のおかしい小男が、いかつくてでかい拳銃を持っている。自分が愛した美女を殺した男が。この男にとって、彼女以外の人間の死などなにほどのものでもないだろう。

「おまえなんてただの売文屋だ」血の気がなく汗もかかない顔で目を微動もさせずにそう言うモーゲルヘッドの銃を持つ手は、酔いのせいで却って安定している。「ただのくだらない探偵小説書きだ。おれが階段を昇ってこの部屋の前を通りすぎたとき、おまえがタイプライターを打つカチカチいう音が聞こえたよ。朝の五時になる前で、ほかの部屋はまだ寝静まってるときだってのにな。彼女を殴りつけたときも、下の階からまだカチカチと聞こえてたな。彼女はおれを見あげるような格好で床に倒れ、頭から血を流して死んだ。それで、どうすりゃいいのかわからなくなった。

いまいましい売文屋がカチカチ鳴らしつづけてた。けど、ハタと思いついて死体を浴槽に入れたあと、階段をおりていくとき、カチカチがやんだ。おれが階下《した》までおりて外へ出、通りに駐《と》めた車に乗りこんでエンジンをかけるときまで、おまえはきっとあとを尾《つ》けていたのにちがいない。外へ出るとき牛乳配達にも見つからず、通りで角を折れてくる警官にも出会わなかったのに、おまえの影が向かってくるのだけは見えたんだ。どんどん迫ってきて手をのばし、もう少しで車に触れそうになったとき、やっとエンジンがかかって車が走りだし、おれは猛スピードで角を曲がって逃げた。そしてちょうど正午に、おまえのいまいましい小説を読むはめになった。正午といえば、おれのもくろみでは、死体が発見されたあと、彼女の死亡時間だと思わせるつもりだった時刻だ。ところが、おまえの浴室の天井から水がしたたりはじめたのが午後三時だというんだからな。つまりおまえはそのときに、彼女が死んだのは朝の六時だと確信したってわけだ」

おまえがカチカチカチカチと書きつづけてきたいまいましい人殺し小説。死後硬直だの分光器だの、これまでに活字になったあらゆる人殺し小説に出てきた手がかりの数々。そんなものをおれが自分独りで全部読むとでも思ってるのか？　けどおまえの原稿だけは、届いたらすぐ読まずにいられなかったよ。『浴槽の死体』──《こんにちは、モーゲルヘッドさん！　どうか驚いてくださいさい、あなたのあとを追う未知なる大ファンからの投稿です！　このささやかな探偵小説の試みは、きっとあなたにご興味を持っていただけるものと信じています》──クソったれめ！　人殺し売文屋が書いた人殺し小説にすぎないくせに。けどおれはすぐに買いとるしかなかった。下手に活字にされたらかなわないからな。死体が発見されたあと、人目に触れたらたまらない。だから急いでおまえを訪ねて、午後三時になる前にここからおびきだし、一、二週間ばかりもニューヨークの外へ消えてもらうしかないと考えた。検死解剖の結果が出て、無事一件落着となるときまでな。どの道警察の連中は探偵小説なんて読みゃしないだろうがな。だから結局彼女は滑って頭をぶつけ、正午ごろに溺死したって結論になるしかないと思ったわけさ。正午に編集室にいたおれのアリバイは完璧だとな。どうせ警察のやつらは一九〇三年の『特級殺人ストーリーズ』でジェホシャファト・ブラットがどんなことを書いてるかなんて知りゃしないだろう。警官どもは作家じゃないんだからな。やつらはおまえの頭が吹っ飛んでるのを見つけても、この銃を使って自分でやったんだと見なしてくれるだろうよ」

でかい拳銃を持つ小男。当然弾《たま》は入っているのにちがいない。当然モーゲルヘッドが撃ち方を知らないはずもない。とすればこの状態は危険きわまりない。銃の撃ち方を知っている者は、普通は撃つときまで安全装置がかかったままにしておき、引金を引く直前に親指ではずす。もしそうなら、それまでは話しあえる時間があることになる。落ちつかせて、諌《いさ》めてやり、ひょっとしてミシガン州のカラマズーに共通の従兄弟《いとこ》がいるんじゃないかと訊いてみるのもいいかもしれない〔カラマズーは珍しい地名として冗談によく使われる〕。だがこのモーゲルヘッドの拳銃はすでに安全装置をはずしてある。とすれば、汗をかかず血の気がなく酔いのせいで却って落ちついている冷たい指がわずかでも引金を引き絞れば、満杯になった犬小屋の犬が一斉に吠えだしたみたいな轟音がただちに響くだろう。

今まで暴発せずにいたのが不思議なくらいだ。この部屋に来るまでにブリーフケースのなかでそうなってもおかしくなかっただろう。どんな莫迦《ばか》なやつだろうが人殺しだろうが、運に護られることはあるものだ——小説のなかでは別だとしても、現実においては。だが暴発は今なら起こりうる。

モーゲルヘッドの第五の秘訣はなんだったか? 「ラストは一発で締めるべし——冒頭の一文に仕掛けた罠の発動によって」だ。まさに一発だ。でかくていかつい拳銃の。

《人殺しがドアのすぐ外にひそんでいる。おれはどうすればいいのかわからない。するとそいつが入ってきて、おれを殺した。それですべてが終わった……》

リトルは疲れきっていた。脳を使い果たした。すべては汗ばむ静かな午後に見た夢だ。だがそうならせるわけにはいかない。怠慢のせいでそんな事態を招くわけにはいかない。右の前腕に〈常に忠誠〉のタトゥーを彫り、左の前腕には〈不名誉より死を〉を彫っている男が、それでは許されない。胸板の〈爆弾娘〉は言わずもがなとしても。この可愛い女を蜂の巣にさせるわけにはいかない。狒々の尻みたいな禿頭《とくとう》と蓬髪を持つ男の手は、氷のごとく冷たく落ちついている。だがおそらく彼の目の深奥《しんおう》は落ちついてはいない。ポトリ！　また浴室からの音。ポトリ！　氷のごとく冷たくなった豊満な美貌の死体が横たわる浴槽から水が溢れ、床下にしたたってくる音だ。そうとも、この男の目だけはまったく落ちついていない。リトルを見すえているようでいながら、あの音に耳を澄ますことに気をとられている。滑稽で頭のおかしい灰色の小男は拳銃を持っているが、戦争に行った経験はないはずだ。

リトルは手にしているウイスキーのグラスを、臍《へそ》のあたりからまっすぐに投げつけた。グラスが飛んでいくと、モーゲルヘッドは本能的に身を屈めた。手に持つ拳銃が轟音を放って撥《は》ねあがった。銃弾は床板のどこかを突き抜けた。さらに下の階も全部突き抜け、丸い地球をも突き抜けて、カノープス〔竜骨座の一等星〕かプレアデス星団〔牡牛座の散開星団〕まで翔《と》び去っていったかもしれない。リトルはタイプライター用机の陰に跳びこんで身を防いだ。弾みで義足がはずれた。タイプライターを頭上に持ちあげたと思うと、バスケットボールを投げるようにして投げつけた。迫撃弾より軽く、重さ三十ポンドもない。

タイプライターはモーゲルヘッドがさっきまで坐っていた椅子の背凭れの上の壁にめりこみ、七ドル分ほどの漆喰を砕いた。モーゲルヘッドはタイプライターが飛んでくるのを目にしたとき、ついまた頭を屈めたが、しかし彼はすでに椅子からは離れていた。

彼が今へたりこんでいるところは床の上だ。タイプライターは禿げた頭をかすめていった、アルファベット二十六文字とともに。それらの文字で書かれうる世界のあらゆる言葉の可能性とともに

――但し中国語を除いて。これまでに書かれてきた、そしてこれから書かれるであろうすべての探偵小説とともに。

リトルは楯代わりにしていた机を押しやると、足を引きずって進み、モーゲルヘッドのわきに膝をついて、拳銃を拾いあげた。小男は投げつけられたグラスで頭頂部が裂け、呻きをあげている。兎のような目で頭を振っている。いっそ頭が吹き飛ばされたほうがよかったほどのありさまだ。

ポトリ！　また浴室からの音。ポトリ！　このまま長くつづきそうだ。

「彼女を愛していたんだ！」モーゲルヘッドが泣きわめく。「すばらしい女だった。あんなに愛していなければ、殺すことはなかった。心も魂も持っていない女で、氷みたいに冷たかった。でもすばらしいやつだった」

リトルは気の毒になってきた。もちろん〈爆弾娘〉も気の毒だが。これからこの男はどうなる？　たぶん電気椅子には坐らなくて済むだろう。懲役二十年というところか。そうしているうちに、この灰色の小男は独房のなかで死ぬだろう。だが彼にとって最悪の事態は、とうの昔に彼自身が招いている。人はみな自らそれを招く。

これだから人殺しの小説はおもしろい、とリトルは思う。書くのも読むのも。だが人殺しの人生を送るのは厭だ。

（註）Killing Time には「暇つぶし」の意味もある。（山口雅也）

わたしはふたつの死に憑かれ

Two Deaths Have I

第一章　若者の憧憬

〔英国詩人アルフレッド・テニスンの詩「ロックスリー・ホール」より〕

あの未亡人がなぜ小説を書いたのか、そのわけはわからないと言うしかない。プロの作家でないのはもちろんだし、小説を好んで読むタイプでさえないように見える。やけに赤い口紅や濃いアイシャドーなど、派手な化粧をしているあたりからしても。夫君カルヴィン・コッペルマン氏が月もない暗夜にあのブロンドの髪の美女――コッペルマン夫妻に同行し赤ん坊の世話をしていた名前もさだかでなかったベビーシッター――を溺死させたという事情が、小説の素材にしたからといって今さら変わるものでもあるまいに。死んだベビーシッターが生き返るはずもないし。

仮に未亡人がもっと巧くあの作品を書けていても、だからといって夫コッペルマン氏がしたことを否定できる証拠になるわけでもない。それに、人名や地名をわざと変えて書いているのは当然として、それを読んで実在人物のだれについて書いたかわかる読者がいようとは、普通はまず想像しないものだろう。なによりも、余人ならぬこのぼくがそれを読むとは、彼女自身考えもしなかっただろう、もしぼくのことを憶えているとしても。いや、だれであれ自身とコッペルマン氏の関係を知る者の目に触れるとは、予想もしていなかったはずではないか。

なにか特別な理由があって書かずにはいられなかったのか。あるいはひょっとしたら、単に『実話殺人ロマンス』誌が入選者に支払う五百ドルの原稿料が欲しかっただけかもしれない。さらには、もし年間最優秀作品に選ばれれば一万ドルの賞金がもらえ、日常からの逃避と自由が手に入るのだから。

事実、彼女はその賞に選ばれた。そしてその作品が載った最新の十月号をラザフォード編集長は机の上に滑らせてよこし、無数の聴取者に訴えるラジオドラマにするよう、ぼくに指示することになったのだ。

「おはよう、ビーマン・ヤング。休暇は楽しめたかね？」ラザフォード編集長はさりげない愛想よさとともに、執務室に入っていったぼくにそう話しかけた。「どこに行ってきた？　なにかいいことはあったか？　奥さんも一緒に行ったんだろ？　もちろん子供たちもつれてな。一家揃ってさぞ楽しんできたんだろうな」

ぼくが椅子にかけると、編集長はさっきまで愉快そうに目を通していた艶やかな表紙の雑誌を、机上に滑らせてよこした。

「ええ、楽しんできました」とぼくは答えた。「妻と双子の娘たちをつれて、丸ひと月を伯父の家ですごしてきました。かなり遠いですがメイン州アレン郡のビッグムース湖の畔《ほとり》にある別荘地でして、独身の伯父はそこで雑貨店を営みながら郡保安官を務めています。今年の夏は湖に蚋《ぶゆ》や蚊がひどくたくさん出て、おまけに一週間ずっと雨が降りつづけていました。それでもぼくは最初の日にダイビングをしたんですが、沈んでいた丸木にぶつかって脳震盪を起こしたうえに、四日めには伯父のモーターボートの船外発動機を起動させようとして手首を折ってしまいました。妻はといえば苺狩りに行ったときツタウルシにさわってしまい、頭から爪先まで見たこともないようなひどいかぶれにやられました」

「まあけっこうなことじゃないか」と編集長が言う。「羨ましいよ。妻子と一緒にすごすときほど貴重な時間はないからね。リフレッシュして元気で戻ってきてくれたのは嬉しいし、みんなが待っていたんじゃないかな。

ところで、それがうちの雑誌の最新号だ。もう見てくれたと思うが」と、血色のいい太った顔に機嫌よさそうな表情を浮かべて先をつづけた。「年間最優秀作品賞をとったヴィレナ・ラマーレ作の『わたしの夫は殺人者?』というのが載っていただろう? じつに力強く読み応えのある作品だったね」血色のいい顎を揺らして声を震わせ、抑揚をつけて評した。「一人の女性の魂の深みを焼き焦がすような体験を書いたもので――」

「痛烈な忘れがたい作品ですね」とぼくが引き継いだ。「人生の一断面を切りとっています」

「そう、人生の一断面」と編集長が鸚鵡返しにした。「痛烈で忘れがたい。まさにそれだ」

それは毎週月曜日の夜八時半から九時にかけて総合ネットワークで放送されている投稿小説ドラマ化ラジオ番組『実話殺人ロマンス・アワー』の冒頭で、目に見えぬ無数の聴取者に向けて発信されるスポンサーからの惹句だった。ぼくが知っているのも当然だ。音響調整室で八十七本ものドラマをいつも聴いてきたし、リハーサルにも二度参加しているし、なによりもぼく自身が書いた惹句なのだから。当然それら八十七本の脚本を書いているのもぼくであり、のみならずほかにも五本の脚本をすでに仕上げてあり、あとは収録を待つだけになっている。

つまりぼくは『実話殺人ロマンス・アワー』の共同プロデューサーであるシェイとヒーリーの専属脚本家兼演出家であり、ラザフォードは件《くだん》の雑誌の編集長なのである。

ぼくが知る範囲の『実話殺人ロマンス』の読者といえば、ラザフォード編集長本人と、あとは件のぼく自身の伯父を数えるのみだ。伯父はビッグムース湖の畔で雑貨店を営むと同時に、夏季シーズンの二ヶ月のあいだ手漕ぎボートとカヌーの貸し出しをしたり、風変わりな地元民を撮りたがるアマチュア写真家たちのためにポーズをとってやったりもしている。

もちろんかの雑誌の読者はほかにも大勢いるはずだ、なにしろ毎号八十万部も発行しているのだから。そのおかげでラザフォード編集長はここマンハッタンのロックフェラー・センター最上階で白マホガニーの机と銅版画と柔らかな白絨毯とクロム製バー・カウンターに囲まれ、西ブルックリンからニュージャージー州ハッケンサックの青い湿地帯にまで及ぶ絶景を眺めていられるというわけだ。またシェイとヒーリーに年間七十五万ドルの広告予算が与えられるのもそのおかげだし、ぼくと妻のルースがブロンクスのささやかな愛の巣で双子におしめやミルクを買ってやったりそのほかの生活費を捻出したりするための百二十五ドルの週給を手に入れられるのもそのおかげであり……

ぼくは心の奥で妙な予感を覚え、「このヴィレナという女性は、どういう人です?」慎重に雑誌を開きながら尋ねた。「まさか女性作家ヴィレナ・ネルソンでは?」

「いや、そんなことはないよ」とラザフォード編集長は答え、血色のいい顔をほころばせた。「まったくのアマチュア投稿者が郵便で送ってきたものだ。うちの雑誌に載るのは、基本的にすべて市井の実話が素《もと》になっている作品だからね」と言ったあと、少し急いでこうつけ加えた。「もちろん、記者などプロの書き手によって多少の手なおしがされる例があることも否めないが、このラマーレという女性の場合は、文体の簡潔さからしても本物のアマチュアだと見てまちがいない。

どうやら八歳の子供と暮らす年若い未亡人らしいね」銀の葉巻箱から一本とって火を点けながら、編集長はつづけた。「連絡先としては、ペンシルヴァニア州ポッツタウンの私書箱の番号を記しているだけだ。この作品の原稿が届いたのは締め切り間ぎわだったので、最優秀作品賞はJ・ワーシントン・ジェフリーズ・ジュニアのものにほぼ決まりかけていたところだった。きみが休暇に出る前に脚本を書いてくれた、例の高校生の作品だ」

「ラマーレ未亡人は顔写真を同封してはいませんでしたか?」ぼくはさりげなく訊いた。

「ほう、どうしてそう思ったんだ?」と編集長は問い返した。「たしかに同封していたよ。じつはそれがアマチュアにちがいないと見なす決め手になった。プロの作家なら投稿作品に顔写真を付けてはこないはずだ。顔写真のせいでプロ作家だとわかったなら、載せるのがむずかしくなるだけだからね。だがこの投稿者は顔写真まで付けていたから、疑う余地はないというわけさ。

きみが休暇から帰り次第会いたいという、わたしからのいささか性急な伝言の手紙を見てくれたと思うが」とラザフォード編集長はつづけた。「あれを送った理由というのは、件の最優秀作品賞の賞金小切手の贈呈式を、ささやかながらも催したいと計画したからなんだ。今日の午後わが社の編集室でやる予定で、評論家や書評家やそのほか文学界のお歴々を呼んで、宣伝効果をあげるつもりだ。もちろんラマーレ未亡人本人にも招待状を送り、来場する旨の返事をもらってある。きみも是非来て、ハイボールとカナッペにありつくといい。さらにはこれも宣伝効果のため、賞の贈呈式と今夜放送の『実話殺人ロマンス・アワー』とをタイアップさせる手筈になっていて――」

「つまり、今夜放映予定だったジェフリーズの作品を、急遽ラマーレ未亡人の作品に差し替えたいと？」

「そういうことだ」ラザフォード編集長は机の上からとりあげていたシチリア短剣風のペーパーナイフを、安堵の気持ちを示すようにポンと机上に戻した。「この件についてきみが積極的なところを見せてくれて嬉しいよ、ビーマン。きみならあれが劇的且つ自然なストーリーであることを理解できると思うからね」と自信を深めるように言う。「だからほとんど改稿しなくていいんじゃないかな。鍵となる重要なシーンさえ巧く選びだせるならね。あとは小説そのままの台詞を俳優たちに読ませてもいいくらいだ。脚色などしなくともね」

「たしかに」とぼくは応えた。

腕時計を見ると、正午十分すぎだった。今朝は午前六時から自家用車を飛ばしてきたうえに、車のなかでは双子の娘たちがうるさくわめきつづけていた。おかげでそのあともずっと耳鳴りはするし、視界には斑点が見えるしというありさまだ。そんな状態のまま、正午十分からの八時間と二十分のあいだに、ラマーレ未亡人の投稿小説を再読し、それを基《もと》にして脚本の下書きをし、読みなおして書きなおし、もう一度それをくりかえして本読みに間に合わせ、さらに最終リハーサルをやって、一千三百万人に及ぶ愛好聴取者に向けての午後八時半からの『実話殺人ロマンス・アワー』での生放送オンエアを実現させなければならない。もちろんぼくは昼食休みには三時間かけるのがつねだし、ラマーレ未亡人に会えて一緒にカクテルを飲める最優秀賞贈呈式パーティーでは四時間ぐらいを費やすことになるだろう。そうなると、残りのわずかな時間でなにができるというのか？

とにかく雑誌をめくった。

「午前零時にわたしは目覚めた」という書き出しでその小説ははじまる。

午前零時にわたしは目覚めた、赤ちゃんの哺乳瓶を替えてやるために。夫はまだ寝室に戻っていないとわかった。わたしは窓辺に立ち、月も出ていない暗い湖畔の景色を見ながら、ボートハウスのわきにのびる浮桟橋《うきさんばし》に打ち寄せる漣《さざなみ》の音に耳を傾けた。黒々と翳る湖岸のどこかからフクロウの啼《な》く声が聞こえる。あるいは湖面にいるアビ〔水鳥の一種〕の声かもしれない。とにかくあたりで聞こえる生き物の声はそれだけで、あとは漣の音のみ。なにかしら張り詰めたものを感じ、不安に駆られた——なぜかはわからないが。

語り手はなにかの予感を覚えたのだ。あたりの雰囲気から。ぼくは小説のタイトルを見返した。作者の名前もあらためて。冒頭の一行も読み返し、それから先へ進んだ。

わたしはスラックスとタートルネック・セーターを着こんでローファーを履くと、明かりも点けないまま寝室を出て、台所のわきに位置するベビーシッターの娘ヒルダの部屋へと向かった。わたしが夫チャールズを探しに外へ出ているあいだ、赤ちゃんの世話をしてくれるよう頼もうと思って。でもヒルダは部屋におらず、ベッドを見るとまだ一度も寝たようすがなかった。そのとき思いだしたのは、ヒルダがなにかにつけては湖でカヌーに乗りたいとよく言っていたことだ。そんなときチャールズが冗談半分で——とわたしは思っていた——いずれ夜中に乗せてやろうと言っていたことも思いだした。

わたしは静まり返った別荘から外に出て、百フィートほど先の湖岸に建つボートハウスに足を運んだ。別荘の付属物とされているカヌーが、ボートハウスから失せていた。わたしは黒い湖面を見わたし、耳を澄ました。人の声は聞こえなかったが、しばらくすると、カヌーのパドルが水を掻いているらしい音が聞こえてきた。なめらかな黒い湖面の上をその音が近づいてくる。なにやら厭な予感が湧いた。第六感というのか、目に見えないうちから感じたのだ――カヌーに乗っている者は一人しかいないと。

「チャールズ！」わたしは叫んだ。「ヒルダが水に落ちたの？」

ぼくは心を奪われた。そう認めるしかない。といっても筆力に格別な才能が感じられるというわけではない。プロ作家並みの巧みさとか、文学的な言葉遣いとかがあるわけでもない。むしろシンプルで平明な、淡々とした語り口だ。どうしても言っておかなければならないことがあるから語っているという文体であり、読者が覚えるであろう疑問に対する信ずるべき答えを書いているという真摯さに満ちている。語り手の姿が読者の目に見えるようだ。白いタートルネック・セーターを着て、黒々とした湖面に向かって大きな目を凝らしているさまが。静かな湖岸に立つ語り手のほうへと近づいてくる、水を掻くパドルの音までが聞こえるようだ。

わたしがとっさに夫チャールズの名を呼んだのは、彼は泳げるけれどもヒルダは泳げないと知っていたからだった。彼は戦争体験のせいで異常なまでに神経過敏になっており、そんな今の彼の気質が祟ってカヌーを転覆させてしまい、混乱のあまりヒルダを助けられなくなっているのではないか、わたしはそんなことを案じたのだった。いつも紳士で、そのうえ心が弱くなっている今の彼が、ヒルダをわざと水に突き落としたりするとはとても思えない……

わたしが初めてチャールズと出会ったのは、今から一年前、つまり一九四〇年の秋、ロンドンでのことだった。フランス軍のために戦場救急車を運転していたチャールズはダンケルクの戦いを経験し、そのためにひどい戦争神経症を負った。わたしは戦争で家族を全員殺されたベルギー難民で、病院で働いていた。ひと目で恋に落ち、一ヶ月後には結婚していた。

アメリカ在住の尊大な富裕層であるチャールズの実家の人々は結婚に反対した。わたしの信仰が異なることがその理由だと明かされたのは、チャールズが海外電報で結婚を伝えたあとに届いた両親からの返信によってだった。実家としてはそんな嫁を受け入れることはできないと、返信電報には記されていた。その結果として、生後三ヶ月になる赤ちゃんをつれて一年後にアメリカにわたったわたしたちは、チャールズの実家には行かず、ニューハンプシャーにあるこの別荘で仮住まいをはじめた。チャールズが戦争神経症から立ちなおって将来を決められるようになるまでは、穏やかに暮らせるこの地が最適だと考えてのことだった。

夏の休暇時期が終わって秋になると、湖畔の別荘地にとどまっている者はわたしたちだけになり、あとは湖の対岸に住む年配の現地人男性とその年若い甥を数えるのみだった。彼らは雑貨店を営み、わたしたちはいつもそこで食料や物資を買っていた。わたしたちが伴ってきた使用人はヒルダというベビーシッター一人だけだった――ブロンドの髪を持つ大柄な若い娘で、あまり賢そうではなかったけれども、わたしたちのアメリカ上陸の地だったボストンで子守り役として雇い入れた。周囲の人々と交流せず、暮らし向きも質素にしてきたわたしたちは、家のなかでは上下関係にほとんどこだわらず、使用人のヒルダが毎日居間でわたしたちと一緒に宵をすごすことを認めていた。ときには三人ブリッジをして遊んだり、食事さえヒルダを交えてすることもあった。彼女が使用人の立場にのみとどまることを強いたりはせず、謂《い》わば家族同然に遇していた。

当然の結果として、ヒルダがそういう暮らし方に乗じてくるのを避けられなくなった。彼女がときどきチャールズのことを会話に出すときファーストネームを使ったり、あるいはチャールズ本人にファーストネームで呼びかけさえするようになった。わたしにしてみればもちろん好ましくは思えなかったけれど、彼女を叱りはしなかった。彼女がチャールズと二人で湖の岸辺を散策することがあっても、なおかまわずに置いた。彼女とチャールズが秘密の恋愛関係ににまで発展するとはとても思えなかったから。夫の心は憂鬱な弱い状態がつづいており、秘密の恋愛関係とも言える彼女の魅力に屈するようなことは、片ときでもあるとは考えられなかった。

そうは言っても、夜中にヒルダとチャールズが同時に家を抜けだし、しかも別荘付属のカヌーが岸につながれていないのを知ったときには、不安と懸念を覚えずにはいられなかった。やがて黒い湖面を漕ぐパドルの水音が近づいてくるのを耳にすると、なにかよからぬことが起こったのではという予感に駆られた。

「チャールズ！」それでわたしはまたもそう叫んだ。「なにかあったの？　彼女が水に落ちたの？」

じつにリアルに響く台詞だ。ぼくのなかで八年という懸隔が失せ去り、伯父とともにひと秋をすごした十七歳のときに戻ったような気がする。あの日ぼくは黒い湖面へボートを漕ぎだし、溺れた女性を助けようと水に跳びこんだ。それからあの紳士コッペルマン氏がわめきながら自らも水に沈んでいくのを必死に助けようと努め、そのあとはコッペルマン夫人の激しいキスを唇に受けることになった。

ぼくはまさに十七歳に返った。あの地に戻り、事件の渦中にいるかのようだ。小説の舞台はニューハンプシャー州のとある湖で、メイン州のビッグムース湖ではないし、夫妻の名前もチャールズ・ラマーレとその妻ヴィレナに変えられ、ベビーシッターの名前もヒルダとされているが、それでもあのコッペルマン夫妻がまるで目の前に現われているような気がする。

現実の彼らはカルヴィン・コッペルマンとその妻キャサリンの夫妻だった。コッペルマン氏は夫人のことをいつも仔猫《キティ》と呼んでいたが、キャサリンが本名だったと思う。ベビーシッターの名前は知られていなかったが、コッペルマン夫人の証言に基づいて死亡診断書に記された名前はメーベル・クレーンとなっていた。死の四週前に夫妻がボストンの使用人紹介所で彼女を雇う契約をしたとき、名簿に書かれていた名前がそれなのだった。彼女がどこの出身だったのかは、おそらく知られていない。下働きをして暮らす若い娘たちによくあるように、家出をしてきたために名前を変えていたのかもしれない。結局遺体の引きとり手が訪れることはなかったし、その後も彼女の死を悼む近しい者が現われるとは思えなかった。

ともあれ、夫人の名前はキャサリン・コッペルマンだった。

ぼく自身は単に「コッペルマンさん」と呼んでいた。夫人は当時おそらく二十一、二歳だっただろうから、ぼくより四、五歳年上にすぎないが、年齢差以上に遥かに世慣れていた。あるいは当時のぼくからしたらそんなふうに見えたというだけかもしれないが。

今から八年前、ペンシルヴァニア州エリンヴィルから来たコッペルマン夫妻はベビーシッター一人を伴って、ここニューヨークからはかなり遠いメイン州ビッグムース湖畔のトーニー家の別荘にやってきた……

夫妻がはじめて到着した夜のことを憶えている。九月の終わりに近い雨の降る夜で、ぼくは伯父が雑貨店を閉めるのを手伝っていた。そのとき車のライトが見えたと思うと、一台のステーション・ワゴンがやってきて、店の外に停まった。

「都会から来た人たちらしいな」眼鏡の縁越しに外を覗き見ながら伯父が言った。「どこかへ向かう道中かな？　小僧、雨合羽を着て外へ出てみろ。ガソリンが要るかどうか訊くんだ」

だが運転手の男はすでに車からおり、雨がしたたる軒下から店のなかに入ってきた。二十代後半ぐらいの長身痩軀の男で、腰ベルト付きのレインコートを着て、金髪の頭には帽子をかぶっていなかった。骨張った顔に鷲鼻を具え、口の下の顎は小さく、薄青色の瞳には不安げな趣《おもむき》があった。

「ビッグムース湖の別荘地はここですか？」と男は尋ねた。

といっても、そのひと言をたやすく口にしたわけではない。ひどくつっかえがちに喋る癖があるようだった。首を捻《ねじ》るようにして顔をあげながらハンカチで雨を拭き、口にはわざとらしい笑みを浮かべているが、首には筋が太く張りだし、苦悶のような表情を目に湛《たた》えながら一語一語を絞りだすのだ。本当の喋り方を敢えて書くならこうなる。「ビ、ビ、ビッグ、ム、ム、ムース湖の、べ、べ、別荘地は、こ、こ、ここですか？」

これほどきついつっかえ方だと、もはや滑稽ですらない。耳にするのも痛ましく、思いだすだに哀れになる。伯父とぼくが未知の他人なので、それでいつもとちがう喋り方になっているのかとも思ったが、少し慣れ親しんだあとも依然同じ状態がつづいた。どんな話をするときもそうなるので、その点は略して物語るしかない。

「ええ、ここがその別荘地ですよ」伯父は心痛を隠して答えた。「どんなご用でしょう?」

「わたしはコッペルマンと言います」と男は告げた。「フィラデルフィアのビル・トーニーの友人です。昨日ボストンの港に着きまして、その場でビルに電話し、しばらくのあいだ滞在できそうな静かな土地を探していることを伝えました。するとビルはこの地に自分の別荘があるので使えばいいと勧めてくれました。このお店を訪ねればご主人が鍵を持っているからと。すみません、わたしは少し神経質すぎるもので」そうつけ加えたコッペルマン氏は、髑髏《どくろ》のように痩せた顔に歪《ゆが》んだ笑みを浮かべた。

伯父は机の上に具わる鍵入れ用の抽斗《ひきだし》から、「トーニー」と書かれた名札の付いた鍵を探しだした。

「一年じゅうでいちばんいい季節です」と伯父は言った。「蚋はもういないし、湖の水はまだ温《ぬく》いし、対流もつづいています。木々は鮮やかに色付きますし。うるさいだけの観光客は八月の終わりとともにいなくなりますし。今は雨が降っていますが、明日の朝には晴れるでしょう。そうしたらこのうえなく明るい昼間が訪れます。ご滞在はいつまでのご予定です?」

コッペルマン氏は表情を歪めたままで口を開いた。

「サンクスギヴィング・デー〔プロテスタントの感謝祭の日。十一月第四木曜日〕すぎまでは滞在したいと思っています。もし両親が感謝祭だから帰ってこいと言ってきたなら、話はちがってきますが。両親はいつも大袈裟な行事をしますから。そのときは家に一緒にいるようにと、強いられないとはかぎりません」

「そうでしょうな」と伯父が言う。「わたしも感謝祭には家族みんなで家にいるのがいいと思っています。ここメイン州でも、どの家庭もかなり盛大にやりますから。あなた方はフィラデルフィアから来られたとおっしゃいましたかね？」

「わ、わたしたちはエリンヴィルから来ました。ポ、ポッツタウンの近くの町です」とコッペルマン氏がつっかえがちに答えた。「わたしはここ二年ほど海外に行っていましたが。妻はアメリカに初めて来ました。ベルギーの出身ですので」

「トーニーさんの別荘は湖の向こう岸になります」と伯父が教えた。「岸辺をまわっていく道の終点です。今夜からもうお泊まりになりますか？」

「貸別荘は営業しているところがありませんでしたので」とコッペルマン氏が告げた。

「そうでしょうな」と伯父が返す。「もうどこもやっていませんよ。もしなんでしたら、今夜はうちの店の二階に泊まっていただいてもいいかなと思ったんですが。わたしと甥が寝泊まりしているところではありますがね。お二人ならば泊まっていただけないことはありません。尤も、女性がこの屋根の下で一夜をすごした例《ため》しはこれまで一度もありませんが」

「ご、ご、ご厚意には感謝します」コッペルマン氏がつっかえがちに言った。「でも、わたしたち二人だけではありませんもので。赤ん坊と、ボストンで雇ったベビーシッターも一緒なのです」

そう言ったとき、なぜかわからないがコッペルマン氏の耳が赤らんだ。

「使用人志望者はとかく田舎暮らしを嫌いがちですので、雇えたのは幸運でした」とコッペルマン氏がつづける。「妻は体があまり強くないため、どうしても家事の手伝いが必要なのです」

「そうでしょうな」と伯父が応えた。「昔の母親は強かったですが、今は時代がちがいますから。ペンキ塗りもやるし煙草は喫《す》うしという母親が、かつてはほとんどだったものです。

トーニーさんの別荘に行かれたら、ご自分で住みやすいようになさってください。窓は板でふさいでありますが、剝ぎとるのはたやすいはずです。シーツや毛布は充分なだけあると思います。暖炉の薪は裏口のポーチに積んであるし、台所のレンジとヒーターに使う石油はドラム缶に入っています。湖をまわっていく道は、うねりや曲がりを含めて七マイルほどになります。湖の向こう岸への直線距離は二マイル程度ですがね。ですので、乗ってきたお車をここに駐《と》めておいて、うちのモーターボートでお送りすればずっと早くたどりつけるんですが、あいにくモーターが故障しているうえに、舟底に穴が空いているため、沈んでしまう惧れがありましてね。トーニーさんの別荘のボートハウスにはカヌーが一艘付属していて、ひょっとしたら船外機もあったかもしれません。別荘が住めるように仕上がったら、カヌーを漕いでうちの店に物資や食料を買いに来ることもできるわけです。今夜のところは、わたしの車を甥に運転させて、別荘までお送りするのがいいかもしれませんね。その際にここで食料を買っていかれるのがいいでしょう」伯父はそうつけ加え、店のカウンターの内側へまわりこんでいった。「別荘にも缶詰や小麦粉や砂糖といったものは残っているでしょうが、ミルクや卵やコーヒーなども必要でしょうから」

「そうですね、そうさせてもらいます」とコッペルマン氏は応えた。

「パンやバターもね。海の向こうでの戦局はたいへんなものだったようですな」

伯父はそう言いながら、揃えておくべきもののリストを食料袋の裏に書きこんだ。伯父の頭のなかでは、コッペルマン一家が別荘にいるあいだにどんな予期せざることがあるだろうかと考えているようだった。

「わたしは激戦の渦中にいました」コッペルマン氏は顔を歪めたまま声を絞りだした。「戦地で救急車を運転していたのです、フランス軍に協力して。両親には反対されましたが、二十五歳になっていましたので、自分がやるべきことは自分で決めなければと考えてのことでした」

「そうでしょうな」と伯父は共感するふうに言った。「親というものは子供にはとかく命令したがりますから。わたしが若いころの友だちに、両親からいつもきびしく言われているやつがいました。こんなことを言ってはあなたがお気を悪くするかもしれませんが、彼もずいぶんと神経質な男でした。その彼がネリーというわたしの伯母と恋仲になると、彼の両親は結婚を決して許そうとしませんでした。あなた方はいかがでした?」

「わたしたちはロンドンで結婚しましたが」とコッペルマン氏は答えた。「両親にはやはり反対されました。わたしが三十五歳になるまで待つべきだと言うのです。当時のわたしは、犯罪めいたよくないことをさんざんやっていましたので。でもそれ以上に両親にとって大きな問題だったのは、彼女の信仰が異なっていたことです。両親は自分たちの信仰に強い自信を持っていました。息子として勘当するという手紙を書いてよこし、わたしが反論の電報を送ると、こんどは死んだものと見なすと書いてきました。それ以後は、わたしが何度手紙をやっても送り返す始末でした。怒りが収まらなかったんでしょう」

「うちの店には干しプラムとショートニングもありますし」と伯父が言う。「メープルシロップもあります。もしパンケーキを作りたければお買いになるといいでしょう。瓶入りオリーヴもいいものがありますので、もしよければどうぞ。避暑を楽しむ人たち向けの品も少し揃えてあります。なにかご希望のものは？」

「妻に訊いてみないと」

「なるほど」と伯父は言って、溜め息をついた。「結婚すると日用品の買い物でも、奥さま方に尋ねないといけなくなるものですからな。おい、小僧」と、ぼくに声をかけた。「外へ出て、コッペルマンさんの奥さまをおつれしてきてくれ。ご主人がお呼びだと言ってな」

第二章　響きと怒り〔シェイクスピアの戯曲『マクベス』の台詞、および米国作家ウィリアム・フォークナーの長編小説のタイトル〕

コッペルマン夫人と初めて相対したのはそのときだった。雨はかなり小降りになっていた。ぼくが店の玄関口を出てポーチからおりると、夫人はちょうどステーション・ワゴンから店先の照明のなかへと出るところだった。赤色で半透明のフード付き雨合羽を着た姿の夫人は、小柄な体に漆黒の髪を具え、唇は真紅だった。瞳は濃い青色で、雨を帯びた長く黒い睫毛《まつげ》は上向きに丸まっていた。夫人の目がぼくを見たとき、夜の色のような瞳という言葉が自然と湧いたのを憶えている。(それはぼくが初めて考えた広告用キャッチコピーになった。今から二、三年前にダフィー会計事務所のために使い、現在の妻ルースとはそこで出会ったのだった。会計事務所は広告宣伝費に百万ドルをつぎこみ、結果的に一千万ドルの売り上げにつながった。今でも同じキャッチコピーが使われている)
「ご主人がお呼びです」ぼくはためらいがちに告げた。
じつのところは、つっかえがちになってしまったように思う。ご、ご、ご、ご主人が、お、お、お、お呼びです、というふうに。そういう癖のある人の話し方を聞くと、つい自分も同じようになってしまうのかもしれない。決してそうしたかったわけではないのに。

「わたしを？」と夫人は訊き返した。雨合羽の胸もとに赤ん坊の哺乳瓶を持っている。

「なにか買いたいものがあったらどうぞと、伯父が言いまして」とぼくは説明した。「そしたらコッペルマンさんが、奥さまに買うものを選んでほしいとおっしゃって」

「わたし、ちょうど哺乳瓶を温めてもらおうと思っていたところでしたの」と夫人は言った。

そして玄関ポーチにあがり、店内に入っていった。カウンターのそばにいる伯父とコッペルマン氏のほうへ夫人が近づいていくと、伯父は緊張したように禿げ頭を撫でたり襟のボタンに手をやったりしはじめた。

「お呼びですの？」と夫人が言った。

「き、き、き」コッペルマン氏は振り返りながら言った。「き、き、来てくれたか、キティ」

伯父がまたも禿げ頭を撫でながら言った。「うちにはミルクと卵とバターと、それから――」

そこで自動開閉式の玄関ドアが閉じられた。

ぼくは夫人と一緒には店のなかに戻らなかった。雨模様の涼しい夜気を少し肺に吸いこみたかった。自分の血が沸き立っているのを感じていた。わずか十七歳の子供らしからぬことだ。あのつっかえがちに喋る骨張った男にはあって、ぼくにないものとは、いったいなんだ？　十歳ぐらいの年齢差と、あとは大金を持っているらしいところか？

ステーション・ワゴンの後部座席の隅に、ブロンドの髪を持つ女性が坐っていた。ぼくが驚いたことに気づいたらしく、女性は愉快そうに微笑みかけた。そして頭上にある車内灯を点けた。

「アルフレッドというの」と女性が言う。「この赤ちゃんの名前よ。そろそろ授乳する時間なの。その時間が近くなると、母親は勘でわかるものなのね」

穏やかな笑顔をする人だ。額が広くなめらかで、結わえた白いネッカチーフで金髪を覆っている。瞳は茶色で、両目のあいだがやや広い。茶色い目の人にはブロンドの髪が多いような気がする。

ぼくはこの女性の名前を知らず、どういう人かもよくわかっていなかったが、コッペルマン氏がボストンで雇ったと言っていたのだけは憶えていた。雇ったとき、一見して魅力的かどうかといったことを氏は気にしなかったのではないか。

世の中にはひと目で男性を魅きつけるタイプの女性がいる。歩く姿とか、投げかける視線などによって。一方で、もっとゆっくりと美しさがわかってくるタイプもいる。知りあってから初めて魅《ひ》かれる人だ。この女性はそちらに属するように思えた。

「そうでしょうね」とぼくは言った。「勘でわかるんでしょう。あなたは子守り《ナース》の方ですか？」

「ええ」と言って女性はまた微笑んだ。「そう言われたの？　それともわたしを見てそうだとわかったのかしら？　あなたは雑貨店の店員の人？」

「いいえ」とぼくは答えた。「軍に召集されるまで伯父のところに厄介になっているんです。ニューヨーク郊外のイーストオレンジから来ました」

「それじゃ、地元の人じゃないのね？」

「はい」とぼくは答えた。「伯父は地元民と呼ばれていますが。避暑でここに来る人たちにね。でも伯父もほんとは地元出身じゃないんです。ポートランド生まれで」

この女性に対してどんな話をすればいいのか、よくわからなかった。ボストンについてもよく知らないし。もし戦争がなかったら、あの町の近くにあるハーヴァード大学に行きたいと思っていたことがあるぐらいで。女性のほうもぼくの故郷イーストオレンジには行ったこともないだろう。赤ん坊というものについてもぼくはよく知らず、話題にしていいかどうかもわからなかった。

「別荘の鍵は伯父が持っています」とぼくは告げた。「湖の岸を何マイルかまわっていくと着きます。ぼくが車でご案内しますよ。コッペルマンさんがこれから食料を運んでいかれると思いますので」

「別荘に入ったら、きっとホッとするわ」と女性が言う。「ずいぶん長く車に乗ってきたから」

赤ん坊は助手席の背後に吊りさげられている麻布製の揺り籠に入れられていた（現在のぼく自身は双子の娘たちのために揺り籠をふたつ持っている）。赤ん坊は目を閉じて自分の握り拳を吸いながら、頭を左右へよじるように振っていた。どこか悲しげな「わー、わー！」という泣き声をあげていた。

「男の子ですか？」とぼくは訊いた。「なんだかつらそうに泣くものですね」

「目を覚ましたばかりなのよ」と女性は言った。「哺乳瓶が用意できるころには頭もはっきりするでしょうから、そしたら泣きやむと思うけど。そろそろおしめも替えたほうがいいみたい」

女性は前屈みになり、揺り籠の留め金をはずすと、慣れた手つきで赤ん坊を抱きあげ、俯《うつぶ》せにして自分の膝の上に載せた。自分がいる後部座席の背後の棚へ手をのばし、なにか白いものの束をこれまた手慣れたようすで摑みとった。乳児用のおしめだ。

「別荘までご案内しますので」退《ひ》きさがりながらぼくはまた言った。

店の裏へまわって、伯父のピックアップ・トラックに乗りこんでガレージから出し、店の前まで運転してきて、ステーション・ワゴンの先へ停めた。それから店内に戻り、夫妻が買った食料や物資を箱詰めするのを手伝い、それが済むと外に運びだした。世の中には女が買いたいと思うものはたくさんあるが、男がそう思うものは少ない。台所用の紙タオルや、さまざまな浴室用品や、洗濯用石鹼や、ちょっと可愛らしいお菓子類などなど。この初日だけで三十ドル以上の売り上げになった。

店のカウンターには客のため電報用便箋が置いてある。毎朝六時には近くの村ビッグムース・ジャンクションの電報局に係が出勤してくるので、伯父がそこに電話で連絡するのだ。コッペルマン氏がその便箋について尋ねると、伯父は電報用だと教えてやり、氏がつっかえがちに述べる文面を便箋に聞き書きしてやった。

宛先はフィラデルフィア近郊ジャーマンタウンのロカストヒル通りに住むウィリアム・C・トーニーとなっていた。翌朝ぼくが伯父の代わりに電報局に電話し、鉄道電報の電信係に文面と宛先を告げた。

キャサリント幼児共々午後十時ビッグムース湖畔別荘地無事到着。約四百五十マイルノ車ノ旅デヤヤ疲レルモ雑貨店デ鍵借リ受ケ安堵ス。安逸ナル滞在ヲ予期。ボストンニテ有能ナルベビーシッターヲ雇イキャサリンノ育児ト家事ヲ補助サス。現在降雨ナルモ明日ハ好天ノ模様。湖ハ依然温カク水泳ヤカヌーモ可。アトハ貴君ノ蔵書ニ耽溺スル所存。感謝。カルヴィンヨリ。

コッペルマン氏は文面を読み返したり余計な言葉を削ったりすることはせず、返信を期待するようすもなかった。実際、コッペルマン夫妻が別荘に滞在しているあいだに宛先のトーニー氏からの返信はなかった。今ぼくがこうしてこの電報について思いだしているのは、これによって夫妻それぞれのファーストネームを初めて知ったことを記しておきたいからだ。

ぼくがトラックをガレージから出してステーション・ワゴンのところに戻ってくるあいだに、コッペルマン夫人も温めた哺乳瓶を持ってベビーシッターのそばに戻っていた。コッペルマン氏が電報の文面を書いているときには、夫人は氏の左腕に自分の腕を絡めて寄り添うようにしていた。

「『ヤヤ疲レルモ安堵ス』ですって」夫人は電報を引用して軽く笑った。『安逸ナル滞在ヲ予期』、『有能ナルベビーシッター』、『水泳ヤカヌーモ可』。素敵な滞在になりそうね、カルヴィン？」と少し興奮したようすで言った。

コッペルマン氏はさり気なく夫人から腕を引き離した。

「そ、そ、そうだな。きっと楽しくなるぞ、キ、キ、キ、キティ」

氏が夫人を愛していることはよくわかる。男は愛情を隠せないものだ。コッペルマン氏の場合は少し心が弱いため、あまりあからさまでないだけで。そしておそらく、車のなかで赤ん坊にミルクを飲ませて泣くのをやめさせた穏やかな気質の金髪の女性にも、氏は愛情を持っている。男が二人の女を同時に愛するというのは、つねに不幸を招くものだ。

ぼくはトラックをステーション・ワゴンの前に位置させ、湖岸にうねりのびる道をゆっくりと先導していった。ステーション・ワゴンはヘッドライトを点け、雨のなかをガタガタと揺れながら後続してくる。三十分ほどかけて対岸のトーニー別荘に着くと、コッペルマン氏が雨戸の留め金をはずしたり玄関ドアを解錠したりするのをぼくも手伝った。玄関ホールではヒューズ・ボックスを見つけてやってヒューズをつなぎ、照明の一部を点灯した。それから地下室におりて電動式地下水用ポンプのスイッチを入れ、水槽に水が溜まっていく音に耳を澄まして作動を確認した。主婦は新しい住居に入った場合、やはりまず水量をたしかめておきたいものだろうから。

そのあとトラックから食料や物資をおろして台所に運び入れ、それが済むと、コッペルマン氏がステーション・ワゴンから自分たちの旅の荷物をおろすのを手伝った。荷物はステーション・ワゴンの荷台に敷かれた防水シートの上に山積みされていた。それらを順次おろして別荘の玄関ホールに運び入れ、そこから先はコッペルマン一家に任せた。夫人とベビーシッターが早くも一部をそれぞれの部屋に運んでいった。

ぼくはふたたび外に出て別荘のわきへまわり、窓をふさいでいる冬季用の鎧戸を三つ四つ開け放った。その夜はまだ全部の鎧戸を開けるには及ばず、空気を入れ替えるだけで充分だと考えてのことだ。残りは翌日の日中に開けるほうがやりやすいし、ふたたびこの別荘を訪れる言いわけにもなる。

鎧戸を開けた窓の前を通って引き返そうとしたとき、窓の内側の部屋にいるベビーシッターの姿が目にとまった。部屋では小型の天井灯が点されていたが、ブラインドはまだおろされていなかった。鎧戸を開けてあることをベビーシッターはまだ気づいていないのだろうと思った。

そこはトーニー家が育児部屋として使っていたところで、ベビーシッターはすでに赤ん坊を具え付けの乳幼児用ベッドに寝かせていた。そしてそのわきに立ち、寒暖計を覗き見ていた——赤ん坊に掛けた毛布が足りているかあるいは多すぎないかをたしかめていたのだろうと思う。現在のぼくの妻ルースも双子の娘たちのためにひと晩に五、六回は同じことをしているから。

ぼくが窓の外から離れないでいるうちに、コッペルマン氏が育児部屋に入ってきたのが見えた。氏も赤ん坊のベッドに近づいていく。

「子供は元気にしているかな?」と氏が問いかけた。

「ええ」とベビーシッターが答えた。

「目が母親に似ているね」と氏が言う。「可愛いものだ」

氏は人差し指を赤ん坊の顎の下に添え、顔を屈めてキスをした。ふたたび背筋をのばしたあと、なにも言わないままいきなりベビーシッターに両腕をまわした。ベビーシッターもその場を動かず、両腕をあげて氏の首にまわした。二人は沈黙のうちに体をゆすりながら激しいキスをしはじめた。ぼくは思わずたじろぎさがり、爪先立ちで窓の外から離れていった。

強烈なショックを受けていたと、今にして思う。あの二人はともに成人している男女であり、たがいになにを欲しているかをよく知っていたはずだ。それを手に入れるためにはどうすればいいかも知っており、だからこそなおさらよくない事態を引き起こしているのだ。

ぼくはトラックに乗りこむと、うるさい音を立ててエンジンをかけ、別荘から去っていった……


翌朝最初に目にしたのは、コッペルマン夫人が自分でステーション・ワゴンを運転して、独りで雑貨店のほうに向かってくるところだった。雨は夜のうちにあがり、日射しがまばゆいほどの明るい朝になっていた。湖面はガラス板のようになめらかだ。夫人はスラックスを穿き白のタートルネック・セーターを着て、瞳の色と合った濃い青色のバンダナを頭に巻いていた。台所の食器棚に敷く紙シートと、おしめ捨て容器と、あとはミルクを買い求めた。夫人が車のなかで待っているあいだにぼくがそれらの品を運んでやり、それから車のガソリンを補給した。

「全部つけにしておいてくださいね」夫人は口紅で唇を赤く塗りながらそう言った。

　ぼくは前夜に別荘の育児室の窓越しに見た光景を思いださずにはいられず、顔が熱くなるのを感じた。夫人はあのことについてなにか知っていたり、あるいは察していたりするのだろうか？　ひょっとするとベビーシッターのことなどなにも気にかけていないのかもしれない。いずれにせよ、森林地帯の別荘地にやってくるためには、子守り役はいなくなられては困る唯一の助力だろう。

　十月らしい爽やかな日だった。森は紅葉の盛りで、その色彩をすでに長く保っていた。湖の向こう側のトーニー別荘のあたりから、静けさのなかでラジオの音声がときどき聞こえていた。あるいはまた人の呼びあう声や笑い声もときおり響いた。別荘のボートハウスから湖に入って泳いでいるらしい声だった。コッペルマン夫妻にちがいない──ベビーシッターは泳げないと言っていたから。

　コッペルマン氏は雑貨店にやってくるたびに、なにか郵便が届いていないだろうかと尋ねた──湖周辺の別荘に届く郵便物は全部伯父が管理していたから。だがコッペルマン夫妻宛にはまだなにも届いていなかった。夫妻がこの地に住みはじめたことを知っていたのは、このときはトーニー氏だけだっただろうと、ぼくは今でも思っている。つまり待っているとしたらトーニー氏からの手紙だろう。コッペルマン氏の両親のようすについてトーニー氏が知らせをくれたなら、息子夫婦に赤ん坊ができたことによって両親の考えが変わったかどうかがわかるはずだと、コッペルマン氏は思っていたのではないか。夫人の信仰が異なるせいで結婚に反対していた事情が改まるのではないかと。一方ベルギー人難民であるコッペルマン夫人には両親がいないので、実家から手紙が届くかどうかといったことはもちろんまったく期待していなかったはずだ。

ぼくにはやることがたくさんあった。伯父が商品の在庫を調べたり年間の収支を計算するのを手伝ったり、ガソリン給油機はまだ開けていたので、雑貨店にときどき来る客の車に給油したり、モーターボートを湖に出せるか、船外機を作動させられるか調べたりもした。伯父はモーターボートがずいぶん自慢らしく、しょっちゅうそれについて口にせずにはいられないようだった。でもぼくが知るかぎりモーターボートが湖に浮かべられた例しはなく、モーターが作動するところさえ見たことがなかった。どうやらモーターボートは一九一六年に伯父が雑貨店を買いとったとき湖の桟橋に置かれていたもののようで、伯父はそれを相当に価値あるものと決めこみ、いずれは実用に供するつもりでいたらしかった。実際、湖岸沿いに稼働させれば自転車で岸を走るよりも早く湖をまわれるはずだから。そこでぼくは一念発起して修繕にとりかかり、舟底の穴に詰め物をしてなんとかふさいだ。そして泥地から引きずりだし、湖に浮かべてみた。浮かびはしたものの、モーターは錆びついているのかピクリとも動こうとしない。

そこで、じつはぼく自身のボートを手に入れた。伯父のモーターボートを結局諦めることにしたあとに。もともとはシカゴから来たリドゥンパス家の息子が持っていたもので、小型ながらもマホガニー製のなかなか上等な一人乗り用手漕ぎボートで、競走用のオール二本とスライド稼働式座席が付いていた。リドゥンパス家の人々が避暑でこの地の別荘に来たとき、父親が息子の誕生日プレゼントとして買い与えたものだった。競走用といってもそう速く進められるわけではないだろうが、まあ悪くはなさそうだった。それに両腕で片方のオールだけを持って、前後に体を傾けながら大きく漕ぐなら、音楽を奏でるような滑走を楽しめるというものだ。

リドゥンパス家の息子はその上等なボートで初めて湖に漕ぎだしたとき、岸から四、五十フィートも沖へ出て、フラリー家の別荘の前まで漕ぎ進み、そのあたりにある岩礁に乗りあげた。フラリー家の娘に見せびらかそうとしてのことだったが、娘には却って笑われてしまった。リドゥンパス家の息子は岩に挟まったオールを必死に抜こうとした弾みで、オールの先端でボートの底に穴を空けてしまった。さらには同じオールを岩にぶつけて折ってしまい、仕方なくボートを置き去りにして、浅瀬を歩いて岸に戻った。

フラリー家の別荘は湖を囲む道を半マイルほども行けば着くところで、湖におりるにも雑作《ぞうさ》のない位置にある。ぼくはそのボートが依然として湖面にあるのを雑貨店わきの桟橋からよく目にしていた。もはやそれを手に入れるのに躊躇してはいられなかった。

もしもリドゥンパス家の息子に手紙を書いて、ボートを使わせてくれるよう頼んだとしたら、断られるかあるいは返事すら来なくて、却って気まずい思いをすることになりかねない。そこで勝手にもらい受けて、自分で修繕することにした。ある日湖面に出てボートを牽き、フラリー家別荘の敷地のすぐ下あたりの岸の草地にあげた。オールを伯父のガレージに持ちこんで作業台に載せ、細い銅板とリベットを使って破損した部分を修復した。もともと檜《ひのき》材製らしく上等で頑丈なオールなので、破損といっても単純にまっすぐ裂けているだけだった。そのおかげでわれながらかなり巧く修復できた。わずかだけ重くなったが、扱いにくいほどではない。折れていないほうのオールにも銅板を巻きつけ、同等の重さにした。

いったん店に戻ったあと、夕食後のまだ暗くなりきらないうちに湖岸の道をふたたびボートまで赴き、舟底にできている穴も修繕してふさいだ。ボート自体は上等な合板製なので、完璧な修繕をするには専門の道具や材料を使える飾り戸棚職人にでも依頼しなければならないところだ。それでも麻布を穴の上下双方から入れ、油を加えながらきっちりと詰めこみ、ワニスを塗って固めた。じつによい出来だった。どこに穴があったのかと二度見しなければわからないほどだ。とにかく浸水は防げるようになった。

その日最後にもう一度ボートのようすを見ておこうと、夕刻にふたたび湖に行こうとしたとき、十日ぶりぐらいにコッペルマン夫妻の姿を見かけた。

それまでは夫妻が朝に雑貨店に立ち寄ったときには、ぼくはたいがいガレージの作業台に用事に行ったり、そうでなければ倉庫に商品在庫を数えに行ったりするのがつねだった。夫人の赤い唇が目に入るのが自分にとってあまりよくないと思ったからだった。自分はまだ子供だし、それに従軍する予定がすぐ目の前に控えていたので、もっと大事なことを考えるべき時期だと思っていた。そのため夫妻の姿を目にしたのは久しぶりのことだった。

黄昏どきも終わりに近づこうかというころだった。空にはまだわずかに夕光が残ってはいたが、湖面は昏《くら》い銀色を呈し、それを囲む岸辺は黒々としていた。ぼくはボートのわきの岸に俯せに横たわる格好になって、舟底の穴をふさいだ箇所を手で撫でさすり、ワニスが乾いているか、麻布が上からも下からもきっちりと詰まっているかを確認した。翌朝には水に浮かべて漕ぎだせそうだった。オールさえ持ってくれれば今すぐにも漕げるだろうと思えた。湾曲したオールでなめらかな黒い湖面を飛ぶように掻くならば、まさに音楽を奏でる気分になれるだろう。鈍い銀色に光る水面のすぐわきの、草深い岸の暗がりに横たわったまま、しばらくボートに触れて愛《め》でていた。

そのとき、湖にカヌーが漕ぎだしているのが見えた。湖岸沿いに静かにゆっくりと進んでくる。

トーニー別荘付属のアルミニウム製カヌーで、毎朝コッペルマン夫妻がそれで湖に漕ぎだしていることは知っていた。だが夕刻の鈍い銀色を呈した湖面で見るそれはいつもとちがい、どこか謎めいているようだった。

カヌーに乗っていたのはやはりあの夫妻で、中央部で横並びに坐っていた。コッペルマン氏は痩せた長い腕をのばし、ゆっくりとパドルを動かしている。

「このあたりにある空き別荘の四阿《あずまや》に、また行ってみない、カルヴィン?」物憂くつぶやく夫人の声が、湖面をわたってぼくの耳に届いた。「もう近くまで来ているはずよ。前のときからもう一週間以上も行っていない気がするわ」

「きみが行きたいなら、行ってみようじゃないか、キ、キティ」

「それじゃ、少し左のほうへ漕ぎまわしたほうがいいんじゃないかしら。あそこに桟橋らしいのが見えるから、きっとあの近くよ。でもいつもはあの別荘の前あたりにボートが一艘浮かんでいたはずだけど、見えないようだから、ここじゃないのかしら」

「仮にあの別荘じゃないとしても、今はどこも人はいないだろう」とコッペルマン氏が言う。

「でもわたしはあそこの四阿が気に入ってたの。あら、カルヴィン、カヌーが止まっちゃったわ!浅瀬に乗りあげたんじゃない?」

「い、岩に乗りあげたんだ」

カヌーは岸から少し離れたところにある岩礁に乗りあげたのだ。そのときはもうぼくのものとなっていた、リドゥンパス家のボートが置き去りにされていたところだ。と思うと、コッペルマン氏が夫人の体に両腕をまわして、唇を重ねているのが見えた。

湖岸の暗がりに横たわってボートを摑んでいるぼくの手に、おのずと力がこめられた。が、あわてて這ってその場を離れていき、フラリー家別荘に付随する四阿のわきの石敷きの小径《こみち》にたどりついた。四阿のガラス窓の前には葉のない蔦《つた》の蔓が垂れさがり、敷石に囲まれた噴水はとうに水をあげることがなく、詰め物張りの長椅子は全部四阿のなかに仕舞いこまれていた。小さな青い敷石の上に両手両膝をつき、這って小径を進んだ。石が軋《きし》りをあげないように注意しつつ。ふたたび音を立てる心配のない草地に出ると、立ちあがって歩きはじめた。大きな歩幅で用心深く進んだすえにやっと湖岸の道に戻ると、一心不乱に駆けだした……

第三章　死は静かに訪れる

それから二時間後の午後十時ごろ、ぼくは二本のオールを片方の肩にまとめて担ぎ、ボートに再来した。伯父が鼾《いびき》をかきながら寝入ってから一時間ほどが経っていた。自分のなかで野生の本能が沸き立ち、現実世界をぶっ壊してどこかへ脱出したい気分になっていた。

黒い湖面にカヌーはいなくなっていた。暗夜のなかでは航跡も見えないが、目には依然としてコッペルマン夫人の赤い唇と、夜のような色をした瞳が浮かんでいた。夫人の体にまわされたコッペルマン氏の腕までが見えるような気がした。

ぼくはボートを水に浮かべ、乗りこんだ。オールをロックに嵌め、櫓杭《ろぐい》で革製の舷側保護材の上に固定した。足には紐付きの革製保護靴を履いた。少し漕いでボートを岸から離し、それから両腕をのばして岸壁につかまり、思いきり押してふたたびボートを岸から引き離した。なめらかな黒い湖面を舳《へさき》が鋭く切り裂き、十マイルほども沖まで進みでた。星もない暗夜なので岸からの距離がはっきりとわかるわけではないが、だいたいそんなものだろうと思った。だがそのときのボート漕ぎには歌も音楽も感じられず、ただ筋肉の疲れと脳の消耗を感じただけだった。

トーニー別荘の近くに来ているかどうかもわからない。とにかく対岸のどこかに近いあたりだろう。時間もたしかではないが、二時間ほど漕いだ気がするので、たぶん午前零時ぐらいだ。まちがいなく対岸近くまで来ているようだと察したのは、岸辺に建つトーニー別荘のボートハウスらしきぼんやりとした白い影が認められたときだった。別荘自体は湖岸の上にあるはずだが、真っ暗なうえに静寂でなにも判然としない。

「カルヴィン！　彼女を水に落としたの？」

ぼくはオールを水面の上まであげたままにした。ボートが岸に沿って漂っていくうちに、オールから水滴がしたたりつづける。

「カルヴィン、あなたのカヌーの音が聞こえてるのよ！　いったいなにがあったの？　彼女を水に落としたんじゃない？」

「ぼくです。雑貨店の〈小僧〉ですよ、コッペルマンさん」と教えてやった。

少し前に左手のオールが浮桟橋にぶつかったのだった。それで沈黙のまま逃げ隠れするのは無理だと覚り、話しかけることにした。夜闇のなかでコッペルマン夫人は浮桟橋の上に立っていた。スラックスに白いタートルネック・セーター姿で、背筋をのばし身を乗りだしていた。片手をあげて手首で口のあたりを押さえ、一歩退《しりぞ》いたようだった。

「あなたでしたの！」と夫人は言った。「なにをしてらっしゃるの？」

「ちょっとボートを漕いでいました」とぼくは答えた。「なにかあったんですか？」

「主人がいなくなったんですの！」と夫人が言う。「湖にカヌーで漕ぎだしたようでしたけれど、もうそろそろ戻ってもいいころだと思って、それで心配になって」

「ベビーシッターの方と一緒に出かけたんでしょうか？」とぼくは重ねて問うた。

「そうなんですのよ！　どうして彼女と一緒に出なければならないのか、わけがわからず――」

「どれぐらい前からです？」とぼくは糺《ただ》した。

「もう何時間も経っていますわ！　うちではいつもみんな早くに寝《やす》むんですけれど、わたしがふと目覚めると、主人と彼女がいなくなって、カヌーも失くなっていることに気づいたんですの。何時ごろからなのか、はっきりとはわかりませんわ」

ぼくが湖に出向いてからは二時間ほどだったが、そのあいだに水上で人の声などは聞こえなかった。

そのとき、森閑たる静寂のなか、黒い湖面のどこかで、アビの啼き声のような物音が聞こえた。

「あぁ！　あぁ！　あぁ！　あぁ！」

細くかん高く短い叫び声のような連続音が湖上に響いた。狂乱して笑う鳥のようにも聞こえる声だった。

「あぁ、あぁ、あぁ！　あぁ、あぁ、あぁ！」

ぼくは浮桟橋を押して、ボートを岸から離した。オールで漕ぎはじめ、ボートを旋回させていった。

仰け反るほどにも体を傾けて漕ぎ進んだ。疲れも忘れてしまっていた。オールを水に搔き入れてはすばやく引きあげ、引きあげた瞬間にはふたたび仰け反るほど後ろへ体を傾けて、水上を飛ぶように突き進む。舳に掻き分けられる水が泡立ち、逆巻きながら後方へ吸いこまれていく。

「あぁ、あぁ、た、た、たいへんだ！」

自分がどのくらいの速さで進んでいるのかはわからない。もし秒速十ヤードほどだとしたら、人が地上を走るときの限界に近い速さだ。叫び声はどんどん近くなっている。声のほうへ向かってさらに突き進む。ふたたび声が聞こえたときには、ほとんどそこにたどりついていた。ぼくの背後に位置する舳のすぐ前方に、なにかが迫っているのを感じた。

オールを突き入れる力を強め、さらに速く水を掻く。すると舳がなにかにぶつかったのを感じた。転覆したカヌーだった。ぼくはオールを手放した。オールは後方へ漂っていく。立ちあがって保護靴を脱ぎ捨て、ズボンもすばやくおろして脱ぎ去った。

カヌーのわきの水面に、ずぶ濡れになったコッペルマン氏の頭部が突きだした。

「た、た、たいへんだ、彼女が沈んでしまった！」

ぼくは跳びこんだ。

水中をくだっていき、人の体を見つけた。水面から十フィートほど下方だ。手をのばして捕まえようとしたが、冷たくなめらかな腕に手が滑った。またも見失った。一度水上に顔を出して息を吸いこんでから、ふたたび潜《もぐ》った。水上に顔を出したときには、コッペルマン氏がカヌーにしがみついて息を喘《あえ》がせているのが見えた。ぼくがふたたび潜ると、氏の体がまた沈みはじめているようだった。

再度ベビーシッターの体を見つけることができた。こんどは髪を摑んだ――豊かなブロンドの巻き毛の塊《かたまり》を。そうやっておいて体を捕まえたが、早くも肺が苦しくなってきたので、必死で黒々とした水を掻き、もがくようにして水上へ顔を出した。彼女の頭も水面に引きあげ、それから同じ位置にたゆたっている自分のボートの舷縁に手をのばした。水の上で彼女の顔を見ると、目は開いたままで、体は冷たくなっていた。冷えきっていた。

ボートの舷縁につかまり、彼女の体をそこへ引き寄せた。髪を摑んで顔を上向きにさせておいて、まず自分がボートの上に掻きあがった。弾みでオール留めのロックに自分の胸をぶつけてしまった。ボートのなかでひざまずき、彼女の両腋の下に手を入れて、体を水面から引きあげた。

コッペルマン氏が泳いで近づいてきた。

「助けてくれたのか！」と喘ぎ声をあげた。「よくやってくれた！」

「手遅れです！」ぼくはヒステリックに叫んだ。「もう息をしていません。手を貸してください、コッペルマンさん！」

「彼女はいっそ殺してと言ったんだ！」とまた喘ぎ声を出す。「でもとてもできなかった。おお、神よ、なんてことだ。そんなつもりはなかったのに。これは事故なんだ！　わたしはただ席を代わろうとしただけだ。突き落とすつもりなんてなかった！」

コッペルマン氏の顔が口の上まで水に沈んだ。

「ああ、なんてことだ！」と喘ぐ。「どうすればいいんだ、キャサリン！」

氏の頭が全部沈んだ。

「手を貸してください、コッペルマンさん！」

だが沈んだままだ。彼女の持ち物でも探しに潜ったのだろうか、とぼくは思った。

仕方なく、自力のみで彼女の体を舷縁越しにボートのなかに引き入れ、漕ぎ座のあたりに横たえて仰向けにさせた。ボートが揺れているので、オールを水の上にのばして浮き代わりにした。彼女の頭を舷縁に載せ、胸を押して人工呼吸を試みた。だが体はもう冷たすぎる。

コッペルマン氏はまだ水中からあがってこない。潜ったまま疲れきってしまったのかもしれない。だがぼくも疲れきっている。助けにはいけない。すぐには、とても。

ついさっきのコッペルマン氏は、普通に喋れていたようだった。つっかえがちになってはいなかった。ただ喘いでいた。ひどい恐怖のせいか。このうえないほどの。だが、おお、神よ、と言ったときはつっかえてもいなかったし喘いでもいなかった。夫人の名前を口にしたときもだ。これは事故なんだと、神の御前《みまえ》で言ったときもだ。そのあと氏は潜っていった、とても静かに。

「コッペルマンさん！　コッペルマンさん！」

いくら呼んでもあがってはこない。前方にある伯父の雑貨店に明かりが見えた。後方に位置するトーニー別荘にも明かりがある。ぼくは黒い湖水の真ん中にいる。

雑貨店わきの桟橋に、懐中電灯らしき光が揺れながら進みでてきた。そこへヘッドライトを点けた車もやってきた。

「小僧！　どこにいる？」かすかに呼ぶ声が届いた。

「溺れたんだ！」ぼくはしわがれた声をあげた。「水に落ちて！」

だが湖岸に聞こえているかどうかわからない。明かりを持たないので、居場所の合図も送れない。やむなく屈みこみ、浮き代わりに水上にのばしておいたオールを引き入れた。ベビーシッターの遺体は、自分の前方に位置する艫《とも》の近くにさしわたす形で横たえた。穏やかな美女だった。名前はまだ知らない。腕はなめらかで、髪はブロンドで、茶色の瞳は宙を見あげたままだ。ぼくはその場にひざまずいて手をのばすこともできずにいた。雑貨店わきの栈橋をめざして、できるかぎり速く漕ぎはじめた。遺体の腕と脚は艫の左右の舷縁から垂らされたままだ。

十分か十五分ぐらいかかって栈橋に接近すると、急いでボートを接岸させた。だが急いで彼女を岸にあげたからといって事情が変わるわけではない。初めて水中で見つけたときからすでにひどく冷たくなっていたのだから。

伯父は応援に呼んだ人々数人とともに栈橋におり、モーターボートの船外機を起動させようとしているところだった。そのとき一台の車が栈橋にやってきて、ヘッドライトがぼくの乗るボートを照らしだした。ビッグムース・ジャンクションの村から来たデニング医師の車だった。村で出産のための往診に出向いた帰りに、雑貨店の明かりと栈橋での伯父の懐中電灯の光とを目にとめ、しかも湖から人の声が聞こえたので、気になって車をこちらに向かわせたのだとあとで知った。

人々に手伝ってもらって彼女をボートから担ぎだし、栈橋の乾いた板場に横たえた。交代で人工呼吸を試みたが、しかし心臓は止まったまま動かないというのがデニング医師の診立てだった。泳げなかったのだとしたら、水に落ちたときの衝撃と恐怖ですでに死んでいたのかもしれないという。額《ひたい》に傷があり、カヌーから落ちたときにできたのではないかと思われた。

伯父の電話要請に応じて集まった人々がさらに増えた。数艘のボートでコッペルマン氏の捜索が夜通しつづけられ、朝になってようやく遺体が発見された。

水底まで沈み、片方の腕が岩の隙間に挟まっていたのだった。

いつごろなのかコッペルマン夫人が桟橋に来ていた。だれかがモーターボートでつれてきたのか、あるいは自分でステーション・ワゴンを運転して湖岸の道をやってきたのかもしれない。夫人が現場に着いたのは、コッペルマン氏と道ならぬ恋に落ちたブロンドの女性の遺体が雑貨店のなかに運びこまれたあとのことで、コッペルマン氏の捜索に加わっていたぼくが湖からあがってくるよりも前のことだった。乾いた服に着替え、髪も乾かしたあとで初めて目にしたとき、夫人は涙にくれていたが、ぼくを見つけるといきなりすがりつき、キスを浴びせてきた。それまで経験したことのない種類のキスで、子供を大人に変えるたぐいの、忘れられない接吻だった。それでもぼくの唇は冷たいままだった。遺体となったコッペルマン氏と同じほどにも、水に湿って冷えきった唇だった。

しかし意味のあるキスというわけではない。夫人はただわれを失っていただけだ。デニング医師にもすがりついてキスをしたし、伯父がもし疲労しすぎていなかったなら伯父にもしたかもしれない。それに夫人のキスは、飛ぶ蜘蛛が一瞬触れるほどにもすばやいキスだった。デニング医師があとでぼくに語ったところによれば、人が近しい者の死に直面したとき、それへの反発として生への渇望が湧き、一時的に淫蕩さを発露してしまうのは、自然な行動として説明できることだという。未亡人になったばかりの女性がデニング医師にすがりついてきた経験はこれが初めてではなく、しかも亡夫が臨終の床《とこ》に臥《ふ》している場合もあったという。夫の最期を察したればこそ、バランスを保とうとする自然界の意志が表われたのだと医師は説明した。

前夜には角灯《ランタン》を手にした人々が数艘のモーターボートで夜通しコッペルマン氏を探しつづけたが、そのあいだも、氏と一緒に――あるいは氏の直前に――溺れ死んだブロンドの女性の遺体は、雑貨店のなかでシーツをかぶせられてずっと横たわっていた。女性の名前はだれにも知られていなかったが、後刻コッペルマン夫人が死亡診断書作成のために初めて口にした——メーベル・クレーンという名前であることを。

遺体引取人は現われなかった。結局郡当局の差配により、サンクタス墓苑に埋葬された。ぼくが思うところでは、息子の遺体を引き取りに来たコッペルマン氏の両親がベビーシッターの身の上を不憫に思い、埋葬費用を支払っていったのではないか。富裕な一家だし、善行をすることを徳と信じる人々らしいから。両親は息子の未亡人と幼い孫をつれて去っていき、その後は喪に服したことだろう。

以上が今から八年前の、メイン州ビッグムース湖畔でのコッペルマン夫妻とそのベビーシッターを巡る経緯だ。

そして「チャールズの遺体が見つかったのは——」というところから、ぼくはヴィレナ・ラマーレの小説をふたたび読みはじめる……

チャールズの遺体が見つかったのは翌日だった。手が裂けていたのは、湖底の岩にでも挟まっていたためかもしれない。夫は泳ぎが得意だったけれど、たとえ事故とはいえ自分のせいでヒルダが死んでしまったことに、繊細で張り詰めた精神が耐えられなくなったのにちがいない。実際、ヒルダの死は事故として扱われるところだったが、地元医師が——監察医を務めた人で、感情に動かされない冷静な人物だった——遺体引取人が現われないという状況に乗じて、必要とされてもいない検死解剖を敢えて行なったところ、死亡時に妊娠五週間の身の上だったことがわかった。その期間はわたしたちが湖にやってきて以降の日数よりもわずかに短いこと、そしてヒルダとの肉体交渉の相手がチャールズ以外には考えられないこと――雑貨店の老齢の店主とその甥の痩せた若者にも可能性があるというわたしの主張は、莫迦《ばか》げているのひと言で退けられた――によって、チャールズが殺害したのではないかという疑いが浮上した。

わたしにはたいへんなショックだった。チャールズはわたしだけを献身的に愛してくれていると信じて疑わなかったのだから。彼とヒルダの不貞交際はわたしの前では周到に隠されていたが、わたしたち一家が初めて別荘地を訪れた日に、二人が抱擁しあっているところを雑貨店の痩せた若者が覗き見していたとあとで知った。おそらく世の中の人妻はだれもがわたしと同様に愚かで、好奇心の強いそんな若者でさえ知っていることを知らずにいるのではないだろうか。

この経緯は、チャールズがヒルダを故意に溺れ死なせた動機を物語っているのかもしれない。つまり、自分より低い階層の女性と不貞を働いてしまったという汚点から逃げるためであり、そして同時に、わたしの愛情を失ってしまう危機を避けるためだったのではないか。そうだとすると、ヒルダはチャールズの神経過敏な気質を利用して、穏やかそうなうわべに隠した強い意志をあらわにし、わたしとの離婚と自分との再婚まで要求したのではないか。チャールズのような気質の人は、自分の希望に反することを強制されるとすぐに激しく動揺し、パニックに陥ってしまいそうな気がする。とはいえ、彼の内心にどんな葛藤があったのかは、彼自身以外にはわからないことではあるけれど。

チャールズの両親は電報で通知を受けると、ただちに飛んできた。富裕で高い階層にいる人たちなので、チャールズの犯行容疑を巡って徒《いたずら》に事情聴取されるのを拒んだ。わたしたちの赤ちゃんについてはさすがに嬉しさを隠さなかった。それでわたしが義父義母の信仰する教会に行ってみたいと申しでたうえで、その信者になるにはどうすればいいでしょうかと問うと、彼らはわたしと赤ちゃんを喜んで自分たちの家に迎え入れると言ってくれた。それはわたしにとって必要なことだった、チャールズには自分の自由にできる財が乏しく、わたしへの遺産はきわめて限られたものだったから。それ以来、わたしは義父義母と一緒に暮らしている。小さな町の大きな邸宅で。穏やかな生活だけれど、映画には週に二度行くし、地域の婦人会にも参加している。来年はチャールズがもし生きていれば三十五歳になる年なので、わたしと子供のために遺してくれた信託預金を利用できるようになる。

　それでもなお、心の奥にはある疑問がわだかまっている。あれから何年も経ち、母の変わらぬ愛と慈《いつく》しみを受けてきた息子の広い額に、明るい日射しが輝くのを見ていられる今になっても。この子の父親は、本当に人殺しだったのだろうか？　いやむしろただ単に、気は優しいけれども心が弱いために、女性の大胆な誘惑に抗しきれずに屈してしまい、挙句にそれを後悔しての犯行だったのではないか？　でも決して計画的にやったのではなく、だからこそ心ならずも彼女を死なせた罪の報いとして、自らも命を絶つことになったのでは？

こういう疑問を最後に持ってくるのが、たしかに『実話殺人ロマンス』誌に掲載される小説のスタンダードな終わり方ではある。この問いへの答えはぼくにはわからない。ただ、ひょっとしたらコッペルマン氏はベビーシッターを溺れさせようと本当に考えたのかもしれない。ところが躊躇が生じ、そうするうちにカヌーが転覆するという思わぬ事故が起こった。泳げないベビーシッターはショックで喘ぎ、肺に水が入って、どうすることもできないままたちまち死んでしまったのかも。あるいはまた、過敏すぎる神経のせいでコッペルマン氏が異常に奮い立ち、抑圧され妨害された子供によくあるような狂乱状態に陥った可能性もあろう。そして、赤い唇と夜のような色の瞳を持つキティと呼ぶ愛妻を失いたくない一念から、手にしていたパドルを振りあげて、あの穏やかなブロンド美女の頭に打ちおろし、おまけにカヌーをひっくり返して、彼女を溺れさせながらも大声で助けを呼んだ、という事情だったのか。その声を聞きつけたぼくが黒い湖面を懸命にボートで漕ぎ進み、現場にたどりついたときになって、カヌーにしがみついていたコッペルマン氏にようやく良心の呵責が生じた。そこに体の冷えが重なり、自らも沈んでいった。

だがあのときコッペルマン氏は、これは事故なんだと、つっかえることもなく口走っていた。恐れもなくそう言っていた。あるいは、過度の究極的な恐れすら超えた境地だから言えたのか。神の御前だからこそ。

正解はわからないと言うしかない。ぼくはただ、ラジオドラマの聴取者を楽しませられる脚本を書くだけだ。マイクロフォンの前で口にされるとき、なにかの出来事が本当に起こっているかのように響く台詞を書くだけだ。それがぼくの関心のすべてだ。如何にリアルに響くかが。

あの夜人々が水に潜ってコッペルマン氏をまだ探しつづけているとき、ぼくはコッペルマン夫人が桟橋に来ているのを目にすることができた。翌日湖の向こう側のトーニー別荘を訪ねたときには、夫人はどうしたらいいのかわからないようすでいながらも、亡き夫の両親が到着するのを待っているところだった。唇は血の気が失せ、手にはよじれたハンカチを握りしめていた。そのあいだもデニング医師と保安官である伯父は役目柄、夫人にいろいろと質問をつづけていた。夫人は困惑し狼狽し、問いのすべてには答えられずにいた。

だが今現在の夫人は、すべての答えを知っているはずだ。

脚本家がドラマの筋をすべて知っているのと同じ意味において。ただ目に見えぬ多くの聴取者のため、事実のいくつかを脚色しいくつかを変更しなければならない場合もありうる。音響効果を加えるほうがいいことも。ぼくは脚本の書き出しを考えるため、雑誌のページをめくりなおして小説の冒頭に戻った。


午前零時にわたしは目覚めた、赤ちゃんの哺乳瓶を替えてやるために……窓辺に立ち、月も出ていない暗い湖畔の景色を見ながら、ボートハウスのわきにのびる浮桟橋に打ち寄せる漣の音に耳を傾けた……どこかからフクロウの啼く声が聞こえる。あるいは……アビの声かもしれない。とにかくあたりで聞こえる生き物の声はそれだけで、あとは漣の音のみ……


ラザフォード編集長は血色のいい顔にくつろいだ表情を浮かべ、シチリア短剣風の古物のペーパーナイフを机の上に置いた。

「なにも変えず原作どおりでよさそうじゃないか、ビーマン?」と機嫌のいい声で問う。

「些細なところをひとつふたつ変えるぐらいですかね」とぼくは答えた。

編集長はかすかに顔をしかめた。

「台詞をひと言でも変えたら、ラマーレ未亡人は不満に思うにちがいないんだがね」と編集長が言う。「この作者はね、最後の一ページをタイプライターからはずすなり、原稿の束をかかえて編集室に駆けこんでチェックを指示し、あとは本が出版されても中身に目を通しもしないような冷酷なプロの作家とはちがうんだからね。この作品は彼女にとって虎の子なんだな。つまり強い愛着を持ってる。作者には電報を出して、授賞式のカクテル・パーティーのあとにオンエアするつもりだと知らせたら、ひどく喜んで、自分のドラマが未知の大衆に向けて放送されるときには是非その場にいたいと言ってくれたよ。ビーマン、わたしもきみの才能は知ってるつもりだ。でも今回だけはその創造心を曲げてくれたまえ。作者は自分の作品がもしぶつ切りにされたなら、たいへんな失意に墜《お》ちるにちがいないからね」

ぼくは要求を呑んだ。プロの業界人のあいだでは、ぶつ切り屋よりもっとひどい呼ばれ方をされたこともある。雑誌を腋にかかえ、いささかの疲労感とともに立ちあがった。目に見えぬ無数の聴取者が『実話殺人ロマンス・アワー』にチューニングを合わせるときまであと八時間しかない。ぼくが創造心を曲げない脚本家だなどとだれが言った？　もし原作を一字一句変えないで脚本を仕上げられるなら、それ以上望ましいこともない。あとは家に帰って寝るだけだ。

だが本来なら土台無理な話だ。読むだけの作品ならそれでもけっこう。だが電波に乗せて聞かせる作品となればまるでちがう。トウモロコシの実は演じられないし、食えるサキソフォンは出せないのだ。

未亡人は深い青色の瞳と、夜のようなまなざしを生む翳りある睫毛は持っているかもしれないが、しかし充分な耳は持っていないようだ。たとえば、ぼくが二本のオールを水面の上まであげたままにしてボートを漂わせていくときにオールから水滴がしたたる音を、コッペルマン氏がカヌーでボートハウスの浮桟橋に戻るときにパドルが水を搔いている音だと、未亡人は聞きまちがえていた。ついでに付け加えれば、未亡人がぼくのほうに向かってせわしなく囁きかけた言葉は「彼女が水に落ちたの？」ではなく、「彼女を水に落としたの？」だった。

もちろん大きなちがいではないのかもしれない。それでもなお一部を変えたいと思う理由は、単にぼくの耳が捉えたものと彼女にとってはそうでなかったものとを擦りあわせるためだけではない。あるいはまた、ぼくは知っていたが彼女は知らなかったことを巧く調整するためでもない。やりたいのはひとえに、当時彼女がたしかに言ったことをそのまま採用し、それを電波に乗せられるように仕上げることだ。なんであれ、両者の記憶にちがいがある場合、できることなら彼女の記憶のほうを採用したいのは山々なのだが。

共同プロデューサーであるシェイとヒーリーの配下にあるラジオ番組制作局へ向かうため、ぼくは高速エレベーターで七階へとくだっていった。雲に囲まれるほどの高所にある『実話殺人ロマンス』編集室からは数十階下方に位置する。七階に着くなり、脚本制作部門のなかにあるガラス張りの自分の執務室に跳びこんだ。上着を脱ぎ捨ててタイプライターにしがみつき、会話体の台詞を一心に執筆しはじめた。原作小説の流れに沿って。語り手の夫人ヴィレナが赤ん坊にミルクをやるために目覚める冒頭ではじまり、夫チャールズが寝室に戻っていないと気づいた彼女が、不安を覚えて窓辺に立つと、暗い湖面の漣が浮桟橋に打ち寄せる音だけが響く。

（音響効果のマイクロフォンに水槽かなにかの水音を入れるといいかもしれない。湖水の漣の音、あるいは女性が浴槽に入っている音、あるいは大洋で沈没する船にのしかかる大波の音、などなど、音響効果係がどれだけの強さで水音を立てるかによって変化させられる）

そのあとヴィレナはベビーシッターのヒルダがいなくなっていることを知り、ボートハウスの浮桟橋に行ってみると、カヌーのパドルが水を掻いているらしい音が近づいてくる。それからヴィレナは夫チャールズとの初めての出会いのときを思いだし、ボストンの使用人紹介所でヒルダを雇い入れたときのことも思いだす。そしてヒルダが溺死し、検死が行なわれ、チャールズによる殺害動機が浮上する。

第四章　深夜の殺人

原作に忠実に脚本を書いていった。ストーリーを叙述するため地の文のみ削って音響効果での表現に変え、それ以外の台詞の部分はひと言も変更しなかった。タイプライターは機関銃のように矢継ぎ早に原稿を打ちだしていく。脚本は五人の俳優一人ひとりに一部ずつわたるようにし、演出用にも一部用意する。ぼくと伯父に相当する人物もわずかながら登場する。伯父は雑貨店の主人でもある郡保安官で、ぼくは痩せた若者サイだ。原稿が書きあがったのは午後四時だった。放送時間二十七分間のドラマで、原作と些細なちがいのあるシーンがかなり多くなったが、われながら巧くまとめられたと思う。

さっそく四階にある合同スタジオの五番放送室に届けに行った。そこには信頼できるベテラン俳優五人が揃っていた。どんな役を任せても難なく演じられる者たちだ、サーカスの象だろうと溺死の母親だろうと。ところが、リハーサルでの最初の音響効果のシーンになって俳優たちが笑いだした。苦笑が全員に伝播していった。もう一度やりなおすと、こんどは読み通すあいだ休憩までみんな苦笑をこらえていた。若者サイが溺れたベビーシッターを助けようと水に跳びこむシーンでも、夫君チャールズが神よと言って沈んでいくシーンでも、笑いをこらえずにいられないところがないほどだった。

脚本を読んだ俳優に笑われるとは、これほどひどい失敗もめったにない。一千三百万人に及ぶ『実話殺人ロマンス・アワー』ファンの人々はじつにシリアスで、ドラマのなかで起こる事件でも真剣に捉える。このままでは、五つの配役のうち四つを猿にやらせるようなお笑いドラマに路線変更したと思われかねず、そうなったら熱心なファンは二度と聴かなくなるだろう。

これはもう、この脚本をいったんとりやめにするしかないのではないか。第一稿を破棄しなければならなくなった例はこれが初めてではなく、良好なものに仕上がるまでに三、四度書きなおしたこともある。しかしオンエアのベルが鳴るまでにこれほどわずかしか時間がないという例はかつてなかった。歩いてなどいられない気分のぼくは走りだし、共同プロデューサーのシェイとヒーリーのところまでの階段を一度に四段ずつ駆けあがっていった。

下手になおそうとして、あちこち少しずつ変えていこうとしても手間がかかりすぎることはわかっている。平素ならそれでもやれるかもしれないが、今は時間がない。むしろ初めからまったく新たな角度で書きなおすほうがいい。

すでに終業のベルが鳴りはじめている編集室に、ぼくは跳びこんでいった。帰ろうとするタイピスト二人の細い腰に手をのばして捕まえ、脚本の書きなおしに協力させるため席につれ戻した。

自分のタイプライターの前に陣どり、即座にキーを叩きはじめた。

チャールズとヴィレナの夫婦がカヌー乗りに興じたあと、ボートハウスの浮桟橋に戻るところを冒頭に持ってきた。ヴィレナが寝室の窓辺で黒い湖水の漣の音を聞いているシーンではなくて。夫婦のあいだのいくつかの会話からはじまり、そのまま書き進めていった。リアルに響く台詞にするべく努めた。たとえ本来は『実話殺人ロマンス』誌上の活字で派手な挿絵とともに読まれるべきストーリーであったとしても。途中で訂正など入れたりすることなくひたすら書き進めた。そのあいだにも時計の分針は秒針かと思えるほど速く文字盤の上を動いていく。タイピストたちはぼくが一枚書き終えるごとに原稿を抜きとり、それぞれのタイプライターで書き写していった。

最後の一枚を書きあげたとき、もう午後八時になろうとしていた。もはや最終リハーサルをしている余裕もない。原稿の束を摑むや、ただちに階段を駆けおりていった。階段の踊り場をすぎるごとに、すぐわきのエレベーターを隔てる壁越しに、授賞式パーティーの華やかで賑やかな話し声が響いてくる。まだ盛会がつづいているようだ。あと一時間以上はつづいてほしいとぼくは願った。ラザフォード編集長と素人作家ヴィレナ・ラマーレには時間を忘れていてほしいと。ぼくがストーリーを変えたことが、あの二人の気に入るはずはないとわかっているから。もし変えたと聞いたなら、不満を爆発させるだろう。

急いで合同スタジオに駆け戻り、受付嬢の前を走りすぎて、五番放送室に舞い戻った。ジェシー、エステル、エド・ウィリアムズ、ジェイ、ハーバートの五人の俳優たちが、古い芸能一座を成すかのように揃って待っていた。コマーシャルを担当する赤ら顔のアナウンサー、グレアムもいる。ほかに音響効果係のガス・シュミッドと、劇伴担当のオルガン奏者も。ぼくはそれぞれに脚本を手わたしてまわった。めいめいが個別に黙読する程度の時間しか残されていない。そうやってなんとか台詞を頭に入れ、オンエア開始のベルに間に合わせてもらわねばならない。

「配役は同じだ」とぼくが説明する。「ジェシー、きみは愛らしい若妻ヴィレナのままだ。エステル、きみはまた穏やかなヒルダをやってくれ。ジェイとハーバートは、今回も年配の雑貨店主とその若い甥を頼む。舞台設定とアクションは前と同一だ。変わっているのは会話の台詞と、ポイントになるシーンだ。これで巧く行くと思う。巧く行ってもらうしかない」

アナウンサーが番組の紹介を述べはじめたとき、放送室の出入口のところに雑用係が姿を現わした。

「ヤングさん、ラザフォード編集長と原作者の方が応接室でお待ちですが」

ぼくは顔と両手の掌をハンカチでぬぐい、放送室を出た。

この原作者こそ、コッペルマン氏の仔猫《キティ》だった女性だ。

応接室の正面側に位置する嵌め殺しの大窓の前に未亡人はいた。窓からは下方の広場が見おろせ、窓枠のすぐ下には下階のスケートリンク付属のレストランの庇《ひさし》が具わり、その前に立ち並ぶ高い旗《はた》竿《ざお》にはたくさんの旗が靡《なび》く。

まだ暖かい九月だが、未亡人は豹柄の厚手のコートを着ていた。赤い唇に彩られた物思わしげな顔の上にはヴェール付きの羽根飾り帽をかぶっている。黒い睫毛が目を翳らせ、髪も鴉《からす》の濡羽色のように漆黒だ。『実話殺人ロマンス』誌の最新号を、鰐革《わにがわ》のハンドバッグと一緒に胸の前に抱いている。

未亡人のすぐ前には頭ひとつ分ほど背の低い少年が立ち、彼女と手をとりあっている。もちろんラザフォード編集長ではない。編集長は身長五フィート六インチほどもあり、頭はピンク色を呈した禿頭《とくとう》なのだから。

落ちついた知的そうな風貌の少年で、広い額は肌艶《はだつや》がよくなめらかだ。窓側へ振り返り、茶色い瞳の揺らがぬまなざしで未亡人を見あげた。少なくとも八歳には達していると思われ、十歳でもありえそうだ。この子が当時赤ん坊だったアルフレッドではないか。その推測は当たっているとわかった。

未亡人がこちらへ顔を向け、ぼくと目が合った。

「原作者のヴィレナ・ラマーレさんですね？」とぼくは問いかけた。

「ええ」と未亡人は答えた。「わたしのペンネームですわ。家族の気に入られるかはわかりませんけれど。あなたがビーマン・ヤングさんでしょうか、演出をなさるという？」

未亡人はぼくが何者かに気づいていない。ぼくがもし彼女だったら、やはり気づけないだろう。あの痩せた若者が、四年の戦争と四年の平和を経たあとにこうなっていようとは。あのときの若者はただの〈小僧〉で、ビーマン・ヤングとは呼ばれていなかったのだから。

「そうです」とぼくは答えた。「ラザフォード編集長はどちらに？」

「ご自分のお部屋に急いであがっていかれましたわ、わたし宛のファンレターをとってくるとおっしゃって」と未亡人は答えた。「持ってくるのをお忘れになったんですって。すぐ戻られるんじゃないかしら。とてもいい評価をしてくださった読者がおいでだそうですのよ。もう五十通以上も届いているとか。そんなものを拝見したら、わたし嬉しくてどうにかなってしまいそう」

「それはほんとにすごいですね」とぼくは言った。

「あの方、きっととてもお金持ちなんでしょうね？」未亡人が言った。

「ラザフォード編集長ですか？　それはそうでしょう。編集者はみんな相当稼いでいますから」

「独身だと伺いましたけど、ほんとかしら？」

「気の毒にも独身です」とぼくは答えた。「『実話殺人ロマンス』に載る小説に出てくる男たちと同じですね」


翳る長い睫毛と、濃い青色の瞳。だが瞳の色はだいたい青色か茶色が多く、ピンク色などはめったにあるまい。赤い唇も、口紅を買えばだれでも赤く塗れる。未亡人の顔の愛らしさはティッシュペーパーにも等しく、薄っぺらで中身がない気がする。

ラザフォード編集長が未亡人のそばに戻ってきた。派手なツイードの上着を着て、甘い息をさせ、顔はピンク色で肌はなめらかで、ピンク色のイースター・バニー〔復活祭のマスコットとされる野兎〕みたいに無邪気だ。といっても誤解しないでほしい――ぼくはラザフォード編集長に好感を持っている。五十三歳ながらロマンチックな少年みたいで、すべての女性を玉座に坐らせて奉《たてまつ》るようなところがあり、その眼鏡を通じて見る世界は自分の顔の色ほどにも薔薇色なのにちがいない。もし編集長が双子の娘のおしめを替える生活を送っていたなら、たとえ『実話殺人ロマンス』を以《もっ》てしてもこれほどには成功できなかっただろう。

「さあ、キ、キティ、これが初めて届いた分のファンレターだ。早くも大好評だよ。ビーマンはもう自己紹介を済ませたようだね。言っておくが、彼はとっくに結婚しているよ」

未亡人はすでに自分のニックネームを編集長に打ち明けたらしい。おそらく本名もまだ教えていないにちがいないのに。ニックネームを口にするとき、編集長はついつっかえそうになっていた、あのときのコッペルマン氏と同じように。

編集長は腋にかかえてきた大きな厚紙封筒を未亡人に手わたし、放送室へのドアのほうへ案内していく。編集長は幾度となく放送に立ちあっているから、勝手知ったる領域だ。ぼくが邪魔すべきところではない。

未亡人は中身を早く見たそうに厚紙封筒を受けとり、開け口に絡めてある赤紐をほどいて中身をとりだした。そうしながらも編集長とともに廊下へ出て、放送室に向かう。ぼくは彼女がつれてきたおとなしい少年の手をとり、一緒に後ろからついていった。少年が手を強く握り返してくるのを感じる。このぐらいの年ごろの子供が父親なしで暮らすのはたいへんなことだろう。まして彼女のような母親を持っているとしたら。

「まあ、絵葉書もありますわ、ラザフォード編集長」と未亡人が言った。「『あなたの作品『わたしの夫は殺人者?』を一行で評するとすれば、今まで読んだ小説のなかでいちばん力強くて魅《ひ》きつけられる、と言うしかありません』ですって。それからこっちの手紙は——」

未亡人が手紙を大理石の床にとり落とした。

ぼくが拾いあげ、手わたしてやった。縦長の厚い封筒に記されている《『実話殺人ロマンス』編集室気付、ヴィレナ・ラマーレ様》という読みにくい金釘流の手書き文字はぼくの伯父の筆跡であり、返信用の住所氏名は印刷文字で《アリオプストゥック郡保安官フランクリン・C・ヤング、メイン州ビッグムース湖畔別荘地》と記されていた。

未亡人はその封筒を一瞬胸に押しつけるようにした。伯父のことを思いだしたのだ、地名も、保安官という身分も。八年前、伯父は役目柄彼女をかなりきびしく尋問し、それが怯えを生じさせたにちがいない。

ぼくたち四人は放送室の戸口にたどりついた。オンエアまであと八分ほどだ。ラザフォード編集長がまたなにか忘れたのを思いだして自分の執務室へ引き返してくれればいいのに、とぼくは願った。そしてその道中でエレベーターが故障で止まればいいのに、と。だが結局、なにかほかに間《ま》を持たせる手立てを考えることにした。

原作者と編集長に出演者を紹介した。それから俳優たちが立つ位置に用意されているマイクロフォンや、オルガン用のマイクロフォン、音響効果用のマイクロフォンなどを未亡人に示してやった。劇中のドアの音を作るためのドアや、鏡台の抽斗を開け閉めする音を出すための鏡台や、漣の音や浴槽の水音からハリケーンの轟音にいたるまでを作りだす水槽や、赤ん坊の泣き声を出すゴム製の発声器なども見せてやった。

赤ん坊の声を出す道具について説明してやると、未亡人は少し嫌悪するように身震いした。俳優やマイクロフォンやドラマ作りの方法などにはたいていの素人作家が興味をあらわにするが、このラマーレ未亡人に限ってはあまり関心を持ってもらえないようだった。伯父からの例の手紙を手にしっかり持ったままでいることからして、早くそれを読みたくて仕方なさそうだ。ラザフォード編集長はといえば、ファンレターには事前に全部目を通しているにちがいない。

ぼくは三人を音響調整室へと導いた。言うまでもなく『実話殺人ロマンス・アワー』は観客を入れる形式のドラマ番組ではない。笑い声や拍手は必要としていない。深刻で陰鬱な内容のものばかりだから。それでも音響調整室には客用の椅子が四つ五つ用意されている。原作者やスポンサー用のものであり、今回のラマーレ未亡人母子とラザフォード編集長はそれにあたる。

未亡人はその椅子にまだ腰をおろさないうちから伯父の手紙を開け、貪るように読みはじめた。

ぼくはその気になれば事前に読んでおくこともできたが、そこまでの気持ちの余裕がなかった。伯父の筆跡は慣れない者にはかなり読みづらいが、その点ぼくは馴染みがある。そこで、音響調整係のケリーのわきに立ち、未亡人の肩越しに目の隅で手紙を盗み読んだ。彼女がかけた時間の半分で読み終えた。

伯父が未亡人のことを相当気に入っていたらしいことが感じとれた。それはもう、この人のためなら湖に沈んでもおかしくないほどに。

親愛なるラマーレ未亡人へ

御作『わたしの夫は殺人者？』はまことに力作です。わたし自身にとりましては、八年前にメイン州のわが地で起こった、コッペルマン氏とその幼児のベビーシッターをしていた女性とを巡る事件を、非常に強く思いださせずにはいない作品でした。それはまさに事実以外のことは書かれていないと思わせるに足るものです。

ラマーレさん、亡きご主人とベビーシッターとがあなたに対してなした仕打ちについては、心底からの同情を禁じえません。しかしあなたの場合に関しては、きびしく尋問する者がいなかったことは幸いと申しあげねばなりません。わたし自身の場合は、夫君を溺死で失ったコッペルマン夫人に対し立場上尋問しなければなりませんでしたが、深夜になぜ湖岸の浮桟橋に出ていたのかという疑問について、夫人は納得できる説明をなしえませんでした。しかしおそらくはかの夫人もあなたと同様に、幼児に授乳するために起床したのに相違なく、ただわたしどもにそのように言えばよいのだということに、思いいたらなかっただけなのではないでしょうか。
わたしは『実話殺人ロマンス』誌の愛読者です。あなたの力作がドラマ化され、来たる金曜日の夜に、グリーン・ネットワークの午後八時半から九時にかけての、これまたわたしの愛好番組である『実話殺人ロマンス・アワー』において放送される予定であることを、たいへんに楽しみとしている次第です。尤《もっと》もわがメイン州では時間差での放送となるのではありますが。

貴女への敬愛をこめて
フランクリン・C・ヤングより
(裏面に追伸あり)

未亡人は手紙から顔をあげ、ぼくに明るい笑顔を向けた。ぼくの顔を注視しているようなまなざしだ。だが盗み見ていたことに気づかれているとは思えない。むしろ急速に安堵し、勝利感すら覚えているようだった。八年前に伯父にきびしく尋問されたのは、なぜ音もない深夜に別荘のボートハウスわきの浮桟橋に出ていたのか——その一点のみを不審に思われたためだったと知ったからだ。あのときの未亡人は、自分が赤ん坊に授乳させるために目覚めたのだという答えを思いつけなかった。そうやってたまたま目覚めたために、夫君とベビーシッターの姿が失せていることに気づき、しかも浮桟橋におりてみたらカヌーまで失くなっていることを知った、そういう事情を理由とすればいいことに、あのときは思いいたっていなかった。
そのために生じた自分の不審さが今になって消え、それで勝利を感じたのだ。あの小説が答えとなったおかげで、昏い疑念を持たれていた重荷からようやく解放された。つまり未亡人はぼくの伯父に向けてあの小説を書いたのであり、あるいはまた、だれであれ自分に対して疑いを感じている者に読まれるためにあれを書いたと言えよう。それは彼女がどうしても語っておかなければならなかったことであり、疑っている者に耳を傾けさせ事実と信じさせせねばならなかった。あの小説が持つ端的に強い力の原因は、そこにこそあるだろう。あれを読むと、さながら彼女がそこに座して読者の疑問に答えているように感じられる。

「放送はいつはじまりますの？」未亡人がいくぶん息せき切るような口調で尋ねた。

ぼくはひとつ息を呑みこみ、時計を見やった。

「じつは、ストーリーを少し変えねばなりませんでした」と打ち明けた。「最初原作に忠実に書いてみたのですが、どうも巧く行きませんでした。それで別のバージョンに変えねばならなくなったわけです。

放送まであと数分あります」とつけ加えた。ラザフォード編集長がピンク色の顔をしかめ、非難の表情を向けてきた。「もしどうしてもとおっしゃるなら、俳優さんたちにお願いして、最初のバージョンではじめられないこともありません。しかしそれでは結局巧く行かないと、すぐおわかりになると思います」

ぼくは音響調整室の窓越しに、原作どおりのバージョンでスタートするよう俳優たちに合図を送った。俳優たちは午後のリハーサルのときと同じ脚本を読みはじめた。《**午前零時にわたしは目覚めた、赤ちゃんの哺乳瓶を替えてやるために……**》

「わー、わー、わー、わー！」音響効果係が発声器で赤ん坊の泣き声を作りはじめた。

音響調整室のスピーカーを通じて声が鳴りわたった。

「ああ、なんてこと！」未亡人が声をあげ、両耳を手でふさぎながら怒り顔でぼくを見た。「このひどい音はいったいなに？　こんなのわたしの作品じゃないわ！」

「哺乳瓶を欲しがって赤ちゃんが目覚めたシーンです」とぼくが説明した。「乳児は自分の食事の時間をつねに知っていますから」

「わー、わー！　わー、わー！」

俳優たちがみな笑いだした、午後のリハーサルと同じように。八年前には赤ん坊だった、音響調整室にいる茶色い瞳の少年が、どこか得意げな笑みを浮かべた。ラザフォード編集長は椅子にかけたまま、居心地悪そうに顔を歪めた。

「ボートハウスわきの湖岸に打ち寄せる漣の音は、主人公のヴィレナには聞こえなかったと思います」ぼくは少し疲れ気味に説明した。「おまけに湖では、アビがかん高い笑い声をあげるように啼いていたんですから。ヴィレナは目覚めるなり、赤ちゃんが泣くのを止めるため、急いでおしめを替えたり哺乳瓶を温めてやったりしなければならなかったでしょうが、しかし乳児がお乳を欲しがるのは午前零時ではないでしょう。乳児の授乳時間はたいてい午前二時ごろ以降ではないでしょうか」

俳優たちはまだ笑っている。ぼくは彼らに合図を送り、今のシーンをとりやめさせて、会話のシーンから開始させた。分針はすでに時計の文字盤をまわりきっている。

「少し変えなければならなかったのはそのためです」ぼくは汗を滲ませながら説明をつづけた。

「ヒルダのほうを夫人にして、夫妻の雇ったベビーシッターをヴィレナにしました。でも依然として、よいストーリーだと思います」

ドラマははじめられた……


漣が打ち寄せる。

「おお、か、か、神よ！　ヒルダが浮桟橋の上にいる！　わたしたちがまたも一緒にカヌーに乗っていることを知られてしまったぞ、ヴィレナ！　あそこでわたしたちを待ち受けるつもりだ！」

「あの人を突き落として、チャールズ！　溺れさせればいいのよ！」

「おお、か、か、神よ！　そんなことはできない！　わたしは彼女を愛しているんだ！」

「突き落とすのよ！　溺れさせて！　きっとそうするとあなたは約束したじゃないの、あの四阿のなかで！　あの人を突き落として、チャールズ、今夜こそ！」

「そこにいるのはあなたなの、チャールズ？　ヴィレナと一緒に？　わたしに隠そうとしてもだめよ、悪さをした狡《ずる》い子供みたいにね。そんなことが許されると思うの？　あなたと諍《いさか》いなんかしたくはないけど、でもそんな安っぽい莫迦な娘とだけは──」

「ま、ま、待て、き、き、き、聞いてくれ、ヒルダ！　わたしと一緒にカヌーに乗ってくれ。そして、は、は、話しあおう。ヴィレナ、きみはカヌーからおりるんだ。さあ、ヒルダ、カヌーに乗ってくれ。今すぐ話しあおう」

「話しあうならわたしたちだけでなければだめよ。でもあなたが独りでわたしと会うことはもうなさそうね。ここに来てまでその女と一緒なんですもの。その女があなたを狂わせたから

――」

「し、し、し、仕方がなかったんだ。話しあえないとしても、す、す、少しだけでもカヌーに乗ってくれないか」

「話しあえないわね、チャールズ、あなたの心がまともじゃないんだから。心を入れ替えなければだめよ。今の価値観を棄てて、その娘と別れなければだめ。その娘があなたにとってどれほどのものだというの？」

漣が打ち寄せる。


コッペルマン氏の仔猫《キティ》はわが伯父の手紙を手にして椅子にかけている。今は手紙の裏面を上にして持っている。そして手のなかでゆっくりと握り潰していく。憎悪の目でぼくを見ている。

立ちあがり、こちらへ向かってくる。危ない。愛らしい小さな手には、ラザフォード編集長のものだったシチリア短剣風の古物のペーパーナイフを掴んでいる。授賞式の記念にと、カクテル・パーティーのあいだにこっそり持ってきたのにちがいない。

ペーパーナイフでも刃《やいば》は鋭い。手首を掴んで捩《ねじ》りあげながらなんとか奪いとるよりも前に、九十ドルしたぼくの新品のスーツを切り裂かれてしまった。スーツの下の胸板の皮膚もかすかに傷を負った。

「捕まえて！」

ぼくがラザフォード編集長に向かってそう指示するうちに、彼女は顔を蒼白に変えながら倒れこんだ。

編集長がかかえ起こしたが、もっと体力作りをしたほうがよさそうだ。握り潰され床に捨てられた伯父の手紙を、ぼくが拾いあげた。

手紙の裏面に追伸が書かれていた。

追伸　表に書きましたコッペルマン夫妻についてずっと思ってきたのは、コッペルマン夫人という方はどちらかといえばベビーシッターが似合いそうなタイプで、あのブロンドの女性のほうがむしろ主婦にふさわしそうだということでした。いえそれどころか、あの赤い唇を持つ愛らしい夫人こそがじつはベビーシッターにちがいないのであり、それは八月の蚋を叩き潰すよりもすばやく捺せるほどたしかな烙印なのです。これまでは完璧な隠蔽のように思われていたかもしれませんが、しかしそうではなかったことをあなたご自身の小説が明かしてくれました。ともあれ、表に書きましたように、ドラマの放送を楽しみにいたしましょう。

敬具　F・C・ヤング

そして伯父は今夜このドラマを聴取するだろう。ビッグムース湖畔別荘地の雑貨店の二階の居間で、発条《ばね》の壊れた古いソファにくつろぎながら。いや、ひょっとするとラジオのそばを急いで離れ、現在の監察医ソーテル医師と郡検察官に連絡をとっているところかもしれない。大陪審を火急に開いてくれるよう依頼するために……

この事件はぼくの失態に端を発している。あの最初の夜、コッペルマン氏が雑貨店での品物選びに夫人を呼びたいと言ったとき、ぼくは彼女を夫人だと見なしてしまった。彼女はその勘ちがいに気づきながら、ぼくの前で夫人のふりをしつづけ、しかもコッペルマン氏までが冗談のつもりかその偽装に同調しつづけた。

　しかもさらなるまちがいをぼくが犯したのは、あの同じ夜に雑貨店の前に停められた車のなかにいる穏やかな美女、すなわち本当のコッペルマン夫人と一度だけ会話を交わしたとき、あなたは子守り《ナース》かと尋ね、夫人がそうだと答えたことだ。夫人は看護師《ナース》という意味と捉えてそう答えたのだった――コッペルマン氏と初めて出会ったとき、ロンドンの病院で働いていたのだから。

　メイン州に死刑制度はない。仮にあったとしても、青い夜の色の瞳を持つ魔女のような女というだけでそれを科せられることはない。実際、人格を偽っていたと認めたことにより、禁錮五年の刑を言いわたされたのみだった。だが彼女はこれまでの八年間をコッペルマン氏の両親とともに暮らしてきたことにより、自らの墓標を築いたも同然だ。コッペルマン家の遺産をびた一文でも受けとる資格はなく、もちろん茶色い瞳の少年の親権を持つこともありえない。

　あの子の瞳は茶色だが、彼女もコッペルマン氏も瞳の色は青だ。ともに青い目を持つ両親から茶色い目の子供が生まれることはめったにないだろう。この子の目の色を見たとき、ぼくは自分の脚本が正解だと確信したのだった。

　身寄りのない子守り女メーベル・クレーンとして死んだ、結婚前にはキャサリン・ヴァン・グルートという名前だった穏やかなブロンド美女コッペルマン夫人の亡骸《なきがら》は、本来帰属すべき故国ベルギーの地に埋葬しなおしてやらなければならない。本当の名前と本来の信仰の下《もと》に。亡き夫人の霊にはその権利があるのだから。

恐ろしく奇妙な夜

Night of Horror（Takes Hold with Her Hands）

妻アイリーンと息子ダニーが待つわが家まであと二マイルもないあたりに来たところで、車をグッドヘヴン・ロードに乗り入れたとき、前方に見えるオレンジ色の大きな狩猟月《ハンターズムーン》の面《おもて》を飛行機が横切っていった。

毎晩二機通過するサザンクロス航空の旅客機のひとつだ。ブエノスアイレスあるいはヴァルパライソから発ってニューヨークまで時速六百ないし七百マイルで飛んでいく。地上から四、五百マイルの距離で、相当に高い。いつもほとんど同じコースで飛び、その誤差はせいぜい四分の一マイル以内だ。時間も毎日数分のちがいしかない。

東海岸からの遠出というと、わたし自身はウィルミントンやフィラデルフィアに行ったことがあるぐらいだが、父は第二次世界大戦のとき海軍に従軍して南米に出征し、当時の旧式ピストンエンジン機に乗ってブラジルで戦死した。わたしが今のダニーより幼い七歳のときだった。最後に家にいたころの父についてかすかに憶えているのは、ブラジルに向かう船ドン号とマグダレナ号にまつわる歌を唄ってくれたときのことだ。ラドヤード・キップリングが作詞した「未《いま》だアマゾンを漕がず」という歌で、サザンクロス航空の大型旅客機ドン号とマグダレナ号はその古い歌にちなんで名付けられた。今頭上を飛んでいくのがどちらかはわからないが。

月明かりのなかで飛行機の翼の片方が雲を裂き、その小さな切れ端が離れていくさまが、ステーション・ワゴンのフロントガラスを透かして見えた。大型機が飛びすぎていくあいだにも、雲の切れ端は夜空の高みで風に漂い、こちらのほうへ向かってくる。なんだかパラシュートのようにも見えるが、もちろんそんなわけはない。間もなくして、十月の星空に流れる蜘蛛の巣めいた筋雲のなかに紛れていった。

ときどきそんな言葉でものを考えてしまうのは、自分が如何《いか》に古風な人間かを表わしているようだと、車を走らせながら思う。今夜もいくらか見られる夜空の筋雲は、本当は蜘蛛の巣になど似ていない。あれは水蒸気の粒がゆるく結びつきあったものだとは、だれでも知っている。空にあんな蜘蛛の巣があるはずはなく、かつてもあったためしはないだろう。本物の小さい蜘蛛が卵嚢《らんのう》の破裂とともに細い糸に乗って空中を漂うことはあるにしても、あれほど高いところまで舞いあがりはしない。しかし子供のころの思い込みとは、それが誤りだとわかったあとも長らく消えずに残っているもので、無意識のうちにふたたび表に出てきたりする。古い哲学者フランシス・ベーコンはそれを洞窟の偶像《イドラ》と呼んだ。

敢えてまじめに言うなら、そもそも蜘蛛の巣はもうどこにもほとんど見られない。七、八年前ごろ、蜘蛛が餌にする小さな虫が急激に少なくなってから、蜘蛛の巣もすっかりなくなってしまった。もし今マザーグースにあるお月さまから蜘蛛の巣を払うお婆さんの話をダニーに読んで聞かせたとしても、彼の役には立たないだろう。夏の朝に草むらに張るレース状の蜘蛛の巣を見たことがないとすれば、大人になってからの記憶に残るはずもない。昔は草露のせいで蜘蛛の巣が霜の塊《かたまり》のように見え、裸足の子供はそれを踏まないよう気をつけねばならなかったものだが。コガネグモが張る完璧に綺麗な地図めいた形の巣が裏庭の藪から藪へとつながり、そこから絹の梯子《はしご》のようなものが四つぐらいものびていたりする。すると子供たちは木の枝を折った長い棒でねばつく蜘蛛の巣をつつき、つぎの瞬間にはそれこそ蜘蛛の子を散らすようにみんな逃げだす。悪魔の虎みたいな彩《いろど》りのコガネグモが追いかけてこないようにと。近ごろは埃っぽい納屋の垂木から花綱《はなづな》飾りみたいに蜘蛛の巣が垂れているといったこともなくなった。そういう蜘蛛の巣は納屋の隅で分厚い三角の布袋《ぬのぶくろ》状になり、そのトンネルの奥で黒々としたふくれた体の蜘蛛たちがうずくまって、獲物に跳びかかるときを待っていたものだ。そんなものを見た記憶はダニーにはないはずで、それは幸いなことかもしれない。

わたし自身のことを言えば、五歳ぐらいのころ夕暮れどきにプリティマン爺《じい》さんの納屋に忍びこみ、爺さんが飼っていた雌鶏《めんどり》の一部が納屋に迷いこんで干し草のなかに卵を産んでいるのを見つけてやろうとしたところ、そんな花綱飾り風の蜘蛛の巣が体の上に落ちてきたことがあった。枕カバーほどもある大きな巣だった。もがいたり転げまわったりして、納屋の広い戸口からやっと抜けだしたことが忘れられない。怖くて息が詰まるうえに、干し草混じりのねばつく蜘蛛の糸を瞼や唇や髪から掻き毟《むし》るようにして払うのがたいへんだった。今でも木の枝から垂れさがるサルオガセモドキ〔地衣類に似た隠花植物〕の下に入ってしまったときには同じような状態になる。

さまざまな星々が鏤《ちりば》められた世界各地の空と遥か遠い国々を経巡ってきた旅客機を見ていると、今朝自宅の台所のラジオから流れていたブラジル発の緊急ニュースを思いだす。買い立ての弾薬箱からショットガンの実包をとりだして検分しながらパーコレーターのコーヒーが沸くのを待っていたときのことで、アイリーンはまだ二階でダニーに着替えをさせているところだった。

　アマゾン川からマナウス〔アマゾナス州の州都〕で分岐する支流沿いにあるイニキロという町についてのニュースだった。人口四千人ほどで、ゴム採取人や鞣革《なめしがわ》職人や河川労働者が暮らし、先住民も白人もいる小さな町だが、電気と電話とラジオ放送が原因不明の不通状態に陥ったという。マナウスから調査のため飛行機が飛ばされ、乗っていた通信専門員からの無線での報告によると、イニキロの町全体が銀色がかった灰色の絨毯のようなものに覆われているとのことだった。

　通信専門員による実況放送は到底わかりやすいとは言えず、ほかの電波が混じりこんだりした挙句に聞きとれなくなってしまった。三十秒後には放送局のアナウンサーが電波の入りの悪さについて謝罪した。アナウンサーの説明によると、灰色の絨毯というのは川から立ち昇る朝霧であって、通信専門員が仄めかしていたような洪水というわけではないらしいが、とにかく後刻続報を入れる予定だという。つぎにはワシントンから火星ロケットのニュースがあり、つづいてカー・ディーラーのお喋りによるコマーシャルが入り、そのあと天気予報に変わった。だがその前のマナウス放送局のアナウンサーの細い声ながらもヒステリックなまでに興奮していたようすからして、実際は報道していた以上の事態なのではないかと思われた。カー・ラジオは電波が巧く入らないし、新聞は一日じゅう読む機会がなかったため、クラリベルと名付けられたハリケーンのせいで壊れたデラウェア州リホボス・ビーチの裁判官所有の海岸別荘の屋根が修繕中だというニュース以外はなにも知らずにいた。落ちた屋根を持ちあげるのに三時間、別荘の上に戻すのに三時間、壊れた屋根板を貼りなおすのと、ところどころにタールを塗りなおすのとで都合十時間、それら全部の作業を一日で終えたいとのことだった。

道路に沿う家々の窓に明かりが点《とも》る。こういう鄙《ひな》びた地域の家々から洩れる秋の夜の明かりにはなにかしらいい気配がある――一日の仕事が終わり、学校に通う子供たちは食堂室のテーブルで宿題にいそしみ、もっと小さい子供はベッドで寝《やす》み――心地よい家庭的な雰囲気がある。こういうとき人は自分が現代人の一員でよかったと思うものだ。原始時代の人々は剣歯虎《セイバータイガー》を避けるためにじめつく洞窟のなかで縮こまっていなければならず、ほかの動物もそれぞれの巣や穴にこもる。だがどこにも現代のような安全はない。夜が来て大気が冷えても、現代には温かくて明るい家がある。

しかしわが家から道路を挟んで向かい側に建つキング家の荒れが目立つシングル・コテージ〔こけら葺き屋根の山小屋風住宅〕は、灯火が見えず暗い。キング家のわきにある古びたガレージの扉は開いたままで、扉の上からさがる投光器もライトが点いたままだが、ガレージのなかに車はない。両開き扉の片方の前にはガソリン用の五ガロン缶が置かれている。缶の口は蓋が失くなったのか、代わりにジャガ芋がひとつ嵌めこんである。台所のレンジ用燃料を入れた缶のようだが、主人のレム・キングが買ったきり怠慢で家のなかまで持ちこまなかったのだろう。投光器の明かりがガレージのなかの油の沁《し》みた床に射しこみ、もつれたタイヤチェーンや、古びた南京袋や、先週の慈善抽選券販売会《ラッフル》で当たった大きな燻製ハムなどなど、天上中央の垂木《たるき》からさげられているさまざまなものを照らしだしている。ガレージの奥には、不要になった空き箱類や、壊れた椅子や、廃品になった乳母車や、使い古したタイヤなどが積まれ、扉の外側にのびる穴ぼこの多い車路《くるまみち》や、雑草の混じる芝生や、倒れた木製柵の上にも、同様のガラクタが並ぶ。

レムは怠惰な修理工で、女房は自堕落な家政婦だ。あの一家のシングル・コテージを、わたしとアイリーンは秘かに〈王宮《キングパレス》〉と呼ぶ。およそ人の住む建物で、彼らの家ほどひどくとり散らかしたところもほかにあるまい。だがどんな動物学上の階層にも、散乱や汚濁を好む個人や家族というものはあるのだろう。

キング家の幼い娘ナンシーがいるはずの屋根裏部屋の窓が開いているのが見えた。レム夫婦はナンシーをベッドに独り残して、自分たちだけまたフォーコーナーズのバーに踊りに出かけたようだ。彼らの育児放棄はほとんど犯罪に近い。ナンシーはダニーより幼い。おそらく知能指数百から百二十ぐらいのごく普通の子供だが、淡い茶色の巻き毛の髪とぱっちりした大きな目を持つ笑顔のとても可愛い少女だ。ときどき体に傷をこしらえているので、両親にぶたれているのだろうとアイリーンは言う。だが真相はわからない。泣き声が聞こえてきたこともないから。

もちろんナンシーの身になにかがあったというような話も聞かない。マッチで遊んだりするようなタイプの子供ではない。泥棒や子供への悪戯《いたずら》目的の不審者などがうろついているという噂も、市街地とちがってこのあたりの郊外では聞かれない。熊や豹が家に侵入してナンシーを襲ったなどということもまずないだろう。このあたりで見かける野生動物といえば、栗鼠《りす》や野兎《のうさぎ》やアライグマやフクロネズミや、あとはバーンズの森に鹿が少しいる程度だ。

それでも五歳の少女を家に独りで置いておくのはよくない。如何に安全であろうとも。子供はふと目覚めたりしたとき、窓の外で蔓草《つるくさ》や木の枝が蠢《うごめ》いているのを目にして、あれはなんだろうと不審がるかもしれないし、気温で階段が軋《きし》んだり蛇口から水がしたたったりするちいさい音を耳にして、なにかが忍びこんでいると思い、怯《おび》えて泡混じりの息を吐くかもしれない。

わたしはわが家の車路にステーション・ワゴンを入れ、ガレージの前で停めた。助手席に置いたランチボックスだけを持って車をおりた。明日グリフィンズヴィルでつぎの屋根修理の仕事がある予定なので、梯子などの道具は車の後部に残したままだ。

わが家の一階の窓から明かりが洩れ、台所の裏口前の踏み石を照らしている。二階の正面側にあるダニーの部屋は暗いが、上下開き式窓の下のほうがわずかに開いている。ダニーが寝るのはいつも午後九時で、そういった時間はアイリーンが厳守させている。大学教育を受けた妻は児童心理学を専攻した経験上、ダニーの場合には普通の子供以上にそういうところをちゃんとさせるのが重要だと考えている。といっても彼女も認めるとおり、どんなに優れた大学教授でもダニーのような子供についてよく知っているはずはなく、わたしたちには絶対正しい助言者などいない。

ふと見あげたとき、わが家の屋根からなにかが落ちてくるのを目の隅で捉えた。まるで空から落ちてくるように見えたそれは、なにやら翼を広げたようなもので、その陰になって空の星が一瞬見えなくなった。わたしは裏口の踏み石から二、三歩離れて立ち止まり、屋根の縁と煙突とが仕切る空の一画を見あげた。

石油燃料炉の煙突の口から灰色の煙が細く立ち昇る。今し方目が捉えたものはあの煙だったのかもしれない。あるいは家の前に立つ百フィートもの高さがある古い楢《なら》の木からの落ち葉か。独立戦争より前からある木らしく、ひょっとしたらコロンブスの新大陸発見より古いのかもしれず、〈護国卿ノ楢〉と呼ばれているが、その理由はだれも知らない。ひどくたくさんの葉を落とす木で、向かいのキング家の主人レムは落ち葉が道路を越えて自宅の屋根に落ちてくることがあると文句を言う。わが家でも毎年秋には屋根に梯子をかけ、雨樋《あまどい》から落ち葉を掻きださねばならないことが二、三回ある。今も屋根に落ち葉が多く載って、煙突のわきに堆《うずたか》く積もっている。

わたしは裏口のドアを開け、台所に入った。

「アイリーン、いるのか！」と妻を呼びながらドアを後ろ手に閉める。

台所には煮立てたコンコード葡萄の香りが溢れていた。流し台に大鍋がふたつ置かれ、ともに縁までピンク色の泡が満ちている。濾過器は葡萄の種と皮でいっぱいになっており、紫色に染まった薄布製の漉《こ》し袋も同様だ。空《から》の鍋がひとつあって、その底にパラフィン紙をかぶせたゼリー用グラスが並べてある。今日はかなりたくさんのゼリーを作ったようだ。わが家の地下には広い食料貯蔵庫があるが、そこの棚は毎年秋になるとアイリーンが作るじつにさまざまな種類の保存食品で満杯になる。

居間のテレビから、どこかの男性タレントが妙に低い声で喋っているのが聞こえる。わたしは上着と帽子を脱ぎ、地下室への降り口のドア裏の壁の釘に掛けた。ドアは半開きになっていた。

「アイリーン？」降り口から階段の下の地下室へ呼びかけた。

だが階段の下は暗い。アイリーンがゼリーを入れたグラスの一部を地下の貯蔵庫に運んだのだとしたら、また上に戻ってきたとき降り口のドアの掛け金をかけ忘れたことになる。それなら自然に半開きになったのも無理はない。わたしは自分でドアを閉め、掛け金をかけた。

わたしの呼ぶ声が聞こえないほどテレビ番組に夢中になっているとも思えない。ひょっとするとアイリーンは二階のダニーの部屋にあがっていて、廊下からの明かりを頼りに寒暖計でも見ているのかもしれない。気温によって部屋の窓をもう少し開けるか閉めるかしなければならず、それが済めば間もなくおりてくるだろう。

食堂室のテーブルには、わたしのために大皿とナイフとフォークとナプキンが準備されていた。オーヴンの蓋を開けると、保温するべく妻が入れておいたとおぼしいキャセロールが目に入った。

それをテーブルの大皿に載せ、自家製パンとバター少しを用意し、大きめのカップにミルクを注いだ。あとは食事しながら夕刊が読めればいいのだが。

　窓辺の棚に並べてあるゼラニウムの鉢のあいだに、今朝わたしが置いたショットガン用の弾薬箱がそのままあるのが目にとまった。ショットガン自体も、正面階段の下の物置部屋から出して壁に立てかけておいた状態のままだ。アイリーンは銃にはいつも怯え気味になる。ダニーが猟につれていけるほど大きくなるころには、妻とは大いに口論することになりそうだ。

　銃も弾薬も片づけることにして、居間に運びこんだ。夕刊はソファに置かれていた。テレビでは丸眼鏡の男がテーブル席に坐って喋っている。

「ひとつの種に二度の大きな突然変異ですか、先生《ドクター》?」とその男が言っている。「体のサイズが飛躍的に巨大化して、さらに知能がそれ以上に増大したと?」

　放射能が動物にもたらす大きな変化についての、よくある討論番組だ。過去十年ほどのあいだに世界じゅうで目を持たない昆虫が増加し、虫たちの死期が早まっていることも議論されている。わたしはソファの肘掛の部分にいっとき腰をおろし、ダニーのような種類の子供についての新情報を話しはしないかと耳を傾けた。

「この十年で突然変異がどの程度の種類と範囲に及んで拡大してきたかについては、残念ながら充分なデータが得られているとは言いがたいのではありませんか、ドクター」ドームのように丸い禿《とく》頭《とう》を持つ耳の大きな男が、肘をテーブルにつき、両手に体を凭《もた》せかけながら発言した。「わたしたちに言えるのは、生物の形態についてはなにも断定できないということだけではないでしょうか。そもそも突然変異というものは、それがどのような意味を持つかにかかわらず、あるいはその規模が極大か極小かはさておき、あるいはまたその種にとって利益になるか損失になるかは別にして、動物の巨大な系統樹におけるあらゆる種や属において無数に起こっていることでしょう。深海の底で、あるいは未知なるジャングルの奥で――」

「わたしたちにとってはやはり、人類の突然変異が最も重要なのではありませんか、ドクター？」

ほかのだれかの質問が割りこんだ。

聖職者めいた襟を付けた顎鬚《あごひげ》のある男がテレビ画面に映しだされた。「わたしとしましては、知能の容量が驚異的に増大した子供たちが近年誕生しつづけているということを申しあげたいのでして――」とその男が言う。「――つまり七歳ぐらいの子供が、なかには五歳の子供でさえ、量子論や素粒子論の言語でものを考えることが可能な場合があるのです。彼らの思考過程を分析しますと、まだ名付けられていない超感覚的知覚が付与されていることがわかります。動物学の観点では彼らは真の意味で突然変異であると言えるわけでして、その点を考えますと、彼らはわずか六世代から十世代ぐらいの短い期間において、海岸でハマグリを掘りだして貝塚を形成しながら生活していた毛深い猿人つまりアウストラロピテクスから現生人類へと進化した、その飛躍をもさらに超越するほどの、大きな変化が起こった結果だと見なしうるわけです」

つまりダニーのような子供たちのことだ。あの子はわたしの理解や想像を超えた世界で生きている。彼の思考の世界での彼自身はきわめて巨大で輝くばかりに明晰で、旧来の人間が持つあらゆる暗黒の恐怖の痕跡から、つまりあらゆる洞窟の偶像《イドラ》から百万年分も進化しているのかもしれない。彼に比べたらわたしなどは、暗い森の奥で棍棒を振りまわしているだけの、頭部が平たく知能が低くて言葉もしゃべれない原始人にひとしく、そんな男が奇妙にも彼の父親になったにすぎない。だがそんなわたしでも彼のおかげで、ドアのわずかな割れ目から光が射すように、栄光の未来を期待することもできるのではないか。

「それはたしかにそうかもしれませんね」と禿頭の大柄な男が言う。「われわれ現生人類の子孫にいたるまでの大きな規模で、計りがたいほどの知的飛躍が起こっていることは疑いないところでしょう。その可能性は歳月を経るごとに幾何級数的に増大してもいるでしょう。そもそも原始時代における人類の知能自体からして、巨大な肉食爬虫類の餌食として狩られていた狐猿《レムール》――脳が小さく昆虫を食べるだけだった類人猿――の、世界に散在した多様なグループのなかから突然に発達したものだったことが、多くの有力な証拠からわかっているのですからね。そうしたある種の突然変異に似た現象が、大いなる遺伝子の渦のごとき時代であるわが現代においては、宇宙から押し寄せる洪水とも言える放射能の飛来という、かつてなかった原因によって引き起こされているということでしょうか」

「人類にとっては人類自身の存在がつねに最も重要だったということですね」と丸眼鏡の男が言う。「しかしドクター、わたしたちの眼前にある問題というのは、まったく別種の階層と系統にある生き物すなわち無脊椎動物が、しかも食糧の欠乏によってわが国においてはかつて完全に滅びた種類が、世界のほかの地域で生存しつづけていたうえに、遥かに巨大化しており、しかも狩猟生活時代の初期現生人類が持っていた意思疎通と協力意識に匹敵する知性を具有していたという事実です。これはひょっとすると、わたしたちにとっての超人類という飛躍を超えるほどの進化を、彼らもまた遠くない未来において実現する可能性があるということではないでしょうか」

なにを話しているのか、わたしには理解できなかった。少なくとも、もはやダニーに関係したことではないようだ。少し心細くなってきた。

禿頭の大柄な男がまた映された。鉛筆をとりあげたと思うと、それを両手でポキリと折った。

「どうやら、ある結論からは逃げられないようですね、ドクター」と禿頭の男が言う。「あの種の生物のすべてが比較的小型というわけではないようで、しかもかつてわたしたちがよく知っていたように、すべてが昆虫のみを食料としているかというと、そういうわけでもないようです。いわゆる鳥食い蜘蛛〔ある種のタランチュラの異称〕と呼ばれるきわめて大型のものや、赤道下のジャングルに棲息する比較的知られていない同様の大型種もいます。彼らはおそらく幾世代もの時間をかけて自分たちなりの変化を遂げてきたのにちがいなく、もしそうだとすれば、サイズの巨大化だけでなく、環境変化への適応能力や、人間にも近いほどの高度な知能まで具えている可能性すらありえましょう。ブラジル国内においてはここ数年のあいだに、奇妙奇天烈な話が数多く聞かれています。単身で森に狩猟に出かけるハンターたちが襲われた話はよくありますし、ときにはジャングルの小屋に住む一家全員が犠牲になった話もあり、それらのほとんどが、名にし負う虎蜘蛛《とらぐも》の群れに襲われたというもので――」

わたしはショットガンと弾薬をソファの上の自分のすぐわきに置いた。

「――ここまでの話のすべてが、科学という面では割り引いて考えるべきことばかりですが」禿頭の大柄な男の声が話しつづける。「しかし今日になって、イニキロでの悲劇のニュースが入ってきたり、まだ三時間と経たない前には、マナウスを発って間もない旅客機が墜落したという速報が飛びこんできたり――」

ソファの上の新聞の黒々とした大見出しがわたしの眼下にあった。プリティマン爺さんの納屋からよろめきでたときの記憶が蘇った。髪と顔から蜘蛛の巣を払いながら逃げだしたときの、あの厭な気分が。

「巨大な蜘蛛の群れが――」

家のなかのどこかからガタガタとかすかな音が聞こえた。どうやら自分の心臓の鼓動ではない。

「ダン！　早く来て！」

わたしを呼ぶその声は、台所のほうからだ！　すぐさまショットガンに実包をふたつ給弾した。わけはわからないが、無意識にそうしていた。よろけるように駆けだした。

「アイリーン、どこだ？」

急いで地下室の出入口の掛け金をはずし、ドアを開け放った。地下室への階段の最上段にいたアイリーンが、倒れこむようにわたしに寄りかかってきた。妻の黒髪には血がこびりつき、顔からもしたたっている。

「椅子の上に立っていたら、椅子がよろけたの！」と喘《あえ》ぎながら言う。「それで棚につかまったら、こんどは棚がわたしの上に倒れてきたの。棚の角が頭にぶつかって、脳震盪を起こしたみたい。棚は倒れるとき電球も壊したんだわ。だから真っ暗ななかで床に横たわっていたの。まわりのもの全部が尖っていて危険な気がしたわ！　それで必死になって出入口へあがる階段を探したの。ああ、ダン、なんていう怖い日かしら！」

アイリーンの頭蓋には生えぎわの奥に深い切り傷があり、両手の掌にはゼリーがくっついたガラスの破片が刺さっていた。茶色いコーデュロイのスラックスを穿いた両脚の膝にも刺さり、さらに右脚には怪我もしている。程度がどれくらいかはわからないが。

「それは何分前ごろの話だ？」とわたしは訊いた。

「よく憶えてないけど、テレビに有名な科学者の人たちが大勢出て、ブラジルで起こった恐ろしい出来事について議論する番組がはじまろうとしていたときだわ。はじまるまでにまだちょっと時間があったから、作ったゼリーの最後のひとかかえを地下貯蔵庫に持っていこうとしたの。きっといちどにたくさんかかえすぎちゃったのね」

「それなら、おれが家に着くほんの一、二分前ってことになるな」とわたしは言った。「きみはてっきり二階のダニーの部屋にいるのかと思ってたよ」

「ダニーはいつもより少しだけ早い時間に寝かせつけたの」まだ目眩《めまい》がしているらしい面持ちでアイリーンが言う。「今日はあの子には一日じゅうニュースが耳に入らないようにしようと思って。あの子がとても賢いのはわかってるけど、だからこそよくないことになるんじゃないかという気がしたの。それにまだ赤ん坊みたいに弱いところがあるから、怖いことやショックなことからはできるだけ遠ざけたくて。それより、あなたはどうして銃なんか持ちだしたの、ダン？」

「ちょうど仕舞おうとしてたところだったんだ」

わたしは妻を台所のシンクまでつれていってやり、両手の上にぬるめの水を流しながら、刺さっている細かいガラスの破片を落としてやった。命にかかわるわけでもない怪我では、こんな晩《おそ》い時間に来てくれる医者はいそうに思えない。それよりむしろダニーのほうが心配だから、起こして病院までつれていくのがいいかもしれない。ペーパータオルを湿らせて、妻の顔に付いている血を拭き落とし、髪も同様にしてやった。

「まだ血が出ているな」とわたしは言った。「居間のソファに寝かせてやろう。そうして、右脚の膝と足首の怪我がどの程度か調べようじゃないか。おれ自身は今日一日じゅう、おかしな物音が聞こえたなんてこともなかったがね。ただ今朝のラジオのニュースで、灰色の絨毯みたいなものが町を覆ってるというようなことを言っていたが」

「それなのよ！」とアイリーンが息を喘がせた。「あの化け物どもが、長いあいだ計画していたことにちがいないわ。すべて仕組まれたことなのよ。大蛸《おおだこ》ほどもある巨大な化け物が何千匹となくいるの！　はじまったのは二日前の夜らしいわ。灰色の絨毯の下には人間が一人もいなくなって――ただ影が蠢いているだけですって。政府は軍の飛行機を飛ばして、毒ガスを噴霧したり、破砕爆弾を落としたりするつもりらしいわ。できることはそれぐらいなんでしょうね。なにしろ何千匹もいるんですもの！　間もなく何万匹にも増えて、全世界を覆ってしまうんじゃないかしら！　知ってるでしょう、彼らがどうやって仲間を増やすか？」

「たしかに恐ろしい話だ」とわたしは言い、顔に蜘蛛の巣が貼りついたときのことを思いだして、気分の悪さまで蘇ってきた。「でもだからって、パニックに陥っちゃいけない。恐ろしいことは世界がはじまったときから数かぎりなく起きてるんだからね。巨大な恐竜たちがいた時代にもし人類が生きていて、恐竜がひそむ大きな葦《あし》の葉陰に水を飲みにいく習慣があったとしたら、人類は十分の一しか生き残れなかっただろう。剣歯虎たちは実際、その血まみれの顎《あぎと》でおれたち人類の親兄姉《おやきょうだい》を食い殺したから、生き残った者たちは洞窟の奥に隠れなきゃならなかったが、それでもそうやってなんとか生きのびてきた。今現在の怪物どもだって、世界じゅうの街を灰色に変えて、人類のすべてを蠅でも啄《ついば》むみたいに喰らい尽くすことはできないだろうよ。その前にやつらを殲滅するのは不可能じゃないはずだし、今やたしかに存在するとわかったやつらの巣や穴を破壊するのも無理じゃあるまい。やつらの数が増えすぎたり、知能や邪悪さが倍加したりする前に、全滅させなければならない。そのために、たとえ広大な緑の大自然が核兵器のキノコ雲に覆われて、月面のような死の世界に変わったとしてもね。だれにとっても、どこにいても、怖がるというのは人間にとって自然なことだが、それでもやはり、怯えすぎてパニックになっては却《かえ》ってよくない。気持ちはしっかり持たなきゃいけないよ、アイリーン。ここからは遠い世界の出来事だからね」

「マグダレナ号が落ちたのよ！」と妻が言い返した。「今日マナウスを発ったサザンクロス航空の大型旅客機よ。エヴァーグレーズ〔フロリダ州南部の湿地帯〕に墜落したんですって！」

「墜落？」とわたしは反応した。「家に着く少し前に、グッドヘヴン・ロードへ折れるとき、ニューヨークへ向かう途中のサザンクロス航空の夕方の大型機を見かけたよ。地上を走る列車よりも安全そうに飛んでいたけどね。墜落しそうな気配はまるでなかった」

「それはブエノスアイレスから発ってきたドン号よ」と妻が言う。「マグダレナ号は乗客が百八十人いて、そのほかに乗務員も含めて全員絶望的ですって。ああ、なんて悲劇かしら！」

ともあれわたしはアイリーンを居間につれていき、ソファに横たわらせた。そうしながら、ソファに置いてあった夕刊をどかし、部屋の奥の見えないあたりに投げ捨てた。目に入れたくない電送写真が載っていたからだ。

テレビ画面では依然として討論がつづいていた。節足動物に属するクモ綱のなかのコガネグモ科について議論している。蜘蛛の広範な種類について、その遺伝子と生体物質について、生命と知能の鍵となるある種の核酸について、論争しつづけている。わたしは床にひざまずいて、妻の靴を脱がせ、腫れた膝の位置までスラックスの裾をめくりあげた。銃は自分の足もとの床に置いた。

「骨折はしていないようだな」と言ってやった。「ここで充分休んでから、二階へあげてやろう。そうしたら頭に包帯を巻いて、それから浴室で湯に浸かるんだ。エヴァーグレーズに落ちたマグダレナ号はどうなったんだろうか？」

「討論の途中ですが」と、テレビでアナウンサーが言った。「ニューヨークのアイドルワイルド空港〔現在のジョン・F・ケネディ空港〕におきまして、南アメリカからの便で着陸して間もないサザンクロス航空の旅客機ドン号のマックランド機長に、お話を伺いたいと思います。マックランド機長は僚機だったマグダレナ号がエヴァーグレーズに墜落する一時間前に交信なさっていまして、その事故の直後からドン号を低空飛行させたとのことです」

飛行士帽の下の顔を引きつらせた長身痩軀の男が映しだされた。テレビ画面の前のほうでマイクを持って立つもう一人は無帽で、背の低い蓬髪の男だ。人声《じんせい》もそのほかの音声もひどいノイズ混じりだ。彼ら二人の後方の、撮影用ライトが照らす範囲の端のほうでは、警官隊が野次馬をさえぎっている。背景には空港の着陸用タラップと、大型機の乗客用扉口が見える。二人の男たちの頭上にあたる画面の上端では、旅客機の翼の片方の先端が見え、そこからさがる細い放電用ロープのようなものの影がかすかに風に揺れている。

それこそは明るい月光のなかで見たあの旅客機だった。ここから二百マイル離れた空港にすでに着陸しているのだ。わたしの車が二、三マイルの距離をだらだらと家までたどりつく時間よりもほんのわずかに長いだけのあいだに。

「マグダレナ号が墜落するのを目撃されたそうですね、機長」蓬髪の男が質問した。「そのときのことをお話しいただけますか？」

長身痩軀の男は唇を舐めて湿らせ、蓬髪の男が突きだしたマイクに向かって顔を屈めた。

「わたしたちの機はブエノスアイレスを発ったあと」と語りはじめた。「途中でリオデジャネイロに立ち寄ったのち飛行を継続する、通常どおりの航行でした。一方マグダレナ号はヴァルパライソから出発してマナウスに立ち寄り、わが機の後方約百マイルを十分ほどの差で北進し、カリブ海の上空に来たところで交信しました。マグダレナ号のビル・ノージャック機長は、マナウス空港の管制塔が奇妙なヒステリー状態になっていると言っていました。管制塔が知らせてきたところでは、アマゾン密林の辺縁に位置する小都市イニキロが虎蜘蛛の巣に覆われたらしく、アメリカ軍の救援機が多数派遣されたとのことだったそうです。ノージャック機長はその知らせをほとんど真に受けてはいないようすで、自らの操縦するマグダレナ号がマナウス空港を離陸した直後に、縞模様のある巨大蜘蛛の大群が木々の梢から跳びおりて襲いかかってきたという管制塔からの急報についても、嘲笑気味に話していました。管制塔からの警告は、マグダレナ号の翼にも巨大蜘蛛が何匹かくっついているから、すぐに機体を振りまわして払い落とすか、もしそれができないようなら、早く近くの空港に着陸すべきだというものだったそうです。まったく管制塔はどうかしていると、機長は愚痴りました。仮にそんなことが本当に起こっているとしても、飛行機の高度と速度からして、蜘蛛の群れなどすぐに凍死してしまうはずだと。できれば一匹生け捕りにして、ニューヨークに持ち帰ってブロンクス動物園にでも売りつければ百万ドルは儲けられるだろうと、冗談まで言いました。するとその直後に――」

長身痩軀の男はまた唇を湿らせた。

「それでどうなりました、機長!」と蓬髪の男が急かす。「一千万人の視聴者が知りたがっています！」

「その直後にわたしの耳に入ってきたのは、灰色のカーテンのようなものがマグダレナ号のすべての窓に突然降りかかり、視界が完全に失せてしまったというノージャック機長からの報告でした。機長は垂直飛行を試み、カーテン状のものを振り払おうとしましたが、すぐあとには、機を半回転させるなど試行錯誤をくりかえしても、奇妙な物体をまったく除去できないと言ってきました。そのために機器類も見えない盲目状態で操縦しつづけるしかないと。そのころわがドン号はフロリダ州南東部のフォート・ローダーデール上空にいましたが、わたしは思いきって旋回させました。僚機を無事に帰還させるべく随伴飛行するためです。エヴァーグレーズ上空に来たところでマグダレナ号が見えてきましたが、すでに高度約八千フィートまで降下していました。まったくコントロール不能になったと、ノージャック機長が叫びました。わたしの目に入ったのは、なにかに絡まれ包まれた状態のマグダレナ号が、大きくスピンしながら降下しつづけていく姿で——」

「そしてどうしました、機長！」

「わたしは超低空飛行を試みました」長身痩軀の男がつづけた。「高度五十フィートもないあたりを。泥濘地と銀色の湖面とがつらなっているはずの湿地帯に、灰色のテントのようなものが落下した状態を呈し、なにか生き物らしきものが跳び撥ねていました。超低空での旋回をくりかえしましたが、墜落現場に生存者は見えませんでした。わたしとしては自分の機の乗客の生存に責任がありますので、やむなく上昇し、事態を報告したのち、ふたたび帰途につきました」

「事故現場の上を滑空しているとき、その生き物らしきものが高く跳びあがって、ご自身の機の翼にも摑みかかってくる懸念はなかったでしょうか？」

「二度めの旋回をしているとき、その懸念を覚えました」と長身痩軀の男は答えた。「ですので、その瞬間に操縦桿を思いきり引いて急上昇し、現場から遠く逃げ去ったわけです。あの生き物も翼に摑みかかれるほどすばやくはジャンプできなかったようです」

テレビ画面中央の、長身痩軀の男の頭上にあたる位置の後方で、旅客機の放電用ロープのように見える細長いものの影がゆっくりと下降してくる。

「なんだ、あれは?」だれかが叫んだ。

警官隊にさえぎられていた野次馬の群集がたじろぎさがっていく。長身痩軀の男もマイクを持っていた男もテレビ画面から消えた。音声が途絶えた。静寂のなかで、人々のうろたえた顔と走りまわる影が乱れた画面に出没をくりかえす。と思うと、アナウンサーのいるスタジオに切り替わった。

「アイドルワイルド空港から速報をお伝えしました」とアナウンサーが言う。「ドン号は機体を入念に検査しましたが、今ほどテレビ画面でご覧いただいたひと筋の糸のようなもの以外、不審なものは見つかりませんでした。どうやら奇妙な生き物の一体だけが機体に付着することに成功していたようですが、その糸のようなものを残したほかは、単独ではなにもできずに終わるしかなかった模様です。振り払われたのかそれとも逃走したのかは、目下不明です。フロリダ州キーウェストから派遣されたアメリカ海軍機によって、マグダレナ号の墜落地点が特定されました。現在水陸両用艇とプロペラ・ボートによる救助隊が、できるかぎり早急に現場に向かうべく準備しているところです。わが局としましては、新たな進展があり次第速報をお届けする予定です。ではこのへんで、いったん先ほどの討論会を再開することに――」

二階からダニーの呼ぶ声が響いた。「パパ!」

「ダニー！」アイリーンが狂乱したように声をあげ、立ちあがろうともがいた。「あの子がわたしを呼んでるわ！」

たしかに母親がすべきことをしてほしいときにダニーが呼ぶ相手は、つねに彼女だ。日中わたしはずっと家にいないのだから当然だ。しかし今にかぎっては、彼が呼んでいるのはわたしなのだ。

ショットガンを摑みあげると、ただちに階段を駆けあがっていった。いちどに四段ずつ。子供部屋の前に着くと、ノブのわきに片足をあててドアを押し開け、室内に踏みこんだ。正面の窓が開け放たれていた。

ダニーは隅にある木枠造りのベッドで上体を起こしていた。いつもの青い綿織りパジャマを着ている。広くて艶やかな額の下の昏《くら》い目を大きく見開き、わたしを注視している。部屋のなかに不審なものは見えない。

「窓のすぐ外だよ、パパ！」とダニーが告げた。

「なにを見たんだ？」と問い糺《ただ》す。「蔦《つた》の蔓かなにかが、月の光のせいでおかしなものに見えただけじゃないのか？」

「手がたくさんあったよ」とダニーが言い返す。

「これを見てみろ」とわたし。「壁に映る影を」さしあげた左手を握って拳銃の形にした。「パパが子供のころは、こうやっていろんな影絵を作って遊んだものだ。これは蜘蛛だ。兎ならおまえもすぐ作れるぞ」

ショットガンの引金に指をかけながら、窓をそっと見やった。

「手は八本だった」とダニー。「数えたんだ。その手であいつは窓を開けたの。あれは怪物なんでしょ?」

「たしかに怪物だ」とわたし。「パパは嘘を言わないぞ。人は心に怖いものを持っているほうがいいんだ。そしてそれがなにかを知らなきゃならない」

少しずつ少しずつ窓ににじり寄る。窓のすぐ外から、なにかが泡を吹くようなかすかな音が聞こえる。下端の窓枠のすぐ下側だ。

「原始人はなんでも怖がったんだものね」とダニー。「パパも原始人?」

「そうさ」とわたし。「ベテランの原始人だ。ネアンデルタール人だな」

階下のテレビではまだ盛んに討論しているだろう。動物学、人類学、突然変異、生命化学、人類は如何なる偶然によって発生し、いつの日かより知能に優れた生物階層によって如何にして絶滅を余儀なくされるか。しかしわたしは知っている、人類の命脈は遺伝子や生体物質のみによって決まるわけではないことを。人類自身の知能によるものですらない。より肝心なのは、人の心身のなかにある心や魂と呼ばれるもの、あるいは勇気、あるいは命の火花、とにかくほかの生物が決して持つことのないなにかだ。どれだけ知能の優れた生物でも持たないものだ。あるいは、愛、優しさ、共感、夢、あるいは個人個人の自己犠牲精神、あるいは神のまします天国に行きたいという希望だ。だから原始人は自分の棲む洞窟にもしも剣歯虎が咆哮しながら侵入してきたとしても、洞窟に美しい壁画を描くために使っている最中だった黄土チョークをわきへ投げやって、代わりに火の点いた薪をとりあげ、それを剣歯虎の顔に突きつけるのだ。そうやって独り立ちはだかり、家族や仲間が先に後方へ逃げられるようにする。たとえ自分だけ犠牲になろうとも。

「来るなら来い、虎め!」とわたしは叫んだ。「おれが相手になるぞ、虎蜘蛛め! きさまがすばやく巣を張る毒蜘蛛だってことはわかってるんだ。岩くれでもなんでも武器にして闘ってやる。それとも棍棒で殴り殺されるのがいいか。そのでかくて不格好な図体を叩き潰してやるぞ！」

下端の窓枠のすぐ下から、蟹の顎《あぎと》が泡を吹くようなかすかな音が聞こえる。またも思いだしたのは、子供のころ悪臭放つカーテンめいた蜘蛛の巣が口や目や髪にくっついたときの恐怖だ。膝がガクガクと震えるが、銃だけはなんとかしっかり持ちなおした。そして窓へとにじり寄る。

「来るなら来い！」とくりかえす。「ここはおれの洞窟だ！　いるのはおれ独りだから、餌食にするがいい！　それとも怖いのか、虎め？」

なにかが窓枠の上にすばやく這いあがってきた。わたしはショットガンを撃った。枯葉しか付いていない木の枝が折れ、八方へ葉を飛び散らせた。葉の一部は室内へ舞いこみ、一部は屋外に落ちる。そのさまが妙に綺麗だ。

「来るなら来い！」とさらにくりかえす。「飛んできてみろ、虎め！」

さらににじり寄る。泡を吹くような音はやんでいる。麻痺した足で窓に迫る。外では〈護国卿ノ楢〉のまばらな枯葉と枝々のあわいから月光が射し、庭も生け垣も道路の向かいの〈王宮〉も縞模様の光と影が染める。キング家ではガレージの投光器がいつの間にか消えていた。

恐るおそる窓の下を覗くと、家の外壁にはなにもいなかった。眼下の壁ぎわに植え込みの茂みが黒々と見えるだけだ。

「勇気があるね、パパ！」ダニーが誇らしげに言う。「パパが来てくれてからちっとも怖くないよ！」

「それでいいんだ」と褒めてやる。「人間はずっとなにも怖がらなかった。みんな勇気があったんだ、百万年も前からな。おまえの子供も、そのまた子供もそのまた子供もだ。未来の人間がどれだけ賢くなろうと、ずっと勇気を持ちつづけてこそ人間なんだ」

木立と生け垣と低木の茂みが影をなすのみだ。道路の向かいの〈王宮〉には明かりが見えず、月光だけが照らす。不意に旧約聖書『箴言《しんげん》』の一節が頭に浮かんだ――《蜘蛛はその手にて摑み、つねに王宮にあり》〔欽定英訳聖書の蜘蛛はトカゲの誤訳で、「摑み」は「摑まれ」の誤訳とされる〕

キング家の屋根裏部屋に付いている開いた屋根窓の内側に、独りでいるのだ――普通の子供ながらも、愛らしく美しい少女が。ダニーよりさらに幼い娘が。あの子が泣く声はこれまで一度も聞いたことがない。だが今まさに屋根窓から聞こえているのはあの子の泣く声だ。

「ああ、ダン！」背後から響いたその悲痛な声は、わたしのいるダニーの部屋の戸口に立つアイリーンだった。「たいへんよ、あそこにナンシーが！」

「早く部屋に入れ！」とわたしは妻に告げた。「入ったらドアをしっかり閉めろ。おれは窓から外に出るから、そのあと窓も鍵をかけるんだ。きみはダニーの野球バットを持って、ここで待て。ナンシー、ナンシー！」と窓の外へ声を張りあげた。「ダンおじさんが今すぐ行くからな！」

自分の洞窟の外に出るのは予想以上にたいへんだった――夜闇のただなかで、目に見えない蜘蛛の巣をかいくぐっていくのは。まず銃口を下に向けたショットガンを両腿にあいだに挟んだうえで、窓枠に手をかけ、眼下にわだかまる茂みの陰の軟らかな地面に跳びおりた。わきに落ちた銃を拾いあげ、向かいの家へと駆けだす。

ステーション・ワゴンの後部からアルミ製梯子をとりだしている暇はもはやない。ましてそれを担いで道路を横切り、キング家の屋根窓にさしわたして昇っていく余裕などは。とすれば正面玄関から入って階段をあがるしかないが、照明を見つけられなければ真っ暗だろう。おまけに怪物が待ち受けている！　おそらくはすでに蜘蛛の糸を無数に吐きだし、悍《おぞ》ましくねばつく巨大な袋状の巣をこしらえているだろう。

「ナンシー！」とまた声を張りあげた。「待ってろ、ダンおじさんがすぐ行くから！　怖がらなくて大丈夫だからな！」

だが怪物はまだキング家のなかに入ってはいなかった。その手にて王宮を摑んではいなかった。家のわきに建つ古びたガレージのなかにいた。中央の垂木に吊るされたタイヤチェーンや南京袋などの狭間にぶらさがっていた。さえぎられた月光がなす影のなかで、抽選で当たった燻製ハムを肢で摑んでいるさまが見える。豚肉がいちばんの好物なのか、あるいはそこならばガレージの広い扉口から逃げやすいからか。わたしが声をあげながら道路を横切って駆けつけるところを見ていたとすれば。いずれにせよ、今そいつは垂木からぶらさがっている。

「虎め！」目に入った瞬間そう怒鳴っていた。

わたしがショットガンの銃把を肩に載せてかまえると、怪物は跳びおり、ガレージの奥の空き箱や壊れた椅子などのただなかへ逃げこんだ。ガラクタに隠れて見えなくなったが、泡を吹くような音がかすかに聞こえる。

「来るなら来い！」とわめいた。「おれを網にかけてみろ！　跳びかかってくるがいい、虎め！」

ショットガンに残る実包は一発だけだ。ガレージの外から、開いたままになっている右側の扉へと近づいていく。目は内部の奥でもつれあうガラクタの陰を注視し、指は引金にかけている。身を屈め、レム・キングが燃料缶の口に詰めておいたジャガ芋を左手で抜きとり、ガレージの奥へ投げ捨てた。缶のわきを蹴って倒し、奥へと転がす。油の沁みた床にゴボゴボと燃料がこぼれだし、その臭いが立ちこめる。

　扉口から少しだけ後ろへさがって、左手でマッチ箱をとりだして開け、一本抜きとった。マッチ箱を砂利敷きの地面に落とし、足で踏んで押さえた。今にも怪物が跳びかかってくるかあるいは逃げだすか知れない緊迫のなか、ガレージ内の奥へ目を凝らしたまま屈みこみ、地面に押さえつけているマッチ箱でマッチを擦った。火が燃えあがるまでマッチを手に持ったまま待ったのち、ガレージ内の床面へ投げこんだ。すぐさま左右の扉を閉めきり、直後に後ろへ跳びすさった。

　なぜフライパンをときどきスパイダー〔かつて脚のある鍋を称した米国古俗語〕と呼ぶことがあるのかは知らないし、よりによってこの瞬間にどうしてそんなことを考えたのか自分でもわからない。そのとき聞こえたのが虎蜘蛛の悲鳴なのか、それとも単に焔の燃え盛る音だったのかも判然としない。とにかく、なぜかしら火中のフライパンを思い描いたのはたしかだった〔「フライパンから火のなかへ」＝一難去ってまた一難の意〕。

本書収録の各作品は以下の初出誌から訳出した。

The Little Doll Says Die!（「人形は死を告げる」）
Detective Tales, March 1945

The Hanging Rope（「つなわたりの密室」）
New Detective Magazine, September 1946

The Murderer（「殺人者」）
The Saturday Evening Post, 23 November 1946

Killing Time（「殺しの時間」）
New Detective Magazine, July 1947

Two Deaths Have I（「わたしはふたつの死に憑かれ」）
New Detective Magazine, May 1949

Night of Horror（Takes Hold with Her Hands）（「恐ろしく奇妙な夜」）
The Saturday Evening Post, 7 June 1958

訳出にあたっては下記を参照した。
Joel Townsley Rogers, *Night of Horror and Other Stories*, Ramble House, 2006
Joel Townsley Rogers, *Killing Time and Other Stories*, Ramble House, 2007

（編集部）

［製作総指揮］

山口雅也（やまぐち　まさや）

早稲田大学法学部卒業。大学在学中の一九七〇年代からミステリ関連書を多数上梓し、八九年に長編『生ける屍の死』で本格的な作家デビューを飾る。九四年に『ミステリーズ』が「このミステリーがすごい！’95年版」の国内編第一位に輝き、続いて同誌の二〇一八年の三十年間の国内第一位に『生ける屍の死』が選ばれKing of Kingsの称号を受ける。九五年には『日本殺人事件』で第48回日本推理作家協会賞（短編および連作短編集部門）を受賞。シリーズ物として《キッド・ピストルズ》や《垂里冴子》など。その他、第四の奇書『奇偶』、冒険小説『狩場最悪の航海記』、落語のミステリ化『落語魅捨理全集』などジャンルを超えた創作活動を続けている。近年はネットサイトのGolden Age Detectionに寄稿、『生ける屍の死』の英訳版*Death of Living Dead*の出版と同書のハリウッド映画化など、海外での評価も高まっている。

［訳者］

夏来健次（なつき　けんじ）

英米小説翻訳者。訳書にジョエル・タウンズリー・ロジャーズ『赤い右手』、ジョージ・W・M・レノルズ『人狼ヴァグナー』（以上国書刊行会）、R・L・スティーヴンスン『ジキル博士とハイド氏』、C・ディケンズ他『英国クリスマス幽霊譚傑作集』（以上創元推理文庫）、G・G・バイロン他『吸血鬼ラスヴァン』（東京創元社、共編訳）他。

奇想天外の本棚　山口雅也＝製作総指揮

恐《おそ》ろしく奇《き》妙《みょう》な夜《よる》

ロジャーズ中短編傑作集

二〇二三年一月十日初版第一刷印刷
二〇二三年一月二十日初版第一刷発行

著者　ジョエル・タウンズリー・ロジャーズ
訳者　夏来健次
発行者　佐藤今朝夫
発行所　株式会社国書刊行会
東京都板橋区志村一—十三—十五　〒一七四—〇〇五六
電話〇三—五九七〇—七四二一
ファクシミリ〇三—五九七〇—七四二七
URL : https://www.kokusho.co.jp
E-mail : info@kokusho.co.jp
装訂者　坂野公一（welle design）
印刷所　創栄図書印刷株式会社
製本所　株式会社ブックアート
ISBN978-4-336-07405-8 C0397